Agente Oculto

MARK GREANEY

AGENTE OCULTO

Tradução: Claudio Carina

GLOBOLIVROS

Copyright © 2022 by Editora Globo S.A. para a presente edição
Copyright © 2009 by Mark Strode Greaney

Todos os direitos reservados. Nenhuma parte desta edição pode ser utilizada ou reproduzida
— em qualquer meio ou forma, seja mecânico ou eletrônico, fotocópia, gravação etc. — nem
apropriada ou estocada em sistema de banco de dados sem a expressa autorização da editora.

Texto fixado conforme as regras do Acordo Ortográfico da
Língua Portuguesa (Decreto Legislativo nº 54, de 1995).

Editora responsável: Amanda Orlando
Assistente editorial: Isis Batista
Preparação: Bruna Brezolini
Revisão: Aline Canejo, Laize Oliveira e Cláudia Mesquita
Diagramação: Alfredo Rodrigues
Capa: Renata Zucchini

1ª edição, 2022

CIP-BRASIL. CATALOGAÇÃO NA PUBLICAÇÃO
SINDICATO NACIONAL DOS EDITORES DE LIVROS, RJ

G825a

Greaney, Mark
    Agente oculto / Mark Greaney ; tradução Cláudio Carina.
- 1. ed. - Rio de Janeiro : Globo Livros, 2022.
    336 p; 23 cm.

    Tradução de: The gray man
    ISBN 978-65-5987-062-2

    1. Ficção americana. I. Carina, Cláudio. II. Título.

21-73270   CDD: 813
                           CDU: 82-3(73)

Gabriela Faray Ferreira Lopes - Bibliotecária - CRB-7/6643
25/05/2022 30/05/2022

Direitos exclusivos de edição em língua portuguesa para o Brasil
adquiridos por Editora Globo S. A.
Rua Marquês de Pombal, 25 — 20230-240 — Rio de Janeiro — RJ
www.globolivros.com.br

Para Edward F. Greaney Jr. e
Kathleen Cleghorn Greaney

Mãe e pai, sinto muita saudade de vocês

Prólogo

Um clarão de luz no céu distante do amanhecer chamou a atenção do motorista ensanguentado do Land Rover. As lentes polarizadas dos óculos Oakley o protegiam da intensidade dos raios solares. Mesmo assim, semicerrou os olhos para observar pelo para-brisa, ansioso para identificar a aeronave em chamas que girava em queda livre em direção ao solo, com uma cauda de cometa de fumaça negra.

Era um helicóptero, um enorme Chinook do Exército, e, apesar da péssima situação dos que se encontravam a bordo, o motorista do Land Rover suspirou aliviado. Seu transporte de extração seria um ka-32t de fabricação russa, tripulado por mercenários poloneses e vindo da fronteira da Turquia. O motorista lamentou a situação do Chinook moribundo, mas era preferível a um moribundo ka-32t.

Ficou olhando o helicóptero girar em sua incontrolável descida, tingindo o céu azul com o combustível em chamas.

De repente, virou o Land Rover para a direita e acelerou rumo ao leste. Banhado de sangue, o motorista queria se afastar dali o máximo possível. Por mais que desejasse poder fazer alguma coisa pelos americanos a bordo do Chinook, sabia que o destino deles não estava em suas mãos.

Ademais, ele tinha seus próprios problemas. Durante cinco horas, correu pelas planícies do oeste do Iraque, fugindo do trabalho sujo que havia deixado para trás, e agora estava a menos de vinte minutos de sua exfiltração.

Um helicóptero abatido significava que em instantes o local estaria repleto de combatentes armados, corpos mutilados, atirando fuzis de assalto para o ar e correndo de um lado para o outro como uns malditos idiotas.

Era uma festa que o motorista encharcado de sangue não se incomodaria em perder, para não precisar tomar parte.

O helicóptero Chinook mergulhou à esquerda e desapareceu ao longe, atrás de uma cordilheira marrom.

O motorista fixou o olhar na estrada. *Não é problema meu*, disse a si mesmo. Seu treinamento não incluía buscas e resgates, nem primeiros socorros e muito menos negociação de reféns.

Ele foi treinado para matar. Acabara de fazer isso ao longo da fronteira da Síria, e agora era o momento de sair da zona de perigo.

À medida que acelerava o Rover pela nuvem de pó a mais de cem quilômetros por hora, começou um diálogo consigo mesmo. Sua voz interior queria dar meia-volta, correr até o local do acidente do Chinook para verificar se havia sobreviventes. Mas sua voz exterior, por outro lado, era mais pragmática.

— Siga em frente, Gentry, continue. Aqueles caras estão fodidos. Não há nada que você possa fazer a respeito.

As palavras faziam sentido, mas seu monólogo interior simplesmente não se calava.

I

Os primeiros homens armados a chegarem ao local da queda não eram da Al-Qaeda, nem tinham nada a ver com o helicóptero abatido. Eram quatro rapazes locais, com velhos Kalashnikov com coronha de madeira, que guarneciam um frouxo bloqueio na estrada a cem metros de onde o helicóptero caiu, em uma das ruas da cidade. Eles abriram caminho pelo grupo cada vez mais numeroso de passantes que paravam para olhar, de lojistas e meninos de rua que correram para se proteger quando o helicóptero com rotor duplo despencou em direção a eles e aos motoristas de táxi que desviaram da rua para escapar da aeronave americana. Os quatro jovens atiradores se aproximaram da cena cautelosamente, mas sem sinal de qualquer capacidade tática. Um estalo mais alto no incêndio feroz ou uma pistola solitária escaldando no calor fazia todos se esconderem. Após um momento de hesitação, suas cabeças se ergueram, apontaram os fuzis e descarregaram as armas estridentes no metal retorcido da máquina.

Um homem com uniforme militar americano enegrecido saiu rastejando dos destroços e foi crivado por duas dúzias de projéteis das armas dos rapazes. A luta do soldado cessou assim que as primeiras balas o atingiram nas costas.

Agora mais corajosos, depois da carga de adrenalina por terem matado um homem diante de uma multidão de civis aos gritos, os rapazes deixaram a cobertura e se aproximaram dos destroços. Recarregaram as armas e se prepararam para atirar nos corpos em chamas da tripulação na cabine.

Mas antes que pudessem abrir fogo, três veículos surgiram, vindos de trás: picapes cheias de estrangeiros árabes armados.

Al-Qaeda.

Experientes, as crianças locais se afastaram da aeronave, recuaram com os civis, entoando uma canção devocional a Deus, enquanto os homens mascarados se espalhavam pela rua ao redor dos destroços.

Os cadáveres mutilados de mais dois soldados despontaram na traseira do Chinook, e essas foram as primeiras imagens da cena captadas pela equipe de três cinegrafistas da Al Jazeera que desceram do terceiro veículo.

A POUCO MENOS DE UM quilômetro e meio de distância, Gentry saiu da estrada, entrou pelo leito seco de um riacho e acelerou o Land Rover ao máximo sobre o capim alto e amarronzado. Desceu da caminhonete e correu até a porta traseira, colocou uma mochila nas costas e pegou um estojo caramelo pela alça.

À medida que se afastava do veículo, percebeu pela primeira vez o sangue seco em sua roupa larga, típica daquela região. O sangue não era dele, mas não havia mistério na mancha.

Sabia de quem era aquele sangue.

Trinta segundos depois, chegou a uma pequena elevação no leito do riacho e rastejou o mais rápido possível, empurrando seu equipamento à frente. Quando se sentiu apropriadamente invisível na areia e nos juncos, Gentry pegou o binóculo na mochila e o levou aos olhos, focando na nuvem de fumaça negra que se erguia no horizonte a distância.

Os músculos tensos de sua mandíbula relaxaram.

O Chinook estava imóvel em uma rua da cidadezinha de Al-Ba'aj, onde uma multidão já saqueava os destroços. O binóculo de Gentry não tinha alcance suficiente para mostrar muitos detalhes, então virou-se para o lado e abriu o estojo amarronzado.

Dentro havia um Barrett M107 calibre .50, um fuzil que disparava projéteis do tamanho de uma garrafinha de vodca de frigobar, imprimindo às pesadas balas uma velocidade de quase nove campos de futebol por segundo.

Gentry não carregou a arma, apenas apontou o fuzil para o local do acidente para usar seu potente aparato ótico. Pela lente de potência 16, pôde ver o fogo, as picapes, os civis desarmados e os atiradores armados.

Alguns estavam sem máscaras. Bandidos locais.

Outros usavam máscaras pretas ou cobriam o rosto com um *keffiyeh* em estilo turbante. Esses seriam do contingente da Al-Qaeda. Os putos estrangeiros. Que vieram para matar americanos e colaboradores e tirar vantagem da instabilidade na região.

Um lampejo metálico subiu e desceu no ar. Uma espada golpeando alguém no chão. Mesmo através da potente mira telescópica usada pelos franco-atiradores, Gentry não pôde avaliar se o homem prostrado estava vivo ou morto quando a lâmina o atingiu.

Sua mandíbula se contraiu outra vez. Gentry não era um soldado americano, nunca fora. Mas *era* americano. E, apesar de não ter relação com o Exército dos EUA nem seguir suas ordens, já assistira anos de imagens na TV de carnificinas exatamente como a que acontecia diante de seus olhos. A cena era de provocar náuseas, de uma indignação que quase ultrapassava os limites do seu considerável autocontrole.

Os homens ao redor da aeronave começaram a ondular em uníssono. No clarão do calor que emanava da terra árida entre seu campo de visão e o local do acidente, demorou um momento para Gentry entender o que se passava, mas logo reconheceu o inconfundível transbordamento das emoções dos carniceiros em volta do helicóptero abatido.

Os desgraçados estavam dançando sobre os cadáveres.

Gentry tirou o dedo do guarda-mato do enorme Barrett e acariciou o gatilho com a ponta do dedo. O telêmetro a laser calculou a distância, e as lonas de um pequeno agrupamento de tendas se agitando na brisa entre ele e as danças festivas deram uma noção da velocidade do vento.

Mas Gentry sabia muito bem que era melhor não disparar o Barrett. Sim, se carregasse a arma e puxasse o gatilho, poderia matar alguns merdinhas. Mas a área se tornaria instantaneamente tão conturbada com a presença de um franco-atirador que qualquer pós-adolescente com uma arma e um celular estaria em seu encalço antes de ele estar a oito quilômetros do local da extração. Sua exfiltração seria cancelada, e ele teria de arranjar um jeito de escapar sozinho da zona de perigo.

Não, Gentry disse a si mesmo. Uma pequena retaliação seria justificada, mas provocaria uma tempestade de merda que ele não conseguiria controlar.

Gentry não era um jogador. Era um assassino autônomo, um atirador de aluguel, um profissional contratado. Podia apagar meia dúzia daqueles canalhas com a mesma rapidez com que amarrava o cadarço das botas, mas sabia que essa retaliação não valeria seu custo.

Cuspiu uma mistura de saliva e areia no chão e virou-se para guardar o grande Barrett no estojo.

A equipe de filmagem da Al Jazeera tinha entrado dissimuladamente pela fronteira com a Síria uma semana antes, com o único objetivo de reportar a vitória da Al-Qaeda no norte do Iraque. O cinegrafista, o técnico de áudio e o repórter/produtor percorreram uma rota da AQ, dormiram em esconderijos da rede da AQ e filmaram o lançamento do míssil, o impacto no Chinook e a bola de fogo resultante no céu.

Agora gravavam a decapitação ritualística de um soldado americano já morto. Um homem de meia-idade com o nome escrito à mão em uma fita adesiva, colada ao colete à prova de balas, que dizia: "Phillips – Guarda Nacional do Mississippi". Ninguém da equipe de TV falava inglês, mas todos concordavam que tinham acabado de registrar a destruição de uma unidade de elite de comandos da CIA.

A costumeira oração a Alá começou com a dança dos combatentes e os disparos das armas para o ar. Embora a célula da AQ contasse somente com dezesseis integrantes, agora havia mais de trinta homens armados dançando em sintonia diante da carcaça de metal fumegante na rua. O cinegrafista focou as lentes em um *moqtar*, um chefe local, que dançava no centro das comemorações. Enquadrou-o perfeitamente, com os destroços ao fundo, o *dishdasha* branco esvoaçante fazendo um magnífico contraste com a fumaça negra subindo atrás dele. O *moqtar* se equilibrou em um pé sobre o americano decapitado, com a mão direita erguida, brandindo uma cimitarra ensanguentada.

Era a grande cena. O cinegrafista sorria e fazia o melhor possível para manter uma postura profissional, evitando acompanhar o ritmo e a dança em celebração à majestade de Alá que ele e sua câmera agora testemunhavam.

O *moqtar* fez uma pausa e gritou para o ar:

— Alá Akhbar! — *Deus é grande!*

Enquanto pulava eufórico com os estrangeiros mascarados, sua barba cerrada se abriu para revelar um sorriso cheio de dentes diante dos restos mortais, ensanguentados e queimados, de um americano estirado na rua a seus pés.

A equipe da Al Jazeera também gritava, extasiada. E o cinegrafista filmava tudo com mão firme.

Ele era profissional; o tema da reportagem continuava em foco, sua câmera não tremia nem hesitava.

Até o momento em que a cabeça do *moqtar* caiu para o lado, aberta como um melão rachado, com tendões, sangue e ossos espalhando-se violentamente por todas as direções.

Neste momento, a câmera tremeu.

Gentry não conseguiu se conter.

Disparou vários tiros contra os homens armados na multidão, o tempo todo praguejando em voz alta sua falta de disciplina, pois sabia estar arruinando o próprio cronograma e jogando toda a sua operação pela janela. Não que conseguisse ouvir seus próprios xingamentos. Mesmo com os tampões de ouvido, o estampido do Barrett era ensurdecedor ao disparar seus enormes projéteis ao longo da trajetória, um após o outro, com o contragolpe do cano do fuzil projetando areia e fragmentos do chão em seu rosto e nos braços.

Quando parou para encaixar um segundo carregador pesado no fuzil, fez um balanço de sua situação. Em uma perspectiva de espionagem, foi o movimento mais idiota que poderia ter feito, praticamente gritando para os insurgentes que seu inimigo mortal estava ali entre eles.

Mas que se dane que não fosse a coisa *certa* a fazer. Reposicionou o enorme fuzil no ombro, já latejando pelo tranco dos disparos, mirou nas imediações do helicóptero abatido e retomou sua justa retaliação. Pela mira de longo alcance, viu partes de um corpo revolvendo-se no ar quando outro balaço atingiu o ventre de um atirador mascarado.

Era uma simples vingança, nada mais. Gentry sabia que suas ações pouco alterariam o escopo da situação, com exceção de transmutar uns filhos da puta do estado sólido para o líquido. Seu corpo continuou atirando nos assassinos, que agora se dispersavam. Mas a mente dele já se preocupava com seu futuro imediato. Agora nem tentaria mais chegar à ZP. Outro helicóptero na área seria um alvo que os furiosos sobreviventes da AQ não iriam ignorar. *Não*, decidiu Gentry. Ele iria continuar no solo: encontrar um bueiro de drenagem ou um pequeno canal, se cobrir com terra e detritos e ficar o dia inteiro deitado naquele calor, ignorando a fome, as picadas de insetos e a vontade de mijar.

Um puta saco.

Mesmo assim, ao encaixar o terceiro e último carregador no fuzil fumegante, considerou se sua decisão infeliz teria surtido algum benefício. Afinal de contas, meia dúzia de imbecis de merda mortos é meia dúzia de imbecis de merda mortos.

2

QUATRO MINUTOS APÓS A ÚLTIMA SARAIVADA de balas, um dos sobreviventes da Al-Qaeda cautelosamente inclinou a cabeça para fora da porta da borracharia onde se escondera. Instantes depois, a cada segundo mais confiante de que sua cabeça continuaria presa ao pescoço, o iemenita de trinta e seis anos saiu de corpo inteiro na calçada. Foi logo seguido por outros e aproximou-se da cena do massacre com seus compatriotas. Contou sete mortos e fez essa tabulação determinando o número de membros inferiores retorcidos no muco sanguinolento e dividindo por dois. Isso porque havia pouquíssimas cabeças identificáveis e torsos remanescentes nos cadáveres.

Cinco dos mortos eram seus irmãos da Al-Qaeda, inclusive o integrante mais antigo da célula e seu tenente mais graduado. Os outros dois eram moradores do local.

O Chinook continuava em chamas à sua esquerda. Andou na direção do helicóptero, passando por homens escondidos atrás de automóveis e latas de lixo, suas pupilas dilatadas pelo choque. Aterrorizado, um dos moradores locais tinha perdido o controle do intestino e agora jazia sujo, contorcendo-se no chão como um louco.

— Levante, seu idiota! — gritou o iemenita mascarado. Chutou o corpo do homem na lateral e seguiu para o helicóptero. Quatro de seus colegas se escondiam atrás das picapes, junto à equipe de filmagem da Al Jazeera. O cinegrafista fumava um cigarro com a mão trêmula, como se tivesse doença de Parkinson em estágio avançado, a câmera pendendo a seu lado.

— Ponham todos os que ainda estão vivos nas picapes. Vamos localizar o atirador. — O homem olhou atentamente para o campo de outeiros ressecados e as estradas na direção sul. Uma nuvem de poeira pairava sobre uma colina a quase um quilômetro e meio de distância.

— Ali! — apontou o iemenita.

— Nós... temos que ir até lá? — perguntou o técnico de som da Al Jazeera.

— *Inshallah*. — Se Alá quiser.

Nesse momento, um garoto local chamou o contingente da AQ para ver alguma coisa. Ele tinha se abrigado em uma casa de chá, a menos de quinze metros do nariz amassado do helicóptero. O iemenita e dois de seus homens passaram por cima de um torso ensanguentado envolto por uma túnica preta rasgada. Era o jordaniano, o líder do grupo. Havia um rastro de sangue de onde ele tinha caído até as paredes externas e a janela da casa de chá, quase repintando o estabelecimento de carmesim.

— O que foi, garoto? — gritou o iemenita em tom ríspido.

O menino respondeu ofegante, arfando. Mas conseguiu dizer:

— Eu encontrei uma coisa.

O iemenita e os dois homens seguiram o garoto até a casa de chá. Passaram por cima do sangue e olharam em volta de uma mesa caída e atrás do balcão. No chão, um jovem soldado americano encostado em uma parede. Os olhos abertos, piscando rapidamente. Com um segundo infiel aninhado em seus braços. Era um homem negro e parecia inconsciente ou morto. Os dois aparentemente estavam desarmados.

O iemenita sorriu e deu um tapinha no ombro do garoto. Virou-se e gritou para os que estavam do lado de fora:

— Tragam a picape!

Uns dez minutos depois, as três caminhonetes da AQ se separaram em uma encruzilhada. Nove homens rumaram para o sul em duas picapes. Eles usaram seus telefones celulares para pedir ajuda à população local enquanto seguiam pela estrada em busca do atirador solitário. O iemenita e outros dois homens da AQ levaram os prisioneiros americanos feridos a uma casa segura na cidade vizinha de Hatra. De lá, o iemenita ligaria para sua liderança para saber a melhor maneira de explorar aquele butim recém-capturado.

O iemenita estava ao volante; um jovem sírio ocupava o banco do passageiro; e um egípcio vigiava o soldado quase catatônico e seu parceiro moribundo na caçamba da picape.

Ricky Bayliss, de vinte anos, tinha se recuperado um pouco do choque do acidente. Sabia disso porque o latejar maçante do osso da canela fraturado agora se manifestava como pontadas de uma dor quente e lancinante. Olhou para sua perna e só conseguiu ver a calça camuflada, rasgada e chamuscada, além de uma bota virada atipicamente para a direita. Atrás dessa bota, jazia o outro soldado. Bayliss não conhecia o combatente negro, mas a plaqueta de identificação dizia que seu nome era Cleveland. Cleveland estava inconsciente. Bayliss poderia presumir que o homem estava morto, mas seu peito arfava um pouco sob o colete à prova de balas. Em um momento de instinto e adrenalina, Ricky arrastou o soldado para longe dos destroços enquanto ele se esgueirava até a casa de chá próxima ao local da queda, apenas para ser descoberto por crianças iraquianas de olhos arregalados um minuto depois.

Pensou por um instante nos amigos que morreram no Chinook e sentiu uma tristeza entorpecida por uma sensação de incredulidade. A tristeza logo se dissipou quando olhou para o homem sentado acima dele na caçamba da picape. Seus amigos mortos tinham uma puta sorte. *Ele* era o azarado. Ele e Cleveland, se o cara chegasse a recuperar a consciência, seriam decapitados com transmissão ao vivo na TV.

O terrorista olhou para Bayliss e pisou com seu tênis na perna quebrada do jovem soldado. Pressionou lentamente para baixo, com um sorriso malicioso que expôs seus dentes quebrados como presas.

Ricky gritou.

A picape acelerou pela estrada, subiu uma ladeira nos arredores de Al-Ba'aj e logo reduziu a velocidade antes de um posto de controle e bloqueio nos limites da cidade, uma configuração padrão de insurgência local. Amarrada a duas estacas, uma corrente pesada pendia rente ao leito empoeirado da estrada. Dois milicianos estavam à vista. Um deles sentado preguiçosamente em uma cadeira de plástico, com a cabeça encostada no muro do parquinho de uma escola primária. O outro se postava próximo a uma das pontas da corrente, perto do parceiro que descansava. Um Kalashnikov pendurado nas costas, com o cano voltado para baixo, um prato de húmus com pão pita nas mãos e restos de comida na barba. Um velho pastor tocava seu esquálido rebanho de cabras pelo acostamento, longe da barricada.

O homem da Al-Qaeda praguejou contra a postura frágil da insurgência no noroeste iraquiano. Será que tudo o que tinham eram dois preguiçosos para guarnecer um posto de controle? Com tanta imbecilidade, era mais fácil os sunitas entregarem logo o comando aos curdos e aos yazidis.

O iemenita reduziu a velocidade do veículo, abaixou o vidro da janela e gritou para o iraquiano de pé.

— Abra esse portão, seu idiota! Tem um franco-atirador ao sul!

O miliciano largou seu almoço. Caminhou resolutamente em direção à picape no meio da estrada e levou uma das mãos ao ouvido, como se não tivesse escutado o iemenita gritar.

— Abra esse portão, antes que eu...

O iemenita tirou os olhos do insurgente que se aproximava e virou o rosto na direção do que estava encostado no muro. A cabeça do homem sentado estava caída de lado, sem se mexer. Um instante depois, o corpo tombou para a frente, caiu da cadeira e rolou no chão. Ficou evidente que o miliciano estava morto, com o pescoço quebrado em uma vértebra na base da cervical.

O atirador na traseira da picape também percebeu. Levantou-se rapidamente, pressentindo alguma ameaça, mas confuso com a situação. Assim como seu novo líder ao volante, virou a cabeça para ver o homem na estrada.

O miliciano barbado que se aproximava da picape ergueu o braço direito à sua frente. Uma pistola preta apareceu da manga de sua túnica esvoaçante.

Dois tiros rápidos, sem qualquer instante de hesitação entre um e outro, derrubaram o egípcio da caçamba da picape.

* * *

Bayliss estava deitado de costas, olhando para o causticante sol do meio-dia. Sentiu o veículo reduzir a marcha e parar, ouviu os gritos do motorista, os disparos incrivelmente rápidos, e viu o homem mascarado que o vigiava cair morto.

Ouviu o matraquear de outra saraivada de tiros de pistola ao lado, um vidro estilhaçando-se e um breve grito em árabe, então tudo ficou quieto.

Ricky se debateu e gritou, desesperado para tirar o cadáver ensanguentado de cima dele. Sua luta terminou quando o terrorista morto foi arrastado para fora da picape e jogado na rua. Um homem barbado usando um *dishdasha* cinza agarrou Ricky pelo colete e o colocou sentado.

O sol brutal impedia Bayliss de ver o rosto do estrangeiro.

— Você consegue andar?

Ricky pensou que poderia ser uma espécie de alucinação induzida pelo choque. O homem tinha falado inglês com sotaque americano. O estranho se repetiu com um grito.

— Ei! Garoto! Está me ouvindo? Você consegue andar?

Bayliss respondeu à aparição, falando lentamente.

— Minha... perna está quebrada, e esse cara aqui tá gravemente ferido.

O estrangeiro examinou a perna de Ricky e diagnosticou:

— Fratura da tíbia. Você vai sobreviver. — Encostou a mão no pescoço do homem inconsciente e fez um prognóstico funesto. — Sem chance.

Olhou rapidamente ao redor. Nem assim o jovem do Mississippi conseguiu ver o rosto do homem.

O estranho falou:

— Deixa ele aqui atrás. Vamos fazer o que for possível por ele, mas você precisa se levantar e se sentar no banco do passageiro. Cobre o rosto com isso.

O homem barbado tirou o *keffiyeh* do pescoço do terrorista morto e o entregou a Bayliss.

— Eu não consigo andar com essa perna...

— Dá um jeito. Nós precisamos sair daqui. Vou pegar meu equipamento. Levanta! — O estranho virou-se e entrou em uma alameda sombreada. Bayliss deixou seu capacete de Kevlar na caçamba, enrolou o turbante na cabeça e desceu da picape usando sua perna boa. Uma dor excruciante o fez estremecer da canela direita ao cérebro. A rua começava a se encher de civis de todas as faixas etárias, mantendo distância, como espectadores de uma peça teatral violenta.

Bayliss saltitou até a porta do passageiro. Quando a abriu, um árabe mascarado com uma camisa preta caiu do banco diretamente na rua. Havia um único ferimento de bala acima do olho esquerdo. O outro terrorista estava caído sobre o volante, com o peito chiando e uma espuma sanguinolenta escorrendo dos lábios. Assim que Ricky fechou sua porta, o misterioso americano abriu a do lado do motorista, puxou o homem para fora e o deixou cair no asfalto. Sacou sua pistola novamente e atirou no homem caído na rua, sem sequer dar uma olhadela. Em seguida, jogou dentro da picape uma bolsa marrom com equipamentos: um AK-47 e um fuzil M4. Sentou-se ao volante e partiu com um solavanco, passando por cima da corrente afrouxada da barricada.

Ricky falou baixinho, ainda tentando entender o que acontecia.

— Nós precisamos voltar. Pode ter outros sobreviventes.

— Não há. Apenas você.

— Como você sabe?

— Eu sei.

Ricky hesitou antes de falar:

— Porque você estava com a equipe de franco-atiradores que arrasou com aqueles caras no local da queda?

— Talvez.

Os dois seguiram em silêncio por quase um minuto. Bayliss olhou para as montanhas pelo para-brisa, depois para suas mãos trêmulas. Logo em seguida, o jovem soldado voltou a atenção para o motorista.

Instantaneamente, o estranho falou com um rosnado:

— Não olhe para meu rosto.

Bayliss obedeceu, voltando a olhar para a estrada à frente.

— Você é americano? — perguntou.

— Isso mesmo.

— Forças Especiais?

— Não.

— Marinha? Você é um Seal?

— Não.

— Força de Reconhecimento?

— Não.

— Entendi. Você é da CIA ou algo assim?

— Não.

Bayliss começou a virar a cabeça na direção do homem barbado, mas se conteve.

— Então é o quê? — perguntou.

— Eu só estou de passagem.

— Só de passagem? Você tá brincando, porra?

— Chega de perguntas.

Dirigiram por mais um quilômetro antes de Ricky perguntar:

— Qual é o plano?

— Não tem plano.

— Não tem plano? E o que estamos fazendo? Pra onde a gente tá indo?

— Eu *tinha* um plano, mas trazer você comigo não fazia parte disso. Então, não reclame enquanto tento bolar um novo plano pelo caminho.

Bayliss ficou calado por um momento, então disse:

— Tá certo. Afinal, quem precisa de um plano?

Um minuto depois, Bayliss deu uma olhada no velocímetro e viu que eles estavam a quase cem quilômetros por hora em uma estrada de pedregulhos.

O soldado perguntou:

— Tem morfina na sua bolsa? Minha perna tá doendo muito.

— Desculpa, garoto. Eu preciso de você alerta. Terá que dirigir.

— Dirigir?

— Quando chegarmos às montanhas, vamos encostar. Eu saio e vocês dois continuam sozinhos.

— E você? Temos uma BOA em Tal Afar. Era pra onde estávamos indo quando fomos abatidos. Podemos ir pra lá.

A Base Operacional Avançada seria espartana e isolada, mas suficientemente equipada para rechaçar um ataque e muito mais segura do que uma picape na estrada a céu aberto.

— *Você* pode. Eu não.

— Por que não?

— É uma longa história. Sem perguntas, soldado. Lembra?

— Por que toda essa preocupação, cara? Eles dariam uma medalha ou algo do tipo pelo que você fez.

— Não me dariam porra nenhuma.

Minutos depois, entraram no sopé das montanhas Sinjar. O estranho parou a picape no acostamento da estrada, próximo a um bosque de tamareiras empoeirado. Ele saiu do carro, pegou o M4 e sua bolsa e então ajudou o soldado a se sentar ao volante. Bayliss grunhiu e gemeu de dor.

Em seguida, o estrangeiro foi ver o soldado na caçamba da picape.

— Morto — disse, sem qualquer emoção.

Rapidamente, tirou o colete e o uniforme de Cleveland e o deixou na caçamba só com a camiseta e o calção marrom. Bayliss ficou chocado com o tratamento dado ao soldado morto, mas não falou nada. Aquele homem, aquele... seja lá quem diabos fosse, sobrevivia aqui nesse país de assassinos com discernimento, não com sentimentos.

O estranho jogou o equipamento no chão, perto do tronco de uma tamareira.

— Você vai ter de usar sua perna esquerda no freio e no acelerador.

— Sim, senhor.

— Sua BOA fica ao norte daqui, a uns quinze quilômetros. Mantém esse fuzil no colo, com os carregadores ao lado. E seja discreto, se conseguir.

— O que é ser discreto?

— Não chamar a atenção. Não correr, não se destacar, não descobrir o rosto.

— Entendido.

— Mas, se não conseguir evitar o contato, atira em qualquer coisa que não te agrade, entendeu? Tenha isso em mente, garoto. Você vai ter de ser ruim pra sobreviver na próxima meia hora.

— Sim, senhor. E você?

— Eu já sou ruim.

O soldado Ricky Bayliss estremeceu com a pontada de dor que sentiu na perna. Olhou para a frente, não para o homem à sua esquerda.

— Seja você quem for... obrigado.

— Pode me agradecer voltando pra casa e esquecendo meu rosto.

— Entendido — respondeu, aquiescendo. — Você só tá de passagem.

Bayliss se afastou do bosque e voltou para a estrada. Deu uma última olhada no retrovisor para ver o estranho, mas o mormaço e a poeira levantada pelos pneus da picape turvaram sua visão.

3

Na Bayswater Road em Londres, um prédio comercial de seis andares tem vista para duas anomalias bucólicas naquela parte do centro da cidade: o Hyde Park e os Kensington Gardens. Em um espaço amplo no último andar do edifício branco fica o escritório da Cheltenham Security Services, uma empresa privada que contrata agentes de segurança, unidades de proteção pessoal e serviços de inteligência estratégica para executivos de corporações britânicas e de outros países da Europa Ocidental. A css foi concebida e fundada e é dirigida no dia a dia por um inglês de sessenta e oito anos chamado sir Donald Fitzroy.

Fitzroy tinha passado o começo daquela manhã de quarta-feira trabalhando intensamente, mas no momento se esforçava para tirar aquela tarefa da cabeça. Fez uma pausa para desanuviar os pensamentos, tamborilando os dedos grossos na escrivaninha ornamentada. Não tinha tempo para o homem que o aguardava lá fora com sua secretária — uma questão premente exigia toda a sua atenção —, mas dificilmente poderia deixar de recebê-lo. A atual crise de Fitzroy precisaria esperar.

O jovem havia chegado uma hora antes e disse à secretária que precisava falar com o sr. Fitzroy a respeito de um assunto de extrema urgência. Essas solicitações eram corriqueiras no escritório da css. O incomum a respeito daquela visita, e a razão pela qual Fitzroy não poderia pedir ao jovem que voltasse outro dia, era o fato de o visitante estar a serviço do LaurentGroup, um gigantesco conglomerado francês que administrava os setores de navegação, transporte rodoviário, engenharia e instalações portuárias para as indústrias de petróleo, gás e minerais na Europa, na Ásia, na África e na América do Sul. Era o maior cliente de Fitzroy e, somente por essa razão, não poderia se desculpar e dispensar o visitante, apesar da relevância e da urgência das outras questões.

A empresa de Fitzroy prestava serviços de segurança corporativa aos escritórios do LaurentGroup na Bélgica, na Holanda e no Reino Unido. Contudo, por maior que fosse o contrato de Fitzroy com a Laurent em comparação com outras contas corporativas da css, sir Donald sabia que não representava sequer uma fração do gigantesco orçamento anual total de segurança da grande corporação. Era um fato bem conhecido no círculo dos que trabalhavam com segurança que o LaurentGroup administrava seus próprios departamentos de segurança de forma descentralizada, contratando pessoal local para fazer a maior parte do trabalho pesado nos mais de oitenta países onde a corporação operava. Isso poderia ser algo tão inócuo quanto selecionar secretárias em um escritório em Kuala Lumpur, mas também incluía situações nefandas, como quebrar as pernas de um estivador recalcitrante nas docas de Bombaim ou usar de violência contra um comício sindicalista problemático em Gdansk.

De tempos em tempos, os executivos da sede do Laurent em Paris precisavam que um problema fosse resolvido de forma definitiva, e Fitzroy sabia que também contavam com homens de plantão para isso.

Havia um lado sujo na maioria das empresas multinacionais que atuavam em regiões do mundo com mais bandidos do que policiais, com mais famintos querendo trabalhar do que pessoas instruídas tentando organizar e implementar reformas. Sim, a maioria das multinacionais utilizava métodos que jamais estariam na lista de tópicos dos *briefings* dos presidentes nem no orçamento dos relatórios financeiros anuais. Mas o LaurentGroup era conhecido como uma empresa rígida quando se tratava de ativos e recursos do terceiro mundo.

E isso não afetava em nada o valor de suas ações.

Donald Fitzroy tentou esquecer sua preocupação com a outra questão, apertou o botão do interfone e pediu à secretária que deixasse o visitante entrar.

A primeira coisa que Fitzroy notou foi o terno do jovem bonitão. Feito sob medida, um costume local em Londres. Bastava identificar o alfaiate para conhecer o homem que vestia seus trajes. Era um Huntsman, uma loja da Savile Row que ele reconheceu, e dizia muito a respeito do visitante a Fitzroy. Sir Donald preferia os ternos de Norton & Sons, elegantes, mas um pouco menos executivos. Mesmo assim, gostou do estilo do jovem. Com um olhar rápido e treinado, o inglês deduziu que o visitante fosse um advogado, bem instruído e americano, apesar de respeitoso com os modos e costumes do Reino Unido.

— Não precisa me dizer, sr. Lloyd. Permita-me adivinhar — disse Fitzroy ao ir ao encontro do jovem com um sorriso amável. — Alguma faculdade de direito por aqui? King's College, imagino. Talvez tenha voltado aos Estados Unidos depois de formado. Vou arriscar Yale, mas preciso ouvir você falar primeiro.

O jovem sorriu e estendeu a mão bem cuidada e com um aperto firme.

— King's College, senhor, mas eu me formei em Princeton.

Os dois apertaram as mãos, e Fitzroy conduziu o jovem a uma sala de recepção na frente de seu escritório.

— Sim, agora percebi, Princeton.

Quando Fitzroy sentou-se em uma cadeira diante da mesa de centro, Lloyd disse:

— Impressionante, sir Donald. Suponho que tenha aprendido tudo sobre como avaliar as pessoas em sua antiga profissão.

Fitzroy arqueou as sobrancelhas brancas e espessas, enquanto servia o café no jogo de prata sobre a mesa.

— A *Economist* publicou um artigo a meu respeito. Um ou dois anos atrás. Talvez você já tenha ouvido alguns boatos sobre minha carreira a serviço da Coroa.

Lloyd aquiesceu e tomou um gole de café.

— Admito que sim. Seus trinta anos no MI-5. A maior parte passou em Ulster na época dos conflitos. Em seguida, uma mudança de vocação para a segurança corporativa. Aquele artigo elogioso deve ter ajudado em seus negócios.

— Bastante. — Fitzroy abriu um sorriso bem treinado.

— E também devo confessar que nunca conheci um cavaleiro da Coroa honesto.

Fitzroy riu em voz alta.

— É um rótulo que minha ex-esposa ainda ironiza em nosso círculo de amizades. Ela gosta de salientar que se trata de uma honraria de gentileza, não de nobreza. Como eu claramente não correspondo a uma coisa nem outra, ela considera essa designação particularmente inadequada — respondeu Fitzroy sem nenhuma amargura, apenas com uma bem-humorada autodepreciação.

Lloyd riu educadamente.

— Normalmente trato de negócios com o sr. Stanley, no escritório dele em Londres. Qual é seu cargo no LaurentGroup, sr. Lloyd?

Lloyd pôs a xícara no pires.

— Por favor, perdoe a maneira abrupta como solicitei nosso encontro e, por favor, perdoe a forma brusca para chegar direto ao ponto.

— Sem problemas, meu jovem. Ao contrário de muitos ingleses, especialmente os da minha geração, eu respeito a sagacidade dos homens de negócios americanos. Não tenho dúvida de que os intermináveis chás das cinco prejudicaram a produtividade britânica. Então, pode abrir fogo com os dois canos, como vocês, ianques, gostam de dizer. — Fitzroy tomou um gole de café.

O jovem americano inclinou-se para a frente.

— Minha pressa tem pouco a ver com o fato de eu ser americano. Está mais ligada à natureza crucial das necessidades da minha empresa.

— Espero poder ser útil.

— Tenho certeza disso. Estou aqui para discutir um evento ocorrido vinte horas atrás em Al Hasakah.

Fitzroy empertigou-se e sorriu.

—Agora você me pegou, rapaz. Devo admitir que não reconheço esse nome.

— Fica no leste da Síria, sr. Fitzroy.

Donald Fitzroy não disse nada, e seu sorriso treinado esmoreceu. Lentamente, pôs a xícara no pires e os colocou na mesa à sua frente.

Lloyd voltou a falar:

— Mais uma vez, peço desculpas pelo modo como estou me apressando com o assunto, mas o tempo não é apenas crucial nessa questão: é praticamente inexistente.

— Estou ouvindo. —Agora o sorriso britânico e caloroso de dez segundos atrás estava morto e enterrado.

— Por volta das oito horas da noite no fuso local, um assassino tirou a vida do dr. Isaac Abubaker. Como deve saber, ele era o ministro de Energia da Nigéria.

Fitzroy respondeu em um tom evidentemente menos amistoso que o anterior.

— Curioso. Alguma ideia do que o ministro de Energia da Nigéria estava fazendo no leste da Síria? A única energia a ser explorada por lá é o fervor dos jihadistas que se reúnem antes de se infiltrar no Iraque para insuflar o conflito.

Lloyd sorriu.

— O bom doutor era um muçulmano radical. Poderia estar na região para oferecer algum apoio material à causa. Não estou aqui defendendo suas ações. Só estou preocupado com esse assassino. Parece que o assassino sobreviveu e fugiu para o Iraque.

— Lamentável.

— Não para o assassino. Ele era bom. Mais do que isso. Era o melhor. Aquele que chamam de Agente Oculto.

Fitzroy cruzou as pernas e se recostou.

— Um mito.

— Não é um mito. É um homem. Um homem muito habilidoso, mas um homem de carne e osso.

— E qual a razão de você ter vindo aqui? — A voz de Fitzroy não aparentava nada do charme paternal da conversa anterior.

— Estou aqui porque ele trabalha para o senhor.

— Trabalha para mim?

— Sim. O senhor revisa os contratos dele, supre suas necessidades logísticas, dá suporte com informação de inteligência, recebe dos contratantes e remete o pagamento às suas contas bancárias.

— Onde você ouviu esse absurdo?

— Sir Donald, se eu tivesse tempo, prestaria toda a cortesia que merece. Poderíamos fazer uma esgrima verbal, eu fintaria e o senhor se esquivaria, e nos pavonearíamos pela sala até uma de nossas espadas acertar um golpe mortal. Infelizmente, senhor, eu estou sob uma tremenda pressão, o que me obriga a dispensar as amabilidades habituais. — Tomou mais um gole de café e fez uma breve careta com o gosto amargo. — Eu *sei* que o assassino é o homem chamado de Agente Oculto e que o senhor é o agenciador dele. Pode me perguntar como sei disso, mas vou mentir, e nosso relacionamento nas próximas poucas horas depende da nossa capacidade de falar com franqueza.

— Prossiga.

— Como eu disse, o Agente Oculto atravessou o Iraque, mas perdeu sua extração por ter se envolvido tolamente em um tiroteio com uma força superior de insurgentes. Matou ou feriu dez homens ou mais. Salvou um soldado americano da Guarda Nacional e resgatou o corpo de outro. No momento, está foragido.

— Como você sabe que o Agente Oculto é o assassino do dr. Abubaker?

— Ninguém mais no mundo poderia ser enviado nessa missão, pois ninguém mais seria capaz de obter êxito na execução dessa ação.

— E, ainda assim, você diz que ele cometeu um erro tolo.

— Mais uma prova de que estou certo. O Agente Oculto já trabalhou para o governo dos EUA. Algo deu errado e ele se tornou alvo da CIA, passando a se esconder de seus ex-chefes. Apesar de o relacionamento com a CIA ter azedado, o Agente Oculto continua sendo um americano patriota. Não poderia ignorar a queda de um helicóptero nem a morte de onze americanos sem buscar alguma forma de retaliação.

— Essa é sua prova?

Lloyd ajeitou o paletó.

— Já sabemos há algum tempo que o Agente Oculto aceitou a proposta de matar Abubaker. Quando o bom doutor morreu em consequência de uma operação clandestina, não foi necessário especular quanto à identidade de seu assassino.

— Sinto muito, sr. Lloyd, mas já estou velho. Você terá que ligar os pontos para mim. O que veio fazer em meu escritório?

— Minha empresa está disposta a triplicar o valor de seus contratos se o senhor nos ajudar a neutralizar o Agente Oculto. Sem entrar em detalhes desnecessários, o presidente da Nigéria está pedindo nossa ajuda para fazer justiça em relação ao assassino do irmão dele.

— E por que o LaurentGroup?

— Isso envolveria detalhes desnecessários.

— Você deverá considerar que são absolutamente necessários se quiser que esta discussão vá adiante.

4

Lloyd hesitou. Assentiu lentamente.

— Muito bem. Duas razões. Uma delas é que minha empresa dispõe de um forte aparato de segurança de longo alcance, e o presidente acha que temos à nossa disposição os meios necessários para lidar com essa situação para ele. Já fizemos outros trabalhinhos sujos para os nigerianos no passado, como o senhor deve compreender. — Lloyd fez um gesto com a mão e acrescentou: — Bom atendimento aos clientes.

As sobrancelhas de Fitzroy se arquearam e se juntaram.

— E a segunda razão é que Julius Abubaker acredita ter alguma influência sobre nós. Estamos com um significativo contrato pendente de assinatura. Estava na mesa de Julius quando seu homem matou o irmão dele. O presidente deixará o cargo em menos de uma semana. Ele nos deu esse prazo para vingarmos o assassinato de seu irmão.

— Que tipo de contrato está pendente da aprovação dele?

— O tipo que não podemos nos dar ao luxo de perder. Sir Donald, o senhor sabia que a Nigéria não apenas produz petróleo em abundância, mas também dispõe de uma grande reserva de gás natural? É um gás totalmente desperdiçado, que borbulha dos poços de petróleo e evapora na atmosfera em um ritmo de trinta bilhões de toneladas por ano. Um completo desperdício de energia e de lucros.

— E o LaurentGroup quer esse gás?

— Claro que não. O gás é um recurso natural que pertence ao bom povo da Nigéria. Mas apenas nós temos a tecnologia para vedar esses poços, canalizar o gás liquefeito até o porto de Lagos, transportá-lo para refinarias em nossos navios petroleiros de casco duplo e temperatura controlada e processá-lo para os nigerianos. Investimos quatro anos e mais de trezentos milhões de dólares em pesquisa e desenvolvimento para esse projeto. Construímos navios, reformamos estaleiros para construir mais navios, negociamos direitos de uso da terra para o oleoduto.

— Tudo isso sem um contrato de exportação do produto? Parece que o LaurentGroup precisa de novos advogados — gracejou Fitzroy.

Como advogado do LaurentGroup, Lloyd ficou irritado.

— Nós *tínhamos* um contrato com Abubaker. O pessoal dele encontrou uma brecha. Corrigimos esse erro infeliz e só precisávamos de uma canetada dele no documento para selar o acordo e iniciar as operações. Mas seu homem matou o irmão dele.

— Eu continuo não enxergando uma conexão.

— A conexão, se me perdoa o linguajar, é que o presidente Abubaker é um escroto.

Fitzroy percebeu algo na agitação do jovem advogado.

— Acho que compreendi. Seu escritório foi o culpado pela brecha no contrato. E seus chefes o mandaram aqui com a tarefa de corrigir essa trapalhada.

Lloyd tirou os óculos de armação leve e esfregou a testa devagar.

— Um pequeno descuido que não justificaria cinco segundos de consternação em qualquer tribunal do mundo civilizado.

— Mas você está lidando com o país mais corrupto do mundo.

— O terceiro país mais corrupto, na verdade — replicou Lloyd. —Mas sua observação é válida.

Renovou o sorriso nos lábios logo depois de outro gole de café.

—Abubaker está ameaçando passar a operação para nosso concorrente, uma empresa que nem mesmo se candidatou ao trabalho. Esse concorrente levaria uma década para chegar ao nosso atual nível de infraestrutura e engenharia. Enquanto isso, a Nigéria perderia bilhões de dólares em lucros nos próximos anos.

— Assim como o LaurentGroup.

— Admito que não somos um departamento de serviços sociais dentro do governo da Nigéria. Somos movidos por nossos próprios interesses. Apenas mencionei o duplo benefício que os pobres miseráveis do país perderão se o Agente Oculto não for localizado e morto.

— Como esses pobres miseráveis continuam pobres e miseráveis depois dos bilhões anuais em rendimento do petróleo que já jorram na Nigéria, não imagino o que alguns gasodutos fariam para melhorar tanto assim a vida deles.

Lloyd deu de ombros.

— Talvez estejamos fugindo do assunto em questão.

— E quanto ao contratante? Por que o presidente não vai atrás dele? Se sua informação estiver correta, o Agente Oculto apenas puxou o gatilho.

Lloyd sorriu sem humor.

— Como o senhor sabe muito bem, o contratante foi morto em um acidente de avião meses atrás. O Agente Oculto poderia e deveria ter guardado o dinheiro que já havia recebido e esquecido o trabalho. Mas seu assassino continuou na missão. Talvez acreditando que estava fazendo algo nobre.

— E quanto a mim? Se vocês pensam que estou envolvido no planejamento da morte de Isaac Abubaker, por que não vêm atrás de mim também?

— Sabemos que o contratante agiu por meio de um intermediário. Por sua vez, o intermediador usou outro intermediador, que negociou com o senhor. O presidente Julius Abubaker não tem discernimento para entender toda essa trama. Ele quer apenas a cabeça de quem matou o irmão dele. Somente isso.

— Quando você diz que ele quer uma cabeça… Suponho que esteja falando em sentido figurado.

— Antes fosse, sir Donald. Não, o presidente enviou um homem da equipe pessoal dele ao meu escritório para verificar se minha missão será cumprida. Este homem me disse que irá pôr a cabeça do Agente Oculto em uma caixa de gelo e entregá-la a seu chefe em um malote diplomático. Malditos selvagens! — Lloyd pareceu dizer a última frase para si mesmo.

— Não há alguma outra maneira de subornar o presidente Abubaker? — questionou Fitzroy. Ele sabia como os contratos do setor público funcionavam no terceiro mundo.

Lloyd fitou um ponto na parede. Seus olhos ficaram distantes, mais velhos que sua aparência.

— Ah, nós já fizemos isso, sr. Fitzroy. Dinheiro, prostitutas, drogas, casas, barcos. Ele é um filho da puta insaciável. Já demos a lua e as estrelas pelo contrato de Lagos. Mesmo assim, agora ele está negociando com nosso concorrente. Apresentar a cabeça do assassino do irmão dele é a única coisa que podemos fazer por ele que ninguém mais pode e, portanto, é a única coisa que ele exige de nós.

— Se Abubaker é tamanho déspota, por que ele está deixando o poder por vontade própria?

Lloyd fez um gesto com a mão, como se a resposta fosse óbvia.

— Ele já é um homem obscenamente rico. Estuprou o próprio país. Agora é o momento de aproveitar os frutos de seus atos.

— E é por isso que você está aqui.

— É simples assim, sr. Fitzroy. Mais uma vez, lamento a descortesia de minha intromissão. Mas tenho certeza de que o trabalho que vamos oferecer à Cheltenham Security fará mais do que compensar a perda de um assassino, mesmo que muito bom.

— Sr. Lloyd, eu emprego tipos que são… muito básicos — disse Fitzroy. — Eles respondem bem à lealdade, à confiança e a um senso de honra. Muitas vezes mal direcionado, mas ainda assim isso os motiva. Abrir mão da vida de um homem, do meu melhor homem, para ganhar alguns contratos lucrativos, dificilmente serviria aos meus interesses.

— Pelo contrário. Esse seu homem é um produto como outro qualquer. Esse tipo de produto tem vida útil curta. Seis meses, um ano, com certeza não mais do que três, até estar morto ou incapacitado. Inútil para você como gerador de receita. O que estou oferecendo irá manter seus cofres cheios enquanto sua empresa existir.

— Eu não sacrifico meus homens em troca de negócios.

Breve pausa.

— Eu entendo. Vou falar com Paris. Talvez eu possa melhorar o tempero do prato.

— O sabor do seu prato não importa. É do prato em si que eu não gosto.

Lloyd chegou mais perto. Sua voz soou com um leve tom de ameaça.

— Se eu não puder melhorar o tempero, serei obrigado a mexer. Eu *preciso* que seu assassino seja eliminado. Gostaria de usar uma cenoura, mas estou preparado para usar um bastão.

— Sugiro que prossiga com cuidado, rapaz. Não gosto dos rumos que esta conversa está tomando.

Os dois se encararam por alguns segundos.

— Eu sei que o senhor tem uma equipe de extração a caminho para resgatar o Agente Oculto hoje à noite — disse Lloyd. — Quero que dê ordens para seus homens o matarem. Um simples telefonema e um incentivo financeiro devem resolver essa questão de maneira rápida e limpa.

Os olhos de Fitzroy se estreitaram.

— De onde você tirou essa informação?

— Não tenho permissão para revelar minhas fontes de inteligência.

— Você está blefando. Não sabe de nada.

Lloyd sorriu.

— Vou lhe dar uma pequena amostra do que sei; depois o senhor decide se isso é um blefe. Desconfio de que sei mais a respeito do seu garoto que o senhor. O verdadeiro nome do seu assassino é Courtland Gentry, chamado de Court. Tem trinta e seis anos. Americano. O pai dele administrava uma escola da SWAT perto de Tallahassee, na Flórida, onde Gentry cresceu. O garoto recebeu treinamento de oficiais táticos diariamente. Com dezesseis anos, já ensinava técnicas de combate a curta distância às equipes da SWAT. Quando completou dezoito, juntou-se a uma turma suspeita em Miami, trabalhou para uma gangue colombiana por algum tempo e foi preso em Key West por ter matado a tiros três traficantes de drogas cubanos em Fort Lauderdale.

"Um mandachuva da CIA, treinado pela escola do pai de Court, tirou o garoto da prisão e o alocou em uma divisão secreta do Diretório de Operações. Trabalhou como agente infiltrado no mundo todo por alguns anos, basicamente com operações clandestinas, até o Onze de Setembro, quando foi realocado para a Divisão de Atividades Especiais para trabalhar em uma força-tarefa marginal da agência. Oficialmente conhecida como Destacamento Especial Golf Sierra, ganhou o afetuoso apelido, para os poucos que a conheciam, de Esquadrão Bandido."

— Você está inventando tudo isso.

Lloyd ignorou a observação e prosseguiu.

— Era uma equipe tática para um fim específico, formada pelo que chamamos no ramo de operativos de alta velocidade e curto alcance. O melhor dos melhores. Não tipos como James Bond. Não, esses caras enfatizavam muito mais a espada do que a capa. Por alguns anos, eles formaram a melhor unidade da CIA. Matavam os que não podíamos prender, matavam os que não acreditávamos que pudessem nos fornecer muita informação útil e matavam aqueles cujas mortes semeariam mais medo nos corações e mentes dos terroristas.

"Então, quatro anos atrás, algo deu errado. Alguns dizem que houve politicagem envolvida; outros estão convencidos de que Gentry se ferrou em uma operação e deixou de ser útil. Mas outros insistem que ele se sujou. Seja qual for o motivo, foi emitida uma ordem para capturá-lo. Em seguida, uma diretiva de atirar à primeira vista. Foi caçado por ex-colegas da Divisão de Atividades Especiais. Mas Gentry não se retirou em silêncio; eliminou alguns colegas de equipe do Golf Sierra destacados para matá-lo e passou à clandestinidade, fora da rede. Viveu um tempo no Peru, em Bangladesh e na Rússia, e sabe-se lá onde mais. Em seis meses, ele ficou sem dinheiro. Entrou para o setor privado, trabalhando para o senhor, fazendo o que sabia fazer de melhor. Tiros na cabeça e gargantas cortadas. Com fuzis de longo alcance e canivetes."

Alguém bateu de leve na porta do escritório. A secretária de Fitzroy inclinou a cabeça.

— Desculpe, ligação para o senhor.

Saiu e fechou a porta.

Fitzroy se levantou, e Lloyd fez o mesmo. O jovem americano falou:

— Eu posso esperar lá fora.

— Não é preciso. Não temos mais nada a tratar.

— O senhor estaria cometendo um grande erro me mandando embora. Eu preciso que sua equipe de extração elimine o Agente Oculto. Se não considerar minha oferta atraente, farei algumas ligações e verei o que posso fazer. O que eu *não posso* fazer, sr. Fitzroy, é retornar aos meus empregadores sem que essa questão esteja resolvida.

Fitzroy já tinha aguentado demais.

— Sua empresa me julgou mal. Eles não podem me subornar como fazem com um ditadorzinho africano.

O americano fez uma expressão severa.

— Nesse caso, peço desculpas.

Os dois apertaram as mãos, mas o gesto amigável não chegou ao olhar gélido de nenhum deles. No caminho em direção à porta, Lloyd desviou para a esquerda e parou em frente a uma cópia do artigo da *Economist* emoldurada na parede. O título dizia: "Ex-espião de elite torna-se magnata da segurança corporativa".

Lloyd apontou para o quadro e se virou para o inglês mais velho.

— Belo artigo, muito informativo.

Em seguida, viu uma foto na parede de Fitzroy ainda jovem, com a esposa e um filho adolescente.

— Seu filho já tem duas filhas, não é? Mora aqui em Londres, em uma casa em Sussex Gardens, se me lembro bem do artigo da *Economist*.

— Isso não constava no artigo da *Economist*.

— Ah, não? — Lloyd deu de ombros. — Devo ter obtido essa informação de outra fonte. Tenha um bom dia, sir Donald. Manteremos contato. Pode esperar uma encomenda dentro de uma hora.

Virou-se e desapareceu pela porta.

Fitzroy ficou sozinho no escritório por um momento.

Sir Donald não se atemorizava facilmente, mas sentiu um inconfundível arrepio de medo.

5

DUAS HORAS ANTES DO AMANHECER e o calor no aeródromo abandonado já era sufocante. O grande Lockheed L-100 posicionado na cabeceira da pista parecia ocioso, com as luzes apagadas para não ser detectado a distância, mas a tripulação de voo estava a postos, as mãos crispadas no manche. As hélices sopravam poeira seca e areia fina nos rostos desgastados pelo vento e nas gargantas ressecadas dos cinco homens parados na pista ao pé da rampa rebaixada da aeronave. Todos olhavam para o sul, na direção do pequeno barraco que fazia as vezes de um terminal, além da cerca de arame, e para a escuridão infinita do oeste do Iraque.

Os cinco homens se posicionavam a poucos metros uns dos outros, mas era impossível qualquer comunicação normal. Mesmo em marcha lenta, os motores Allison das quatro hélices da aeronave enchiam o ar com um zumbido constante que estremecia a terra. Sem os rádios Harris Falcon de curta distância e os microfones de garganta, as palavras dos homens se perderiam como a paisagem além do alcance de seus óculos de visão noturna.

Markham dedilhou a submetralhadora Heckler & Koch pendurada no peito com a mão esquerda e apertou o botão do transmissor do rádio no colete com a direita.

— Ele está atrasado.

Perini mordeu a ponta do tubo pendurado no seu ombro e chupou água morna da bexiga meio vazia em sua mochila. Cuspiu a maior parte na pista de pouso coberta de areia perto de suas botas. Um fuzil Mossberg pendia de sua mão direita.

— Se esse FDP é tão fodão, por que não consegue fazer sua exfiltração na hora combinada?

— Ele é fodão mesmo. Se o Agente Oculto tá atrasado, deve ser por um bom motivo — disse Dulin, com as mãos na cintura e a submetralhadora atravessada horizontalmente no peito. — Fiquem em alerta, é uma operação curta. A gente pega o cara, cuida dele até a fronteira e esquece que viu o sujeito.

— Agente Oculto... — disse McVee com certa reverência. — É o cara que matou Milosevic. Ele se infiltrou em uma prisão da ONU e envenenou o filho da puta. — Sua submetralhadora MP5 pendia da alça, o grande silenciador apontando diretamente para a pista. Apoiou o cotovelo na coronha retrátil da arma.

— Não, mano — replicou Perini. — Você entendeu errado. Ele matou o cara que matou Milosevic. Milosevic ia revelar nomes. De funcionários da ONU que o ajudaram no genocídio na Bósnia e no Kosovo. A ONU mandou um homem pra envenenar o velho Slobo, e o Agente Oculto matou o cara, depois do fato. — Tomou um gole e cuspiu outro bocado de água morna. — O Agente Oculto é um grande filho da puta. Não tá nem aí, não tem medo de nada.

Markham reiterou sua sentença anterior.

— Ele tá é atrasado pra caralho, isso sim.

Dulin olhou para o relógio.

— Fitzroy disse que talvez a gente precisasse esperar, talvez até lutar. Cada *hajji* nessa área de cinquenta quilômetros tá na cola do Agente Oculto.

Barnes estava em silêncio, mas agora se pronunciou.

— Ouvi dizer que ele fez aquele trabalho em Kiev. — Andou de um lado para o outro, afastando-se da rampa da aeronave, e escrutinou a escuridão com a mira telescópica de 3x de visão noturna do fuzil de assalto M4.

— Balela — retrucou Dulin, e outros dois concordaram de imediato.

Mas McVee ficou do lado de Barnes.

— Foi o que eu ouvi. Esse Agente Oculto fez todo aquele estrago sozinho.

— De jeito nenhum — retrucou Markham. — Kiev não foi uma operação de um homem só. Foi uma equipe A de, no mínimo, doze homens.

Barnes balançou a cabeça no escuro.

— Ouvi dizer que foi apenas um. Que foi o Agente Oculto.

Markham replicou:

— Eu não acredito em magia.

Nesse momento, os fones de ouvido dos cinco homens crepitaram. Dulin ergueu a mão para silenciar a equipe e apertou um botão de comunicação no dispositivo em seu peito.

— Repetir última transmissão.

Mais estática. Finalmente algumas palavras desconexas soaram em meio à estática.

— Trinta segundos... em movimento... perseguido! — A voz era irreconhecível, mas claramente a mensagem era urgente.

— É ele? — perguntou Barnes.

Ninguém soube dizer.

Mais uma manifestação de vida nos fones de ouvido, dessa vez mais clara. Todos olharam para o portão aberto na frente do pequeno aeródromo.

— Estou chegando! Não atirem!

Dulin respondeu no comunicador.

— Seu sinal tá intermitente. Diga novamente sua localização.

Crepitar de estática.

— ...Noroeste.

Nesse momento, eles ouviram um estrondo e uma buzina ao norte. Todos estavam olhando para o sul. Viraram suas cabeças e os canos das armas na direção do barulho e viram uma picape civil, com um dos faróis apagado, arrombar a cerca e se aproximar da pista pela areia. A picape vinha em uma velocidade incrível, diretamente na direção do L-100.

A voz falou de novo pelos comunicadores.

— Tem gente atrás de mim!

Nesse momento, surgiram faróis na trilha larga atrás do veículo, que corcoveava violentamente. Primeiro, dois faróis, depois quatro, depois outros mais.

Dulin avaliou a situação por um segundo e gritou para sua equipe, acima do ruído do motor:

— Subam a rampa!

* * *

Os cinco estavam a bordo, e o L-100 já avançava pela pista quando um homem armado, com roupas sujas e colete à prova de balas, subiu pela rampa de trás. McVee agarrou a mão enluvada do "pacote" e o puxou rampa acima. Markham acionou a alavanca de elevação hidráulica para fechar a rampa. Dulin deu um comando aos pilotos na cabine de voo e os quatro motores turboélice aceleraram para a decolagem.

Quando a rampa se fechou, o pacote caiu sobre suas joelheiras no meio do avião. Com o fuzil M4 suspenso em uma bandoleira na altura do peito, quase sem munição, e a jaqueta de nomex marrom rasgada em vários lugares. O rosto estava coberto por óculos de visão noturna, camuflado e suarento. Tirou o capacete, que caiu no piso da cabine já inclinada durante a rotação de decolagem. O vapor subia dos cabelos castanhos espessos e molhados e escorria suor de sua barba como uma torneira vazando.

Dulin levantou o Agente Oculto do chão e o acomodou no banco na lateral da cabine. Travou o cinto de segurança e sentou-se a seu lado.

— Você tá ferido? — perguntou.

O homem sacudiu a cabeça.

— Não quer tirar esse equipamento? — gritou Dulin, acima do som dos motores.

— Prefiro ficar com ele.

— Como quiser. É só um voo de quarenta minutos. Chegando à Turquia, a gente vai pra uma casa segura e amanhã à noite Fitzroy mandará instruções para você. A gente cuidará de você até lá.

— Obrigado — disse o homem sujo e ofegante. Falava olhando para o chão, os braços apoiados no fuzil pendurado em seu pescoço.

Os outros quatro homens se afivelaram no assento de treliça vermelha que revestia a lateral da fuselagem. Todos olhavam para o pacote, tentando inutilmente reconciliar o operativo de aparência comum ao lado deles com sua reputação sobre-humana.

O Agente Oculto e Dulin estavam sentados ao lado de um palete de carga amarrado com correias no meio do convés.

— Vou ligar para o Fitzroy e avisar que deu tudo certo — disse Dulin. — E pegar um pouco de água pra você. Já volto. — Virou-se e subiu a inclinação da aeronave em ascensão até a frente da cabine. No caminho, pegou o telefone via satélite.

Passava um pouco das três da madrugada em Londres, e no sexto andar de um prédio de escritórios na Bayswater Road, um homem idoso, com um terno risca de giz amassado, tamborilava os dedos na mesa. Com o rosto pálido e o suor escorrendo pelo pescoço carnudo, molhando a casimira egípcia do paletó. Donald Fitzroy tentou relaxar, esconder a preocupação óbvia de sua voz.

O telefone via satélite tocou outra vez.

Olhou de novo, pela vigésima vez, para o porta-retratos em cima da mesa. Seu filho, agora com quarenta anos, sentado em uma rede na praia, com sua linda esposa a seu lado. E as gêmeas, duas meninas, uma no colo do pai e outra no da mãe. Todos sorrindo.

Fitzroy desviou o olhar do retrato para um maço de fotos soltas em suas mãos grandes. Também olhou umas vinte vezes para essas fotos. Eram as mesmas quatro pessoas, a mesma família, embora as gêmeas estivessem um pouco mais velhas agora.

Eram fotos típicas de vigilância: a família em um parque, as gêmeas na escola perto de Grosvenor Square, a nora empurrando um carrinho de compras no supermercado. Pelos ângulos e a proximidade dos retratos, Fitzroy percebeu que a mensagem do fotógrafo era de que poderia facilmente ter caminhado até os quatro e tocado em cada um deles.

A implicação de Lloyd era clara: a família de Fitzroy poderia ser atingida a qualquer momento.

O telefone via satélite tocou uma terceira vez.

Fitzroy suspirou fundo, jogou as fotos no chão e respondeu ao toque irritante.

— Prontidão. Transporte na escuta?

— Cinco por cinco, Prontidão — respondeu Dulin, encostando bem o ouvido no fone do telefone via satélite para abafar o rugido do motor. — Está me ouvindo bem?

— Perfeitamente. Informe seu status.

— Prontidão, Transporte. Estamos com o pacote, exfiltração concluída.

— Entendido. Qual é o status do pacote?

— Parece péssimo, senhor, mas diz que está funcional.

— Entendido. Fique no aguardo — disse Fitzroy.

Dulin esfregou a mão enluvada no rosto e olhou para seus quatro operativos no fundo do avião de carga. Em seguida, focou o olhar no Agente Oculto, sentado na beira do banco. Os óculos de proteção, a barba e a camuflagem escondiam seu rosto. Ainda assim, Dulin pôde ver que o homem estava exausto. Recostado na fuselagem, com os dois braços apoiados no M4. Os olhos fixos ao longe. A equipe de Dulin estava à direita do Agente Oculto, todos alinhados de maneira quase uniforme, mas a uns poucos metros de distância do pacote.

Trinta segundos depois, Donald Fitzroy voltou a falar.

— Transporte, aqui é Prontidão. Houve uma mudança na operação. Claro que você e seus homens serão remunerados de acordo.

Dulin se aprumou. Franziu a testa.

— Entendido, Prontidão. Prossiga com a atualização das especificações operacionais.

— A entrega do pacote deve ser cancelada.

Dulin inclinou a cabeça.

— Negativo, Prontidão. Não podemos voltar ao aeródromo. Cheio de inimigos...

— Não é o que estou dizendo, Transporte. Você precisa... destruir o pacote.

Pausa.

— Prontidão, Transporte. Pode repetir a última fala?

O tom de voz no telefone via satélite mudou. Ficou menos distanciado. Mais humano.

— Surgiu uma... situação, Transporte.

— É, posso imaginar — disse Dulin, sua voz perdendo a cadência cortada do protocolo de rádio.

— Ele deve ser eliminado.

Dulin estava com a cabeça apoiada na mão enluvada. Começou a coçar o rosto com os dedos.

— Tem certeza? É um de seus homens.

— Eu sei.

— *Eu* sou um de seus homens.

— É complicado, rapaz. Não é como costumo fazer negócios.

— Isso não está certo.

— Como eu disse, todos serão compensados por esse desvio da operação original.

Os olhos de Dulin permaneceram no pacote enquanto ele perguntava:
— Quanto?

Cinco minutos depois, Dulin olhou para seus homens, levou a mão à chave seletora do rádio em seu peito e girou o dial com alguns cliques.

— Não digam nada. Só acenem se copiarem.

— Barnes, McVee, Perini e Markham olharam para cima e ao redor. Seus olhos encontraram Dulin na frente do avião e aquiesceram em uníssono. Distraído, o Agente Oculto olhava fixamente para o palete de carga à sua frente.

— Ouçam. Prontidão deu ordens pra zerar o pacote. — Dulin viu a expressão de perplexidade de seus homens a dez metros de distância na cabine bem iluminada. Deu de ombros: — Sem perguntas, pessoal. Só estou cumprindo ordens.

Os quatro homens olharam para o pacote, no mesmo banco onde estavam, afivelado perto da rampa traseira, o fuzil M4 no peito e o rosto barbudo voltado para o piso da cabine.

Voltaram a olhar para o líder da equipe e assentiram devagar, em uníssono.

6

Sozinho, perto da rampa fechada da aeronave, Court Gentry ouvia os motores roncando e tentava recuperar o fôlego, controlar suas emoções. Estava sentado em um assento de treliça na traseira de um l-100-30, mas seus pensamentos estavam lá embaixo, no escuro, na areia.

Na merda.

O operativo mais próximo à sua direita se levantou, contornou o palete e sentou-se no banco, de frente para ele. Gentry olhou à direita, viu o líder da equipe de extração ajustando seu equipamento. Começou a observar os outros caras, mas logo se voltou para o homem perto da cabine de voo.

Havia algo de errado.

As costas do líder da equipe estavam eretas, o rosto contraído, apesar de não estar olhando para nada em particular. A mp5 estava em seu peito; ele ajustava a luva em sua mão direita.

E seus lábios estavam se movendo. Transmitindo em seu rádio de curta distância, dando ordens a seus homens.

Gentry baixou os olhos para seu rádio Harris Falcon. Estava no mesmo canal que o restante da equipe, mas agora não conseguia mais ouvir a transmissão.

Estranho.

Court virou-se para os três homens a seu lado no banco. Pela postura, pelas expressões faciais, percebeu que, assim como o líder, ninguém estava descomprimindo após a tensão da extração da zona de perigo. Não, eles estavam se movimentando, parecendo prestes a *entrar em ação*. Depois de dezesseis anos ganhando a vida em operações secretas, Gentry sabia interpretar expressões e avaliar ameaças. Conhecia o comportamento de um operativo quando a luta terminava e sabia como ele se comportava quando uma luta estava prestes a começar.

Disfarçadamente, desafivelou o cinto de segurança que o prendia ao banco e girou em seu assento para encarar os homens a seu redor.

Dulin continuava perto da cabine de voo, mas não mais transmitindo. Apenas encarando Gentry.

— E aí? — gritou Gentry, acima do ronco do motor.

Dulin se levantou devagar.

Court gritou novamente da outra extremidade da cabine barulhenta:

— Seja lá o que esteja pensando em fazer, você só precisa...

Markham girou rapidamente no banco na direção do Agente Oculto, já com a pistola na mão. Gentry tomou impulso com as botas sujas de areia na fuselagem embaixo do banco e saltou, tentando se proteger atrás do palete de carga preso ao piso.

A luta começou. O fato de Court não saber por que diabos estava sendo atacado por seus salvadores não fazia a menor diferença. Não desperdiçou uma única célula cerebral ponderando sobre o rumo dos acontecimentos.

Court Gentry era um matador de homens.

Eles eram homens.

Somente isso importava.

Markham disparou sua Sig Sauer, mas errou. Antes de desaparecer atrás da carga, Gentry viu Markham e Barnes soltando rapidamente seus cintos de segurança.

McVee era o único homem à esquerda de Gentry quando ele se agachou atrás do palete e olhou para as portas da cabine de voo, a dez metros de distância. Dulin continuava lá, perto das portas, e os outros três operativos estavam à frente e à sua direita. Court sabia que, se derrubasse o homem à sua esquerda, eliminaria uma fonte de disparos, então rolou sobre o ombro esquerdo, surgiu de trás do palete com a M4 erguida e disparou uma longa rajada no operativo. O impacto jogou McVee contra a parede, com a HK caindo de sua mão.

O operativo caiu para trás no banco, morto.

Gentry tinha matado aquele homem, mas sem saber o porquê...

Imediatamente todos os homens na traseira do L-100 começaram a disparar; quatro armas despejando projéteis de chumbo revestidos de metal na direção de Gentry.

Court se espremeu atrás do palete de carga quando a fuselagem atrás dele começou a ranger, assobiando pelos furos abertos por uma dúzia de tiros de fuzil que despressurizaram a aeronave. A tripulação de voo na frente do avião de carga não escutou o rangido do casco comprometido, mas certamente ouviu os tiros, pois o L-100 entrou em queda livre em busca de uma atmosfera mais densa, a fim de diminuir a diferença de pressão, torcendo para a aeronave não se desfazer em pedaços.

A queda livre criou um ambiente quase sem gravidade para Gentry e os outros quatro homens. O corpo de Court saiu da relativa segurança do palete e voou com duas piruetas invertidas, até finalmente pousar no teto da cabine e deslizar de costas até a rampa traseira, que agora era o ponto mais alto do compartimento de carga.

Dois dos atiradores também se ergueram no ar, mas continuaram atirando em seu alvo.

Gentry sentiu a punctura de duas balas de nove milímetros de uma MP5 na placa blindada do colete tático. A força do impacto o desequilibrou por um instante. Ainda de ponta-cabeça, viu que um dos operativos não tinha soltado o cinto de segurança e se agitava freneticamente, preso na parede à sua direita.

Um alvo estático.

Gentry disparou sua M4 na cabeça de Perini. O corpo desfaleceu, braços e pernas dançando na velocidade do mergulho do avião.

Nos dez segundos seguintes, os quatro homens ainda vivos na cabine giraram no ar como meias em uma secadora. O líder da equipe, Dulin, estava abaixo dos outros. Conseguiu se agarrar a uma das treliças dianteiras e enganchar seu braço com segurança e agora tentava apontar sua submetralhadora na direção de Gentry, que estava dez metros acima dele. Mas Markham e Barnes chocaram-se com Gentry, e todos saíram voando, totalmente fora de controle.

Coronhas, botas e punhos se golpeavam cada vez que se aproximavam demais para usar uma arma de fogo.

Apesar da sensação de leveza, na verdade os homens estavam sendo arremessados ao solo, despencando na velocidade máxima. Como o avião estava cercando-os e caindo também, eles não tinham um ponto de referência para provar que estavam caindo como pedras.

Em meio ao caos, ao barulho e à confusão de não ter os pés em terra firme, Court girou para trás novamente, sua mão escorregando durante o movimento, fazendo com que a arma ficasse fora de alcance. Sacou sua pistola Glock 19 e tentou disparar a esmo, mas sentiu a ferroada de uma bala perfurando sua coxa direita. O impacto jogou sua perna para trás como uma martelada. Ignorou o ferimento e conseguiu apoiar os pés na rampa traseira. Olhou para cima, mas, na verdade, agora seria para baixo, e viu Dulin em sua mira. O líder da equipe de extração tinha um braço enlaçado na treliça dianteira e segurava a submetralhadora com o outro, apontada para o Agente Oculto. Court disparou seis tiros rápidos e viu o corpo de Dulin se contorcer quando as balas o atingiram na virilha e na parte inferior do torso.

Gentry virou-se para Barnes e Markham, seus dois últimos alvos, mas o corpo sem vida de McVee atravessou seu campo de visão. Nesse momento, o piloto deve ter decidido que já estava vendo areia demais pelo para-brisa e interrompeu bruscamente o mergulho. Todos os passageiros na traseira, tanto os mortos quanto os vivos, foram arremessados pelo ar, bateram com força no piso de aço do avião e rolaram como bolas de boliche em direção à treliça frontal da aeronave. A pistola de Court voou de sua mão com o impacto, e ele saltou para frente, sentindo a ferroada do ferimento de bala na coxa queimando a cada solavanco.

Court rolou em direção à treliça frontal quando o avião nivelou, quase conseguiu se apoiar, mas o piloto voltou a subir com o L-100. O impulso levou Gentry para frente por um tempo, mas quando o piso de carga ficou mais íngreme, passando de quarenta e cinco graus, ele perdeu o que restava da inércia, e seus dedos mal conseguiram encostar na treliça de náilon ao lado do corpo imóvel de Dulin.

Gentry começou a voltar, apoiou-se brevemente nos calcanhares e caiu, depois deslizou, rolou, pairando no ar até a metade da cabine. A dor na coxa o aguilhoou quando bateu com o quadril na traseira do avião, mas não foi nada em comparação ao impacto esmagador do corpo de Markham em seu peito. Markham estava olhando para o outro lado e ficou ainda mais atordoado do que Gentry com a violência do choque, então o Agente Oculto enlaçou o pescoço do operativo com facilidade. Com uma torção impiedosa, o pescoço de Markham estalou, rompendo a medula espinhal e causando morte instantânea.

O operativo morto estava com a arma pendurada no pescoço pela alça, quase como um colar, com a arma de assalto automática no lugar do amuleto. Court tentou pegar a arma, mas a alça ficou presa ao colete do operativo. Encostou a coronha no ombro do homem morto, tentando apontar para o último membro da equipe de extração, que tentava subir o longo banco do cargueiro como uma escada para chegar à treliça frontal.

Court puxou o gatilho, porém ouviu o clique da arma descarregada. Vasculhou o colete de Markham, encontrou outro carregador e o encaixou na MP5. Quando ia começar a atirar em seu alvo, o homem se escondeu na copa. O avião nivelou novamente, e a gravidade voltou ao normal. Court ficou abaixado atrás do palete perto da rampa traseira, esperando Barnes espiar por trás da porta.

De repente, Gentry ouviu um barulho alto e sentiu a rampa traseira se abrir. O vento rugiu.

Barnes havia ativado a rampa da frente da cabine. Um segundo depois, a aeronave começou outra subida íngreme.

Enquanto Court lutava para se segurar na treliça do palete no chão à sua frente, Barnes saiu da copa com um paraquedas nas costas, contrastando com seu traje escuro. Aparentemente, imaginou que o avião não resistiria mais às condições em que se encontrava ou talvez achasse que os pilotos estivessem mortos em decorrência das balas perdidas. Barnes agarrou-se com toda sua força na treliça frontal e disparou várias rajadas com a M4 na direção de Gentry, com uma só mão, enquanto a rampa do avião se abria totalmente atrás do Agente Oculto.

Court usou a mão livre para arrancar a arma do pescoço de Markham pouco antes de seu corpo rolar para fora do avião e desaparecer na escuridão. O piloto continuou a ascensão, e logo o corpo de McVee passou por Gentry e caiu pela noite. O corpo de Perini estava atrelado ao banco, e o cadáver de Dulin ainda estava preso na treliça frontal.

Gentry e Barnes eram os dois únicos ainda vivos.

Court segurou a submetralhadora com a mão direita, agarrado à treliça do palete com a esquerda. A luva se enrugava em seus dedos, e ele sabia que não conseguiria se segurar por muito mais tempo. As botas escorregavam no convés em busca de apoio à medida que o ângulo de subida ficava cada vez mais íngreme.

Gentry estava a segundos de cair pela rampa.

Mas havia uma última chance. Apontou a arma de Markham e disparou uma longa rajada em Barnes, por cima do palete, acertando em cheio no peito do colete dele, o que o fez bater a cabeça no anteparo da copa com tanta força que o nocauteou. Agora a inclinação da aeronave era de quarenta e cinco graus, e Barnes, ferido, soltou a treliça, caiu de joelhos e rolou pelo piso da aeronave em direção à rampa traseira.

Era a carona de Gentry para sair do avião destroçado, e ele não perderia por nada. Quando o operativo desmaiado passou, Court largou o palete e usou as botas e as joelheiras para ganhar impulso. Saltou para a direita, agarrou o homem inconsciente pelo cinto do paraquedas e os dois saíram juntos pela rampa, mergulhando no céu noturno.

Gentry abraçou Barnes por trás e entrelaçou as pernas ao redor do seu corpo. O L-100 desapareceu acima deles, e logo o rugido dos motores foi substituído pelo uivo do vento.

Court grunhiu e gritou com o esforço de se segurar o mais firme possível. Não se atreveu a puxar a corda do paraquedas. Se perdesse seu tênue equilíbrio, nunca mais o encontraria na escuridão do céu noturno. Tinha quase certeza de que aquele equipamento teria um dispositivo de ativação automática Cypres, que abriria o paraquedas de reserva a setecentos e cinquenta pés se seu ocupante ainda estivesse em queda livre.

Gentry e seu potencial assassino caíram sem rumo pela escuridão fria.

Uma das mãos de Court conseguiu segurar firme na alça de ombro do paraquedas, o que permitiu que ele soltasse a outra mão para se firmar melhor. Assim que mudou de posição, ouviu um bipe que durou menos de um segundo.

Então, o paraquedas de reserva foi acionado.

Court continuou se segurando com uma só mão. O paraquedas não era projetado para duas pessoas, uma delas se agitava desesperadamente para conseguir uma posição mais firme, e assim os dois continuaram caindo rápido demais, girando como um redemoinho.

Em poucos segundos, Gentry começaria a vomitar de vertigem. Não havia muito mais tempo de queda, mas sua náusea já havia se transformado em vômitos secos antes de os dois chegarem juntos ao chão.

O impacto de Court foi suavizado por ter caído em cima do outro homem no paraquedas. Examinou o operativo, que tinha aterrissado com força, de cara, com Gentry nas costas. Constatou que Barnes não tinha mais pulso.

Uma vez em terra firme, Gentry conseguiu controlar o estômago, segurou a coxa e se contorceu de dor por um momento, até se recuperar o suficiente para se sentar. As primeiras cores da manhã brilhavam à sua esquerda, indicando o caminho para o leste.

Assim que recobrou os sentidos integralmente, fez uma avaliação dos arredores. Estava em terreno plano, no fundo de um vale suave. Conseguiu ouvir o som de um riacho ali perto e cabras balindo a distância. O operativo morto jazia imóvel, o paraquedas de reserva esvoaçando atrás dele na brisa fresca antes do amanhecer. Court revistou o equipamento de Barnes e encontrou um kit médico inflável.

Sentou-se na grama e fez o possível para tratar o ferimento no escuro. Deduziu que seria uma longa caminhada até a fronteira e queria enfaixar a perna ferida para aguentar o trajeto. Era um ferimento limpo, pois a bala tinha entrado e saído, sem grandes danos vasculares ou ortopédicos. Nada com o que se preocupar se fosse tratado logo, a não ser alguns dias ou semanas de desconforto latejante. Gentry vomitou bile mais uma vez, seu corpo e sua mente assimilando o caos dos últimos cinco minutos.

Em seguida, levantou-se e começou a andar lentamente para o norte, em direção à Turquia.

7

Fitzroy estava sentado em frente a Lloyd no sofá de seu escritório. Mesmo enquanto o homem mais velho ouvia o outro lado da conexão via satélite, seus olhos raivosos não se desviaram do jovem advogado.

— Entendi — disse Fitzroy ao telefone. — Obrigado. — Desligou e pousou o aparelho delicadamente sobre a mesa à sua frente.

Lloyd lançou um olhar, esperançoso.

Fitzroy interrompeu a troca de olhares e fitou o tapete.

— Parece que todos morreram.

— Quem morreu? — perguntou Lloyd, o tom de otimismo mais pronunciado na voz.

— Todos, menos a tripulação de voo. Disseram que houve uma pequena confusão na aeronave. Courtland não morreu facilmente, o que não é nenhuma surpresa. O piloto encontrou os corpos de dois de meus homens no compartimento de carga, nenhum sinal dos outros quatro. Sangue no chão, nas paredes e no teto, mais de cinquenta buracos de bala na fuselagem.

— Minha empresa irá compensá-lo pelos prejuízos causados — disse Lloyd casualmente. Pigarreou. — Mas eles não encontraram o corpo de Gentry? Ele pode ter sobrevivido?

— Parece que não. Perdemos boa parte dos equipamentos, o avião voou quilômetros com a rampa traseira aberta e um dos itens que desapareceu foi um paraquedas, mas não há razão para supor...

Lloyd interrompeu.

— Se nosso alvo desapareceu pela rampa traseira de um avião com um paraquedas, será difícil convencer os nigerianos de que o trabalho foi concluído com sucesso.

— Ele estava em desvantagem numérica, de cinco para um, contra uma tripulação de nível 1, todos egressos das Forças Especiais Canadenses. Minha parte do nosso acordo foi cumprida. Agora devo pedir gentilmente que cumpra a sua. Chega de ameaças à minha família.

Lloyd fez um gesto desdenhoso com a mão.

— Abubaker quer provas. Exigiu a cabeça de Gentry em uma caixa de gelo.

— Que se dane! — retrucou Fitzroy. — Fiz o que me pediram! — Fitzroy estava irritado, mas já não temia mais pela família do filho. Pouco antes de Lloyd chegar, sir Donald tinha ligado para o filho, dizendo para ele pegar a mulher e as filhas e ir para a estação St. Pancras a tempo de pegar o segundo trem da manhã do Eurostar para a França. Nesse exato momento, deveriam estar se instalando na vila de verão da família ao sul das praias da Normandia. Fitzroy estava confiante de que os homens de Lloyd não os encontrariam lá.

— Sim, o senhor fez o que foi pedido. E continuará fazendo. Estou com um nigeriano muito quieto no meu escritório, mas muito sinistro, que não sairá de lá somente com minhas garantias. Vou precisar que analise o plano de voo dos pilotos e que mande uma equipe para investigar...

O telefone na mesa de Fitzroy soou com um toque distinto, dois balidos curtos. Sir Donald olhou para o aparelho, depois para Lloyd.

— É ele — disse Lloyd, reagindo ao óbvio choque de Fitzroy.

— Esse é o toque dele.

— Então atenda e ponha no viva-voz.

Fitzroy atravessou a sala e apertou um botão no console de sua mesa.

— Cheltenham Security.

A voz do outro lado da linha parecia distante, com as palavras entrecortadas pela respiração ofegante.

— Você chama isso de extração?

— Que bom ouvir sua voz. O que aconteceu?

Lloyd tirou depressa um bloco de notas de sua pasta.

— Eu ia perguntar a mesma coisa.

— Você está ferido?

— Vou sobreviver. Mas não graças à equipe de extração que você enviou para me buscar.

Fitzroy olhou para Lloyd. O jovem americano rabiscou alguma coisa em seu bloco de notas e mostrou a sir Donald. *Nigéria.*

— Filho, a tripulação de voo me informou sobre a confusão. Não eram operativos que costumo usar regularmente. Era uma unidade mercenária que só usei uma vez antes. Tive que reunir uma equipe às pressas quando os poloneses se recusaram.

— Por causa do que aconteceu no Iraque?

— Sim. Todo aquele setor se tornou uma zona proibida depois de sua pequena demonstração de ontem. Os poloneses se recusaram a ir. Os homens que mandei no lugar deles disseram que fariam qualquer coisa por dinheiro, apesar dos riscos. Com certeza alguém os subornou.

— Quem?

— Minhas fontes me dizem que Julius Abubaker, o presidente da Nigéria, quer sua cabeça.

— Como ele sabe que fui eu que apaguei o irmão dele?

— Por sua reputação, sem dúvida. Pelo seu status, alguns trabalhos são tão difíceis ou tão radicais que eles acham que só *você* poderia fazer.

— Merda… — disse a voz do outro lado da linha.

Fitzroy perguntou:

— Onde você está? Vou mandar outra equipe para buscá-lo.

— Nada disso, *não*.

— Court, eu posso ajudar. Abubaker deixará o cargo em poucos dias. Ele sairá com uma fortuna inimaginável, mas não terá mais poder nem alcance quando for um civil. Você não estará mais em perigo. Posso cuidar de você até lá.

— Prefiro ficar na moita sozinho. Ligue quando tiver mais informações sobre os homens em minha cola. Não tente me encontrar. Você não vai conseguir.

Com isso, a conexão foi interrompida.

Lloyd bateu palmas.

— Boa jogada, sir Donald. Ótimo desempenho. Seu homem não suspeitou do senhor.

— Ele confia em mim — disse Fitzroy, irritado. — Por quatro anos, ele teve todos os motivos do mundo para acreditar que sou seu amigo.

O advogado americano ignorou a irritação de sir Donald e perguntou:

— Para onde ele vai?

Sir Donald recostou-se no sofá e passou as mãos pela cabeça calva. Olhou para cima rapidamente.

— Um dublê! Você quer uma cabeça em uma caixa de gelo? Eu arranjo uma cabeça em uma caixa de gelo! Como diabos Abubaker saberá a diferença?

Lloyd apenas balançou a cabeça.

— Semanas atrás, antes de exigir que nós o matássemos, o presidente pediu todas as informações que tínhamos sobre o Agente Oculto. Acontece que tenho fotos, registros dentários, um histórico completo etc. Mandei tudo isso para ele, pensando que o filho da puta mandaria matar Gentry antes do atentado ao irmão. Abubaker conhece o rosto do seu homem. Não podemos usar um dublê de corpo ou, como sugere, um dublê de cabeça.

Fitzroy inclinou um pouco a cabeça.

— Mas como você conseguiu essa informação?

Lloyd considerou a pergunta por um longo tempo. Tirou um fiapo do joelho da calça.

— Antes de ser contratado pela Laurent e me mudar para Paris, eu e o Agente Oculto trabalhamos juntos.

— Você é da CIA?

— Ex. Definitivamente ex. O patriotismo não dá dinheiro, uma pena.

— E caçar patriotas *dá* dinheiro? Ameaçar ferir crianças?

— Muito dinheiro, na verdade. O mundo é um lugar engraçado. Fiz cópias de arquivos pessoais quando estava na agência. Pensei em usá-los como moeda de troca se eles viessem atrás de mim. É uma feliz coincidência que esses documentos tenham se mostrado úteis em meu cargo atual. — Lloyd se levantou e começou a andar de um lado para o outro no escritório de Fitzroy. — Preciso saber onde Gentry está, para onde está indo, o que costuma fazer quando se esconde.

— Ele simplesmente desaparece. Pode dar adeus a seu gás natural. O Agente Oculto fica meses sem aparecer no radar de ninguém.

— Inaceitável. Preciso que o senhor me dê algo, alguma informação sobre o Gentry que eu ainda não saiba. Quando trabalhava para nós, ele era uma máquina. Não tinha amigos nem família com que se preocupar. Nenhuma namorada para as longas noites depois de um trabalho. Ler a ficha dele na DAE é a coisa mais chata que se pode imaginar. Não tem vícios nem fraquezas. Agora está mais velho, deve ter algumas relações de natureza mais pessoal, hábitos que possam nos ajudar a prever seu próximo passo. Tenho certeza de que o senhor pode me dizer alguma coisa, por mais trivial que seja, que possa ser usada para desentocar nosso homem.

Fitzroy abriu um pequeno sorriso. Percebeu o desespero de seu jovem adversário.

— Nada — respondeu. — Nada mesmo. Nós nos comunicamos por telefone via satélite e por e-mails não rastreáveis. Se ele tiver uma casa, uma namorada ou uma família escondidas, eu não saberia dizer onde encontrar.

Lloyd foi até a janela atrás da mesa de Fitzroy. O inglês permaneceu no sofá, observando o convidado indesejado andar pelo escritório como se Fitzroy fosse o visitante e Lloyd fosse o proprietário da Cheltenham Services.

De repente, o americano se virou.

— O senhor pode oferecer um trabalho a ele! Um trabalho fácil, que renda muito dinheiro. Com certeza, ele não irá recusar uma missão banal e bem paga. O senhor o designa para uma nova missão e eu mando uma equipe para emboscá-lo.

— Você está louco? Acha que ele sobreviveu tanto tempo em ação agindo como um idiota? No momento, ele não está interessado em dinheiro. Prefere se camuflar. Você teve uma chance de pegá-lo, mas armou uma tremenda confusão. Volte para seu escritório para lamber suas feridas e deixe minha família e eu em paz!

Fitzroy notou uma contração nervosa no rosto de Lloyd. Que lentamente se transformou em um sorriso.

— Bem, se o senhor não me ajudar com alguma fraqueza do Gentry, serei obrigado a usar uma das suas. — Tirou o celular do bolso e sorriu para Don Fitzroy enquanto falava: — Podem pegar Phillip Fitzroy e sua família. Eles estão em seu chalé de veraneio na Normandia. Leve todos para o Château Laurent.

Fitzroy se levantou.

— Seu canalha! Maldito seja!

— Declaro-me culpado. — O tom de Lloyd foi de zombaria. — Meus associados vão manter seu filho e a família dele em uma propriedade isolada do LaurentGroup na Normandia. Serão bem tratados até que este assunto esteja resolvido. O senhor entrará em contato com o Agente Oculto e informará a localização deles. Diga que os nigerianos estão detendo seu único filho, sua linda esposa e as queridas filhinhas no local. Diga que esses negros selvagens prometem estuprar a querida mamãe e chacinar o resto do clã em três dias se o senhor não fornecer a localização do seu assassino.

— E de que isso vai adiantar?

— Eu conheço o Gentry. Ele é leal como um cachorrinho. Mesmo depois de muitas vezes chutado, continua defendendo seu dono até a morte.

— Ele não vai fazer isso.

— Vai, sim. Vai querer salvar o mundo. Sabendo que a polícia é inútil, moverá céus e terras para chegar à França. Como pode ver, sir Donnie, na verdade a bússola de Court Gentry nunca apontou para o norte. Ele é um assassino de aluguel, pelo amor de Deus. Mas todas as suas operações, tanto na CIA quanto como autônomo, foram contra aqueles que ele considera dignos de execução extrajudicial. Terroristas, mafiosos, traficantes de drogas, todos os tipos de elementos nefastos. Court é um assassino, mas se vê como um justiceiro, um instrumento da justiça. *Esta* é sua fraqueza. E tal fraqueza será sua ruína.

Fitzroy sabia o mesmo sobre Court Gentry. A lógica de Lloyd era consistente. Ainda assim, o inglês tentou apelar para o jovem advogado.

— Você não precisa envolver minha família. Eu posso fazer o que deseja. Já dei provas disso. Eles não precisam estar presos para eu dizer isso a Gentry.

Lloyd fez um gesto com a mão, descartando a proposta de sir Donald.

— Nós vamos cuidar bem deles. Se tentar me enganar, ou me trair de alguma forma, vou precisar ter algum trunfo, não é mesmo?

Fitzroy se levantou e andou na direção de Lloyd devagar, mas com postura ameaçadora. Apesar de ser uns trinta anos mais velho que o advogado americano, o ex-homem do MI-5 era mais corpulento. Lloyd deu um passo para trás e gritou:

— Sr. Leary e sr. O'Neil! Poderiam entrar, por favor?

Fitzroy tinha dado folga à secretária e estava sozinho em seu local de trabalho. Mas Lloyd trouxera associados. Dois homens de aparência atlética entraram no escritório e pararam junto à porta. Um era ruivo e de pele clara, menos de quarenta anos, com um terno de negócios simples, que abaulava no quadril dando a impressão da coronha de uma arma. O segundo era mais velho, perto dos cinquenta, cabelos grisalhos em estilo militar, com uma jaqueta larga que revelava todo o arsenal que portava dentro dela.

Fitzroy conhecia esse tipo de homens.

— Republicanos irlandeses — disse Lloyd. — Seus velhos inimigos, embora ache que não vão ter muito o que fazer. Eu e o senhor nos veremos muito nos próximos dias. Não há razão para nosso relacionamento não ser cordial.

Claire Fitzroy tinha completado oito anos no verão anterior. Agora era final de novembro, e ela e a irmã gêmea Kate achavam que ficariam em Londres durante todo o outono úmido, cinzento e frio, sem quebrar a rotina. Sair de casa de manhã nos dias de semana, andar até a escola primária na North Audrey Street, aulas de piano três vezes por semana para Claire e aulas de canto para Kate. Fins de semana com a mãe fazendo compras ou com o pai em casa ou no campo de futebol. A cada quinze dias, uma delas recebia uma amiga para uma festa do pijama e, à medida que o céu sombrio do outono londrino se metamorfoseava no céu mais seco e ainda mais sombrio do inverno, todos os sonhos de Claire se concentravam no Natal.

O Natal era sempre comemorado na França, na casa de férias do pai em Bayeux, do outro lado do canal na Normandia. Claire preferia a Normandia a Londres; imaginava seu futuro em uma fazenda. Assim, foi um momento de muita surpresa e aventura quando o diretor da escola entrou na sala das meninas na quinta de manhã, logo após o começo da aula, para chamar Claire e Kate à diretoria.

— Tragam seus livros, meninas, por favor. Muito bem. Desculpe a interrupção, professora Wheeling. Pode continuar.

O pai estava na diretoria, pegou as meninas pela mão e as levou a um táxi que aguardava na porta. O pai tinha um Jaguar, e a mãe dirigia um Saab, por isso as meninas não conseguiram imaginar para onde estavam indo de táxi.

A mãe estava sentada no banco de trás, com uma expressão séria e distante, junto ao pai.

— Meninas, estamos saindo de férias. Indo para a Normandia. Vamos pegar o Eurostar. Não, claro que não há nada de errado, não seja bobinha.

No trem, as meninas quase não ficaram em seus lugares. A mãe e o pai ficaram juntos, conversando, deixando Claire e Kate correndo pelo vagão. Claire ouviu o pai ligar para o vovô Don pelo celular. Começou a falar baixo, mas irritado, de um jeito que ela nunca tinha ouvido o pai falar com o vovô Don. Parou de seguir a irmã, enquanto as duas tentavam percorrer o vagão de ponta a ponta pulando em uma perna só. Olhou para o pai, percebeu a expressão preocupada, o tom agressivo na voz, palavras que não conseguia ouvir, mas que só podia interpretar como raiva e reclamação.

O pai desligou o telefone e falou com a mãe.

A única vez que a jovem Claire tinha visto o pai tão visivelmente irritado foi quando gritou com um encanador que consertava a pia da casa deles após o rapaz ter dito alguma coisa para sua mãe que a fez ficar vermelha como um morango.

Claire começou a chorar, mas sem deixar transparecer.

Ela e a família desceram do Eurostar em Lille e tomaram outro trem rumo ao oeste, até a Normandia. Chegaram ao chalé por volta do meio-dia. Kate ajudou a mãe na cozinha a lavar o milho-verde para o jantar. Claire ficou em sua cama no andar de cima, observando o pai na entrada da casa, andando para cima e para baixo no caminho de cascalho e falando ao celular. De vez em quando, apoiava a mão na cerca de madeira ao redor do jardim.

A irritação e a consternação do pai deixaram seu coraçãozinho apertado.

A irmã estava lá embaixo, distraída e despreocupada, mas Claire achava que Kate era a menos madura das duas gêmeas de oito anos.

Por fim, o pai guardou o celular no bolso, estremeceu com o ar frio e virou-se para caminhar de volta para casa. Não tinha dado mais do que alguns passos quando dois carros marrons pararam atrás dele. Viu quando os homens começaram a sair. Claire contou seis ao todo, homens grandes, casacos de couro de cores e estilos diferentes. O primeiro homem sorriu e estendeu a mão para cumprimentar seu pai, que a apertou.

Os outros se reuniram ao redor, acompanhando o pai, vindo em direção ao chalé. O pai observava os homens enquanto andavam e, por um instante, Claire viu a expressão dele. Primeiro de confusão, depois de terror, e a jovem Claire se levantou em seu quarto.

E quando os seis homens, todos ao mesmo tempo, enfiaram a mão no bolso dos casacos e tiraram armas grandes, pretas e niqueladas, Claire Fitzroy, de oito anos, deu um grito.

8

Kurt Riegel tinha cinquenta e dois anos e era tão alto, louro e forte quanto seu nome germânico sugeria. Começou a trabalhar no LaurentGroup recém-saído da Bundeswehr alemã, dezessete anos antes, como diretor-adjunto de segurança na filial de Hamburgo, passando por meia dúzia de postos no terceiro mundo, cada um mais funesto e perigoso que o outro, e agora ocupava um cargo importante no escritório central de Paris, como vice-presidente de Operações de Gerenciamento de Riscos de Segurança. Era um título longo, uma denominação elegante que disfarçava uma descrição simples de seu trabalho.

Riegel era o homem a quem se chamava quando alguma coisa precisava acontecer. Projetos escusos, negócios obscuros, problemas de recursos humanos que exigiam uma interferência mais pesada. Sacos pretos de dinheiro, invasões e roubos, equipes de espionagem corporativa, especialistas em desinformação na mídia. Até assassinos de aluguel. Quando os agentes de Riegel entravam no escritório de alguém, ou era para ajudar a resolver um problema difícil ou o problema difícil que iam resolver era o próprio ocupante do escritório.

A chefia do "Departamento de Medidas Maléficas" praticamente garantia que Riegel não subiria mais na escada corporativa. Ninguém queria alguém tão truculento comandando o espetáculo à luz do dia. Mas Riegel não se importava com o teto de vidro acima dele. Pelo contrário, via sua posição como estável, por ter criado uma dinastia de segurança a seu redor. Em seus quatro anos como vice-presidente de OGRS, seus agentes já tinham eliminado três políticos de oposição na África, três líderes de direitos humanos na Ásia, um general colombiano, dois jornalistas investigativos e quase vinte funcionários do LaurentGroup que, por uma razão ou outra, não aceitaram a rigidez da empresa. Só um homem no LaurentGroup sabia de todas essas operações; Riegel compartimentalizava bem os que estavam abaixo dele, e os mais graduados na corporação sabiam o suficiente de suas táticas para admitir que, na verdade, não queriam saber mais.

Surgiam problemas, Riegel era chamado, os problemas desapareciam, e Riegel continuava sendo discretamente valorizado.

Isso fazia de Kurt Riegel um homem extremamente poderoso.

O grande escritório forrado de painéis de teca no QG de Paris combinava bem com ele. Como o próprio Riegel, era grande, dourado e forte, porém calado e discreto, alojado perto do Departamento de Informações sobre Concorrência e do Departamento de TI, na ala sul das instalações do LaurentGroup. As paredes do escritório ostentavam mais de uma dúzia de troféus de caça. Havia um taxidermista em Montmartre que praticamente ganhava a vida com os safáris de Kurt na África e suas expedições no Canadá. Rinocerontes, leões, alces e cervos posavam de olhos vazios no alto das paredes da sala.

Também era aqui que fazia seus exercícios diários, todas as tardes às cinco horas. Estava suando, quase na centésima flexão de joelhos, quando um dos telefones tocou. Poderia ignorar várias ligações até terminar sua série, mas aquele era um número criptografado, uma linha direta, e ele estava esperando por essa ligação durante a maior parte do dia.

Pegou uma toalha, foi até a mesa e atendeu no viva-voz.

— Riegel.

— Boa tarde, sr. Riegel. Aqui é Lloyd, do Jurídico.

Riegel tomou um gole de uma garrafa de água com infusão de vitaminas e sentou-se na beira da mesa.

— Lloyd do Jurídico. Em que posso ajudar? — A voz de Riegel era forte, compatível com o oficial de artilharia que já fora.

— Disseram que você estaria esperando minha ligação.

— Fui comunicado pelo diretor-executivo, ninguém menos. Marc Laurent em pessoa me disse para largar tudo e concentrar todos os meus esforços em um projeto que você tem para mim. Também disse para fornecer alguns homens e um especialista em comunicações. Espero que o técnico e a equipe de paramilitares bielorrussos que mandei tenham sido úteis para resolver sua situação.

— Sim, obrigado por isso — disse Lloyd. — O técnico já está aqui comigo. Os homens estão na França no momento, seguindo suas instruções.

— Ótimo. É a primeira vez que Marc Laurent me liga pessoalmente para pedir atenção especial a uma operação. Estou intrigado. Em que tipo de confusão os rapazes do Jurídico se meteram?

— Sim. Bem, esse assunto precisa ser resolvido rapidamente, para o bem da corporação.

— Então não vamos perder tempo. O que mais posso fornecer além da equipe que despachei?

Lloyd fez uma pausa. Depois disse:

— Bem, eu detestaria deixá-lo chocado, mas preciso urgentemente que um homem seja executado.

Riegel não disse nada.

— Você continua na linha?

— Estou esperando você dizer algo chocante.

— Imagino que já tenha feito esse tipo de coisa antes.

— Aqui na Operações de Gerenciamento de Riscos gostamos de dizer que qualquer problema pode ser resolvido de duas maneiras. O problema pode ser tolerado ou o problema pode ser eliminado. Se o problema puder ser tolerado, meu telefone não toca, sr. Lloyd.

— Você está a par dos detalhes sobre o contrato de gás natural de Lagos? — perguntou Lloyd.

Riegel respondeu de imediato.

— Imagino que isso seja uma referência ao fiasco na Nigéria. Há rumores de que algum advogado idiota aí do Jurídico se esqueceu de revisar um contrato, e os nigerianos estão desistindo de um negócio de dez bilhões de dólares no qual já investimos duzentos milhões. Presumi que eu seria procurado para lidar com esse assunto.

— Sim, bem, é um pouco mais complicado do que isso.

— Não parece tão complicado. Só preciso do endereço do advogado infrator. Podemos fazer parecer suicídio. O imbecil deveria ser comprometido com a empresa e se matar sozinho. Mas não se pode esperar esse tipo de lealdade de um advogado. Sem querer ofender, Lloyd do Jurídico.

— Não! Não, Riegel, você entendeu mal. Precisamos matar outro homem.

Riegel pigarreou.

— Então, prossiga.

Lloyd contou ao vice-presidente da Operações de Gerenciamento de Riscos de Segurança sobre o assassinato de Isaac Abubaker e sobre a recusa do presidente em assinar o contrato corrigido sem uma prova da morte do assassino de seu irmão.

Kurt bufou.

— Nós vamos para cama com esses ditadores e, depois, ficamos surpresos quando eles nos agarram pelas bolas. — O inglês de Riegel era impecável, com expressões americanas. Sentou-se na cadeira atrás da mesa, pegou uma caneta e puxou um bloco de notas até o mata-borrão de couro mais próximo.

— Então, precisamos identificar e eliminar o assassino? — perguntou Riegel.

— Ele já foi identificado.

— Precisa apenas ser eliminado? Estava esperando algo mais complicado do que isso depois do telefonema do sr. Laurent.

— Sim, bem, não se trata de um assassino qualquer.

— O problema com assassinos de aluguel está na identificação. Quando se sabe quem é, pode ser localizado e morto em vinte e quatro horas.

— Isso seria o ideal.

— Quer dizer, a menos que estejamos falando sobre o Agente Oculto. Ele está alguns furos acima dos demais.

Lloyd não disse nada.

Após a longa hesitação do americano, Riegel falou:

— Ah, sim! Então estamos falando do Agente Oculto, certo?

— Isso pode ser um problema?

Foi a vez de Riegel fazer uma pausa. Finalmente respondeu:

— Certamente é uma complicação… Mas não um problema. Ele é muito bom em manter a discrição, daí seu apelido. Vai ser difícil de encontrar, porém a boa notícia é que ele não tem motivos para achar que estamos atrás dele.

Lloyd ficou mais uma vez em silêncio.

— Ou tem?

— Organizei um atentado contra a vida dele ontem à noite. Falhou. Ele sobreviveu.

— Quantos homens ele matou?

— Cinco.

— Idiota.

— Sr. Riegel, o Agente Oculto certamente não é um idiota. Seu histórico nos mostra que...

— O idiota não é *ele*! É *você*! Um maldito advogado tentando orquestrar um ataque ao maior assassino de aluguel do mundo. Um plano mal elaborado, improvisado e executado às pressas, sem dúvida! Você deveria ter me procurado imediatamente. Agora ele estará em guarda, esperando quem organizou o atentado contra sua vida tentar novamente.

— Eu não sou idiota, Riegel. O agenciador dele está sob minha custódia. Eu o convenci a nos ajudar a localizar o Gentry.

— Quem é Gentry?

— Courtland Gentry é o Agente Oculto.

Riegel sentou-se tão ereto, largo e quadrado quanto a mesa à sua frente.

— Como você conhece a identidade dele?

— Não estou autorizado a revelar.

— Quem é o agenciador? — Riegel não gostava de ser o destinatário de tais informações dentro do LaurentGroup. Tinha sua própria rede de inteligência para isso. Um advogado americano de merda ficar passando essa informação como se fosse de conhecimento público fez Riegel cerrar os punhos de raiva.

— O nome do agenciador dele é Don Fitzroy. Britânico, tem uma operação direta aqui em Londres. Ocasionalmente, até faz alguns trabalhos para nós...

Os punhos cerrados de Riegel se apertaram com mais força.

— Lloyd do Jurídico, não me diga que você *sequestrou* sir Donald Fitzroy!

— Foi o que fiz. Estou com o filho dele e a família em uma propriedade do LaurentGroup na Normandia.

Riegel deixou cair os ombros largos e apoiou a cabeça nas mãos. Depois de vários segundos, olhou para o viva-voz.

— Então estou sendo notificado, em termos inequívocos, de que *você* está encarregado dessa operação. E que devo fornecer homens, material, inteligência e todo aconselhamento que puder.

— Exatamente.

— Então, por que não começar com um conselho?

— Ótimo.

— Meu conselho, Lloyd do Jurídico, é se desculpar com sir Donald pelo mal-entendido grosseiro, libertá-lo e a família, voltar para sua casa, pôr um revólver na boca e puxar o gatilho! Provocar Fitzroy foi um grande erro.

— Ou você pode dispensar seus conselhos e me fornecer mais homens. Não sei onde o Agente Oculto está neste momento, mas sei para onde vai. Fitzroy vai mandá-lo para a Normandia. Viajando por terra, do leste para o oeste. Ainda não sei o ponto de partida, mas se você me der apoio suficiente posso mandar homens a todos os lugares da Europa para acompanhar a aproximação dele.

— Por que ele iria para a Normandia? Para resgatar a família do Fitzroy?

— Exatamente. Será informado de que os nigerianos sequestraram a família e só irão soltá-los quando Fitzroy o entregar. E ele vai tentar resolver o problema.

Riegel tamborilou os dedos na mesa.

— Concordo com sua avaliação. Ele tem reputação de ser um paladino e não confia nas autoridades francesas.

— Justamente. Só preciso de uma equipe de vigilância e um esquadrão de extermínio. No momento, sua equipe de Minsk está protegendo a família na França. Gostaria que o Gentry morresse antes de chegar à Normandia, pois o fator tempo é essencial.

— Estamos falando do Agente Oculto. Você precisa mais do que isso.

— O que você sugere? Quer dizer, além de eu me matar.

Riegel olhou para a parede oposta do escritório. A cabeça de um javali o encarava. Kurt assentiu para si mesmo, devagar.

— Para fazer isso no tempo estipulado, você precisará de uma centena de agentes de vigilância.

— Você pode conseguir para mim uma centena de especialistas em vigilância?

— Vigias, como nós os chamamos.

— Que seja. Você pode me arranjar isso?

— Claro. E você também vai precisar de uma dúzia de esquadrões de extermínio espalhados e posicionados ao longo de todas as rotas possíveis, coordenados por um centro de comando, cada um com um incentivo extra para ser a unidade a encontrar e matar o alvo.

A voz de Lloyd revelou seu espanto com a escala do empreendimento proposto por Riegel.

— Uma dúzia de esquadrões?

— Não homens da companhia, é claro. Muitas chances de deixarem pistas que levem ao LaurentGroup. Tampouco talentos locais. Rapazes locais seriam conhecidos pela polícia local, e isso comprometeria a ação. Não, vamos precisar de operativos estrangeiros, de países periféricos, como vocês, americanos, gostam de dizer. Homens implacáveis, Lloyd do Jurídico. Homens implacáveis que fazem esses trabalhos difíceis quando não há outra solução possível.

— Você está falando de mercenários.

— De jeito nenhum. O Agente Oculto despistou ou despachou todas as gangues de assassinos contratados para matá-lo no passado. Não, para ter certeza, precisaremos de unidades de campo estabelecidas. Esquadrões de extermínio governamentais.

— Não entendi. De quais governos?

— Nós temos filiais em oitenta países. Tenho boas relações com os chefes de segurança interna de dezenas de países do terceiro mundo. Esses homens administram organizações de operativos em seus países para manter os cidadãos e os inimigos internos sob controle.

Riegel fez uma pausa enquanto pensava em seu plano.

— Bem, vou entrar em contato com minhas contrapartes em agências oficiais do terceiro mundo, lugares difíceis onde provavelmente encontrarei homens duros sem nenhum escrúpulo. Vou entrar em contato com esses homens e, dentro de meio dia a partir deste exato momento, uma dúzia de jatos corporativos vai decolar desses países periféricos. Todos os jatos estarão carregados com os caras mais malvados e as armas mais pesadas, e cada equipe terá a mesma missão. Todos competirão pela chance de matar o Agente Oculto.

— Como um concurso?

— Exatamente.

— Incrível.

— Já fizemos isso antes. Admito que em uma escala bem menor, mas o passado nos mostrou ser possível mobilizar múltiplas equipes em torno de um único objetivo.

— Mas só não entendi uma coisa. Por que esses governos nos ajudariam?

— Não os governos propriamente ditos. As agências de inteligência. Você pode imaginar o que um prêmio de vinte milhões de dólares acrescentado aos cofres da polícia secreta faria para a segurança e a estabilidade de um país como, digamos, a Albânia? Ou o Exército de Uganda? Diretório de Inteligência Interna da Indonésia? Às vezes essas organizações funcionam independentemente dos chefes de Estado, quando convém aos propósitos da organização ou dos chefes. Conheço os países cujos aparatos de segurança interna podem sancionar seus homens para matar por dinheiro, disso não tenho dúvidas.

Houve uma pausa antes de Lloyd falar.

— Entendi. Essas agências de inteligência não vão se preocupar com retaliações dos americanos. Sabem que a CIA não vai perseguir os assassinos do Agente Oculto.

— Lloyd, provavelmente os vencedores vão informar pessoalmente a CIA, tentar receber um prêmio dos americanos também. Langley está atrás do Agente Oculto há anos. Ele matou quatro agentes da CIA, você sabe.

— Sim, sei. Gostei do seu plano, Riegel. Mas podemos fazer isso discretamente? Quer dizer, sem impactos negativos para o LaurentGroup?

— Meu escritório tem empresas de fachada para nos resguardar. Vamos usar tripulações aéreas do LaurentGroup em aviões de empresas de fachada para infiltrar seus esquadrões de extermínio e suas armas no continente europeu. Vai custar caro, mas Marc Laurent me instruiu a usar todos os meios necessários.

Não se podia negar as conexões de Riegel com os níveis superiores da corporação, mas os instintos políticos de Lloyd exigiram que ele reafirmasse sua posição.

— Mas eu continuo encarregado da operação. Vou coordenar os movimentos dos vigias e dos atiradores. Você só precisa fornecer os recursos humanos.

— De acordo. Vou organizar nosso pequeno concurso e posicionar todos os ativos, mas você comanda as equipes. Mantenha-me informado sobre o progresso e não hesite se precisar de meus conselhos. Eu sou um caçador,

Lloyd. Caçar o Agente Oculto pelas ruas da Europa será a maior expedição da minha carreira. — Fez uma pausa. — Só quero que você não faça merda com o Fitzroy.

— Deixe comigo.

— Ah, isso é exatamente o que pretendo fazer. Sir Donald e a família dele são um problema seu, não meu.

— Não é problema algum.

9

GENTRY SE PERMITIU ADMITIR QUE sua sorte parecia estar mudando. Depois de manquitolar para o norte em direção à fronteira da Turquia por menos de uma hora, foi encontrado por uma patrulha da polícia curda local. A polícia curda do norte do Iraque adora americanos, particularmente soldados americanos, e, pelo uniforme rasgado e pelos ferimentos, presumiram que ele fosse um operativo das Forças Especiais dos EUA. Court não fez nada para dissuadi-los dessa suposição. Eles o levaram até Mosul, onde limparam e refizeram o curativo do ferimento na perna em uma clínica construída pelo governo dos Estados Unidos. Sete horas depois de pular de um avião sem um paraquedas nas costas, o assassino americano, usando uma calça bem passada e uma camisa de linho, embarcou em um voo comercial até Tbilisi, na Geórgia.

As melhorias das circunstâncias não eram apenas devidas à sorte. Um dos planos de contingência de Court envolvia sair do Iraque por conta própria, e, para se preparar para essa eventualidade, tinha costurado nas pernas da calça um passaporte, vistos de entrada falsos para a Geórgia e a Turquia, dinheiro e outros documentos necessários.

Sim, de tempos em tempos, Gentry era beneficiado pela sorte, mas não confiava nisso. Não resolveria nada se um homem não estivesse bem preparado.

Depois de passar pela alfândega da Geórgia com um passaporte canadense que o identificava como Martin Baldwin, jornalista freelancer, comprou uma passagem para Praga, na República Tcheca. O voo de cinco horas estava quase vazio, e Court desembarcou no aeroporto de Ruzyne pouco depois das dez da noite.

Conhecia Praga como a palma de sua mão. Já tinha trabalhado lá e costumava usar os bairros periféricos para se esconder.

Depois de uma viagem de táxi e outra de metrô, passou pelas ruas de paralelepípedo do bairro de Staré Město e se hospedou em um quartinho de hotel no último andar, a um quilômetro do rio Moldava. Depois de tomar um banho demorado, começou a renovar o curativo da coxa quando o telefone via satélite começou a tocar na sua nova mochila.

Court verificou, viu que era Fitzroy ligando e continuou a cuidar do ferimento a bala. Falaria com Don pela manhã.

Era compreensível que Gentry estivesse de saco cheio da equipe de extração que se voltou contra ele.

Nem chegou a aventar a possibilidade de o próprio sir Donald ter dado ordens para os homens matá-lo. Não, sentia-se irritado porque a operação de Fitzroy estava claramente comprometida a ponto de os nigerianos conseguirem se infiltrar em uma missão em andamento e quase transformar seus salvadores em algozes. Tinha insistido muito para ele não seguir com a missão contra Abubaker depois da morte do contratante, e agora Gentry considerava se Fitzroy não montara uma estrutura de apoio meia-boca para a operação a fim de manifestar sua desaprovação.

A estrutura da organização de apoio de Fitzroy era chamada de Network, e a Network era o único cordão de salvação de Gentry no campo. Constituída por médicos formados, que suturariam um homem ferido sem fazer perguntas, pilotos de carga legítimos, que levariam um passageiro clandestino a bordo sem olhar para a mochila nas suas costas, produtores gráficos estabelecidos capazes de alterar documentos. A lista ia longe, aumentando com o tempo. Gentry usava a Network o mínimo possível, muito menos que os outros homens agenciados por Fitzroy. Afinal, o Agente Oculto era um operativo de alta velocidade e pouca carga. Mas qualquer um que trabalhasse em sua árdua profissão precisava de alguma ajuda de vez em quando, e Court não era diferente.

Gentry trabalhava para Fitzroy havia quatro anos, tendo começado alguns meses depois da noite em que a CIA indicou que não precisava mais dos

74 *Mark Greaney*

serviços de seu caçador de homens mais experiente e eficaz. Court repensou naquela noite. A indicação foi seguida de imediato por uma bomba em seu automóvel, um esquadrão de extermínio em seu apartamento e uma ordem de prisão internacional decretada pelo Departamento de Justiça, distribuída pela Interpol para todas as forças policiais do planeta.

Na época, Gentry estava desesperado por um meio de sustento para viver sua vida escondido do governo dos EUA, por isso entrou em contato com sir Donald Fitzroy. O inglês administrava uma espécie de negócio de segurança aparentemente honesto, mas Gentry já tinha lidado com o lado negro da Cheltenham Security Services quando cumpria missões para a Divisão de Atividades Especiais da CIA, por isso era um lugar natural para um atirador recém-desempregado procurar trabalho.

A partir daí, tinha se tornado uma espécie de estrela no mundo dos operativos autônomos. Embora praticamente ninguém soubesse seu verdadeiro nome, ou que trabalhava para Fitzroy, o Agente Oculto se tornou uma lenda entre os operativos secretos de todo o mundo ocidental.

Assim como em qualquer lenda, muitos dos detalhes foram exagerados, enriquecidos ou totalmente inventados. Um dos detalhes *verdadeiros* do mito do Agente Oculto, no entanto, era sua ética pessoal de aceitar apenas contratos contra alvos que considerasse merecedores do castigo da execução extrajudicial. Era algo absolutamente novo no mundo dos assassinos de aluguel e, embora elevasse sua reputação, também o tornava extremamente seletivo e exigente quanto às suas operações.

Gentry aceitava as missões mais difíceis, entrava sozinho em territórios hostis e enfrentava legiões de inimigos, construindo uma reputação e uma conta bancária incomparáveis em uma indústria reconhecidamente discreta. Em quatro anos tinha realizado doze operações bem-sucedidas contra terroristas e financiadores de terroristas, negociantes de escravos brancos, traficantes de drogas e armas ilegais e chefões da máfia russa. Havia boatos de que já havia ganhado mais dinheiro do que poderia precisar, o que alimentava ainda mais a inferência de fazer o que fazia com o propósito de corrigir injustiças, proteger os mais fracos, tornar o mundo um lugar melhor através do cano de sua arma.

O mito era uma fantasia, não realidade. Mas, ao contrário da maioria das fantasias, o homem a que se referia *existia*. Suas motivações eram complexas, não correspondiam à visão de história em quadrinhos atribuída a seu personagem, mas no fundo ele realmente se considerava um dos mocinhos.

Não, ele não precisava de dinheiro nem tinha nenhum desejo mortífero. Court Gentry era o Agente Oculto simplesmente por acreditar que existiam homens ruins neste mundo, que realmente precisavam morrer.

Lloyd e seus dois capangas da Irlanda do Norte puseram Fitzroy em uma limusine do LaurentGroup e dirigiram pela cidade embaixo de chuva. Não houve conversa. Fitzroy ficou em silêncio, com o chapéu nas mãos entre os joelhos, olhando a chuva pela janela com um ar abatido. Lloyd manipulava o celular, fazendo e recebendo uma ligação atrás da outra, em constante contato com Riegel, que, por sua vez, se mantinha em contato com homens de todo o planeta para pôr seu plano em movimento.

A limusine chegou à subsidiária do LaurentGroup no Reino Unido pouco depois de uma da madrugada. A sede local da corporação francesa ficava em um prédio de três andares em Fulham. Lloyd, seus homens e sua carga passaram pelos portões da frente, por duas guaridas com guardas armados e entraram em uma passagem em direção a uma construção térrea ao lado de um heliponto.

— Essa vai ser sua casa por algum tempo, sir Donald. Peço desculpas se não estiver dentro dos padrões a que está acostumado, mas ao menos o senhor terá companhia. Eu e meus homens não vamos sair do seu lado até que tenhamos resolvido tudo e possamos levá-lo de volta a Bayswater Road com um tapinha na sua careca.

Fitzroy não disse nada. Seguiu o *entourage* embaixo da chuva até a construção e entrou em um longo corredor. Passou por outros dois homens de terno em uma pequena cozinha e logo os identificou como agentes de segurança com roupas civis. Por um instante, Fitzroy teve um lampejo de esperança, que se revelou em sua expressão.

Lloyd leu os seus pensamentos.

— Sinto muito, sir Donald. Eles não são da sua turma. São dois pesos-pesados do nosso escritório em Edimburgo. Esses escoceses são leais a mim, não ao senhor.

Fitzroy continuou andando pelo corredor. Murmurou:

— Conheço uns mil tipos como esses. Esses sujeitos não são leais a ninguém. Só estão nessa por dinheiro e se voltam contra você se a outra parte pagar melhor.

Lloyd passou um cartão por um leitor no batente da última porta do corredor.

— Bom, então sorte a minha por pagar tão bem.

Entraram em uma grande sala de conferências, com uma mesa de carvalho e cadeiras de encosto alto, as paredes forradas com monitores de tela plana, computadores e um grande monitor LCD mostrando um mapa da Europa Ocidental.

— Por que não se senta na cabeceira da mesa? — disse Lloyd. — Considerando sua posição de cavaleiro da Coroa, peço desculpas por não ter providenciado uma mesa redonda para o senhor. Essa mesa oval foi o melhor que conseguimos. — O americano riu da própria piada.

Os dois seguranças escoceses ocuparam suas posições perto da porta, e os irlandeses do norte arrumaram uns cantos para ficar. Um homem magro de terno marrom entrou e sentou-se à mesa com uma garrafa de água na frente dele.

— O sr. Felix trabalha para o presidente Abubaker — explicou Lloyd. Não foi uma apresentação breve. — Ele está aqui para verificar se matamos o Agente Oculto.

Do outro lado da mesa, o sr. Felix concordou com a cabeça olhando para Fitzroy.

Lloyd trocou algumas palavras com um jovem de rabo de cavalo e piercing no nariz cujos óculos de lentes grossas refletiam a luz dos computadores na mesa à sua frente. Olhou para Lloyd e falou alguma coisa em voz baixa.

Lloyd virou-se para sir Donald.

— Está tudo dentro do cronograma. Esse homem é o encarregado de todas as comunicações entre os vigias, os caçadores e eu. Vamos chamá-lo de Tec.

O jovem se levantou e estendeu a mão educadamente, como se não tivesse ideia de estar sendo apresentado à vítima de um sequestro.

Fitzroy virou a cabeça para o outro lado.

Nesse momento, Tec recebeu uma ligação pelos fones de ouvido. Falou em voz baixa com Lloyd, com um sotaque britânico.

Lloyd respondeu:

— Perfeito. Mande ativos para lá imediatamente. Registre a localização.

Lloyd sorriu para Fitzroy.

— Estava na hora de eu ter um pouco de sorte. Gentry foi avistado em Tbilisi, tomando um avião para Praga. O avião já pousou, então não tivemos como segui-lo desde o aeroporto, mas nosso pessoal está verificando os hotéis. Com sorte, já teremos um esquadrão de extermínio esperando quando ele acordar de manhã.

Uma hora depois, Lloyd sentou-se à mesa em frente a Fitzroy. As luzes foram suavizadas, e Tec acendeu uma luz de fundo atrás do americano. Uma câmera móvel no teto girou em sua direção. Um monitor mostrava a silhueta de Lloyd, tão difusa que o jovem advogado teve de acenar com o braço para ter a certeza de estar se vendo em tempo real.

Em seguida, uma a uma, as telas LCD na parede do outro lado da mesa se iluminaram. Na base de cada tela, havia um título e o horário local. Luanda e Botsuana foram as primeiras on-line. Quatro homens sentados em uma sala de conferências semelhante à da Inglaterra. Também sob uma luz de fundo e em silhuetas, como Lloyd. Em seguida, a tela Jacarta, Indonésia, se iluminou, e havia seis vultos escuros sentados ombro a ombro à mesa, olhando para um monitor. Depois Trípoli, Líbia. Um minuto depois, Caracas, Venezuela; Pretória, África do Sul; e Riad, Arábia Saudita se iluminaram simultaneamente. Nos cinco minutos seguintes, chegaram os sinais da Albânia, de Sri Lanka, do Cazaquistão e da Bolívia. Levou mais um minuto para Tec se conectar com Freetown, na Libéria. Por último, apareceu a transmissão da Coreia do Sul. Um único homem asiático sentado à mesa.

Eram os esquadrões de extermínio governamentais que Kurt Riegel havia recrutado para a caçada. Riegel já tinha falado com os chefes das agências de todos eles, por isso não precisou falar com os operativos diretamente. Isso era trabalho de Lloyd. Como havia explicado, Riegel só estava ajudando com os arranjos e uma espécie de consultoria.

Antes que o áudio ficasse on-line, Lloyd perguntou ao Tec do outro lado da sala.

— Onde está o restante dos coreanos?

Tec consultou rapidamente um papel em sua mesa.

— Eles só mandaram um homem. Acho que não vai fazer diferença. Ao todo, são mais de cinquenta homens em doze esquadrões.

Tec explicou a Lloyd que sua voz seria alterada por hardware e software para torná-la totalmente irreconhecível.

Após um último minuto para Tec verificar a ligação de áudio com os tradutores fora do campo de visão das câmeras de cada localidade que precisasse deles, Lloyd pigarreou, sua silhueta levou a mão à boca e depois a abaixou.

— Senhores, sei que receberam uma orientação geral sobre a missão que temos para todos. É muito simples, na verdade. Preciso que localizem um homem, mas esse não é problema para vocês. Estou com quase cem vigias de prontidão ou já no local sondando a área de operações neste exato momento. Assim que for encontrado, esse homem precisa ser neutralizado. *Este* será o objetivo de vocês. — As imagens dos monitores remotos nas doze localizações mudaram. Uma foto em cores de um Court Gentry bem barbeado, de paletó esportivo e óculos de aros finos, apareceu na tela. Lloyd tinha resgatado a foto dele de um passaporte falsificado em sua ficha da CIA. — Este é o Agente Oculto. Court Gentry. A foto que estão vendo é de cinco anos atrás. Não saberia dizer o quanto ele pode ter mudado de aparência. Mas não se deixem enganar por sua aparente normalidade. Ele foi o melhor caçador de cabeças que já trabalhou para a CIA.

Alguém murmurou alguma coisa em espanhol. Lloyd entendeu uma palavra: "Milosevic".

— Sim, achei que alguns de vocês já deveriam conhecer esse homem por sua reputação. Correm muitos boatos sobre suas operações. Alguns dizem que ele matou Milosevic; outros dizem que não. Alguns dizem que foi responsável pelos acontecimentos do ano passado em Kiev… Mas pessoas mais razoáveis reconhecem que isso é impossível. De qualquer forma, sei o bastante sobre trabalhos específicos que ele realizou, tanto para o governo dos EUA quanto como autônomo, para assegurar que o sr. Gentry é o operativo avulso mais formidável que poderiam encontrar.

Outra voz "desencarnada" falou:

— Parece uma bichona. — Pelo sotaque, Lloyd logo voltou sua atenção para o sinal da África do Sul.

A voz modificada de Lloyd reverberou pelos alto-falantes.

— Ele é uma bichona capaz de se aproximar, enfiar uma picareta de gelo nas suas costelas, arrancar seu pulmão e ficar olhando você sufocar com o próprio sangue. — A voz do advogado americano revelou irritação. — Primeiro, vocês o matam, depois me digam que ele é só uma puta piada. Até lá, guardem seus comentários infantis para si mesmos.

A tela sul-africana ficou em silêncio.

Lloyd continuou, ainda olhando para as silhuetas de Pretória.

— O Agente Oculto tem treinamento como franco-atirador de longa distância, em combate corpo a corpo, em armas brancas e krav magá, a arte marcial usada pelas Forças Especiais de Israel. Sabe matar com armas longas, armas curtas, ou sem arma alguma. Suas vítimas podem morrer com um tiro disparado a um quilômetro e seiscentos metros de distância ou sentindo a respiração dele na orelha. É especialista em explosivos e até em venenos. Na CIA, corre uma história de que uma vez ele matou um alvo com uma zarabatana em um restaurante de Lahore, no Paquistão, sem ser notado pela equipe de segurança da vítima. — Lloyd fez uma pausa, para aumentar o efeito. — O Gentry estava na mesa ao lado. Continuou comendo depois que o alvo caiu morto.

"Assim que terminarmos aqui, todos vocês vão embarcar em aeronaves. Vamos mandar doze equipes, em doze aviões, a doze aeroportos ao longo da rota que esperamos que o Gentry percorra na Europa nas próximas quarenta e oito horas. Eu vou supervisionar e coordenar as atividades daqui, passando todas as informações que puder obter. Todas as equipes que participarem da caçada e sobreviverem vão receber um milhão de dólares, mais as despesas decorrentes. A equipe que matar o Gentry recebe um bônus de vinte milhões de dólares."

— O que os Estados Unidos vão fazer se nós o matarmos? — perguntou um homem de voz grave e sotaque africano.

Lloyd olhou para a tela da Libéria, mas sem ter muita certeza.

— Isso já foi explicado aos chefes de suas organizações. Esse homem já pode estar marcado para morrer pelo governo dos EUA. A CIA tem ordens de atirar à primeira vista. Ele não tem amigos nem familiares próximos. Ninguém neste mundo vai chorar quando ele morrer.

Alguém falou em um idioma asiático. Quando terminou, um tradutor perguntou:

— Onde ele está no momento?

— Chegou de avião a Praga ontem à noite. Nossos agentes estão procurando por ele nos hotéis, mas não há como saber se ainda está lá.

— Qual equipe vai ser mandada para Praga? — alguém perguntou.

— Os albaneses. Eles estão mais perto.

— Isso não é justo! — gritou um sul-africano.

A silhueta de Lloyd tirou os óculos e esfregou a testa.

— Sem querer ofender os albaneses, mas não acredito que ele será executado pela primeira equipe que o encontrar.

Houve resmungos na tela dos albaneses, logo silenciados por advertências.

— Vamos matar o Gentry nos próximos dois dias, sim. Mas, provavelmente, vai ser por desgaste. Muitos de vocês vão morrer. — Fez uma pequena pausa, em uma tentativa pouco convincente de dar a impressão de estar preocupado com isso. — Dito isso, tampouco sabemos se os albaneses vão fazer o primeiro ataque. Ele pode muito bem já ter ido para o oeste quando seu avião pousou. Se for esse o caso, se seu rastro indicar que já saiu de Praga, vocês devem voltar ao avião para seguir para o novo ponto de emboscada mais próximo da destinação final. Não há nenhuma vantagem em estar mais ao leste. Posso garantir isso a todos.

Lloyd se aprumou na cadeira. Sua silhueta parecia magra, porém atlética.

— Vou concluir dizendo o seguinte. Façam o que for necessário para cumprir a missão. Não me importo absolutamente com quaisquer danos colaterais. Quem não tiver estômago para encarar a morte de algumas crianças, de velhinhos ou cachorrinhos nem precisa entrar no meu avião. O trabalho de vocês é matar Court Gentry. Quem conseguir isso vai ganhar milhões para sua organização e contar com a gratidão da Agência Central de Inteligência. Os que falharem, provavelmente, vão ser mortos pelas mãos dele. Seria melhor se não se preocupassem com nada mais além disso. Alguma pergunta?

Não houve perguntas.

— Então, senhores... o jogo começou.

* * *

Às quatro e quinze da manhã, um agente de segurança da grande fábrica de tratores do LaurentGroup em Brno, na República Tcheca, mostrou a foto de Gentry a um sonolento recepcionista de um hotelzinho de quatro andares na Staré Město, na velha cidade de Praga. O senhor atrás do balcão observou a foto por um longo tempo e disse que não tinha certeza, mas mudou de tom depois de aceitar o pagamento de quinhentas coroas do estranho de olhos arregalados. Tinha certeza de que o tipo bem barbeado na foto e o turista barbudo no quarto do sótão eram o mesmo homem.

O agente de vigilância ligou para Lloyd imediatamente. Era um funcionário do LaurentGroup, e o advogado tinha ordens explícitas de não envolver ninguém da empresa em qualquer ação direta. Lloyd disse para ele ir para casa.

— Um esquadrão está a caminho — falou.

— Se você quer que ele morra, faço isso por cem mil coroas.

Lloyd deu uma risada do outro lado da linha.

— Você não vai fazer nada.

— Está dizendo que não sou capaz…

— Sim. É exatamente o que estou dizendo.

— Você é a porra dum americano de merda.

— Eu sou a porra dum americano de merda que acabou de salvar sua inútil vida tcheca. Vá para casa. Esqueça. Irá receber um bônus pelo bom trabalho.

— Odeio americanos.

Lloyd deu uma gargalhada antes de desligar.

10

Gentry acordou às cinco da manhã. O ferimento na coxa ardia e latejava; a noite não tinha sido nada restauradora. Sentou-se na cama lenta e dolorosamente, inclinou-se para frente para alongar o tendão anterior, ficou de pé e moveu o corpo com força para os dois lados. Queria passar o dia se mexendo. Ainda não tinha se decidido quanto a seu destino, mas sabia que, quanto antes saísse do hotel, melhor.

Depois de uma rápida ida ao banheiro para se aliviar e verificar a atadura da perna, vestiu as mesmas roupas da noite anterior. Em seguida, olhou pela janela em busca de sinais de vigilância. Não tendo visto nada anormal, desceu as escadas e saiu do prédio às cinco horas e vinte e cinco minutos.

Já havia elaborado uma lista de afazeres para o dia. Primeiro, ir até um esconderijo que tinha em Praga e pegar uma arma curta de mão. Não poderia mais viajar de avião; as viagens aéreas das últimas vinte e quatro horas foram atípicas em sua vida, pois Court detestava estar desarmado. Só embarcava em voos comerciais como último recurso, não tendo feito isso mais do que uma dúzia de vezes nos últimos quatro anos. Sentia-se nu andando desarmado pelas ruas escuras e desertas de paralelepípedos de Praga. O único consolo para suas necessidades marciais era um canivete Spyderco no cinto, comprado de um policial curdo. Era melhor do que nada, mas muito inferior a qualquer arma de fogo.

Depois de passar pelo esconderijo, precisava sair da cidade: comprar uma motocicleta barata em dinheiro e sumir de Praga. Talvez passar uma semana ou duas circulando de aldeia em aldeia na República Tcheca ou na Eslováquia. Esperava que isso o mantivesse a salvo até o presidente da Nigéria sair do cargo e, com sorte, deixá-lo em paz.

Enquanto andava em direção ao metrô, resolveu introduzir um item importante no topo de sua lista de afazeres. Sentiu cheiro de café fresco emanando de uma pequena cafeteria abrindo suas portas. E naquele momento considerou que precisava de um café, tanto quanto precisava de uma arma.

Mas estava enganado.

Uma neblina densa caía na rua escura em frente à cafeteria, e, assim que Court subiu uns dois degraus e entrou na loja, começou a chover. Eram exatamente cinco e trinta; teve a impressão de ser o primeiro cliente do dia. Court conhecia os tchecos e sabia que deveria cumprimentar a jovem atrás do balcão. Apontou para uma fumegante cafeteira e um grande salgado folhado. Viu a garota de pele clara encher um copo de isopor de café preto e aromático e colocar o desjejum em uma sacola.

Nesse momento, a campainha da porta soou. Olhou para trás e viu três homens entrarem, fechando os guarda-chuvas e sacudindo as gotas de chuva dos casacos. Pareciam moradores do lugar, mas Court não teve certeza. O primeiro lançou um olhar quando Gentry levou suas compras até uma mesinha com leite e açúcar para o café.

Court viu um cartaz envidraçado afixado na parede promovendo um recital de poesia, passou os olhos pela janela à sua direita, na direção da rua escura e chuvosa.

Segundos depois, estava exposto aos elementos, ignorando o frio da manhã e a chuva e andando em direção à estação de metrô de Mǔstek. Não havia outros pedestres por perto, por conta do frio e da chuva e da hora da manhã. Court não se incomodava com o ar gelado; valorizava sua capacidade de injetar vida nos músculos cansados e no cérebro ainda fatigado. Viu alguns caminhões de entrega em movimento, prestando atenção ao para-brisa molhado de cada um que passava. Chegou à entrada do metrô e desceu a escada íngreme. Seus olhos ainda cansados se ajustaram devagar à intensa iluminação elétrica da estação, com os azulejos brancos e frios refletindo a luz do teto.

Seguiu as indicações por um túnel sinuoso em direção aos vagões. Outra escadaria o levou mais fundo na cidade adormecida, e outra o levou ainda mais longe das entranhas iluminadas da estação do metrô.

Passou por uma lata de lixo pouco antes de uma curva à direita. Jogou o café e o salgado folhado intocados no lixo. Virou na curva à direita, deu mais dois passos e parou.

Flexionou os músculos rapidamente. Os braços, as costas, as pernas e, até mesmo, a mandíbula se contraíram.

Levou a mão ao cinto em busca do canivete. Ele o pegou e abriu na lâmina, em uma manobra executada em uma velocidade e em uma eficiência impossíveis.

Girou o corpo, voltou na direção contrária, deu um salto rápido e de longo alcance e mergulhou a lâmina de oito centímetros até o cabo na garganta do primeiro homem que o seguia.

Era um homem rígido e corpulento, alto e forte. Sacou instintivamente uma pistola de aço inoxidável com a mão direita. Gentry segurou seu punho e afastou o cano para baixo e para longe, no caso de os espasmos do homem moribundo dispararem a arma.

Court não perdeu tempo olhando para os olhos do homem de queixo quadrado; se tivesse feito isso, veria o choque e a perplexidade muito antes da expressão de pânico e dor. Voltou pela curva, empurrando o homem na frente, arremessando-o contra o segundo pretenso assassino, fazendo a curva e sacando sua arma. Court segurava o cabo da faca com a mão direita, ainda cravada na garganta do primeiro homem, e usou-a para empurrar o primeiro contra o segundo, agora usando a outra mão para arrancar a pistola da mão crispada do moribundo. Mas não conseguiu. Court agora viu o terceiro homem atrás do segundo que caía, com a arma erguendo-se para disparar.

Gentry enfiou a cabeça no peito do homem com a faca cravada na garganta, empurrou o corpo contra o agressor já caindo no chão e avançou rapidamente em direção ao terceiro da fila.

Um tiro ensurdecedor reverberou pelo túnel azulejado, a explosão cacofônica amplificada pelo teto baixo e pelo corredor estreito. Gentry sentiu a bala atingir as costas do homem ensanguentado em seus braços. Um segundo tiro também perfurou seu "parceiro de dança". O americano continuou empurrando o homem, até finalmente arremetê-lo com a maior força possível.

Quando o corpo ensanguentado do operativo colidiu com o terceiro homem, Gentry tirou a faca da garganta do morto, fazendo uma tentativa final de pegar a pistola de sua mão direita musculosa, mas o cadáver se chocou contra o terceiro operativo com a mão ainda crispada na arma de fogo.

Agora Gentry se viu entre dois assassinos vivos, ambos armados, cada um a menos de três metros de distância. Atrás dele, o homem armado caído no chão, com certeza já se levantando para atirar. E na frente estava o homem em pé, tentando se livrar do parceiro ensanguentado para mirar em seu alvo. Court segurou a faca pela lâmina e arremessou-a no atirador de pé. Foi um lançamento perfeito, com a lâmina cravando no olho esquerdo do homem. Jorrou sangue, e o operativo soltou a arma para levar as duas mãos à faca. Caiu de joelhos.

Gentry não olhou para a ameaça atrás dele. Mergulhou para frente, os dois braços esticados, desesperado para pôr as mãos em uma arma de fogo. Pouco antes de chegar ao chão, ouviu outro tiro atrás dele no corredor. Como não sentiu nenhum impacto, deduziu que o operativo atrás teria apontado para suas costas, mas errou por ele ter mergulhado no chão.

Court bateu no chão, deslizou para a frente e pegou a pistola do terceiro atirador. O homem com a faca no olho estava de joelhos, morrendo, mas ainda não estava morto, e praguejava o maldito assassino. Gentry rolou de costas a seu lado e virou-se para atirar no último inimigo ainda na luta. O homem teve meia chance de atirar, mas hesitou por Court estar muito perto de seu parceiro.

Mas o Agente Oculto não hesitou. Ainda deitado, disparou várias vezes por entre as pernas abertas e viu quando o homem armado girou o corpo e morreu.

Quando se assegurou de que o único homem vivo era aquele a seu lado com a faca no olho, encostou o cano da pistola na têmpora do homem ferido e puxou o gatilho sem hesitar.

O americano levantou-se em meio aos corpos dos três homens estirados no corredor branco e iluminado. Manchas de sangue espalhavam-se pela parede, e poças vermelhas se formavam em torno dos cadáveres. Os ouvidos de Court zumbiam, e a coxa ferida doía e latejava.

Os três tinham se denunciado na cafeteria. Court os identificou como operativos um segundo após terem entrado pela porta, percebendo o inconfundível brilho de reconhecimento na expressão do primeiro ao olhá-lo nos olhos.

Depois de identificar a ameaça representada por aqueles três homens, Court seguiu seus movimentos pelo reflexo no cartaz envidraçado do recital de poesia, nas janelas da cafeteria, nos para-brisas dos poucos veículos que passavam pela rua. Na escadaria que descia para o metrô, sentiu que se aproximavam. Chegaram ainda mais perto no túnel, e, na última curva antes da plataforma, ele já sabia exatamente o momento de agir.

Court tinha sido mais rápido, mais bem treinado e mais frio de coração, mas ao ver os três corpos caídos no chão teve plena consciência da única razão de eles estarem mortos e de sua pulsação acelerada continuar bombeando sangue para o corpo.

Uma puta sorte.

Os assassinos simplesmente resolveram parar para tomar um café antes de se posicionarem na frente do hotel, e Court por acaso estava na cafeteria quando entraram.

Depois disso, tudo se encaixou no lugar.

Court teve sorte.

Sabia que era bom ter sorte. Mas também sabia que sua sorte poderia virar em um instante. Sorte era uma coisa passageira, arbitrária, volátil.

Revistou os corpos rapidamente e sem nenhum remorso. Sabia que, em segundos, os primeiros passageiros começariam a entrar pela curva saindo ou indo na direção dos trens. Menos de trinta segundos depois do último tiro, o Agente Oculto já tinha pegado uma pistola cz, de fabricação tcheca, e um pequeno maço de euros e coroas.

Um minuto depois, estava de volta ao nível da rua usando um casaco forrado que foi tirado de um dos homens. O sangue em sua calça marrom-escura era disfarçado pela chuva matinal. Saiu andando pela neblina, resoluto, porém sem se apressar, em direção a um ponto de ônibus perto da ponte Carlos. Mancava um pouco, mas além disso nada o diferenciava do número cada vez maior de pessoas na rua, todas começando seus trajetos para o trabalho.

Fitzroy foi convidado a ficar em um quartinho com uma cama para descansar, mas ele se recusou, por uma questão de princípios. Preferiu cochilar na sala de conferências em alguma cadeira executiva de encosto alto. Tec andava de terminal em terminal ao redor, e Lloyd fazia uma ligação atrás da outra pelo celular. Os seguranças ficaram em pé a noite toda, um de cada lado da porta.

Sir Donald acordou às seis e trinta e tomava um café preto quando Tec chamou Lloyd do outro lado da sala.

— Senhor, os albaneses não estão respondendo.

Lloyd foi se sentar em uma cadeira em frente a Fitzroy, também tomando um café e examinando um mapa de Praga. Olhou para seu homem, deu de ombros e estalou a língua.

— Difícil responder quando se está morto.

Tec continuou esperançoso.

— Não temos como saber...

Lloyd não estava mais ouvindo. Falou quase consigo mesmo:

— Um já tombou. Faltam onze. Esse não demorou muito.

Fitzroy sorriu por trás da xícara de café, e Lloyd percebeu. Levantou-se, deu a volta na mesa de mogno e se ajoelhou na frente de sir Donald. Falou em uma voz muito calma:

— Eu e o senhor podemos parecer adversários, mas temos o mesmo objetivo. Se estiver secretamente comemorando a vitória do Agente Oculto, lembre-se de que, quanto mais ele chegar perto de seu alvo, mais coisas estarão em jogo. Quanto mais depressa ele bater as botas, melhor para o senhor, para seu filho, sua nora e suas preciosas netinhas.

O sorriso de sir Donald esmaeceu.

Mais de uma hora depois, o telefone via satélite de Fitzroy tocou. Lloyd e seus homens ficaram imediatamente em silêncio. Sir Donald atendeu pelo viva-voz no terceiro toque.

— Court? Estou tentando falar com você. Como está?

— Que diabos está acontecendo?

— Como assim?

— Outro esquadrão de extermínio tentou me apagar.

— Você está brincando.

— E eu brinco?

—Acho que não. Quem eram?

— Tenho certeza de que não eram nigerianos de merda. Três caras brancos. Pareciam da Europa Central. Não tive tempo de verificar as identidades. De qualquer forma, se fossem bons, não estariam com elas.

— Abubaker ainda deve estar usando mercenários. Não surpreende, considerando o tamanho dos seus fundos. Você está ferido?

— Estou, mas não por aqueles palhaços. Tomei um tiro na coxa no avião na manhã de ontem.

— Tomou um tiro?

— Nada grave.

Lloyd pegou rapidamente um bloco de notas e anotou essa informação.

— Filho, aconteceram algumas complicações.

— Complicações? Eu precisei apagar oito sujeitos nas últimas vinte e quatro horas por causa de algum vazamento na sua Network. Você tem toda razão em falar que ocorreram complicações!

— Os nigerianos sabem que sou seu agenciador.

A conexão via satélite silenciou por um instante. Por fim, Gentry falou:

— Que merda, Don. Como isso aconteceu?

— Como já disse… uma complicação.

— Então você está correndo tanto perigo quanto eu. É só uma questão de tempo até eles chegarem a você também. — A voz do outro lado da linha pareceu preocupada.

— Isso já aconteceu.

Pausa.

— O que aconteceu?

— Eles estão com a minha família. Meu filho e minha nora, minhas duas netas.

— As gêmeas — repetiu Court em voz baixa.

— É. Estão com eles na França, me dizendo que, se eu não te entregar, vão ser mortos. Trinta minutos atrás, eles me deram quarenta e oito horas para desentocar você, vivo ou morto. Também contrataram esquadrões para acabar com você, mas querem que eu forneça informações sobre seu paradeiro.

— O que você já fez, aparentemente.

— Não, filho. Não disse uma palavra. Você ficou comprometido no Iraque, de alguma forma, sim, mas também foi visto por um agente nigeriano quando embarcou no avião em Tbilisi. Eu não disse nada nem pretendo dizer.

— Mas é a família do seu filho.

— Eu não entrego meus homens. Você também é da família.

O rosto de Fitzroy estava distorcido, em uma dolorosa expressão de nojo em relação às próprias palavras, mas os olhos de Lloyd mostraram admiração pela capacidade dúbia do inglês de, ao mesmo tempo, adular e trair seu principal assassino. Fitzroy estava tocando virtuosamente o que ainda pudesse restar do coração de seu assassino.

Lloyd conhecia a ficha de Gentry como a palma da mão. Sabia o que viria a seguir.

— Onde eles estão presos?

— Em um castelo na Normandia, França, ao norte da cidade de Bayeux.

— Quarenta e oito horas?

— Menos trinta minutos. Oito horas da manhã de domingo é o prazo fatal. Dizem que têm infiltrados na Polícia Nacional Francesa. Qualquer sinal de alguma operação no local pode resultar em um massacre.

— Sei. A polícia vai ser inútil. Tenho uma chance maior se for por conta própria.

— Court, não sei o que está pensando, mas é perigoso demais tentar qualquer tipo de...

— Don, você precisa confiar em mim. A melhor coisa que posso fazer é ir até lá e limpar essa merda pessoalmente. Você precisa me passar todas as informações que puder sobre a estrutura das forças deles. Se não disser nada sobre mim, eu posso resgatar sua família.

— Como?

— De algum jeito.

Dessa vez foi a vez de sir Donald fazer uma pausa. Esfregou os dedos grossos nos olhos e falou devagar:

— Eu seria eternamente grato, garoto.

— Uma coisa de cada vez, chefe. — A linha ficou muda.

Lloyd esmurrou o ar em um sinal de vitória.

Fitzroy virou-se para ele e disse:

— Eu vou conseguir a cabeça que você quer. Mas você terá de cumprir seu lado do acordo.

— Sir Donald, nada me fará mais feliz do que mandar meus homens libertarem sua família.

11

Court Gentry trabalhava como operativo autônomo havia quatro anos. Antes disso, tinha pertencido ao Golf Sierra, vulgo Esquadrão Bandido, e anteriormente realizava operações solo para a CIA. Não obstante uns poucos operativos de olhos frios da agência, Gentry tinha passado a maior parte da vida adulta sozinho. A bem da verdade, em algumas operações de infiltração profunda, estabeleceu algumas relações necessárias para realizar suas missões, mas eram interações passageiras e baseadas em uma rede de mentiras.

Sua vida sempre se passou em isolamento.

Só uma vez, nos últimos dezesseis anos, houve um episódio em que Court não agiu como assassino nem como espião nem como uma figura difusa, entrando e saindo de cena. Dois anos antes, por apenas dois meses, Fitzroy contratou o Agente Oculto para uma função totalmente inusitada em todo o seu currículo. Court assumiu um cargo de Proteção Pessoal Próxima, trabalho de guarda-costas, para proteger as duas netas de sir Donald.

O pai delas, filho de sir Donald, era um empresário imobiliário bem-sucedido em Londres. Não seguiu os passos do pai no mundo sombrio da Inteligência; era um homem de negócios honesto, jogando com regras. Mesmo assim, Phillip Fitzroy ganhou a inimizade de alguns paquistaneses do submundo, algo a ver com o lobby de sua empresa contra uma proposta da municipalidade que teria permitido mais trabalhadores ilegais e sem qualificação em seus canteiros de obras. Phillip Fitzroy argumentou que seria melhor para todos em Londres se somente trabalhadores especializados construíssem apartamentos e shoppings, mas a quadrilha paquistanesa vinha extorquindo a população sem documentação legal havia anos e sabia que, se mais imigrantes conseguissem empregos que pagassem melhor, seria possível extorquir algumas libras a mais.

Começou com telefonemas ameaçadores. Phillip teria de recuar, desistir da campanha de lobby. Uma falsa bomba feita com canos foi encontrada na caixa do correio por Elise Fitzroy, esposa de Phillip. A Scotland Yard abriu uma investigação; detetives sisudos esfregaram o queixo e prometeram manter vigília. Phillip continuou sua luta contra as leis trabalhistas, houve novas ameaças e a Scotland Yard pôs um carro com um policial narcoléptico em frente à casa deles em Sussex Gardens.

Uma tarde, Elise estava limpando a mochila da escola de sua filha Kate, de seis anos de idade, enquanto as meninas assistiam à televisão. Achou uma folha de papel dobrada, que acreditou ser um bilhete mandado pela professora Beasley. Desdobrou. Garatujado à mão. Em letras maiúsculas garrafais.

"Podemos pegar as duas no momento em que quisermos. Afaste-se, Phil."

Elise ligou para Phillip, histérica. Phillip ligou para o pai, não menos agitado, e sete horas depois sir Donald bateu à porta com o americano a tiracolo.

O ianque não era nem grande nem pequeno. Era caladão e fazia pouco contato visual. Elise achou que deveria ter uns vinte e tantos anos; Phil achou que estava perto dos quarenta. Usava jeans e uma pequena mochila que nunca tirava do ombro, além de um suéter bem folgado, sob o qual Phillip imaginou que escondesse Deus sabe que tipo de aparatos obscenos para fazer mal a seus semelhantes.

Sir Donald reuniu-se com Elise e Phillip na sala de estar enquanto o homem ficou esperando no corredor. Explicou aos pais preocupados que o nome daquele homem era Jim, só Jim, e que possivelmente era o melhor do mundo no que fazia.

— O que isso quer dizer exatamente, pai? — perguntou Phillip.

— Vamos dizer que você está melhor com ele do que com sua rua inteira com carros enfileirados, abarrotados de policiais. Não estou exagerando.

— Ele não me parece grande coisa, pai.

— Faz parte do trabalho. É um tipo discreto.

— E que diabos nós vamos fazer com ele, pai?

— Sirvam uns sanduíches umas duas vezes por dia, mantenham o bule de café quente na cozinha e esqueçam que está aqui.

Mas Elise se recusou a tratar o homem como um objeto inanimado. Era uma mulher educada e percebeu que ele também era. Nunca olhava para ela, como explicou quando o marido perguntou.

— Ele olha pela janela para a rua, para o jardim dos fundos, para a porta do quarto das gêmeas. Nunca para *mim*. Vocês dois têm isso em comum, Phillip. Acho que se dariam muito bem.

Era inevitável que a presença de outro homem na casa dos Fitzroy provocasse algum atrito entre marido e esposa.

Claire e Kate gostaram de Jim. Imitavam seu sotaque americano, e ele curtia a brincadeira. Levava de carro as duas para a escola todos os dias no Saab, e Elise os acompanhava. Uma vez, Kate falou brincando que ele dirigia mal, e mãe e filhas ficaram surpresas ao ouvir uma gargalhada. Reconheceu que, geralmente, viajava de trem ou pilotava uma motocicleta. Um segundo depois, sua expressão voltou a se enrijecer e seus olhos focaram nos espelhos retrovisores e no caminho à frente.

Permaneceu quase dois meses ao lado das meninas, durante todo o tempo em que estavam acordadas, e ficava em uma caminha no corredor perto da porta quando dormiam. O único momento de tensão em oito semanas aconteceu em um domingo a caminho do mercado, quando um acidente de trânsito bloqueou a rua. Jim subiu com o carro na calçada assim que o trânsito parou. Abriu o paletó esportivo, e Elise viu a coronha de uma arma aninhada embaixo do braço dele. Dirigiu pela calçada usando apenas a mão esquerda, passando pelos pedestres, com a mão direita na pistola que ficava no coldre axilar. Dez segundos depois, estavam livres do trânsito. Não disse uma palavra aos passageiros, como se fosse uma saída normal de domingo para comprar leite e pão. A mãe e as meninas ficaram olhando para ele de olhos arregalados pelo resto do trajeto.

Então, uma manhã ele foi embora. Deixou a manta dobrada na cama, com o travesseiro em cima. Os jornais publicaram que os mafiosos paquistaneses tinham sido presos pelos policiais sisudos da Scotland Yard. Não havia mais perigo, e sir Donald dispensou o ianque.

Phillip e Elise respiraram aliviados quando foram informados de que não havia mais ameaças, que aquela reforma de lei ridícula não fora aprovada.

Mas as meninas choraram quando o pai disse que tio Jim tinha voltado aos Estados Unidos e que, provavelmente, não voltaria mais.

Court comprou uma motocicleta menos de uma hora depois de encerrada a ligação com Fitzroy. Era uma Honda CM450 1986, com o motor em bom estado e pneus que pareciam capazes de resistir a alguns dias de uso pesado.

O vendedor era um rapaz do local, que trabalhava em um posto de gasolina à beira da estrada de Seberov, a sudeste de Praga. Sem papelada, só a transação em dinheiro, algumas centenas de coroas a mais por um capacete e um mapa, e Court pegou a estrada.

Não tinha hesitado um segundo sequer desde que falou com Don ao telefone. Court sabia que teria um dia ou dois de viagem à frente se fosse para a Normandia. Poderia elaborar um plano e falar com Fitzroy durante o trajeto. Não, não havia tempo para sentar no banco de um parque aqui, a mil quilômetros de distância, para refletir.

Depois de comprar a moto, parou em um depósito alugado a longo prazo que ficava seis quilômetros ao sul do centro da cidade. Não tinha mais a chave da porta, por isso simplesmente arrombou a fechadura. Se interpelado, saberia dizer de cor o número do cartão de crédito usado para o aluguel, mas não havia ninguém por perto. Tinha preparado o esconderijo quase três anos atrás, mas só estivera lá uma vez depois disso, e o quartinho estava escuro e empoeirado, mofado e frio. Com menos de um metro quadrado, vazio a não ser pelas quatro bolsas de equipamentos empilhadas umas em cima das outras, todas embrulhadas em sacos de lixo branco cobertos de pó. O equipamento consistia em pistolas, fuzis, munição, roupas, alimentos embalados a vácuo e medicamentos. Jogou a CZ do tiroteio no metrô em uma das bolsas e tirou uma pequena pistola Walther P99 Compact e dois carregadores extras. A arma estava limpa e bem lubrificada; mesmo assim, ele verificou a munição e o funcionamento do ferrolho e do percussor. Ignorou o restante das armas. Sabia que não poderia atravessar a fronteira com a União Europeia com um arsenal nas costas.

94 *Mark Greaney*

A pistola teria de dar conta do recado.

Em seguida, abriu um kit de primeiros socorros, abaixou a calça e sentou-se no chão sujo e frio. Os arranhões de um rato nas paredes de alumínio fizeram-no se lembrar do quanto as condições eram insalubres. Examinou o ferimento do dia anterior com um fascínio profissional. Court nunca tinha sido baleado, mas já sofrera dezenas de outros ferimentos em seu trabalho. Sua perna latejava horrores, mas ele já tinha enfrentado sofrimentos piores: queimaduras, ossos fraturados, um estilhaço no pescoço. Eram os ossos do ofício.

Passou uma boa quantidade de iodo nos ferimentos de entrada e de saída. Rasgou o pacote de ataduras e pomada antisséptica e refez o curativo da melhor maneira possível na obscuridade: devolveu tudo para o saquinho e o guardou no bolso. Tirou umas roupas de frio da segunda bolsa. Trocou as roupas leves que usava por uma calça de veludo grosso, uma camisa de algodão marrom manchada de graxa e uma jaqueta de lona grossa. Um par de luvas aqueceu seus dedos instantaneamente. Botas de couro para caminhada. Um gorro preto que poderia ser baixado como uma máscara de esqui na cabeça. Fechou todas as bolsas, deixando-as como as encontrou, fechou a porta e montou na moto.

Minutos depois, estava em uma bifurcação da estrada ao sul da cidade. A fronteira com a Alemanha ficava a algumas horas no sentido oeste; depois, teria de passar pela fronteira da França e pela divisa com a Normandia.

Suspirou alto, abafado pelo ronco do motor. O vapor exalado passava pelas microfibras da máscara de esqui que cobria sua boca.

Mas não seria tão fácil assim.

Não, Gentry teria que fazer algumas paradas no caminho. Precisava obter algumas coisas antes de chegar à Normandia. Sabia onde conseguir o que precisava, mas também sabia que isso implicaria meio dia a mais na estrada.

Dessa vez, Court precisava de uma nova "escapatória", novos documentos falsos de identidade. Ainda tinha o passaporte usado para chegar à República Tcheca, que sabia ser suficiente para rodar pela Europa Central, onde não existem processos de imigração computadorizados e integrados, mas já havia se queimado uma vez com o nome de Martin Baldwin, jornalista canadense freelancer. Só um tolo ou um incurável otimista tentaria usá-lo para entrar na

União Europeia, e Gentry não era tolo nem otimista. Contudo, mais do que entrar na UE, ele precisava de uma escapatória segura para sair da Europa quando a operação terminasse. Sabia que, depois de fazer o que precisava ser feito na Normandia, seria necessário desaparecer em algum lugar distante, e novos documentos de identidade seriam a forma mais fácil de conseguir isso.

Court conhecia um homem na Hungria que poderia providenciar esses documentos rapidamente. Com documentos bem-feitos, poderia entrar de maneira rápida e eficaz na UE e, se tivesse de apresentar alguma documentação no trajeto, poderia fazer isso com segurança. Depois, uma vez terminada a operação, desovaria todas as armas e equipamentos e pegaria um avião para a América do Sul ou para o Pacífico Sul, ou até para a Antártida, se continuasse sentindo o calor da perseguição dos últimos dois dias.

Não haveria tempo para sair comprando documentos falsos depois da Normandia nem jeito de sair logo do continente sem eles.

Um vento frio de novembro soprava do oeste quando Gentry pegou a e65, a autoestrada que passava por Brno, entrava na Eslováquia, contornava a Bratislava e chegava ao sul até a fronteira com a Hungria. De lá, seria uma viagem rápida até Budapeste. Seis horas de viagem, levando em conta umas duas paradas para abastecer e duas fronteiras mal vigiadas.

Enquanto acelerava a moto, inclinando o corpo contra o vento frio, obrigou-se a pensar sobre as próximas quarenta e oito horas. Era uma reflexão funesta, porém necessária, e muito melhor do que pensar sobre as últimas quarenta e oito horas.

12

Gentry chegou à capital da Hungria às três horas da tarde. Nuvens de chuva pairavam baixas e acinzentadas, roçando os picos arredondados das montanhas de Buda, no lado oeste do rio Danúbio, que dividia a cidade de quatro milhões de habitantes em duas. Court estivera em Budapeste quatro anos atrás, em seu primeiro trabalho para Fitzroy, uma operação simples e pontual contra um assassino de aluguel sérvio que tinha posto uma bomba em um restaurante local para eliminar um traficante de armas, mas matou o irmão de um americano no processo. O irmão do americano assassinado tinha dinheiro e ligações com o submundo, e assim foi fácil entrar em contato com Fitzroy e contratar um assassino de aluguel. Fitzroy mandou seu ativo mais recente a Budapeste para localizar o agressor sérvio em um bar nas docas, encher a cara dele de bebida, enfiar uma faca em sua coluna e deixar o corpo sem vida deslizar em silêncio pelas águas negras do Danúbio.

Gentry também conhecia Budapeste de outra oportunidade, de seu tempo na agência. Entrava e saía da cidade uma vez a cada dois anos por quase uma década, seguindo diplomatas, brincando de esconde-esconde com homens de negócios russos furtivos nas mansões de Buda ou em hotéis de Peste. Uma vez perseguiu um assassino tadjique que estava na cola do chefe do escritório local da CIA, pois não havia ninguém mais disponível para tratar da questão.

Em seus trabalhos na cidade, Court tinha se encontrado várias vezes com um falsificador local chamado Laszlo Szabo. Szabo era um canalha, desonesto e amoral, que faria qualquer coisa para qualquer um que acenasse um bom maço de florins húngaros em sua cara. Sua especialidade era falsificação, comprar e vender documentos de identificação e alterá-los para quem quisesse mudar de identidade na hora. Já tinha ajudado uma dúzia de criminosos de guerra sérvios a fugir da Europa Central, com a Corte Internacional de Justiça nos calcanhares, e faturado muito dinheiro limpando pontas soltas daquela e de outras guerras. Então, em 2004, encrencou-se com o próprio Gentry quando concordou em forjar documentos para um terrorista checheno que escapou de Grozny e dos russos e passou por Budapeste a caminho do Ocidente. Court e seu Esquadrão Bandido alcançaram o checheno em um depósito que Laszlo tinha nos subúrbios. A coisa ficou feia, e na luta um tanque de substâncias químicas fotográficas de Szabo explodiu, matando o terrorista. Court e sua equipe tiveram de sumir antes da chegada dos bombeiros, deixando Laszlo escapar. Logo depois, Court foi mandado no encalço de um peixe maior, mas manteve Szabo em sua lista, caso algum dia precisasse de seus serviços. Normalmente, Court usava fontes de documentação da Network de sir Donald, mas era bom saber que havia alguém mais em Budapeste capaz de, pelo preço certo, transformá-lo em qualquer um que desejasse ser, ao menos nos documentos.

Laszlo Szabo era um escroque irredimível. Court não tinha nenhuma dúvida a respeito. Mas também sabia que Szabo era *muito* bom no que fazia.

Eram três e trinta quando Court encheu o tanque da moto, comeu um sanduíche, tomou uma limonada em uma barraquinha turca na rua Andrassy e estacionou a moto a um quarteirão da toca de Laszlo em Peste, mais ou menos a um quilômetro das margens do Danúbio. A chuva caía em camadas geladas, mas Gentry não fez nada para se proteger do clima. Seus músculos já estavam cansados do longo dia; a chuva ensopava seus cabelos, sua barba e suas roupas, mas também o mantinha alerta.

A porta do prédio de Laszlo era camuflada. Uma placa de ferro enferrujada presa em dobradiças em um edifício de pedra na rua Eotvos Utka, coberta de folhetos rasgados e amarelados e com menos de um metro e meio de altura. Parecia não ter sido usada desde a Segunda Guerra Mundial. Court tinha acabado de comer seu gorduroso sanduíche de costeleta de cordeiro com molho de pepino no pão pita, quando a porta se abriu com um rangido,

98 *Mark Greaney*

regurgitando dois homens negros e magros. Somalis, imaginou. Ilegalmente na Europa, certamente, já que ninguém que tivesse documentos legítimos precisaria vir falar com Laszlo. Court sabia o quanto era fácil para pessoas da África e do Oriente Médio imigrar legalmente para o continente naquele momento. Por alguma razão, os dois bobalhões que passaram por ele na chuva não se qualificavam para o carimbo de um visto de entrada quase universal, o que indicava que eram dois elementos funestos e perigosos.

Em um momento de reflexão, o Agente Oculto percebeu que havia pouca gente no mundo mais procurada que ele, por isso admitiu que, por definição, era um elemento ainda mais funesto do que aqueles somalis.

Gentry bateu na portinha de ferro com a mão esquerda espalmada. A direita pairando sobre a pistola Walther no cinto, escondida pelo casaco molhado. Por um minuto, ninguém respondeu e ele bateu outra vez. Finalmente encontrou o botão de um pequeno interfone de plástico no canto superior esquerdo da porta.

— Szabo? Estou precisando de ajuda. Eu posso pagar.

Uma resposta em voz baixa pelo interfone.

— Referências? — O sotaque era inconfundivelmente húngaro, mas o inglês era bom. O tom de voz era de puro tédio. Como o de um balconista em uma loja de tintas. Court era apenas mais um em uma longa fila de clientes chegando ao balcão para perguntar sobre alguns artigos.

— Eu trabalho para Donald Fitzroy. — Apesar de não ser um dos ativos da Network, ele certamente conhecia sir Donald.

Uma longa pausa, que chegou a deixar Court preocupado, foi interrompida com um zumbido e o som da fechadura se abrindo com um estalido via controle remoto. Court empurrou a porta de ferro com cuidado, abaixou-se e entrou em um corredor escuro, seguindo uma fonte de luz quinze metros à frente. A luz era outra porta, atrás da qual Court viu uma grande oficina, parte laboratório científico, parte biblioteca e parte estúdio fotográfico. Laszlo estava lá, sentado a uma mesa contra a parede. Virou-se para encarar o visitante.

Szabo usava o cabelo grisalho até os ombros. As roupas eram tipicamente húngaras: calça jeans preta e uma camisa de poliéster aberta, mostrando o peito magro. Tinha sessenta anos de idade, mas era um sujeito de sessenta anos do bloco oriental, que parecia ter oitenta no físico e trinta na psique.

Uma vida de trabalho árduo, uma vida de dificuldades. Apareceu para Court como um astro de rock envelhecido, que ainda se considerava bonitão.

Ficou olhando para Court por um bom tempo.

— Um rosto conhecido — falou. — Sem a barba e a água da chuva, será que eu conheço você?

Court sabia que Szabo nunca tinha visto seu rosto. Usava uma balaclava cobrindo-o quando invadiu o covil de Szabo com o Esquadrão Bandido em 2004. Além do mais, estava escuro e a ação foi rápida e confusa.

— Acho que não — respondeu Gentry, olhando ao redor da sala em busca de alguma ameaça. Fios pendiam das paredes como hera; havia mesas e prateleiras de equipamentos e caixas e livros, um armário trancado em uma parede, um estúdio fotográfico completo no canto com uma câmera sobre um tripé em frente a uma cadeira em cima de um tablado.

— Americano. Trinta e cinco anos. Um metro e oitenta de altura, oitenta e cinco quilos. Não tem postura de soldado nem de policial, o que é bom. — Court lembrou-se de fragmentos do dossiê daquele homem. Szabo fora treinado pelos soviéticos em vigilância eletrônica, falsificação e outras artes negras não letais. Espionava o próprio povo para os russos, mas jogava nos dois times, passando informações a Moscou sobre seus conterrâneos e fornecendo passes a húngaros ricos para fugir da Cortina de Ferro.

Seu auxílio marginal e pusilânime ao próprio povo foi o suficiente para não ter a garganta cortada depois da queda da União Soviética, apesar de Gentry ter lido que Laszlo tinha tomado umas porradas em retaliação por sua associação a Moscou.

— Eu só preciso de um de seus produtos. E estou com pressa — falou Court.

Laszlo levantou e pegou uma bengala encostada na mesa. Apoiou-se pesadamente nela ao atravessar a sala na direção de seu visitante. Court notou o corpo flácido do húngaro, o andar bem manco. Não tinha essa deficiência na última vez que o vira, cinco anos atrás.

Depois de uma eternidade, Szabo parou na frente de Court, invadindo seu espaço pessoal. Pôs uma das mãos no queixo do americano e virou sua cabeça para a esquerda e para a direita.

— Que tipo de produto?

— Um passaporte. Limpo, não falso. E preciso pra já. Posso pagar pelo trabalho extra.

Laszlo assentiu.

— E como vai Norris?

— Norris?

— O filho de sir Donald Fitzroy, é claro.

— Você tá falando do Phillip.

— Isso. Sir Donald ainda tem aquela casa de verão em Brighton?

— Não saberia dizer.

— Nem eu, pra ser sincero — admitiu Szabo, dando de ombros.

— Entendo que você precise confirmar minhas credenciais — disse Court. — Mas eu estou com pressa.

Szabo aquiesceu, arrastou-se até um banquinho, um entre uma dúzia deles no recinto, em frente a diferentes mesas ou escrivaninhas com computadores, microscópios, papéis, câmeras e outros equipamentos.

— Fitzroy tem sua rede própria. Seus facilitadores de documentação. Por que você mendigaria com Laszlo?

— Eu preciso de alguém bom. E de alguém rápido. Todo mundo sabe que você é o melhor.

O húngaro concordou.

— Talvez seja só bajulação, mas você tem toda a razão. Laszlo *é* o melhor. — Relaxou a atitude. — Vou fazer um grande trabalho pra você; talvez possa falar com Fitzroy sobre o serviço. Recomendar Laszlo, se é que você entende.

Court detestava homens que se referiam a si mesmos na terceira pessoa. Mas também sabia ser educado quando necessário.

— É exatamente o que vou fazer, se você me tirar daqui com documentos limpos em menos de uma hora.

Szabo pareceu contente. Aquiesceu.

— Recebi recentemente uma remessa de passaportes belgas. Com novos números de série, sem registro de terem sido roubados. Perfeitamente legítimos.

Court abanou a cabeça enfaticamente.

— Não. Dois terços dos passaportes roubados no mercado são belgas. Eles passam por uma inspeção mais rigorosa. Eu preciso de algo menos óbvio.

— Um cliente bem informado. Eu respeito isso. — Laszlo se levantou, apoiou-se na bengala e andou até outra mesa. Folheou um bloquinho cheio de rabiscos a lápis. Ergueu os olhos. — Acho que você poderia se passar por neozelandês. Já faz muito tempo que tenho uns passaportes da Nova Zelândia. A maioria dos meus atuais clientes é árabe ou africano... Nem preciso dizer que não dá para eles usarem um passaporte neozelandês. Como já disse, eles estão aqui há um bom tempo, mas Laszlo pode alterar o número de série quando preencher suas informações, sem manchar o holograma. Não tem como ser rastreado e corresponder a algum lote perdido.

— Ótimo.

Szabo voltou a se sentar com um suspiro, demonstrando a Gentry que qualquer movimento era cansativo e desconfortável para ele.

— Cinco mil euros.

Gentry concordou, tirou o dinheiro da bolsa e mostrou para Laszlo, mas não o entregou.

— E quanto à sua aparência? Eu posso tirar a foto como está agora, ou podemos criar algo mais profissional.

— Eu gostaria de me lavar primeiro.

— Tem um chuveiro. Um aparelho de barbear. Um paletó e uma gravata que podem servir. Vá se aprontar enquanto Laszlo trabalha nos documentos.

Court entrou por um corredor e farejou o caminho até um banheiro que fedia a suor e mofo. Equipado com sabonete, aparelho de barbear e tesouras, tudo para operativos e imigrantes ilegais e criminosos que precisassem camuflar suas más cataduras por alguns minutos e posar para uma fotografia que os mostrasse aos policiais e guardas das fronteiras como lordes aristocratas. Gentry fez a barba pela primeira vez em três meses. Deixou sua Walther na prateleirinha com o xampu e o aparelho de barbear. Quando terminou, estava coberta de espuma.

Gentry limpou os pelos da barba. Via cada fio como uma evidência de DNA, por isso passou mais tempo recolhendo a barba do que propriamente se barbeando.

Olhou para o próprio reflexo no espelho enquanto penteava o cabelo castanho para o lado direito; com um repartido, desapareceria depois de seco. Seu rosto estava envelhecendo, as marcas do sol e do vento e da própria vida se aprofundavam na pele. Percebeu que tinha emagrecido desde o início da operação Síria; notou olheiras descoloridas embaixo dos olhos.

Quando tinha vinte e seis anos, certa vez ficou quatro dias sem dormir. Estava rastreando um agente inimigo em Moscou e seguiu-o até uma dacha no campo, mas o Lada de merda que dirigia quebrou no meio da neve. O Agente Oculto precisou continuar andando na neve para não morrer de frio.

Agora, com trinta e seis anos, parecia muito pior depois de quatro dias de trabalho do que na época em que foi resgatado, faminto e enregelado, por uma equipe de extração que o embarcou em um helicóptero.

Depois de se enxugar, vestiu a calça encharcada. Teve o cuidado de manter no lugar a atadura úmida em sua perna. Apertou o cinto e calçou as meias e as botas. Vestiu uma camisa branca deixada por Laszlo, muito apertada no colarinho, e deu o nó da gravata barata com esmero, cobrindo o colarinho aberto. O paletó azul parecia de papelão, muito folgado nos ombros. Nem tentou abotoá-lo. Enfiou a pistola no cinto, guardou os carregadores extras no bolso e voltou para o laboratório de Laszlo.

Szabo estava em uma cadeira de rodas em frente a uma prancheta, debruçado sobre um passaporte aberto, com uma navalha na mão. Ficou olhando para seu cliente por um bom tempo.

— Uma metamorfose e tanto.

— Pois é.

— Senta pra tirar a foto, por favor. — Era uma pequena cadeira de plástico sobre um tablado com um pano de fundo pendurado no teto. Uma câmera digital sobre um tripé ligava-se a um computador em cima da mesa a alguns centímetros de distância.

Court subiu no tablado oco e sentou-se na cadeira. Ajeitou o paletó e a gravata enquanto Szabo empurrava a cadeira de rodas para posicioná-la atrás da câmera.

— Nós precisamos de um nome para o passaporte. Um bom nome neozelandês.

— Fica por sua conta. O que for melhor.

A câmera piscou, e Gentry começou a se levantar.

— Mais umas duas, por favor.

Voltou a sentar-se.

— Pensei em um nome para você. Não sei se vai gostar.

— Qualquer um...

— Impressionante. Dramático. Misterioso.

— Bom, na verdade eu não preciso...

— Por que não chamar você de Agente Oculto?

Gentry perdeu a expressão quando o flash espocou em seu rosto.

Merda.

Szabo olhou para ele.

Gentry começou a se levantar.

Sentiu um movimento na cadeira. Já estava com os pés no tablado, mas os calcanhares perderam o apoio. Antes de conseguir reagir, os braços subiram ao lado do corpo, o paletó emprestado chegou até o pescoço e os joelhos atingiram a altura dos olhos. Começou a cair para trás, levando a cadeira de plástico junto. A luz ao redor se apagou e Court mergulhou na escuridão e caiu de lado, com o baque suavizado por alguma coisa macia e molhada.

Apesar de suavizado, o impacto o deixou sem fôlego. Instintivamente, levantou-se, sacou a pistola e girou em todas as direções para enfrentar quaisquer ameaças enquanto se firmava.

Era um poço revestido de tijolos, uma espécie de cisterna. Olhou para cima e viu que tinha caído uns quatro metros com a cadeira desde o tablado aberto. Antes que pudesse alcançá-la, a cadeira foi suspensa no ar por uma corrente, tilintando até a abertura e desaparecendo em seguida. Um alçapão de acrílico se fechou acima dele, prendendo-o no recinto molhado.

Lentamente, Szabo inclinou-se para o lado, olhou através do acrílico e sorriu para seu prisioneiro.

— Você tá brincando comigo! — gritou Gentry, totalmente frustrado.

— Imagino que esteja armado. Feras como você, em geral, estão. Mas é melhor pensar bem antes de começar a atirar aí embaixo. — Szabo bateu no alçapão com a ponta da bengala. — Cinco centímetros de acrílico reforçado; você terá de desviar dos ricochetes. — Apontou para a própria testa com um dedo ossudo. — Não seja burro.

— Eu não tenho tempo pra isso, Szabo!

— Pelo contrário. Pouco tempo é tudo o que lhe resta. — Szabo desapareceu de vista.

13

GENTRY ARRANCOU O PALETÓ, A gravata, a camisa e olhou ao redor do poço. Era um círculo de uns dois metros de diâmetro; parecia ter sido um velho silo de esgoto. A parede de pedra era muito íngreme e escorregadia, por conta do limo, para ser escalada. Os colchões em que caíra estavam apodrecidos e malcheirosos. Sem dúvida, havia um problema de drenagem. Olhou embaixo dos colchões e descobriu um velho cano de ferro. Encostou a mão e percebeu que estava quente. As águas termais de Budapeste eram uma atração turística; provavelmente, o cano bombeava água termal de um lugar para outro. A água passava pelo cano, pingando e porejando um pouco na junção com a parede.

Olhou para cima e ao redor. Seria um lugar particularmente terrível para morrer.

Dez minutos depois, Szabo voltou. Sorriu para Court de cima do poço. Gentry falou:

— Seja lá o que esteja pensando em fazer…

— Eu me lembro de você. Achou que eu ia esquecer? Dois mil e quatro. Equipe superespecial A da Agência Central de Inteligência.

Court sabia que Szabo não tinha visto seu rosto na operação de 2004. Mas, ainda assim, gritou:

— Isso mesmo, e minha equipe de campo sabe onde estou agora.

— Patético. Você não está mais na agência.

— Onde você ouviu isso?

O húngaro de sessenta anos desapareceu por um minuto. Voltou a aparecer acima do poço e pôs uma folha de papel em cima do vidro um metro e oitenta acima da cabeça de seu prisioneiro.

Gentry viu seu próprio rosto, uma velha foto tirada pela CIA para algum documento falso. No alto da foto as palavras: "Procurado para interrogatório pela Interpol". Era só uma foto e uma descrição. Seu nome não era mencionado.

— Um carro com homens do governo americano permaneceu na rua da minha casa sete dias por semana, durante um ano, depois de você ter, digamos, se *exonerado* do seu cargo na agência. Acharam que você viria pedir ajuda a Laszlo. A presença deles foi ruim para os negócios, sr. Agente Oculto.

— Szabo. Isso é sério. Olha, eu conheço você. Sei que vai querer dinheiro pra me tirar daqui. Basta dizer seu preço. Eu posso ligar e pedir uma transferência bancária...

— Sir Donald não vai poder comprar sua liberdade. Eu não quero o dinheiro dele.

Gentry olhou para o homem acima. Falou em voz baixa:

— Eu detestaria machucar um aleijado.

— Foi você quem me deixou aleijado!

— Do que você tá falando?

— Você atirou no meu quarto escuro. Achou que eu ia esquecer?

— Eu não atirei em *você*.

— Não, você estava atirando no checheno e acabou acertando um recipiente de persulfato de amônia. O pó caiu em uma banheira de alumínio com água e... bum! O checheno ficou escorrendo do teto, e o pobre e indefeso Laszlo tá queimado, os nervos dos membros inferiores afetados pela inalação de gases tóxicos.

Merda. Court deu de ombros.

— E de quem é a culpa? Você estava ajudando um terrorista a entrar no Ocidente. A CIA deveria ter me mandado pra acabar com você.

— Talvez, mas, a partir daí, fiz alguns amigos entre os bons homens da Agência Central de Inteligência. Depois que o FBI falou comigo, a agência veio aqui. Foram eles que me disseram que você era o líder do grupo que detonou meu depósito e arruinou minhas pernas. Acredite ou não, hoje em dia o escritório local da CIA e Laszlo mantêm uma relação de trabalho razoavelmente boa.

— Por que será que não acredito nisso? Você sempre jogou dos dois lados.

— Acho que nosso relacionamento vai melhorar ainda mais, agora que liguei e disse que você estava aqui preso. Eles já estão a caminho pra buscá-lo.

Os músculos do rosto de Court se contraíram.

— Diga que você não fez isso.

— Fiz. Vou usar você como moeda de troca por uma pequena *détente*. Nosso relacionamento é bom, mas entregar a eles o homem que estão procurando pode tornar a vida de Laszlo mais fácil.

— Quanto tempo até eles chegarem?

— Menos de duas horas. O chefe do escritório está pedindo um helicóptero cheio de gente barra-pesada de Viena para levar você sob custódia. Eu disse que sua reputação é exagerada; afinal, foi o velho e fraco Laszlo quem capturou você sozinho, mas eles não me levaram a sério. Você tá garantindo uma grande operação só pra ser levado daqui. Enquanto isso, vai ter de se divertir até…

— Laszlo, você precisa prestar atenção ao que vou dizer.

— Ah! Olha só como ele treme. Olha só o Agente Oculto tremendo como uma…

— Eles não vão mandar uma equipe pra me prender. Vão mandar um esquadrão de extermínio. A diretiva contra mim é atirar à primeira vista. E, quando eles chegarem aqui pra me apagar, não pense que vão deixar uma testemunha. Não é assim que esses caras funcionam.

Laszlo inclinou a cabeça, parecendo pensar a respeito, depois falou:

— Eles não vão fazer nada comigo. A CIA precisa de mim.

— Eles só precisavam de você até esse seu telefonema, seu filho da puta imbecil!

O estado de nervos de Laszlo começou a transparecer. Ele gritou:

— Chega de papo! Se você acha que a morte está vindo buscar você, talvez devesse passar os próximos minutos pedindo perdão por seus pecados a seu Deus.

— Você também.

O rosto enrugado e confuso de Laszlo Szabo desapareceu do vidro acima de Court.

* * *

O celular de sir Donald tocou às três horas. Lloyd ligou o viva-voz, apesar de a ligação não ser do telefone via satélite de Gentry.

— Cheltenham Security.

— Boa tarde, sir Donald. Estou ligando a respeito de uma questão importante.

— Eu o conheço?

— Nossos caminhos não se cruzaram, creio. O senhor pode me chamar de Igor.

Fitzroy foi breve com o interlocutor. Estava com problemas demais para se mostrar educado com um solicitante com um forte sotaque.

— E o senhor pode me chamar de desinteressado. Estou ocupado. Se for por uma questão legítima, pode muito bem entrar em contato com minha secretária e agendar uma visita.

— Sim… Bem, o Agente Oculto alega ser um representante de negócios legítimo do senhor. Ele me pediu para ligar. Insiste em dizer que o senhor pagaria muito bem por seu retorno em segurança.

— O Agente Oculto está com você?

— Sim.

— Com que equipe você está?

— Que equipe? Eu sou minha própria equipe, senhor.

Fitzroy e Lloyd se entreolharam. Lloyd apertou o botão *mute*.

— Acho que não é um dos nossos.

Sir Donald apertou o botão para ser ouvido por quem tinha ligado.

— Deixe-me falar com ele.

— Receio que isso não seja possível no momento.

Lloyd voltou a apertar o botão. Virou-se para Tec na bancada de computadores na parede. O jovem falou:

— A ligação é de Budapeste, do lado Peste. Está com um software de despistamento. Vou tentar localizar.

Lloyd olhou para o grande mapa no monitor da parede.

— Que porra Court está fazendo em Budapeste?

Fitzroy o ignorou e apertou o botão no meio da mesa, tirando o telefone do mudo.

— Eu... estaria muito interessado em falar com você, Igor. Só preciso de uma garantia indicando que meu homem está, de fato, sob seus cuidados.

— Ninguém confia em ninguém nesse mundo, esse é o problema. Tudo bem, sir Donald. Só um momento. Não consigo mais andar tão rápido quanto antes. — Ouviu-se um som arrastado no telefone que durou quase um minuto. Depois, finalmente: — Pronto, sr. Fitzroy, pode falar.

— Garoto? É você?

A voz de Gentry, distante e abafada por alguma coisa:

— Ele ligou para a agência, Don! Um esquadrão de extermínio deve chegar em menos de noventa minutos. Eu estou em...

Mais sons arrastados e farfalhantes nos alto-falantes. Em seguida, a voz com o forte sotaque voltou a falar.

— O senhor tem uma hora, sir Donald. Mande quinhentos mil euros e seu garoto sai livre a tempo de evitar uma contraoferta de um concorrente. Anote o número da conta. Está com uma caneta na mão?

Um minuto depois, a ligação foi interrompida. Fitzroy e Lloyd olharam para Tec. O jovem inglês de piercing no nariz balançou a cabeça.

— Budapeste, Sexto Distrito. É só isso que sei. Mas poderia ser mais preciso. Tem duzentos e cinquenta mil telefones no Sexto Distrito. Ele pode ter ligado de qualquer um.

Lloyd ficou irritado, mas com muita pressa para demonstrar. Virou-se para seu refém.

— Quem ele conhece em Budapeste?

Fitzroy esfregou a testa, deu de ombros.

— Pensa logo! Quem Gentry iria encontrar lá?

De repente, sir Donald levantou a cabeça.

— Szabo! Não pertence à minha rede. É um velho falsificador, costumava trabalhar para os comunistas em...

Lloyd o interrompeu:

— Tem um endereço?

— Posso conseguir.

— Meu esquadrão mais próximo está em Viena, a trezentos quilômetros de distância. Não há como chegar lá nesse tempo. Vamos precisar pagar o Szabo para não deixar o Gentry cair nas mãos da CIA.

Fitzroy abanou a cabeça.

— Pode esquecer. O Szabo é uma cobra. Se ligou para a CIA, foi para cair nas boas graças da agência. Só me ligou porque o Gentry disse que eu pagaria para ele ser solto. Laszlo Szabo vai pegar meu dinheiro e, mesmo assim, fazer negócio com a CIA. Vai me foder e depois foder com eles.

— A CIA vai prender ou matar Gentry?

— É irrelevante. Se matarem, vão cobrir os vestígios. O corpo só vai aparecer daqui a semanas, se aparecer. Abubaker não vai assinar se nós só *dissermos* que Gentry morreu. E você vai matar minha família do mesmo jeito.

— Então nós temos menos de uma hora para mandar gente até onde está Szabo e fazer o trabalho antes de os rapazes da agência chegarem.

O pescoço de Gentry doía de tanto olhar para o alçapão de acrílico acima dele. Ouviu sons perto da abertura e gritou:

— Como você vai me tirar daqui antes dos ativos da agência matarem nós dois?

O rosto enrugado de Szabo apareceu por trás do acrílico.

— Assim que estiver com o dinheiro do sir Donald, a única pessoa que vai sair daqui serei eu.

— Fitzroy vai matar você pela traição.

— Ah! Eu ainda tenho amigos no Leste. Ando procurando um jeito de sair daqui. Meio milhão de euros vai me propiciar um novo começo.

— Escuta… — insistiu Court. — Há mais coisas em jogo nesse caso além do que você sabe. Uma família foi sequestrada. Duas garotinhas foram levadas, gêmeas de oito anos. Elas vão ser mortas se eu não chegar à França a tempo de impedir. Você me deixa sair daqui, e juro que vai ter seu dinheiro. O quanto você…

— Duas garotinhas?

— Sim.

— Serão mortas?

— Não se eu conseguir…

Laszlo deu uma risada cruel.

— Você deve estar me confundindo com alguém que tenha uma alma. Os russos tiraram minha alma cirurgicamente, trinta e cinco anos atrás. Eu não dou a mínima. — Sumiu da visão de Gentry.

Lloyd ligou para Riegel, em seu escritório em Paris forrado de teca. O alemão atendeu antes do fim do primeiro toque. O americano perguntou:

— Você tem ativos em Budapeste?

— Eu tenho ativos no mundo todo.

— Ativos de nível 1?

— Não. Só alguns vigias. Acho que posso arranjar alguns assassinos de baixo nível, mas por quê? Já não forneci um bom número de assassinos alfa nas últimas doze horas? Imagino que o Agente Oculto ainda não tenha acabado com todos eles! — O jovem advogado sentiu a zombaria no tom de voz.

— Mandamos as equipes para o oeste. O Gentry foi para o sul, para a Hungria, aparentemente para conseguir um passaporte e fugir da Europa quando terminasse a missão na Normandia.

— Prudente. Otimista, porém prudente.

— É, mas não funcionou muito bem. Foi traído pelo falsificador de Budapeste e foi preso. Acabou de ligar para sir Donald pedindo resgate.

— Deixa eu adivinhar. Laszlo Szabo?

— Como você sabia?

— Vamos dizer que não dá para mencionar "Budapeste" e "traição" na mesma sentença sem o nome de Szabo vir junto.

— Você pode mandar alguns homens ao endereço dele em Peste?

— Claro. É só Laszlo ou ele tem segurança?

— É mais complicado que isso. Szabo também entregou Court para a CIA. Tem uma equipe dirigindo-se ao local neste momento. Devem chegar em uma hora.

Riegel suspirou, agora com a voz resignada.

— Se ele cair nas mãos da CIA, o contrato com Lagos já era. Se for pego, não vamos conseguir provar para Abubaker se ele está morto ou vivo até domingo.

— Então nós não podemos deixar isso acontecer. Certo?

— Você quer mandar uma equipe trocar tiros com a agência americana de inteligência? Ficou louco?

— A CIA vai achar que os homens trabalham para o Gentry ou para o sequestrador. Se seus homens forem bons, não vão ficar por lá para explicar o motivo.

Riegel pensou por um momento. Quando finalmente falou, Lloyd teve a impressão de que estava formulando o plano à medida que as palavras saíam de seus lábios.

— O esquadrão indonésio está voando neste momento. Em direção a Frankfurt, mas a essa altura deve estar passando pela Europa central. Talvez a gente consiga desviar o voo, aterrissar e chegar à cidade na próxima hora. Vai ser por pouco, mas é nossa única chance.

— E eles são bons?

— São. Grupo Quatro da Kopassus. Os melhores atiradores que Jacarta tem para fornecer. Vou cuidar disso.

O capitão Bernard Kilzer verificou a altitude no radioaltímetro. Era um modelo Wolfsburg que não conhecia muito bem, pois o avião era alugado, não era sua aeronave habitual. Estava voando em uma rota a noroeste a 37 mil pés. O Bombardier Challenger 605 era de última geração, com tecnologia de voo por instrumentos. Seus deveres e responsabilidades como piloto eram grandes, àquela altura, passadas sete das nove horas de voo de Nova Delhi a Frankfurt. Havia pouco para ele ou seu copiloto fazerem além de se manter acordado, monitorar os sistemas a bordo e olhar para o céu da tarde.

Os dois pilotos já estavam voando, quase sem parar, havia dezesseis horas. Partiram de Jacarta, na Indonésia, às duas da manhã pelo horário local. Voaram em direção ao oeste, pararam para reabastecer em Nova Delhi e logo voltaram a decolar.

Normalmente, o capitão Kilzer e seu copiloto, o primeiro-oficial Lee, transportavam diretores corporativos pelo sudoeste da Ásia. Também levavam cientistas do LaurentGroup, pessoal essencial de TI, qualquer um que fosse necessário em qualquer uma das quinze instalações corporativas do extremo sul do Japão à fronteira oriental da Índia.

Além dessas viagens relacionadas a trabalho, Kilzer e Lee também levavam executivos e suas mulheres de férias de ilha em ilha ou a suntuosas festas em Brunei, organizadas pelo próprio sultão. Uma vez tinham até levado clientes da empresa e garotas de programa das Filipinas para uma isolada ilha tropical cheia de *chefs* franceses e massagistas suecos para uma semana de indolência e devassidão.

Kilzer já tinha transportado diversas categorias de funcionários do LaurentGroup, mas nunca um grupo como o que levava agora.

Havia seis homens na cabine atrás dele. Indonésios; pareciam jovens militares, mas usavam roupas civis. O compartimento de carga do Challenger estava cheio de mochilas de lona verde. Os homens se mantinham em silêncio quase o tempo todo. Em suas saídas da cabine de voo para ir ao banheiro, Kilzer tinha visto uma caneta laser na luz difusa; alguns homens examinavam mapas enquanto outros dormiam.

Pareciam um grupo disciplinado, seguindo para alguma missão importante, e Kilzer não fazia ideia do motivo de ter sido designado para aquela tarefa.

O piloto alemão, calvo e de trinta e oito anos, pegou sua lancheira atrás do banco. O painel multifuncional piscou. O copiloto falou:

— Chamada terra-ar para você pela linha segura.

— Entendido. — Kilzer largou o lanche e pressionou uma chave no centro do console para reservar a transmissão só para seus ouvidos.

— Novembro Delta Três Zero Whiskey, câmbio?

— Aqui é Riegel falando, copiando?

Kilzer sabia que Riegel era o vp de operações de segurança para toda a corporação. O alemão era conhecido como um tipo barra-pesada. De repente, Kilzer teve uma ideia melhor sobre a missão dos jovens na cabine atrás dele.

— Alto e claro, sr. Riegel. Em que posso ajudá-lo, senhor?

— A que distância você está de Budapeste?

— Só um segundo. — Kilzer olhou para o copiloto, um asiático com sotaque britânico. — É o Riegel. Quer saber a que distância estamos de Budapeste.

O primeiro-oficial Lee verificou a localização do voo no sistema de navegação. Digitou alguma coisa no teclado à sua esquerda e respondeu poucos segundos depois.

— Estamos a cento e sete quilômetros su-sudeste e doze quilômetros acima.

Kilzer passou a informação, e Riegel disse:

— Temos uma mudança de planos. Você precisa aterrissar em Budapeste o mais rápido possível.

Kilzer sentiu uma pontada de suor na nuca. Não se sentia bem ao frustrar o chefe de operações de segurança.

— Sinto muito, senhor, mas não é possível. Não traçamos um plano de voo para a Hungria. Vamos ter sérios problemas com a imigração e a segurança.

— Não me diga o que é possível ou não. Ponha o avião no chão, distribua o equipamento para os indonésios e saia de lá.

O capitão Kilzer não respondeu de imediato.

— Como vamos conseguir sair de lá? Nós vamos ser presos assim que aterrissarmos sem autorização, se…

— Declare estado de emergência. Com certeza, você pode encontrar uma razão para aterrissar o avião onde quiser. Se for detido para interrogatório, eu pago sua fiança. Podemos acertar as coisas com os húngaros depois do fato consumado. Isso não é problema seu. Você só precisa tirar os indonésios do avião antes de taxiar na pista.

— A segurança é forte no aeroporto de Ferihegy. Eles vão cercar a aeronave, e nós…

— Então não pouse lá. Localize algum aeroporto regional por perto, aterrisse o avião e deixe os homens saírem por trás. Você me entendeu?

O capitão rolou freneticamente as páginas de seu monitor multifuncional. Passou pelos mapas eletrônicos de todos os aeroportos da região.

— Tokol fica a quarenta minutos de carro do centro da cidade. A pista é suficientemente longa.

— Longe demais! Os indonésios precisam chegar ao centro da cidade em menos de uma hora!

Kilzer continuou procurando.

— Tem o de Budaörs. Fica na metade da distância, mas a pista não é asfaltada e é curta demais.

— Quanto mais curta?

114 *Mark Greaney*

— Com essa carga, esta aeronave exige mil metros de uma pista asfaltada em perfeitas condições. A de Budaörs tem exatamente mil metros, mas está chovendo forte e, como eu disse, a pista não é de asfalto. Vai ser um lamaçal!

— Então você não deve ter problema pra desacelerar antes de ficar sem pista. Aterrisse o avião!

— O senhor está pedindo uma aterrissagem de emergência! Vai ser muito arriscado.

— Se não quiser se arriscar *comigo*, aterrisse esse avião em Budaörs, capitão. Estamos entendidos?

Kilzer cerrou os dentes.

— Vou mandar um transporte para pegar os homens — disse Riegel.

— Senhor, devo enfatizar mais uma vez que isso vai criar um incidente.

— Deixe que eu me preocupe com isso.

— Entendido, senhor.

Kilzer interrompeu a chamada. Crispou as mãos no manche para aliviar a frustração.

O copiloto perguntou:

— O que está acontecendo?

— Lee, parece que eu e você estamos prestes a ajudar a Indonésia a invadir a Hungria.

O primeiro-oficial empalideceu.

— Riegel é um babaca.

— *Ja* — concordou Kilzer. Acionou algumas chaves no console central, tirou o jato do piloto automático e empurrou devagar o manche para a frente. Falou pelo microfone. — sos, sos, sos. Novembro Delta Três Zero Whiskey...

14

NA HORA QUE SE PASSOU A SEGUIR, Laszlo Szabo usou o computador a cada quinze minutos para verificar a conta do banco na Suíça cujo número dera a Fitzroy. Entre os frequentes acessos, fez uma mala com itens essenciais para uma viagem rodoviária sem volta, chamou um serviço de táxi local e pediu uma limusine na porta às quatro e trinta. Destino: aeroporto de Ferihegy de Budapeste. Comprou uma passagem para Moscou, primeira classe, depois ligou para um conhecido na capital da Rússia e pediu que o esperasse no aeroporto.

Mesmo em meio a toda essa atividade, de vez em quando manquitolava até o alçapão para ver seu refém através do vidro. O Agente Oculto continuava sentado, sem camisa, nos colchões do poço frio, as costas apoiadas na parede musgosa e os olhos fixos à frente.

Laszlo não se importava em nada de deixar aquele homem morrer; nem de pegar o meio milhão de euros do gorducho sir Donald sem cumprir sua parte no acordo; nem quanto à ridícula afirmação de que a vida de algumas infelizes garotinhas estava em jogo em meio ao esquema que havia arquitetado às pressas. Laszlo não era um sociopata de nascença: seu caráter era resultado de sua formação. Capaz de executar seus esquemas egoístas e desleais com as mesmas precisão e atenção dedicadas aos detalhes com que falsificava passaportes.

Não estava mentindo quando dizia que os russos tiraram sua alma. Tinha vivido muito tempo como informante, ajudando dissidentes da resistência local a fugir do país, só para depois passar aos soviéticos suas rotas para o Ocidente. Tinha jogado dos dois lados tantas vezes, e por tantos anos, que, para Laszlo, não existia mais certo ou errado, somente caminhos para seus benefícios próprios e obstáculos a serem negociados.

Depois de exatamente uma hora, verificou sua conta bancária. O dinheiro não fora enviado. Ligou para Fitzroy e soube que houve um atraso no banco. Em mais uns poucos minutos, o dinheiro estaria depositado. Laszlo sentiu cheiro de jogo sujo, jurou que colocaria algumas balas na cabeça do Agente Oculto pessoalmente se o dinheiro não chegasse logo e avisou ao sir Donald que a CIA seria informada de cada detalhe das verdadeiras operações do Cheltenham Security Service realizadas por seu principal assassino e que, em um ou dois dias, a cabeça de Fitzroy também estaria no cepo do carrasco por Szabo ter entregado o homem no poço aos americanos.

Por fim, Laszlo concedeu mais quinze minutos para o inglês, verificou o prisioneiro no buraco e ligou para o motorista que esperava lá fora, dizendo que iria atrasar, mas para manter o motor ligado.

Durante toda sua vida, Szabo viveu no limite. Se os assassinos da CIA chegassem antes de ele sair, provavelmente seria morto. Se não chegassem, ele conseguiria seu novo começo na Rússia.

O capitão Bernard Kilzer virou a cabeça devagar para o primeiro-oficial Lee. A operação fazia o suor escorrer da testa para seus olhos. Lee olhou para seu capitão e piscou os olhos, também suando.

Os dois estavam pálidos como cera.

O Bombardier Challenger corria firme na lama. Pelo para-brisa, os dois pilotos só conseguiam ver o matagal e a cerca, obscurecidos por uma chuva pesada. Usou cada centímetro disponível da pista e continuou mais uns oitenta metros em campo aberto e molhado. Não restava nada mais.

O coração de Kilzer batia forte, o sangue fervia. Riegel os tinha posto naquela situação, uma situação que por três segundos não acabara mal, muito mal; e, mesmo que não tivesse terminado com uma bola de fogo e o pagamento do seguro de vida à sua mulher, o capitão alemão não tinha dúvidas de que iria passar algum tempo como hóspede do sistema penal húngaro.

Mas eles tinham sobrevivido. A aeronave estava equipada com freios de carbono antiderrapantes e um "kit cascalho", defletores posicionados ao redor da engrenagem do triciclo do trem de pouso para evitar que detritos da pista destruíssem o avião na aterrissagem. Mesmo assim, Kilzer e Lee sabiam que o Challenger alugado não conseguiria sair voando da Hungria no estado em que estava. O trem de pouso e o motor certamente estariam danificados, e seria necessário um equipamento de guincho pesado para tirar aquela aeronave de vinte milhões de dólares do lamaçal onde agora se encontrava.

Depois de alguns segundos recuperando-se do estresse e da fadiga do pouso, Kilzer desligou todos os sistemas, procedimento padrão para o caso de um incêndio a bordo. Agora o único som era o tamborilar da chuva na fuselagem e nas janelas do avião.

Em sua mensagem de socorro à torre de controle do aeroporto de Budaörs, Kilzer alegou estar sentindo cheiro de fumaça na cabine de voo. Se tivessem mais tempo para inventar alguma coisa, sem dúvida, ele e Lee teriam concebido um problema mais difícil de verificar. Mas, desde o momento em que recebeu a chamada de Riegel até agora, só haviam se passado trinta e cinco minutos; nesse ínterim, seus pensamentos ficaram totalmente focados em descer seu jato de quatrocentos nós e quinze quilômetros de altitude até essa parada além do limite de uma pista não asfaltada e enlameada, e curta demais em um aeroporto desconhecido.

Conseguiu se sair muito bem — e sabia disso. Chegou até a pensar, no momento de otimismo passageiro que acompanhou o fluxo de adrenalina depois do pouso, que poderia usar sua lábia para não ser preso, desde que mantivesse aquele sentimento de vitória por mais alguns minutos. Mas esse sonho se dissolveu quando um movimento diante do para-brisa o jogou de volta à realidade. Uma picape preta atravessou a cerca bem na frente dele. Os seis indonésios apareceram a estibordo do Bombardier, retirando as mochilas do compartimento de carga. Subiram rapidamente no veículo. Enquanto o capitão Kilzer e o primeiro-oficial Lee observavam a atividade em silêncio da cabine de voo, a picape preta voltou de ré pela lama e pelo buraco aberto na cerca, derrapou na estrada molhada e disparou sob a tempestade.

Kilzer sabia que aquele evento dramático não teria passado despercebido pela torre de controle. E também sabia que tal evento colocaria ele e Lee atrás das grades até o escroto do Riegel conseguir tirar os dois de lá.

E também ocorreu a Kilzer, quando pôs o quepe na cabeça e saiu do avião, com a chuva chicoteando seu rosto e os ouvidos zumbindo com o som de sirenes se aproximando, que o sr. Riegel com certeza teria outras confusões a resolver antes do dia acabar e, por isso, ele e Lee deveriam se preparar para serem esquecidos por algum tempo.

Quando a transferência bancária apareceu em sua conta, Szabo estava furioso, fazendo uma terceira ligação para Fitzroy. A CIA deveria chegar em dez minutos, foi um risco muito grande, mas agora o dinheiro fora depositado e ele podia partir. Desligou o telefone quando Fitzroy atendeu. Deu uma última olhada para o Agente Oculto, acenou um adeus e desejou boa sorte. Fechou as malas e saiu mancando de seu estúdio/laboratório/oficina, esgueirando-se pelo corredor o mais depressa que seu corpo paralítico permitia.

Estava quase na porta quando o telefone tocou. Imaginando ser o chefe do escritório da CIA para atualizar o progresso dos operativos a caminho, decidiu atender. Eles não teriam ligado se já estivessem chegando.

Tirou o telefone do gancho.

— Cumpri minha parte do acordo. É hora de você cumprir a sua — disse Fitzroy.

— Estou impressionado, sir Donald. Meus telefones são encriptados, como o senhor…?

— Tenho meus recursos, Laszlo. Agora, solta o Agente Oculto antes de eles chegarem!

O suor que já escorria pelas costas do húngaro de sessenta anos gelou. Fitzroy sabia quem ele era. Szabo sabia que teria de ficar alerta pelo resto da vida por causa do inglês.

— Vou soltar seu garoto imediatamente.

— Você não estaria falando da boca para fora, não é? Fazendo um jogo comigo e outro com a CIA.

— O senhor tem minha palavra de cavalheiro.

— Tudo bem, Laszlo. Use bem o dinheiro. — A chamada foi interrompida.

Szabo pensou em fazer uma última coisa, dar mais uma olhada no poço, mas decidiu não fazer isso. Correu mancando pelo corredor, com a mala na mão.

Chegou até a porta de ferro, que foi arrombada em sua cara quando tentou alcançá-la. Luzes brilhantes ofuscaram os olhos do húngaro, apesar da escuridão e da chuva lá fora. Chocado, deu um salto para trás, tropeçou na perna ruim e caiu de costas. Protegendo os olhos contra a luz, viu uma equipe vestida de preto, rostos encapuzados, uma meia dúzia de homens com armas de canos curtos posicionadas ao nível dos olhos. Todas equipadas com uma poderosa lanterna. O primeiro homem a chegar até ele apoiou-se na joelheira. Levantou Szabo pelo pescoço.

— Está indo a algum lugar? — perguntou em voz baixa em inglês. Era a CIA. Szabo mal conseguia ver os olhos do operativo atrás dos óculos.

— Eu... estava esperando vocês. Só ia pôr a mala no carro. Estão vendo? Vou sair depois que terminarem.

— Claro. Onde está o sujeito?

Szabo foi ajudado a ficar em pé. Todos os homens no estreito corredor mantinham as armas apontadas à frente.

— No laboratório, ao final do corredor. É só subir no tablado e olhar pra baixo, uns quatro metros abaixo, na cisterna, isolado por uma placa espessa de...

— Mostra pra nós. — Szabo entendeu o tom de voz do homem. Não havia como negociar. Virou-se e voltou mancando pelo corredor com os paramilitares americanos.

No recinto mal iluminado, o líder da Divisão de Atividades Especiais posicionou cinco homens ao longo das paredes e subiu no tablado, cautelosamente. Laszlo garantiu que não havia nada a temer; disse o nome do chefe do escritório local não menos que três vezes para comunicar aos homens da CIA que era "um deles". Finalmente, o líder armado e bem protegido subiu no tablado e espiou com cuidado pelo vidro.

Laszlo falou alto, ainda tentando parecer amigável.

— Provavelmente ele está armado, mas não pode atirar enquanto o alçapão estiver fechado. Seria muito arriscado desviar dos ricochetes nesse espaço pequeno. Seu chefe prometeu que cuidaria bem de Laszlo. Talvez eu deva ligar pra ele agora e vocês podem conversar pra ver tudo o que Laszlo fez pelo seu lado. Laszlo, o Leal, é como ele me chama.

O líder da equipe tática avançou um pouco mais. E mais um pouco. Apoiou um dos joelhos no acrílico. Virou-se devagar e olhou para Szabo.

— Que merda é essa?

Laszlo não entendeu.

— Como assim? É o Agente Oculto, bem embrulhado para meus amigos da CIA.

— Você o matou? — perguntou o operativo americano, levantando e encarando o húngaro.

— Claro que não. Por que você tá perguntando isso? — O mestre falsificador manquitolou apoiado na bengala em direção ao tablado para ver qual era o problema.

Court não ficou sentado à toa por setenta minutos, como presumiu Szabo. Assim que o húngaro o deixou sozinho, tirou uma serrinha de metal do cordão de couro que usava no pescoço. Usou a ferramenta para cortar o cano de água embaixo dos colchões. Serrou em duas partes, até um ponto em que mais algumas passadas dos dentes da serra abririam o cano que encheria a cisterna com a água quente da fonte em questão de minutos.

Isso feito, sacou a pistola, ejetou a bala da agulha e pegou os carregadores de reserva no bolso da calça. Usando as botas à prova d'água como recipiente e o alicate de seu kit multifuncional, abriu os cartuchos e despejou a pólvora à base de nitrato de potássio na bota. Quando conseguiu juntar a pólvora de trinta das trinta e uma balas que tinha, desmontou um dos carregadores, removeu a mola, recolocou a placa, entupiu-a de pólvora e depois colocou o seguidor no topo, apertando o agente explosivo no carregador de metal. Depois usou a mola do carregador para firmar bem o transporte no lugar.

De tempos em tempos, Laszlo dava uma olhada na cisterna. Mas o velho aleijado fazia tanto barulho ao subir no tablado de madeira que não era difícil esconder seu projeto embaixo dos colchões apodrecidos a tempo de não ser detectado.

Gentry pegou uma meia e a encheu com as cápsulas vazias, pois a pólvora não entraria em ignição sem o detonador dos cartuchos. Acrescentou os carregadores cheios de pólvora e amarrou bem com o cadarço de uma das botas.

Observou a meia na mão. Era grande, pesada e com o poder mais ou menos equivalente ao de uma granada.

Rasgou algumas tiras de pano do colchão, emendou tudo até chegar a uns três metros de comprimento. Encaixou a bala restante na câmara da pistola Walther e amarrou a arma com outras tiras dos colchões na meia cheia de detonadores e explosivos, posicionando o cano de nove centímetros à queima-roupa. Amarrou a tira de pano mais longa no gatilho da pistola.

Por fim, Gentry tirou a calça. Deu um nó nas pernas na altura dos quadris e na virilha, criando duas câmaras cheias de ar. Não seriam impermeáveis por muito tempo, mas o suficiente para o que precisava. Usou o outro cadarço para amarrar a granada na calça. Sentou-se com a calça cobrindo as pernas, para Laszlo não notar que estava sem vestir a peça de roupa.

Finalmente, tirou chumaços de espuma molhada dos colchões para usar como tampões de ouvido no momento certo.

Satisfeito com seus preparativos, Court ficou esperando.

Pouco depois, Szabo olhou pelo vidro, despediu-se e sumiu. Foi o sinal para o Agente Oculto. Rapidamente, o americano acabou de cortar o cano de água. Em um minuto, a cisterna se encheu de água morna até os joelhos, como uma banheira. Court ficou de pé, segurando a granada com a pistola afixada e as câmaras de ar das calças nas mãos.

Ficou lá só de cueca, esperando a água subir.

Em três minutos, começou a subir boiando com os colchões, tomando posição. Depois de seis minutos, a cisterna se encheu quase até a borda. Lutou contra o pânico; sabia não haver garantias de que sua engenhoca iria funcionar ou, mesmo se funcionasse, que teria poder suficiente para explodir o alçapão.

Quando a água chegou a oito centímetros do alçapão de acrílico, Court começou a arfar no espaço apertado. Encheu os pulmões de ar ao máximo e submergiu, deixando a bomba flutuante em uma das dobradiças. Posicionou um dos colchões entre ele e a bomba, então mergulhou até o fundo da cisterna, com a corda de tiras dos colchões presa ao gatilho da pistola em uma das mãos e a outra segurando no cano para se manter no fundo. Quando olhou para cima para ver se estava tudo no lugar, percebeu que sua engenhoca tinha se afastado boiando da dobradiça. Já quase sem ar, subiu depressa à superfície. Agora não havia mais ar para recuperar o fôlego. Empurrou o colchão de lado, reposicionou a bomba e voltou para o fundo. O ferimento na coxa direita ardia com a flexão dos músculos. O pânico, o esforço frenético e a falta de oxigênio pareciam competir entre si para apertar seu coração dentro do corpo.

Voltou a descer e se firmar no cano de água. Olhou para cima e viu que seu dispositivo estava no lugar.

Pouco antes de puxar a corda de pano, viu uma figura de roupa escura se ajoelhar no tablado e depois virar a cabeça na direção de alguém mais no recinto.

— Ele deve estar morto — disse o líder da equipe. — Esse buraco está cheio de...

O operativo de preto foi arremessado ao ar com um som abafado. O acrílico explodiu sob seus pés, espalhando água por todas as direções, os pedaços de plástico cortantes atingindo o teto. O operativo caiu ao lado do tablado, varrido por uma maré de água morna.

Os outros homens armados jogaram-se no chão para se proteger. Szabo caiu de costas no meio da sala.

O líder estava vivo. Ficou de joelhos e apontou a arma para o tablado à sua esquerda.

— Todos de pé, rápido! — gritou, os ouvidos zumbindo da explosão.

Naquele momento, homenzinhos em roupas civis e fuzis nas mãos entraram na sala vindos do corredor, e o tiroteio começou.

Laszlo Szabo foi o primeiro a morrer.

15

Mesmo com os tampões improvisados, Court sentiu o grande impacto da explosão nos ouvidos. Tomou impulso no fundo da cisterna e subiu para a superfície. Não tinha ideia do que o esperava lá em cima. A cia? Laszlo voltando para uma última olhada? Em última análise, não fazia diferença: ele precisava de ar.

Ganhou impulso na subida e abriu o alçapão de acrílico com a cabeça. As duas dobradiças se romperam, e o acrílico tinha rachado. Respirou fundo e tombou para o lado, rolando do tablado para o chão, envolvido em uma onda de água morna. Percebeu que estava em um canto no fundo da sala. Os sons de tiros a curta distância e de homens gritando reverberavam por toda parte, mas Court não viu ninguém perto do tablado. Rolou de joelhos, agachado, e disparou em direção ao corredor dos fundos, os pés molhados derrapando no linóleo. Não perdeu tempo olhando para trás. O que quer que estivesse acontecendo naquela sala, Gentry não tinha intenção de se envolver, desarmado e sem saber quem eram os participantes.

O batente da porta do corredor rachou com a rajada de uma submetralhadora um passo à frente de Gentry. Passou depressa pela porta, fugindo das balas supersônicas e das lascas voando, entrou no corredor escuro e chegou ao banheiro onde tinha se barbeado uma hora e meia antes. Ele se abaixou rapidamente para pegar sua mochila e a jogou por cima do ombro.

Só de cueca e uma atadura na coxa, disparou até um quartinho no fim do corredor. Viu uma janela com um aramado fino perto de duas camas de solteiro. Quebrou o vidro com a ponta da mesa de metal, levantou o colchão da cama, empurrou pelos caixilhos para evitar os cacos de vidro e saiu para um pequeno pátio. A porta do prédio atrás do de Laszlo estava trancada, então Court correu para o outro lado do pátio. Usou as grades de segurança de uma janela do primeiro andar para subir a um terraço no segundo andar. Depois de quatro ou cinco pontapés com a perna esquerda, finalmente conseguiu quebrar uma janela de vidro.

Os tiros continuavam soando abaixo e atrás dele. Tomou o cuidado de evitar os cacos do vidro quebrado ao passar pela janela, mas, ao entrar no apartamento, cortou os pés quando pisou no tapete. Gritou de dor e caiu, cortando os joelhos também.

Engatinhou pelo quartinho, conseguiu ficar de pé, saltitou até o banheiro e abriu o armário de medicamentos. Segundos depois, sentou-se na privada e cobriu os ferimentos recentes. O pé direito estava bem, ele passou um antisséptico e enrolou com papel higiênico. A sola do pé esquerdo estava muito pior. O ferimento era relativamente profundo. Lavou o pé rapidamente e o enfaixou com uma toalha de rosto para estancar o sangramento. Precisaria de alguns pontos, mas Court sabia que isso não aconteceria tão cedo.

Assim como na situação dos pés, o joelho esquerdo estava bem, mas o ferimento no direito era feio. Estremeceu ao arrancar um caco de vidro da pele, abrindo ainda mais a ferida no processo. O sangue escorreu pelo chão.

— Merda… — gemeu enquanto limpava e cobria o corte, da melhor forma possível.

Três minutos depois, percebeu que o tiroteio tinha amainado do outro lado do pátio. Ouviu sirenes, gritos, um bebê chorando no apartamento ao lado, despertado de sua soneca pela movimentação.

Achou que o apartamento estava vazio, porém quando entrou na sala de estar, ainda de cueca molhada, mas agora com os pés e os joelhos com curativos improvisados, viu uma senhora de idade sozinha sentada em um sofá. Virou-se para ele sem expressar medo, com olhos azuis e penetrantes. Court estendeu uma das mãos para acalmá-la, mas logo baixou-a devagar.

— Eu não vou fazer nada — falou, mas duvidava de que tivesse sido entendido. Fez o gesto de vestir uma calça, e ela apontou devagar para um quarto no fim do corredor, onde encontrou roupas masculinas. De um falecido marido, talvez? Não, de um filho no trabalho. Achou um macacão azul e o vestiu, botas pesadas de pontas de metal grandes demais e dois pares de meias brancas.

Gentry agradeceu à senhora com uma reverência e um sorriso. Ela retribuiu o aceno, devagar. Tirou um maço de euros da mochila e deixou na mesa. A mulher disse algo que ele não entendeu, e ele saiu do apartamento com mais uma reverência, culminando em um corredor do segundo andar.

Ferido, desarmado, sem nenhum meio de transporte e sem os documentos que viera a Budapeste para obter, Court Gentry saiu embaixo de uma chuva forte. Olhou para o relógio. Eram cinco da tarde, oito horas e meia após o início de sua viagem. O objetivo agora parecia tão mais distante do que quando havia começado.

No escritório do LaurentGroup de Londres, Lloyd e Fitzroy aguardavam notícias dos indonésios. Receberam notícias às quatro da tarde, mas não da equipe. O telefone de sir Donald tocou. Era Gentry.

— Cheltenham.

— Sou eu.

Fitzroy precisou se recompor antes de falar. Finalmente disse:

— Graças a Deus! Você conseguiu fugir do Szabo?

— Sim. Por pouco.

— O que aconteceu?

— Não sei bem. Pelo som, parecia uma equipe de campo da DAE chegando. Szabo devia ter alguns seguranças pessoais, e a coisa estourou.

Lloyd e Fitzroy se entreolharam.

— Hã... Certo. Entendido. E como você está?

— Sobrevivendo.

— Onde está agora?

— Ainda em Budapeste. — Lloyd e Fitzroy olharam ao mesmo tempo para Tec, com a cara colada em um terminal. Fez um sinal afirmativo, confirmando a veracidade da localização e destacando a torre de celular sendo usada.

— E agora? — perguntou Fitzroy. A pergunta era tanto para o americano à sua direita quanto para o americano do outro lado da linha.

— Estou indo para o oeste. Seguindo o mesmo plano. Você tem alguma nova informação para mim?

— Hum, sim. Os homens que você encontrou de manhã em Praga eram albaneses. Simples mercenários. Contratados pelo Serviço Secreto Nigeriano.

— A essa altura, eles já devem ter contratado outra equipe. Alguma ideia sobre o que vou enfrentar?

— Difícil dizer, filho. Estou trabalhando nisso.

— Alguma ideia sobre a composição das forças inimigas que estão com sua família?

— Quatro ou cinco sujeitos da polícia secreta nigeriana. Nem perto de nível 1, apesar de a minha família estar muito assustada.

— Vou precisar da localização exata quando estiver mais perto.

— Sim. Você vai chegar lá até amanhã de manhã?

— Não. Vou ter de fazer uma parada antes.

— Não mais um desvio perigoso, espero.

— Não. Esse fica no caminho.

Fitzroy hesitou antes de falar:

— Certo. Precisa de mais alguma coisa de mim?

— *Mais* alguma coisa? O que você me deu até agora? Escuta, você é meu *agenciador*. Consiga alguma coisa. Preciso saber se vou encontrar mais assassinos em minha rota. Preciso saber como esses nigerianos de merda descobriram meu nome. Saber mais de você. Tem alguma coisa muito esquisita por aqui e preciso saber o máximo que puder antes de chegar à Normandia.

— Entendi. Estou trabalhando nisso.

— Você teve algum outro contato com os sequestradores?

— Esporádicos. Eles acham que estou procurando você embaixo de cada pedra. Estou falando com todos da minha Network. Só para dar a impressão de estar fazendo alguma coisa, sabe como é.

— Continue assim. Vou ficar longe da Network. Ligue pra mim se descobrir alguma coisa. — A chamada foi desligada.

Em dois minutos, Fitzroy e Lloyd tiveram várias explicações sobre o que havia acontecido. Riegel ligou, e os três conseguiram juntar os pedaços. Os seis indonésios tinham sido liquidados. Todos mortos. A CIA incendiou o prédio para não deixar pistas. Não se sabia se tinha havido baixas na agência. Szabo estava morto, e Gentry tinha usado mais uma de suas sete vidas para escapar.

— Então, onde ele está agora? — perguntou Riegel.

— Saindo de Budapeste na direção oeste.

— Via trem, carro, motocicleta?

— Não sabemos. Ele ligou de um celular. Deve ter pegado de alguém que estava passando. Jogou fora assim que desligou.

— Algo mais a reportar? — perguntou Kurt Riegel.

Lloyd gritou no telefone, furioso:

— É *você* que precisa se reportar a *mim*, Riegel. Que merda aconteceu com seus comandos indonésios? Achei que tivesse dito que o Gentry não era páreo pra eles.

— Eles não foram mortos pelo Gentry. Foram paramilitares da CIA. Escuta, Lloyd, já sabíamos que o Agente Oculto iria mostrar alguma resistência; meu plano sempre foi que uma ou duas equipes o deixassem desequilibrado, tornando-o reativo em vez de proativo. De forma a topar com a equipe seguinte despreparado.

— Temos outras dez equipes prontas pra ele — falou Lloyd. — Eu quero esse cara morto antes de essa noite acabar.

— Então nós concordamos em alguma coisa. — Riegel desligou.

Lloyd voltou a atenção para o inglês. Uma expressão de dor passou pelo rosto do homem mais velho.

— O que foi?

A angústia de Fitzroy era indisfarçável.

— Qual é o problema?

— Acho que ele me disse alguma coisa. Que não queria dizer, mas transpareceu.

Lloyd sentou-se, ajeitando as rugas do terno risca de giz no processo.

— O quê? O que ele disse?

— Eu sei aonde ele está indo.

O rosto do jovem advogado americano se abriu lentamente em um sorriso.

— Excelente! — Pegou o celular ao lado. — Para onde?

— Mas tem um problema. Só três pessoas conhecem esse lugar para onde ele está indo. Um deles morreu, outro é o Agente Oculto, e o outro sou eu. Posso dizer onde fica, mas se esse seu pequeno concurso de reality show não funcionar lá ele vai saber que estou envolvido. Se seus camaradas falharem dessa vez, é fim de jogo.

— Deixa que eu me preocupo com isso. Diz para onde ele está indo.

— Grisões.

— Porra... Onde fica isso?

16

SONG PARK KIM ESTAVA SENTADO, imóvel, em estado meditativo, durante a viagem aérea, mas seus olhos se abriram, despertos e alertas, quando o avião tocou na pista do aeroporto Charles de Gaulle. Único passageiro no jato executivo Falcon 50, suas mãos pequenas e ásperas descansavam nos joelhos, os olhos ocultos atrás dos óculos escuros estilosos. O terno risca de giz de corte perfeito combinava precisamente com o ambiente. Era uma cabine para executivos, e Kim parecia um jovem executivo asiático e comum.

O Falcon taxiou, saiu da pista e passou por uma longa fila de jatos corporativos, antes de finalmente entrar pela porta de um hangar. Uma limusine, ainda molhada da garoa da tarde cinzenta, aguardava no meio do hangar. Com o motorista do lado de fora.

Assim que o jato parou e as turbinas desaceleraram, o copiloto foi até a cabine de sete lugares levando uma sacola de ginástica. Sentou-se à frente de Song Park Kim e pôs a sacola na mesa de mogno entre eles.

Kim não falou nada.

— Disseram para dar isso para você depois da aterrissagem. As questões com a imigração já foram resolvidas. Nenhum problema com a alfândega. Há um automóvel à sua espera.

O coreano de cabelos curtos respondeu com um breve sinal de cabeça, quase imperceptível.

— Boa estada em Paris, senhor — disse o copiloto. Levantou-se e se retirou para a cabine de voo. A pequena divisória se fechou depois de sua passagem.

Quando ficou só, Song Park abriu o zíper da sacola. Tirou uma submetralhadora Heckler & Koch MP7A1. Ignorou a coronha retrátil e empunhou-a como uma arma de mão, olhando pelo sistema simples de mira.

Encaixou uma das extremidades de dois carregadores longos, cada um com vinte projéteis 4,6 x 30mm de ponta oca, atados um ao outro por uma fita de náilon.

Guardou a arma na sacola.

Em seguida, tirou um celular e um fone de ouvido. Pôs o fone no ouvido e ligou. Também ligou o telefone antes de guardá-lo no bolso do paletó. Um receptor GPS de mão foi para outro bolso. Deixou os outros carregadores da MP7, um silenciador e uma muda de roupas na sacola, intocados.

Tirou um canivete de cabo e lâmina pretos e guardou no bolso.

Dois minutos depois, estava acomodado na limusine. O motorista ficou olhando fixo à frente até Kim dizer:

— Centro da cidade.

A limusine partiu em direção às portas do hangar.

Kim era sul-coreano, um assassino do Serviço Nacional de Inteligência.

Era o melhor que tinham. Cinco assassinatos dentro da Coreia do Norte, a maioria sem apoio algum, o transformaram em uma lenda em sua unidade. Sete outras operações na China contra violadores de sanções à Coreia do Norte, duas na Rússia contra compradores de segredos nucleares, e algumas mortes de conterrâneos sul-coreanos necessitados de ajustes permanentes do comportamento em relação a seus nefastos vizinhos do norte, tornavam Song Park, aos trinta e dois anos, a escolha óbvia dos chefes quando foram solicitados a fornecer um matador para ser enviado a Paris para caçar um assassino em troca de dinheiro vivo.

Kim não expressava opiniões sobre suas missões. Trabalhando sozinho, não tinha ninguém a quem expressá-las, porém, se pedissem sua opinião, responderia que aquela missão cheirava a podre até a medula. Vinte milhões de dólares pela cabeça do Agente Oculto, um ex-operativo da CIA, segundo soubera por suas fontes, não mereciam a atenção que seus chefes atribuíram.

Os vinte milhões iriam ser pagos por uma corporação europeia. Bem diferente das operações nacionalistas já realizadas em sua carreira.

Mesmo assim, Kim admitia ser um instrumento da política doméstica e externa da Coreia do Sul. Ninguém pediu sua opinião, e os responsáveis pela decisão o designaram para vir a Paris, se instalar, esperar uma ligação informando o paradeiro do Agente Oculto e despejar projéteis que ardiam nas costas do pobre coitado.

Grisões é um cantão no leste da Suíça, aninhado em um pequeno nicho perto do côncavo da fronteira com a Áustria. É conhecido como o cantão dos cento e cinquenta vales, e um desses vales corre de leste a oeste, em uma região conhecida como Baixa Engadine. A pequena aldeia de Guarda fica no alto de uma escarpa de uma montanha íngreme, acima do nível do vale, a poucos quilômetros das fronteiras com a Áustria e a Itália. Uma estrada simples e sinuosa leva até a aldeia e a uma pequena estação ferroviária de parada rápida próxima às casas de madeira, a uma caminhada de quarenta minutos de distância.

Quase não há automóveis na aldeia, e as fazendas têm muito mais animais pecuários que moradores humanos. Ruas estreitas e sinuosas de paralelepípedos contornam prédios brancos, passando por cursos de água e jardins cercados. A cidade termina abruptamente, e as colinas íngremes continuam subindo até uma campina e chegam a uma densa floresta de pinheiros, que, por sua vez, dá lugar aos penhascos rochosos que se impõem sobre a cidade, com vista para o vale abaixo e tudo o que por lá passar ou se aproximar.

Os aldeões entendem alemão, mas falam romanche entre si, uma língua falada por menos de um por cento dos sete milhões e meio de suíços, e praticamente por ninguém mais no mundo.

Às quatro da tarde, alguns flocos de neve rodopiavam pela estradinha que subia do nível do vale até a Guarda. Um homem sozinho, usando um jeans grosso, um casaco pesado e um gorro de lã preto, subia a sinuosa ladeira, mancando. Com uma pequena mochila nos ombros.

Dez horas antes, minutos depois de falar com Don Fitzroy por um celular cor-de-rosa roubado da bolsa aberta de uma universitária que cambaleava, bêbada, sozinha pela calçada, Gentry entrou em uma loja em Budapeste e comprou um novo guarda-roupa completo, das botas de couro ao gorro de lã preto. Uma hora depois de ter saído da casa de Szabo, tomou um ônibus no Terminal Rodoviário de Népliget em direção à cidade fronteiriça de Hegyeshalom, na Hungria.

Desceu do ônibus a oitocentos metros da fronteira, tomou o rumo norte, entrou em campo aberto e virou à esquerda.

Era uma noite sem lua; tinha uma lanterna na mochila, mas preferiu não usar. Seguiu tropegando no sentido oeste, e com menos de dois quilômetros percorridos já sentia a pontada e o calor do sangue escorrendo na meia e entre os dedos dos pés gelados.

Por fim, pouco antes das oito da noite, atravessou uma plantação cheia de moinhos de vento modernos e chegou à cidade de Nickelsdorf, na fronteira com a Áustria.

Já na União Europeia.

Foram quase mais dois quilômetros de caminhada — mancando, por conta do ferimento à bala na coxa e dos pés e joelhos cortados — até encontrar a estrada. Continuou seguindo para o oeste, com o polegar à mostra por alguns minutos. Um caminhoneiro encostou, mas estava indo para o norte e não pôde ajudar. Um segundo motorista e depois um terceiro também iam para outra direção.

Às nove e quinze, conseguiu carona com um homem de negócios suíço a caminho de Zurique. Court se apresentou como Jim. O homem de negócios queria praticar seu inglês, e Court concordou. Eles falaram sobre suas vidas e famílias na viagem pela Áustria. A história contada por Court era cem por cento balela, mas ele era profissional. Falou de um divórcio difícil na Virgínia, sobre o grande desejo de conhecer a Europa, do assalto em Budapeste que custou sua bagagem e a sorte de não ter perdido a carteira com dinheiro e o passaporte e de contar com um amigo no leste da Suíça que poderia hospedá-lo até ele tomar o avião de volta para casa na semana seguinte.

Enquanto viajavam e conversavam pela noite, Court manteve parte do foco disfarçadamente no retrovisor lateral, verificando se não estava sendo seguido. Além disso, em meio à conversa-fiada sobre lugares onde nunca estivera e

134 *Mark Greaney*

pessoas que criava do nada, continuou pensando na tarefa à frente. Tentando manter a cabeça nos eventos que se sucederiam nas próximas trinta horas.

Era noite de sexta-feira, o trânsito na AI era pesado, mas o Audi do homem de negócios era ágil e veloz. Passaram pelos arredores de Salisburgo. Court se ofereceu para dirigir, e o executivo suíço cochilou por algumas horas.

Às três da madrugada, o Audi virou na Engadiner-Bundesstrasse e atravessou a fronteira nordeste da Suíça. Não havia controle alfandegário na divisa, apesar de a Suíça não ser membro oficial da UE. O motorista suíço parou em uma loja de conveniência vinte e quatro horas, insistindo que Jim não podia deixar de experimentar a cerveja suíça e pedindo sua opinião sincera. Court atendeu ao pedido, comentou sobre o corpo, a cor e a textura, acrescentou mais alguns elogios que ouvira certa vez em uma cervejaria de Munique em referência às cervejas alemãs, e isso convenceu o agora empolgado homem de negócios a levá-lo até seu destino, em vez de dispensá-lo quando seus caminhos divergissem.

Pegaram a 180 em direção ao sul e depois a 27 para oeste, passando por um vale. A noite encoberta não permitia ver nada além da luz dos faróis. Por fim, ao chegarem ao burgo de Lavin, Gentry avistou uma casa de madeira à beira da estrada e a definiu como seu destino. Na verdade, quando desceu do Audi aquecido, Court ainda tinha uma caminhada de três quilômetros pela frente na neve, mas decidiu que, se houvesse alguma encrenca à sua espera em seu verdadeiro objetivo, não havia razão para aquele sujeito simpático sofrer por conta de sua boa ação.

— Obrigado pela carona. *Auf Wiedersehen.* — Court saiu do carro e apertou a mão do homem pela janela. Ficou parado na estrada enquanto ele acenava um boa-noite.

Quando as luzes traseiras do Audi desapareceram em uma curva a distância, o Agente Oculto virou-se na direção contrária e começou a andar em direção a oeste sob a leve nevasca.

Caminhava a passos firmes, mas estava exausto. A adrenalina que, com sua disciplina, o havia impelido à frente sem uma pausa pelas últimas vinte horas já tinha arrefecido, e só o que restava era a disciplina. Precisava descansar e tinha a esperança de conseguir algumas horas de repouso na estrada íngreme de Guarda.

Por volta das quatro e dez, a nevasca aumentou. Agora Court estava na cidade no alto da montanha. Não viu ninguém, a não ser algumas poucas luzes no pequeno hotel. As luzes das casas dos moradores estavam todas apagadas, com os pastores e os ferreiros, os hoteleiros e os aposentados com algumas horas de sono ainda pela frente. Continuou andando, cada vez mais acima da aldeia, contornando as antigas baias de pedra para os rebanhos de ovelhas que passavam pelas únicas ruas da aldeia exclusivas para pedestres, por jardinzinhos cercados na frente de várias casinhas, até chegar ao outro lado do vilarejo e subir ainda mais alto por uma estrada de terra. A neve da noite tinha se acumulado, quase cobrindo a encosta da montanha, mas mesmo na noite sem lua Gentry conseguia ver manchas mais escuras, áreas que se destacavam por não terem aceitado a cobertura dos flocos brancos.

Depois de escalar a pradaria branca até uns trezentos metros acima do nível de Guarda, Gentry ligou sua pequena lanterna tática. A pastagem ficara para trás, e ele entrou em uma floresta de pinheiros. A neve rodopiando entre as árvores e a noite escura tornavam a estrada invisível. A lanterna ajudou. Continuou em frente mais uns cem metros e avistou seu destino na floresta, uma pequena cabana.

Ficava a trinta metros da estrada, que continuava subindo por uma propriedade privada abandonada. Não havia razão para qualquer um passar por ali. E nenhuma razão, se alguém passasse, de examinar bem a floresta à direita e notar aquela construção tosca. Um cadeado enferrujado e nada convidativo trancava a porta da frente; as três janelas da cabana de um só cômodo eram fechadas por tapumes pelo lado de dentro, e os pinheiros ao redor chegavam quase até o limite da construção.

Gentry contornou as árvores e a cabana usando a lanterna. Atrás da cabana, havia um barracão, também bem trancado, que ele verificou por uma questão de segurança. Continuou contornando a construção, examinando as paredes, o teto de telhas de madeira e finalmente a porta da frente. Tirou as luvas, passou os dedos de leve pelas dobradiças e encontrou o que queria no canto superior direito. Um palito de dentes inserido no caixilho. Se a porta tivesse sido aberta, o palito escondido teria caído no chão, indicando que a cabana fora comprometida por algum visitante.

Quando se certificou de que o local era seguro, Court virou de costas para a porta e andou trinta passos bem medidos na direção dos pinheiros, abrindo caminho entre os galhos espinhosos. Concluídos os trinta passos, deu mais cinco à direita e se ajoelhou.

A chave estava enterrada dentro de uma lata de café de metal, uns quinze centímetros abaixo da palha dos pinheiros e da terra congelada. Escavou usando uma pedra achatada. Pegou a chave, voltou à cabana e abriu o cadeado.

O ar lá dentro era seco e estagnado, tão frio quanto o de fora. Uma caldeira de carvão à altura do joelho repousava em um canto, mas Gentry a ignorou. Preferiu acender um lampião sobre uma mesa no centro, cuja luz bruxuleante funcionou como o único aquecimento que teria.

Uma prateleira na parede continha recipientes com rações militares, refeições prontas para comer, e o americano de trinta e seis anos atacou a primeira embalagem que pegou quando saiu do banheiro químico. Comeu biscoitos duros, sentado sozinho à mesa de carteado.

Terminou a refeição em noventa segundos. Logo depois arrastou a caldeira de carvão do canto e levantou as tábuas soltas do assoalho.

Segurando a lanterna com a boca, desceu a escada de madeira exposta com a remoção das tábuas até um porão de terra, com um metro e oitenta de altura e um metro quadrado de área. Quando se virou, viu três pilhas de caixas pretas que chegavam à altura do peito, cada uma do tamanho de um estojo de ferramentas bem grande. As caixas ocupavam quase metade da área do porão, sendo a outra metade ocupada por uma bancada de metal. Só havia espaço para subir e descer a escada e se mexer para manipular as caixas. Court pegou o primeiro recipiente da primeira pilha, jogou na bancada e abriu a fechadura.

Naquela manhã, quando disse a Fitzroy que iria resgatar sua família, Court decidiu imediatamente ir a Guarda, na Suíça, seu grande depósito de armamentos escondido na floresta. Tinha mais uma meia dúzia de outros depósitos no continente, mas nenhum como o de Guarda.

Guarda era seu filão principal.

O metal pesado.

A primeira caixa continha uma submetralhadora suíça Brügger & Thomet MP9. Tirou a arma do estojo de espuma, encaixou um carregador no alojamento, fixou a correia na coronha e passou-a pelo alçapão da cabana. Outra caixa continha uma correia de náilon e lona cheia de carregadores para serem usados na coxa e em seu cinto utilitário. Jogou tudo isso pelo alçapão também.

Nos cinco minutos seguintes, Court abriu uma caixa após a outra. Jogou vários tipos de armas menores e explosivos em uma sacola. Em um saco menor, guardou um traje tático preto, uma máscara facial, óculos balísticos, um pequeno varredor de vigilância capaz de captar comunicações a curta distância e um binóculo.

Por fim, pouco antes das cinco da manhã, saiu do porão, empurrando as duas sacolas à frente. Deixou a entrada do depósito no subsolo aberta. Tomou um pouco de água quase congelada de uma garrafa, engoliu alguns analgésicos para a coxa, usou de novo o banheiro químico e tirou um saco de dormir de uma prateleira. Estendeu-o no chão, destrancou a porta da frente, preparou as defesas da cabana e entrou no saco de dormir. Umas duas horas de sono deveriam ser o suficiente para mais um longo dia.

Eles chegaram pouco depois das cinco. A minivan encostou no pé da montanha. Para os passageiros, foi como se o motorista estivesse fora de controle nas estradas derrapantes durante praticamente todo o trajeto de duas horas e meia partindo de Zurique. A falta de habilidade do motorista naquelas condições era compreensível. Além do gelo negro na estrada, às vezes a visibilidade era quase zero. Ademais, aqueles homens do Oriente Médio tinham ordens de consultar o ponto piscando no GPS o mais prontamente possível, e Tec ligava pelo telefone via satélite para atualizações a cada dez minutos.

Eram cinco agentes líbios da Organização de Segurança Externa da Jamahiriya, um dos melhores esquadrões de assalto de Gaddafi. Todos ex-comandos do Exército, que consideravam suas submetralhadoras Skorpion SA VZ 61 como uma amiga de confiança. O líder tinha quarenta e um anos, era barbado e de expressão severa e usava um traje civil de turista aventureiro, assim como o restante da equipe. Viajou no banco do passageiro, o tempo todo berrando repreensões para o comando ao volante, inclemente, apesar de todos saberem que o motorista estava mais acostumado a dirigir um jipe blindado por dunas do deserto do que uma minivan por montanhas geladas.

Ainda assim, chegaram a tempo a Guarda e deixaram o veículo no estacionamento ao lado da estação ferroviária, à beira do vale. O motorista abriu o capô e rapidamente retirou o distribuidor do sistema de ignição e o guardou em sua sacola de ginástica, tornando assim o veículo inútil até a peça ser reinstalada.

Todos levavam suas pequenas Skorpions em uma sacola de ginástica com a coronha dobrada, além de uma pistola de reforço em um coldre axilar. Outros operativos levavam granadas e petardos. Todos usavam gorros de lã, calças pesadas de algodão e anoraques pretos iguais, de uma marca de luxo associada a atletas profissionais.

Também levavam óculos de visão noturna, por enquanto escondidos.

Os cinco líbios subiram a estrada íngreme e sinuosa até a aldeia no escuro. Movimentavam-se com rapidez e eficiência. Qualquer transeunte perceberia, pela quase uniformidade das expressões faciais severas soltando vapor no ar frio, que não estavam ali para nada de bom. Mas nenhum morador local passava por aquela estrada na montanha às cinco e meia da manhã em meio a uma nevasca, por isso os líbios chegaram às ruas de paralelepípedo do vilarejo suíço sem ser detectados.

Cada operativo tinha ainda um pequeno rádio preso ao cinto ligado a um fone de ouvido. Com um único comando do líder, separaram-se no lado oeste de Guarda e continuaram individualmente para o leste, cada um por uma passagem de pedestres diferente. A tática era para garantir que qualquer um que olhasse pela janela visse apenas um dos homens. Se alguém desse um alarme e os aldeões começassem a falar sobre os estrangeiros, todos poderiam muito bem pensar que viram o mesmo indivíduo.

No outro extremo da cidade, o esquadrão de extermínio se reagrupou como uma entidade biológica, células separadas reunindo-se em uma placa de Petri. O líder consultou o GPS e virou à esquerda em uma estrada de terra que saía do pequeno vilarejo, subia a montanha e entrava na floresta, só visível a distância quando colocavam seus dispositivos de observação noturna.

O líder atualizou a equipe sobre a informação no GPS.

— Quatrocentos metros.

A nevasca tinha aumentado ainda mais, com os flocos rodopiantes transformando-se em camadas de neve caindo. Os líbios já tinham visto neve, em treinamentos no Líbano e em outras missões na Europa, mas seus metabolismos estavam totalmente desacostumados àquele frio. Quarenta e oito horas antes, aquela mesma equipe de operativos encontrava-se em um apartamento em Trípoli, trabalhando com um destacamento de vigilância eletrônica para localizar uma fonte de emissão de rádio transmitida da cidade fazendo comentários críticos sobre o coronel Gaddafi. A temperatura no aposento congestionado era de quase trinta e oito graus, e o frio do vale ao leste da Suíça era um verdadeiro choque para seus organismos.

Quase passaram a cabana. As coordenadas do GPS fornecidas por Tec evitaram que ficassem horas vagando entre as árvores. Agora as Skorpions estavam fora das sacolas de ginástica, penduradas nos ombros, as coronhas retráteis abertas, apoiadas nos ombros, e as miras em linha com os óculos de visão noturna. Cada homem posicionou-se cautelosamente ao redor da cabana. Todos anunciaram sua posição.

O líder foi o primeiro.

— Um em posição, dez metros da porta da frente. Nenhum movimento. Janelas trancadas.

— Dois está com Um.

— Três no lado oeste. Uma janela. Trancada.

— Quatro no lado leste. Uma janela. Trancada.

— Cinco atrás. Nenhuma janela, só um barracão nos fundos da casa. Um cadeado trancado por fora. Nada mais aqui atrás.

O líder falou:

— Cinco, fica aí atrás. Proteja-se e mantenha-se de prontidão. Três e Quatro, venham para a frente. Vamos entrar juntos.

— Entendido.

Gentry desfrutava de um sono sem sonhos no chão, ao lado do alçapão que levava ao esconderijo subterrâneo. Os analgésicos tinham amenizado a dor na coxa e propiciado o alívio necessário para que pudesse relaxar. Um sono profundo, repousante.

Mas que durou pouco.

* * *

O líder pegou uma granada de fragmentação do cinto. Tirou o pino e andou devagar até a porta com a mão na alça. Número Dois estava na frente, preparando um petardo quando percebeu que a porta não estava totalmente fechada. Virou-se para o líder e apontou a abertura na porta.

O líder assentiu, virou-se para os dois homens atrás e sussurrou:

— Porta aberta. Preparem-se.

Número Dois empurrou a porta e se ajoelhou, para liberar o campo de fogo a qualquer alvo dentro da casa. De início, estava totalmente escuro; nem o equipamento de visão noturna conseguia distinguir nada lá dentro.

Número Um lançou a granada no recinto. Dois, Três e Quatro se afastaram para os lados para evitar o impacto. A granada saiu da mão do líder e desapareceu na escuridão, mas o barulho do impacto do míssil com uma superfície sólida soou cedo demais. Quando o líder começou a sair da frente da porta, a granada reapareceu diante de seus óculos de visão noturna, expelida da cabana e pousando na neve em frente à porta.

Felizmente para os líbios, os quatro viram a granada a tempo. Jogaram-se no chão para se proteger, na neve ou nas laterais da cabana. A explosão ofuscou os óculos de três dos homens, e um quarto foi atingido por um pequeno estilhaço. Recuperando-se rapidamente, o líder arrancou os óculos agora inúteis, voltou para a porta e entrou, atirando no escuro. Número Dois e Número Três o seguiram, mas dois segundos depois, um grito do líder fez com que estancassem.

— Armadilha!

17

Momentos antes de entrar no saco de dormir, exausto, Gentry tinha fechado a grande porta pantográfica enferrujada, a sessenta centímetros da entrada. O anteparo de mais de dois metros de altura pesava mais de cem quilos e corria por um trilho de um metro no piso. As abas dobráveis nas extremidades eram presas aos dois lados da porta. Criava uma barricada eficaz para desacelerar um esquadrão invasor, forçando-o a um gargalo no ponto mais perigoso de qualquer invasão, a soleira da porta. A armadilha já estava lá quando Gentry herdou o esconderijo, que não deu muito valor a seu poder defensivo por ser facilmente detonada por explosivos, derrubada com um aríete ou até com alguns chutes fortes com o salto da bota. Mas, quando saiu do saco de dormir e se encolheu com a explosão da granada na porta, imediatamente entendeu que a velha e enferrujada barricada acabara de salvar sua pele enquanto dormia.

Rapidamente, chutou as duas sacolas de equipamentos ao lado do saco de dormir para o buraco do minúsculo porão. Pegou a Brügger & Thomet e disparou um carregador inteiro na porta da frente com uma das mãos, antes de entrar pelo alçapão. Já dentro do porão de dois metros de profundidade, cobriu a entrada com as tábuas do assoalho.

* * *

Número Três se ajoelhou na neve ensanguentada à esquerda da entrada da cabana. O fragmento da granada atingiu seu cotovelo, cortando carne e osso. Mas ele era um soldado disciplinado; fez pouco barulho e logo esfregou um pouco de neve no ferimento, só estremecendo ao choque do frio na pele, pois ainda não sentia a dor que sabia que logo viria.

Número Um ignorou seu homem ferido e deu ordens para Dois preparar todo seu estoque de petardos e jogar pela porta. Segundos depois, um bloco de Semtex, do tamanho de uma caixa de lenços de papel, pousou na frente da porta de correr. Os três líbios ilesos na frente da cabana saíram correndo, e os números Dois e Quatro agarraram Três nos braços e o levantaram do chão em busca de cobertura.

Por alguns segundos, a floresta escura ficou em silêncio. Os únicos sons audíveis eram o suave farfalhar dos flocos de neve nos pinheiros e os que tocavam no solo, e a respiração ofegante do esquadrão de extermínio de Trípoli, agora amontoado atrás de um tronco caído.

A noite escura e os sons abafados foram substituídos por um clarão branco e uma explosão ensurdecedora, que fez o estrondo anterior da grana-da parecer uma rolha de champanhe espocando. A porta da cabana, desde o piso até as telhas, se despedaçou, e galhos e lascas de madeira dos pinheiros esvoaçaram, caindo a até trinta metros da casa.

Restos de detritos queimando caíam com a neve pelos pinheiros quando Um, Dois e Quatro entraram nos escombros da cabana. Cada um deles dis-parou uma ou duas rajadas ao passar pelo rombo aberto na porta pantográfica. Número Um foi para a direita, Dois para a esquerda, e Quatro avançou direto em frente. Usaram a chama do fogo queimando tecidos e papéis para passar por cima da porta de ferro, de uma estante e uma mesa destroçadas, várias caixas de utensílios domésticos e uma miríade de objetos irreconhecíveis.

Assim que os três verificaram que não havia ninguém vivo, nem na sala nem no banheiro, começaram a chutar os escombros no chão, em busca do corpo queimado e retalhado que certamente jazia entre as ruínas. Número Cinco verificou que estava tudo em silêncio atrás da cabana, enquanto os três líbios no interior começaram a ficar preocupados. Era uma cabana pequena. Mesmo à sombra dos focos de fogo, em menos de dez segundos perceberam que não havia nenhum corpo ali.

Número Um olhou para o teto. Em um segundo, determinou que não havia um mezanino nem um sótão. Lentamente, olhou para onde pisava.

— Aqui tem um alçapão. Vamos procurar.

Eles logo o encontraram, ao lado da fornalha tombada, depois de chutar alguns pedaços de carvão. O fogo começava a se apagar sozinho, e Um ligou um lampião elétrico que miraculosamente tinha resistido à explosão, caído de uma prateleira. Pôs o lampião no chão ao lado do alçapão.

— Cuidado. Ele pode ter preparado alguma surpresa pra nós. Se não houver um túnel chegando até a montanha, ele está encurralado.

Dois e Quatro assentiram; sentiram-se mais autoconfiantes. O Agente Oculto estava se escondendo como um rato no porão.

Número Cinco estava atrás de um grosso tronco de pinheiro na parte de trás da estrutura, a uns seis metros do barracão, que tinha um metro e meio de altura, paralelo à cabana, mas não anexo a ela. Falou com os homens lá dentro, que se preparavam para levantar o alçapão com uma estaca de metal comprida. O plano era jogar granadas lá dentro, disparar rajadas de metralhadoras e, finalmente, descer para cortar a cabeça do homem.

Número Cinco estava perdendo a festa. Xingou a neve ao redor em voz alta, com a Skorpion pronta para atirar.

De repente, ouviu a tosse de um motor dentro da cabana. Não, não dentro da cabana. No barracão de ferramentas. No momento em que voltou os olhos para o barracão, um estrondo soou pela floresta, o cadeado estourou e as portas escancararam. Número Cinco tinha começado a erguer sua submetralhadora à altura da vista quando o ruído do motor aumentou e um bólido saltou no ar saído dos recessos escuros do pequeno barracão.

O jovem líbio nunca tinha visto uma moto de neve.

O veículo em forma de bala impactou o chão poucos metros à sua frente. Número Cinco saltou para o lado, rolando na neve e batendo as costas com força em um tronco caído. Olhou para cima a tempo de ver uma figura humana montada no veículo, inclinada para frente, com uma máscara no rosto e uma grande mochila nas costas. A imagem pelos óculos de visão noturna foi só um borrão, e o borrão desapareceu em um segundo.

O líbio tateou em busca da sua submetralhadora, caída no meio das pinhas e da neve acumulada. Quando conseguiu pegar a arma e erguê-la até a linha de visão, a silhueta escura já estava desaparecendo em uma pequena elevação, rasgando a neve e a folhagem, espalhando tudo o que encontrava no caminho à esquerda e à direita dos esquis.

— Cinco! Relatório! — gritou Um pelo fone de ouvido.

— Ele está aqui! Aqui atrás! Subindo a montanha!

— Atire nele!

Número Cinco começou a subir a encosta.

— Venham me ajudar! Ele tá em uma moto com esquis!

O Agente Oculto sabia que precisava dar meia-volta na moto de neve e retornar pelo caminho do esquadrão de assalto. A floresta terminava abruptamente em uma imensa parede rochosa no alto da montanha. Talvez pudesse encontrar um lugar para se esconder na floresta por um tempo, mas sabia que toda a aldeia de Guarda já deveria estar acordada e ligando para a polícia distrital em Coira, a poucos quilômetros de lá. Levaria cerca de uma hora para chegarem, e mais de uma hora para reunirem uma força efetiva nas imediações de Davos, mas Court não tinha intenção de esperar nem alguns minutos, muito menos horas.

— Merda! — gritou no ar gelado. Já tinha deixado uma das duas bolsas de equipamentos para trás. Não conseguiria passar com ela pelo túnel de terra estreito de um metro de comprimento que ligava o porão ao barracão, onde guardava a moto de neve. Usou uma espingarda calibre .12 para explodir o cadeado por dentro, e agora a potente arma descansava entre ele e o guidom da moto de neve.

Sentia-se também furioso por saber que só havia mais uma pessoa viva que conhecia a existência daquele esconderijo. O puto do Donald Fitzroy. Sir Don indicou a localização da cabana logo após Court entrar para sua equipe. O venerável agenciador inglês admitiu na época que a disponibilidade do esconderijo se devia ao fato de o homem que o construíra não mais precisar dele, pois fora encontrado desmembrado em uma cova rasa nos arredores de Vladivostok.

Gentry não se preocupou com aquele mau agouro e aceitou o presente de Fitzroy. Gostava da localização central, do isolamento da aldeia e do vale, além do fato de que qualquer veículo que se aproximasse poderia ser ouvido a centenas de metros se tivesse rodas, ou a quilômetros caso se movesse a propulsão.

Era um bom esconderijo. E teria continuado a ser, por isso Gentry tinha certeza de que Don Fitzroy tinha revelado sua localização aos homens que tentavam matá-lo.

O veículo ficou sem neve quarenta segundos depois de subir a montanha para longe dos assassinos. Gentry deu uma guinada brusca para desviar do paredão de granito de mais de três metros de altura à frente. Usou os pés e o acelerador para dar meia-volta na máquina, apontada para a floresta e a cabana abaixo, entre ele e a aldeia. Por ora, estava protegido por um outeiro. Não podia ver os homens com armas e bombas nem eles podiam vê-lo. Mas com certeza a essa altura já estavam subindo a estrada de terra gelada. Só vira um deles, perto do barracão, mas tinha quase certeza de que havia outros na floresta, pois o grosso da ação parecia ter acontecido na porta da frente.

Court considerou suas opções por um momento. Fez uma avaliação da própria situação e imediatamente percebeu que estava encurralado. Poderia enfrentar alguns deles, talvez, mas a amplitude do espaço por onde viriam por certo era uma desvantagem. Caso se espalhassem pela pradaria congelada e se aproximassem alinhados e ao mesmo tempo, Court não conseguiria enfrentar homens à direita, à esquerda e no centro e seria abatido.

O terreno mais elevado deveria ser uma vantagem tática, mas *aquele* terreno elevado era péssimo.

À sua direita, havia outro caminho descendo a montanha. Uma trilha de ovelhas, com pouco mais de um metro de largura e incrivelmente íngreme, descendo em uma linha mais ou menos reta pela floresta em direção à pastagem do outro lado. Mas a inclinação era demais para passar com a moto de neve.

A tentativa em si seria suicida.

Court começou a ouvir vozes abaixo dele. Gritos de homens, frenéticos com a caçada.

Subiam pela estrada em sua direção, aproximando-se do local onde estava encurralado.

* * *

— Ele não tem pra onde fugir! — gritou Número Um. Nem se preocupou em usar o rádio. O barulho da explosão e os disparos tinham prejudicado sua audição e a de seus comandados pelo resto da noite. Simplesmente gritava com os três homens ao redor enquanto subia a estrada escorregadia. Número Três tinha ficado na cabana. Colocou um curativo no ferimento e estava lúcido e móvel, ainda que fora do combate.

Os quatro líbios, aproximando-se do cume, tiraram por um instante o carregador das Skorpions e verificaram a munição. Com gestos profissionais, substituíram os carregadores. Os óculos de visão noturna cobriam seus olhos. A neve caindo movimentava a paisagem verde. Reduziram a marcha ao se aproximar do cume, espalhando-se rapidamente na estrada sem esperar instruções.

De repente, o ruído do motor da moto de neve reviveu. O giro do motor aumentou, ficou mais alto, e os quatro líbios viram um farol, brilhando como um espectro esverdeado em seus óculos de visão noturna e vindo em sua direção.

—Abrir fogo! — gritou Número Um. Os quatro se ajoelharam, disparando rajadas no veículo que se aproximava. Vinte balas de ponta oca por segundo foram ejetadas das quatro armas. Balas traçantes zuniam e ricocheteavam no horizonte como vaga-lumes a jato.

A trinta metros de distância, o veículo alçou voo. Flutuou por uns vinte e cinco metros e bateu forte no chão, voltou a subir e tombou de lado. O farol continuou aceso enquanto a máquina descia encosta abaixo, passando pelos quatro líbios e parando vinte metros depois.

O motor silenciou.

A exaustão quente embaçou os óculos dos homens.

Número Um correu até a moto de neve após recarregar sua arma. Escorregou no gelo e caiu de joelhos. Número Dois passou por ele para dar apoio. Uma rápida olhada na estrada confirmou as suspeitas dos quatro homens.

— Ele não está aqui!

Houve um momento em que Court achou que poderia estar deslizando a oitenta quilômetros por hora. Tudo parecia mais rápido no nível do solo, é claro, e a neve, o gelo, os pedaços de galhos e o mato que batiam em seu rosto, sem dúvida, aumentavam a sensação da velocidade.

Mas, independentemente de qual fosse sua velocidade, Gentry sabia que estava descendo a trilha de ovelhas rápido demais.

Foi difícil abandonar a segunda bolsa de equipamentos, mas não viu outra alternativa. Tinha deixado as armas, as granadas e o binóculo lá em cima, enterrados no gelo. Prendeu o guidom com a espingarda de cano curto para manter a moto de neve em linha reta e usou um pedaço de corda para segurar o acelerador. Viu a máquina passar por uma saliência e quicar na estrada e saiu correndo o mais rápido que podia pela neve, rente à parede de granito, até o começo da trilha das ovelhas, e começou a descer a quase vinte graus pela floresta, pelas pastagens abaixo para chegar ao pequeno vilarejo, ainda escuro, ainda a uma hora dos primeiros matizes do amanhecer nas montanhas a leste.

A toda velocidade, Gentry deu um salto, com a perna ferida na frente, segurando a grande mochila de lona nas costas, e aterrissou na neve. A inclinação era mais íngreme no começo. Perdeu o controle quase de imediato, mas se reequilibrou em um trecho menos íngreme da trilha, que se mostrou curto demais.

Descendo pela trilha, podia ouvir tiros à sua esquerda e vislumbrar os clarões de luz, mas não tirou os olhos dos pés e do que vinha pela frente.

Por uns duzentos metros, ele se sentiu satisfeito com seu plano. Tinha saído rapidamente da zona de perigo. E, na verdade, não era um plano ruim, mas logo percebeu que sua execução deixava a desejar. Quando chegou à floresta, as raízes de pinho que atravessavam a trilha ficaram muito escorregadias para que fosse capaz de controlar a velocidade.

Decolou em um trecho de gelo acumulado em uma raiz mais saliente, que fez seu corpo subir e girar noventa graus no ar. Caiu de lado, perpendicular à direção que seguia, o que o fez começar a rolar e rolar. As joelheiras assimilavam o peso do corpo na sequência de impactos enquanto rolava, mas um montículo de neve conteve seus pés, o que fez seu corpo girar mais noventa graus. De repente, estava deslizando de frente, a mochila que servia como trenó agora perdida lá atrás. Saiu da floresta para as pastagens acima da antiga aldeia de Guarda escorregando de frente, os braços estendidos como os do Super-Homem e sem absolutamente nenhum controle da própria velocidade.

Ao todo, o trajeto durou pouco mais de quarenta e cinco segundos. Para Gentry, pareceu uma eternidade.

Quando parou, ficou deitado de costas na neve. Depois de alguns segundos para controlar a vertigem, sentou-se, testou a funcionalidade do próprio corpo e levantou-se ainda instável na manhã escura. Avaliou a dor que sentia. O ferimento de bala na coxa direita latejava mais do que o normal; tinha certeza de que o tecido recuperado nos últimos dois dias tinha voltado a se abrir. Os joelhos estavam doendo, provavelmente sangrando. Os quadris doíam, mas pareciam operacionais. As costelas do lado direito queimavam de dor quando ele respirava o ar frio da montanha. Imaginou ter fraturado uma das costelas flutuantes, o que seria doloroso, mas não especialmente prejudicial. O cotovelo esquerdo parecia ter batido em alguma coisa, ou em uma série de coisas, ou em todas as coisas da encosta da montanha, e o úmero estava rígido e começando a inchar.

Consideradas todas as circunstâncias, o Agente Oculto sabia que era uma sorte estar em tão boas condições. Deslizar, rolar e ricochetear por uma encosta íngreme no escuro poderia ter sido muito pior, mesmo sem os homens atirando nele com metralhadoras.

Fez um levantamento de seus pertences. Seu ânimo voltou a afundar. Tinha perdido tudo, menos a pequena pistola Walther no coldre de tornozelo, a carteira no bolso traseiro fechado e o canivete no bolso dianteiro. Tudo o mais — telefone via satélite, kit de medicamentos, munição extra, armas, granadas, binóculo — estava perdido.

Demorou mais vinte minutos para chegar ao leito do vale, até uma estrada, aos trilhos do trem e à pequena estação ferroviária. A neve tinha virado granizo; e Gentry tremia, as mãos sem luvas enfiadas nos bolsos.

Viu uma minivan, o único veículo parado no pequeno estacionamento. Deduziu que fosse o veículo do esquadrão de extermínio. Quebrou o vidro do banco do motorista e entrou. Abriu a coluna da direção com dois "coices" com o salto da bota. Em segundos, tirou o miolo da ignição e, em um minuto, fez uma ligação direta. Mas a van não deu a partida. Tateou rapidamente em busca de um botão de segredo. Não encontrando nenhum, saiu da van, bateu a porta e cortou com a faca cada um dos pneus. Sabia que essa sabotagem revelaria ao esquadrão que ele havia chegado até ali e que já estaria na estrada, mas decidiu que, de qualquer forma, eles teriam de sair de Guarda imediatamente. A polícia iria chegar ao local em minutos. O esquadrão não ficaria à sua procura na floresta a manhã toda, por isso seria inútil tentar levá-los a crer que ainda continuava na montanha.

Calculou que agora não estariam a mais de dez ou vinte minutos atrás dele, dependendo do quanto estivessem preocupados em ser detectados pelos aldeões ou nervosos de topar com os primeiros carros de polícia subindo a encosta.

Court quebrou uma das vidraças da porta da estação, enfiou a mão e abriu a fechadura. Primeiro, verificou os horários de todos os trens. Em seguida, vestiu um casaco marrom pesado que encontrou em um cabideiro. Ficou um pouco apertado nos ombros, mas o manteria vivo. Viu uma bicicleta feminina com pneus grossos encostada em uma parede. Pegou a bicicleta, fechou a porta e estremeceu com uma pontada de dor nas costelas ao levantar a perna para montar.

Passava das seis, e Gentry sabia que os trens só começariam a passar pelo vale às sete. Precisava chegar a uma aldeia maior para tomar o primeiro expresso da manhã para Zurique.

Pedalou rumo a oeste pela estrada de Engadine, afastando-se dos primeiros raios alaranjados do dia nascendo. A base da coluna, a coxa direita e o joelho esquerdo queimavam a cada volta dos pedais. O rosto pinicava com o frio. Inclinou o corpo contra a neve que caía, mortalmente cansado, ferido e desanimado. Tinha perdido um dia inteiro em busca de documentos e armas e não conseguiu nada além de ferimentos. Mesmo assim, poucos no mundo seriam capazes de manter a determinação em face de adversidades tão bem quanto aquele homem cansado e sangrando, pedalando uma bicicleta feminina com um casaco apertado. Sem um plano, sem equipamentos, sem ajuda, e agora com a certeza de que também sem amigos. Fitzroy tinha mentido, armado para ele. Court sabia que tinha todo o direito de desaparecer e deixar Don independentemente do que se passava com ele, fosse o que fosse, que o fizera queimar seu principal ativo.

Mas Court resolveu continuar rumo a oeste, ao menos por ora. Sabia que precisava entender melhor o que estava acontecendo. E só conhecia uma maneira de conseguir isso.

18

POUCO ANTES DAS SEIS DA MANHÃ, horário de Londres, sir Donald Fitzroy observava as pastagens verdes pela janela a bombordo do Sikorsky. Quando o helicóptero subiu a uma altitude de algumas centenas de pés, a paisagem se afastou e picos brancos e água escura surgiram mil pés abaixo. Estava sobrevoando os penhascos brancos de Dover, o fim das Ilhas Britânicas e o início do canal da Mancha. Fitzroy, Lloyd e o sr. Felix, o representante do presidente Abubaker, junto a Tec e quatro seguranças do LaurentGroup, voavam em direção à Normandia. O inglês de sessenta e oito anos não sabia o porquê.

— Um incentivo adicional — dissera Lloyd uma hora antes. — No caso de os líbios não cumprirem a missão na Suíça e Court mudar de ideia, dizer que não está nem aí e que deixará sua família ir para o inferno, eu tenho outro chamariz que posso usar para atraí-lo.

Antes de Fitzroy fazer alguma pergunta, Lloyd já estava ao telefone mandando abastecer um helicóptero, para uma travessia do canal da Mancha, que deveria esperá-los no heliponto de Battersea.

Sir Donald viajava constantemente para o continente, às vezes de avião partindo de Gatwick ou de Heathrow, às vezes pelo Eurostar de alta velocidade por baixo do canal, mas sempre preferiu os trajetos por terra ou por mar. Um trem rumo ao sul, passando por Chatham, e depois pela balsa de Dover a Calais, na França, ou Oostende ou Zeebrugge na Bélgica. Era a maneira antiga, de sua juventude, e nem as linhas aéreas mais rápidas e fáceis ou o expediente moderno do trem sob o mar do Norte podiam se comparar ao sentimento de orgulho e amor que sentia quando voltava à Inglaterra de balsa, vendo toda a majestade dos penhascos brancos de Dover na névoa distante, pairando sobre a água.

Haveria algo mais lindo no mundo para um inglês?

Os pássaros brancos voando acima dos penhascos davam as boas-vindas aos que chegavam pelo canal, da mesma forma que fizeram com os aviões da Royal Air Force setenta anos antes, com as carcaças finas esburacadas de balas e cheias de jovens que tinham acabado de matar e morrer, arriscando tudo por sua majestade na guerra aérea contra o fascismo.

Agora Donald olhava com melancolia pela janela de bombordo, vendo a beleza de Dover se afastar na luz do pré-alvorecer, sabendo que provavelmente nunca mais veria aquela cena.

— Acabei de falar com Riegel. Os líbios fracassaram. — Era Lloyd falando ao interfone, a voz estridente nos fones de ouvido presos aos tufos de cabelos brancos na cabeça de sir Donald.

Fitzroy virou a cabeça e viu Lloyd do outro lado, olhando para ele. Seus olhos se encontraram na luz avermelhada da cabine. Fitzroy notou que o terno do jovem americano tinha amassado nas últimas vinte e quatro horas, a gravata afrouxada no colarinho aberto.

— Quantas vidas perdidas? — perguntou o inglês.

— Zero, surpreendentemente. Um homem ferido. Estão dizendo que o Agente Oculto é um fantasma.

— A comparação tem seu mérito — disse Fitzroy ao microfone.

— Infelizmente, não. Fantasmas já *estão* mortos. — Lloyd suspirou. — Estou mandando os líbios a Bayeux para suplementar a cobertura, no caso de Gentry passar pelo nosso gargalo.

Fitzroy abanou a cabeça.

— Pode esquecer. Eu era o único que sabia daquela cabana na Suíça. Ele vai saber que fui eu quem informou os assassinos. Sabendo que o traí durante esse tempo todo, ele não mais irá querer salvar minha família.

Lloyd abriu um sorriso.

— Eu me preparei para essa contingência.

— Você ficou louco? Ele não vai tentar o resgate. Não consegue entender isso?

— Este já não é mais o meu plano. — Lloyd virou-se de lado, falou com Tec.

O helicóptero sobrevoava o canal, com a luz do luar cintilando nas águas como em uma bandeja de diamantes espalhados. Às sete da manhã, o Sikorsky sobrevoava a praia de Omaha, local do combate mais sangrento dos desembarques do Dia D. Quase três mil jovens americanos morreram na água, na areia e nos penhascos da praia. Lloyd não olhou pela janela. Estava falando com Tec pelo interfone do helicóptero; sir Donald ouvia, mas não dizia nada. Lloyd vociferava ordens de forma autoritária, orquestrando a movimentação dos especialistas em vigilância como se fossem peças em um tabuleiro de xadrez. Deu ordens para Tec mandar todos os esquadrões de extermínio do leste de Guarda para o oeste: Zurique, Lucerna, Berna, Basileia. À medida que a estrada entre o ponto de partida de Gentry e seu objetivo encurtava, os dez esquadrões de extermínio ainda em combate ficavam com menos território para cobrir.

— Vamos transferir os venezuelanos de Frankfurt para Zurique. Mande os sul-africanos para Berna para o caso improvável de ele se encaminhar para o sul. Quem está em Munique? Então, Gentry já passou pelos botsuanos. Vamos deslocar todos para Paris. Lá, eles podem dar apoio aos cingaleses. Os cazaques estão em Lyon, certo? Lyon é muito ao sul, mas vamos deixá-los lá até obtermos novas informações. Diga para ficarem perto da estrada e prontos para ir para o norte. Mande outra unidade de vigilância a Zurique e verifique duas vezes a lista de associados conhecidos de Gentry. Quem mais está em Paris? Bom, não me importa o quanto ele é bom. Um homem sozinho não é o suficiente. Gentry tem muita história passada na cidade; quero três equipes em Paris *mais* o coreano. O coreano ainda não chegou? Não se preocupe com isso. Continue mandando as atualizações. Ele é um operativo solitário. Mas não vai agir sozinho.

* * *

Claire sentava-se na beira da cama, preocupada. Eram sete e meia da manhã. O brilho total da luz matinal ainda estava meia hora à frente.

Ela havia dormido, mas só porque na noite anterior a mãe a obrigou a tomar um xarope esverdeado contra a tosse com um gosto horrível. Quando acordou, ainda estava escuro. Primeiro, se perguntou onde estava, mas logo depois, um a um, lembrou-se dos acontecimentos terríveis do dia anterior, culminando com a curta viagem da vila da família em Bayeux para o grande e antigo castelo com um portão imenso, a longa entrada de carros e o gramado verde. Lembrou-se dos homens grandes de casaco de couro falando uma língua estranha e a expressão assustada do pai e da mãe, apesar de dizerem o tempo todo que estava tudo bem.

Claire verificou se a irmã dormia a seu lado. Kate continuava lá; também tinha engolido uma colher de xarope para a tosse.

Claire sentou-se na beirada da cama e olhou pela janela. O único movimento era o de um homem grande lá embaixo, na entrada de cascalho na lateral do castelo. Com uma arma grande pendurada no pescoço, tirando um cigarro atrás do outro do bolso do casaco, fumando o tempo todo.

De vez em quando, ele falava por um walkie-talkie. Claire sabia o que aquele rádio era; lembrava-se do americano, Jim, que ficou com ela e a família quando ela ainda era pequena. Jim também tinha um rádio e ensinou a ela e à irmã como apertar o botão e falar pelo aparelho como um telefone, com a mãe respondendo do outro lado do jardim dos fundos.

Aqueles homens ali não tinham nada a ver com Jim, o americano. Apesar de não conseguir se lembrar bem do tempo em que ficou na casa dela, lembrava que era simpático e amigável, enquanto aqueles homens ali tinham expressões bravas e infelizes.

Na noite anterior, antes de a mãe fazer as meninas tomarem o xarope, Kate quis explorar o castelo. Claire foi junto, mas sem brincar como a irmã bobinha. Os homens bravos as ignoraram quando passaram pela cozinha. Kate bateu com uma colher nos caldeirões e nas panelas, para ouvir o som ecoar pelo grande castelo. Andaram por corredores intermináveis, com assoalhos de madeira, e só deram meia-volta porque tudo ficou sinistro e escuro demais. Encontraram uma adega cheia de garrafas de vinho empoeiradas, uma grande biblioteca cheia de livros com capas de couro, e salas e mais salas com cabeças de animais grandes e assustadores enfileiradas nas paredes, com pelos, chifres e dentes enormes. Um gato amarelo passou pelo corredor, e elas o seguiram até o subsolo. O gato abriu uma janelinha na parede acima de uma prateleira e saiu para o jardim dos fundos.

Em seguida, as meninas encontraram uma escada em espiral que subia e subia, e as duas chegaram ao topo de uma torre. Acenderam uma luz e viram um homem sentado em uma cadeira ao lado de uma mesa, olhando pelas janelas. Com um rádio ao lado e uma arma grande na frente dele. O homem gritou com as meninas naquela horrível língua estrangeira, e Kate deu risada e voltou correndo pela escada. Claire foi atrás da irmã, mas com o coração batendo forte no peito. O homem tinha gritado no rádio, e logo chegaram outros homens, que pegaram as meninas pelos braços e as levaram ao quarto dos pais. Um dos homens disse em inglês para o pai pôr as meninas na cama. O pai gritou com o homem, disse para não encostar nelas e saiu furioso na varanda, enquanto a mãe levava Kate e Claire ao banheiro para tomar o remédio.

O dia e a noite tinham sido horríveis, e agora que estava acordada Claire sabia que não fora um sonho ruim, que hoje o dia provavelmente também seria horroroso.

Sentada na beira da cama à meia-luz, preocupada, Claire pensou ter ouvido um barulho estranho a distância. Logo o som ficou mais alto, chegando mais perto do castelo. O céu sobre sua casa em Londres estava sempre cheio de helicópteros, então não demorou muito para ela identificar o som distinto dos rotores.

Encostou o rosto no vidro da janela. O helicóptero chegou pelo bosque, pela parte mais distante da grande fonte no jardim dos fundos. Os rotores pretos giravam sobre a fuselagem branca ao se aproximar, passar acima do estacionamento de cascalho e girar de lado para pousar sobre as rodas. A porta lateral se abriu, e quatro homens de terno desceram.

O vento da hélice abriu o paletó de um dos homens; e, mesmo a sessenta metros de distância, Claire conseguiu ver uma pistola no coldre contrastando com a camisa branca.

Mais homens armados.

Enquanto a hélice continuava girando, quatro outros homens desceram do transporte. O primeiro era negro e usava um terno marrom. O segundo saiu carregando duas malas. Tinha um rabo de cavalo comprido e correu na direção do castelo. Depois, saiu um homem com uma pasta. Era magro e usava um terno preto debaixo de uma capa de chuva. O cabelo curto, preto e brilhante despenteando-se com o vento, e Claire percebeu, mesmo a distância, que era alguém importante. Pela maneira como olhava ao redor, pelo jeito de andar e pela maneira como gesticulava para quem estava por perto.

O homem que saiu a seguir do helicóptero era mais encorpado, mais velho e calvo, exceto pelos cabelos brancos esvoaçando com o vento acima das orelhas. Claire encostou mais o rosto no vidro, tentando enxergar melhor.

Soltou um grito alto, assustando e acordando Kate atrás dela, que ainda continuava dormindo, apesar do som do helicóptero aproximando-se e pousando.

— Vovô!

Fitzroy pôde ficar um minuto com o filho e a nora na cozinha do andar térreo do castelo. Phillip e Elise se mostraram surpresos, confusos e um pouco assustados demais para reclamarem.

De lá, foi levado ao terceiro andar, a um cômodo grande organizado de maneira semelhante à sala de conferências da subsidiária do LaurentGroup em Londres. Havia um lugar para ele, uma grande poltrona estilo Luís xv. Lloyd também tinha uma cadeira, preta, de um modelo mais leve e moderno. Tec já estava em seu posto, ajustando os equipamentos em uma longa bancada de mesas retiradas de outros cômodos e alinhadas para atender às suas necessidades. Ligando comutadores de laptops e aparelhos de rádio, colocando o novo centro de operações on-line.

A sala tinha três portas. Uma era a de um banheiro adjacente, outra dava para o salão principal e a terceira, como Fitzroy notou quando um dos seguranças bielorrussos entrou para falar em particular com Lloyd, abria-se para uma pequena escada em espiral que com certeza subia até a torre e descia para os andares inferiores.

Os recém-chegados de Londres ainda estavam se acomodando quando o telefone de sir Donald vibrou na mesa ao lado da poltrona, ligado por um cabo ao alto-falante em cima da mesa. Quando Lloyd apertou o botão para atender, Tec vociferou que ainda não estava pronto para rastrear a ligação.

— Cheltenham Security — disse sir Donald, com a voz rouca e cansada.

— Sou eu — falou o Agente Oculto.

— Como você está, garoto?

Houve uma longa pausa. Finalmente:

— Você contou a eles sobre Guarda.

Fitzroy não negou. Respondeu em voz baixa, cansada.

— Sim, contei. Sinto muitíssimo.

— Não tanto quanto vai sentir quando sua família morrer. Adeus e boa sorte, Don.

Lloyd ficou parado no meio da sala. Mas logo andou até uma mesa, aproximou-se do telefone e falou:

— Bom dia, Courtland.

A resposta do outro lado demorou tanto a falar que Lloyd pegou o telefone para ver se a ligação não tinha caído.

— Quem é esse cara?

— Court, você não devia ser tão duro com esse cavalheiro aqui. Acho que eu o deixei em uma posição absolutamente insustentável.

— Quem é você?

— Não reconhece minha voz?

— Não.

— Nós já trabalhamos juntos. É o Lloyd.

Nenhuma resposta.

Lloyd continuou:

— De Langley. Dos tempos mais tranquilos, lembra?

— Lloyd?

— Isso mesmo. Como tem passado?

— Não me lembro de nenhum Lloyd.

— Ora, Gentry. Não faz tanto tempo. Eu trabalhei com o Hanley, apoiando você e alguns outros ativos nos tempos do Esquadrão Bandido.

— Eu me lembro do Hanley. Mas não de você.

Fitzroy podia ver que Lloyd parecia realmente ofendido.

— Bem, seus brucutus arrombadores de porta nunca se destacaram pelo traquejo social. — Olhou para sir Donald. Envergonhado, talvez? Fez um gesto vago com a mão. — Não importa. O que importa é que, mesmo não se sentindo propenso a vir à Normandia salvar seu destemido líder, talvez deva considerar manter seu itinerário de viagem atual por enquanto. Pois posso garantir que ainda estou aqui com algo que você *quer*.

— Não há nada que eu possa querer tanto a ponto de cair conscientemente em uma armadilha. Adeus, Floyd.

— É Lloyd. Não com *F*, com dois *L*, e você deveria continuar na linha para ouvir minha nova proposta.

— Foi você quem me queimou quatro anos atrás? — perguntou Gentry. A voz ao telefone soou contida e indiferente, mas Fitzroy sabia que aquela pergunta estaria carregada de emoção e intensidade.

— Não, não fui eu. Na época, até discordei da decisão. Achava que você ainda poderia ser útil para nós.

— Então quem me queimou? Hanley?

— Isso é uma discussão para outro dia. Talvez a gente fale a respeito quando você chegar aqui.

— Encontro marcado. Tchau.

— No momento, você deveria estar menos preocupado sobre quem o queimou em 2006 e mais preocupado com como vai se queimar amanhã se não nos fizer uma visita.

Gentry deu uma risadinha no telefone.

— Ninguém pode se queimar duas vezes.

— Claro que pode. Quando saí da agência, eu levei uma pequena apólice de seguro. Vi o que aconteceu com você e alguns outros homens. Sabia das barbaridades cometidas pelos políticos que administravam a companhia quando operações até então bem-sucedidas caíam em desgraça com homens e mulheres que precisam depor no Congresso. Então, eu disse a mim mesmo: "Lloyd, você é inteligente demais para tombar tipos pouco inteligentes como Court Gentry e os outros". Por isso, fiz o que tinha de fazer para garantir minha sobrevivência.

— Roubou segredos.

— Como já disse, eu sou um sobrevivente.

— Você é um traidor.

— Mesma coisa. Fiz cópias de documentos detalhando operações, fontes e métodos, arquivos pessoais.

— Arquivos pessoais?

— Sim. Estão comigo aqui mesmo.

— Balela.

— Só um segundo. — Fitzroy viu Lloyd folhear alguns papéis em uma pasta dourada em cima da mesa. Havia uma pilha de pastas semelhantes ao lado da que o jovem americano pegou. — Gentry, Courtland A. Nascido em 18 de abril de 1974 em Jacksonville, Flórida. Filho de Jim e Lyla Gentry. Um irmão, falecido. Entrou na escola em...

— Pode parar.

— Eu tenho mais. Tenho tudo. Seu histórico na agência na Divisão de Atividades Especiais e no Programa de Desenvolvimento de Ativos Autônomos. Suas façanhas com o Golf Sierra. Associados conhecidos. Fotos, impressões digitais, registros dentários etc. etc.

— E o que você quer?

— Quero que venha à Normandia.

— Por quê?

— Isso será discutido quando chegar.

A pausa durou tempo suficiente para Fitzroy ouvir sons do segundo andar do castelo, na sala embaixo de onde estava. Elise gritando com Phillip. Sir Donald sabia que o casamento dos dois passava por uma fase difícil e sabia que essa pressão era a última coisa de que precisavam.

Por fim, Gentry falou:

— Faça o que quiser, Lloyd. Pode divulgar meus arquivos. Eu não ligo a mínima. Assunto encerrado.

— Tudo bem. Vou divulgar seus dados para o mundo. Em uma semana, todos os mafiosos que você enganou, todas as agências inimigas que atacou, todos os assassinos rancorosos que espancou sob contrato vão estar em sua cola. Vai fazer as últimas quarenta e oito horas parecerem dois dias de folga em um spa.

— Eu posso lidar com isso.

— E Fitzroy morre. A família dele morre. Você pode lidar com isso também?

Uma leve hesitação.

— Donald não devia ter ferrado comigo.

— Certo. Você é um homem implacável, Court, eu entendo. Mas há mais uma coisa que me esqueci de mencionar. Seu arquivo não foi o único que surrupiei da agência. Se você não vier à Normandia, vou divulgar os nomes, fotografias e associados conhecidos de todos os operativos da Divisão de Atividades Especiais. Dos ativos, dos inativos, dos aposentados ou de todos os afastados por alguma razão. Todos os integrantes da companhia vão ficar como você: queimados, caçados e desempregados, com os nomes aparecendo em qualquer mecanismo de busca da internet.

Demorou um bom tempo até Gentry falar.

— De que se trata toda essa merda? Por que você faria isso só pra chegar até mim?

— Não tem nada a ver com você, seu arrogante de merda! Você é insignificante no escopo do verdadeiro objetivo. Mas eu preciso de você aqui. Preciso de você aqui, senão vou queimar todos os melhores operativos secretos americanos do mundo. Vou fazer com que todos os ativos da DAE e seus associados conhecidos sejam caçados como cães!

Court Gentry não disse nada. Fitzroy inclinou a cabeça e achou que ouviu a cadência rítmica de um trem nos trilhos ao fundo da conexão.

Lloyd disse a seguir:

— Claro que vai demorar alguns dias para jogar todos os arquivos pessoais seus e dos garotos da DAE na internet. São muitos. Vou ter de começar com alguma outra coisa. Se não estiver aqui amanhã cedo, os primeiros a pagar vão ser a família do Fitzroy lá embaixo. Acho que vou começar pelas garotinhas. Seguindo a máxima de que os últimos serão os primeiros. Entendeu o que estou dizendo? Vou matar as crianças, depois matar os pais, e terminar a manhã matando o velho Fitzroy aqui.

Finalmente, Gentry falou:

— Se você tocar em Claire ou em Kate, eu vou te encontrar e te torturar tão lentamente que a única oração nos seus lábios vai ser para implorar por uma morte rápida.

Lloyd bateu palmas.

— É isso que eu gosto de ouvir! Emoção! Paixão! Bem, é melhor você chegar aqui a tempo do café da manhã, pois quebrar o pescoço daquelas lindas garotinhas vai ser a primeira ordem do dia depois do desjejum!

Até então Fitzroy tinha se mantido em silêncio, taciturno. Ficou apartado da conversa, como um cachorro abandonado. Mas, quando Lloyd enunciou sua última frase, sir Donald saltou da poltrona Luís xv e agarrou o jovem americano pela garganta. Suas pernas se enroscaram nos cabos dos computadores e alto-falantes recém-instalados, derrubando os equipamentos da mesa. A cadeira giratória de Lloyd tombou quando os dois caíram no chão. Sir Donald arrancou os óculos de armação de metal de Lloyd e deu um murro na cara de seu oponente.

Demorou quase dez segundos até os dois seguranças da Irlanda do Norte entrarem na sala e tirarem o corpulento inglês de cima do jovem advogado americano. Quando enfim foram apartados, Fitzroy foi empurrado de volta à poltrona. Os dois seguranças escoceses na sala ao lado o seguraram pela cabeça e pelos braços. Gritos ecoaram por todo o terceiro andar quando um dos bielorrussos entrou com uma corrente encontrada na garagem ao lado da estufa de plantas. Fitzroy foi rudemente amarrado na poltrona, ainda lutando enquanto a corrente passava por seus braços e pernas. Os elos frios apertaram seu pescoço e a testa. Tudo foi trancado com um cadeado pesado.

Durante esse tempo todo, Lloyd continuou no chão. Levantou-se, ofegante, botou a cadeira no lugar e rearranjou o nó da gravata. Pegou os óculos no chão, ajustou um pouco a armação para recuperar a antiga forma e os colocou nos olhos. A pele do rosto estava ligeiramente arranhada e havia hematomas nos braços, no queixo e no pescoço, mas fora isso não estava ferido.

Voltou a sentar-se na cadeira e rolou-a até a mesa perto do telefone.

— Desculpe, Court. Tivemos alguns problemas técnicos aqui. Mas já estamos de volta. Você ainda está aí?

Gentry já tinha desligado.

Lloyd olhou para Fitzroy. Fitzroy olhou para Lloyd, basicamente por não poder olhar para qualquer outro lugar com a cabeça imobilizada pelas correntes.

— É melhor ele continuar a caminho, Don. Melhor ele continuar a caminho, senão você e sua família de merda vão sofrer uma morte lenta e agonizante! Você acha que eu sou um peso-leve de universidade de elite?

A CIA também pensou assim. Eu mexia com a burocracia política enquanto os barras-pesadas ficavam com todas as glórias. Pois é, eles se foderam, e você também vai se foder! Eu sei jogar tão sujo quanto os mais sujos entre eles. Posso e vou fazer o que preciso para concluir esse negócio. Abubaker vai assinar o contrato, e nós vamos começar nossa operação com o gás natural amanhã ao meio-dia. Você e os seus vão sair da minha cabeça. Até lá vocês podem viver ou morrer. Estou cagando pro que acontecer. A decisão é sua, Donny. Se tentar mais alguma coisa desse tipo, não haverá uma terceira chance.

— Court *vai* continuar a caminho — retrucou Fitzroy. — E você vai morrer.

— Court nem vai conseguir chegar aqui. Mesmo se chegar, será um homem bem diferente daquele que você conhece. Vai estar ferido, com pouco tempo, exausto e mal equipado.

— Mal equipado?

— Sim. Esses tipos não são nada sem seus arsenais.

Sir Donald deu uma risada irritada.

— Você não sabe do que está falando. O equipamento mais valioso do Court fica entre as orelhas. A única arma de que ele precisa é o cérebro. Tudo o mais, fuzis, facas, bombas, são só acessórios…

— Ridículo. Você acreditou no conto de fadas dos operativos táticos. Court não passa de um bandido glorificado.

— Não é um conto de fadas, e não há glória no que ele faz. Court conhece o ofício, é tão frio, brutal e eficaz quanto o açougueiro da esquina fazendo seu trabalho. Você vai ver, se encontrar com ele.

— Ah, minha intenção é exatamente me encontrar com ele.

O rosto carnudo de Fitzroy estava vermelho como beterraba, e escorrendo suor depois da luta com cinco homens. Acorrentado como um animal na poltrona, com os pesados elos da corrente cobrindo um terço de sua cabeça. Mesmo assim, ele sorriu.

— Já lidei com muitos falastrões, merdinhas que botam falação quando estão fora de perigo. Babacas com poder. Já vi muita gente como você entrando e saindo da minha vida. Seu momento vai chegar, mas também vai passar. Eu não tenho medo de você.

O rosto de Lloyd se contraiu ao se aproximar de Fitzroy.

— Não? E que tal eu descer e dizer "Minha mãe mandou bater nessa daqui" e voltar com um rabo de cavalo na mão? Que tal eu…

— Seu merdinha! Ameaça uma criança por ter medo de um homem acorrentado? Quanto mais tenta me mostrar o quanto é perigoso, mas se encaixa no exato modelo do que vi em você na primeira vez que nos encontramos. Um filhinho de papai emproado. Um fedelho patético. Ameaçando pessoas mais fracas porque não tem coragem de enfrentar um velho acorrentado em uma cadeira. Você é um punheteiro de merda.

Lloyd ofegava diante do rosto do inglês, com os olhos contraídos de raiva. O americano sentou-se devagar, abriu um sorrisinho. Ajeitou uma mecha de cabelo que estava caída na testa.

— Eu vou mostrar o que posso fazer com você. Só entre nós dois. — Estendeu o braço para trás, na direção de um dos seguranças de Minsk perto da porta. — Alguém me dá uma faca.

19

Song Park Kim acordou ao amanhecer na sua suíte do luxuoso Plaza Athénée. O aposento esbanjava opulência, mas ele não dormiu na cama, não consumiu nada do frigobar, não usou o serviço de quarto. Dormiu no chão do closet, não sem antes instalar fios e alarmes de segurança ao redor.

Saiu do hotel às seis da manhã e começou a andar por Paris, memorizando as ruas que saíam da Rive Droite, atravessando pontes para chegar à Rive Gauche: assimilando as expressões e os maneirismos dos ocidentais e identificando os gargalos naturais no trânsito de automóveis e pedestres.

Tinha recebido uma lista de nomes e endereços pelo GPS, com os associados conhecidos do Agente Oculto em Paris: um ex-colaborador da CIA que agora chefiava um mercado de informações em um arranha-céu em La Défense, a oeste da cidade; um intérprete afegão usado pela Divisão de Atividades Especiais em Cabul, em 2001, agora proprietário de um luxuoso restaurante árabe na Rive Gauche, no boulevard Saint-Germain; um informante da Network de Fitzroy, que também era um burocrata do gabinete do Ministério do Interior, em um escritório perto da praça da Concórdia; e um renomado e habilidoso piloto que tinha voado para a DAE na Europa e agora vivia semiaposentado no Quartier Latin.

O coreano usou transporte público para fazer uma vistoria nesses locais, verificando todos os seus aspectos: acesso aos prédios, localização de estacionamentos próximos e rotas de transporte público de ida e volta em cada região.

Sabia que havia observadores locais designados pelas pessoas que haviam contratado seu governo para enviá-lo e, na verdade, ele tinha visto homens e mulheres em todos os locais da sua lista, homens e mulheres incapazes de passar despercebidos por um operativo muito bem treinado. Não teve dúvidas de que o Agente Oculto também os teria identificado. Kim sabia que teria de superar o apoio deles com sua própria capacidade de rastreamento.

Depois disso, Kim esquadrinhou o centro da cidade, sempre estudando seu mapa. Estava pronto para chegar rapidamente a qualquer localização de um associado conhecido se alguém avistasse o Agente Oculto, mas não achava que seu adversário iria usar um associado nessa missão atual. Kim tinha certeza de que, se pudesse, o Agente Oculto nem passaria por Paris. Era uma área muito congestionada, muito policiada e com muitas câmeras e muitos velhos conhecidos, que, sem dúvida, estariam sob vigilância. Sabia que, se fosse obrigado a entrar na cidade por alguma razão, o assassino americano faria o máximo possível para conseguir o que precisava de outras fontes, não as que levassem a ele.

Kim sabia disso porque ele próprio era um assassino solitário. Avulso. Também já havia sido caçado como um cão, forçado a evitar todos os que poderiam ajudá-lo.

Mas também sabia que o isolamento, a exaustão, os ferimentos, a necessidade e o desespero também levavam a cometer erros e sabia que, se seu alvo de alguma forma chegasse a Paris e precisasse de alguma coisa na cidade, o Agente Oculto estaria agindo realmente como um animal desesperado, e não havia como saber como reagiria. Esse operativo talvez já fosse o homem mais perigoso do mundo. A combinação de seus temores com uma corrida frenética contra o tempo poderia fazer com que escorregasse, mas também o tornaria ainda mais perigoso para quem estivesse por perto. Kim sabia que, se fosse anunciado que o Agente Oculto estava ali, o sangue correria como um rio pelas ruas da Cidade Luz.

Gentry pedalou a bicicleta roubada pela neve, do amanhecer até chegar à estação ferroviária da aldeia de Ardez. Os moradores andavam pela plataforma, à espera dos primeiros trens matinais para Zurique, a oeste, ou para as fronteiras com a Itália ou a Áustria a leste. O americano pediu um celular emprestado a um garoto que esperava um trem para o leste e pagou ao adolescente o equivalente a quarenta dólares para falar cinco minutos com Fitzroy, para interpelar seu agenciador sobre ter sido negociado. Afastou-se uns vinte metros da plataforma de concreto para ter mais privacidade e ficou na neve enquanto passava um trem para Interlaken. Só desligou o telefone quando ouviu uma briga irrompendo no outro lado da linha, apagou o número da memória do telefone e o devolveu ao garoto com o dinheiro. Poucos minutos depois, Court tomou o primeiro trem da manhã para Zurique. Era um sábado, por isso foi o único passageiro no vagão na maior parte da viagem de uma hora e quarenta e cinco minutos pelo vale estreito. O trem vermelho-vivo passou por todas as estações das aldeias que ficavam à beira dos trilhos.

Gentry se aqueceu no trem, examinou seus ferimentos, levantando a calça no vagão vazio e passando a ponta dos dedos nos esfolados dos joelhos e nas feridas de entrada e saída em sua coxa. Temeu ter contraído uma infecção no ferimento a bala. Nadar na cisterna de Szabo, com certeza, não tinha ajudado. Fora isso, estava bem. Depois de percorrer quilômetros com os pés lacerados, só sentia um pequeno latejar, semelhante ao da costela fraturada.

Sabia que precisava continuar seguindo para a Normandia, apesar de considerar que suas chances de sucesso diminuíam a cada quilômetro que se aproximava da armadilha à sua espera. Fitzroy foi um puto por tê-lo traído, mas Court tinha de reconhecer que Lloyd pusera sir Donald em uma situação extremamente difícil. Ponderou sobre até que ponto ele próprio chegaria, ele que havia sido traído, se as gêmeas fossem de sua família e estivessem correndo risco de morte por causa de algum filho da puta com uma gangue de macacos armados e sem qualquer restrição quanto a matar crianças inocentes.

Pensar em Lloyd fazia o sangue de Gentry ferver. Realmente não se lembrava do sujeito, mas a CIA nunca se opôs aos canalhas peso-leve que trabalhavam nos bastidores de operações secretas, enquanto operativos como o Agente Oculto, e outros como ele, agiam no fio da navalha. Court não se lembrava de nenhum rosto, mas de vez em quando seus superiores tinham motivo para apresentá-lo a algum engravatado de Langley. Lloyd deveria ser um desses, antes de roubar arquivos pessoais altamente sigilosos da DAE e trocar a agência pelo setor privado.

Que sacana!

Court queria se lembrar de Lloyd, encontrar alguma coisa em seus bancos de memória que pudesse ajudar na situação atual, mas o ritmo do trem nos trilhos o fez dormir. Com todos os cortes, esfolados, distensões musculares e buracos a mais no corpo, não era bem o caso de relaxar, mas era como se estivesse cansado demais para sentir as dores. Adormeceu poucos minutos antes de chegar a Zurique, acordou com o trem desacelerando e o anúncio gravado da parada iminente. Ao se levantar e andar até a saída, repreendeu-se pela falta de disciplina, por ter cochilado com assassinos em sua cola.

Na Zurich Hauptbahnhof, comprou uma passagem para Genebra. Implicaria mais duas horas de trem, por isso foi até um estande e comeu um salsichão com café. Era uma combinação grotesca, mas tinha esperança de que a descarga de cafeína e os duzentos e cinquenta gramas de proteína mantivessem seu corpo em alerta.

Nos vinte minutos até a partida do trem, desceu pela escada rolante até um grande shopping dois andares abaixo da estação, encontrou um banheiro pago e entrou em um compartimento. Sentou-se no piso de porcelana, totalmente vestido, recostando a cabeça na parede fria. Pegou a pistola e a deixou no colo, de prontidão. Estações ferroviárias eram lugares óbvios para os inimigos o procurarem. Não gostava da escassez de rotas de fuga do compartimento de um banheiro, mas sabia que era melhor se esconder no toalete a ficar vagando quinze minutos, praticamente pedindo para ser identificado pelas forças opositoras. Se os capangas de Lloyd o localizassem ali, ele simplesmente esvaziaria uns dois carregadores na porta do compartimento e tentaria fugir.

Não era um grande plano. Mas Court admitiu a si mesmo que, ao aceitar essa operação, já tinha renunciado a qualquer pretensa esperteza. Agora era só uma questão de entrar na merda da esperança de sobreviver, se conseguisse, até as oito horas da manhã de domingo.

Faltando menos de um minuto para a partida, Gentry entrou na plataforma do Trilho 17 e se esgueirou silenciosamente para dentro do trem para Genebra que já começava a partir.

* * *

O telefone de Riegel tocou às nove e quarenta da manhã. Estava no escritório, com a perspectiva de trabalhar o dia todo de sábado, depois de ter relutantemente cancelado uma viagem à Escócia para caçar gansos.

— Riegel.

— Senhor, é Kruger. — Kruger era o suíço chefe de segurança da sede do LaurentGroup em Zurique. — Tenho informações sobre o alvo. Fui instruído a entrar em contato com o sr. Lloyd, mas achei que deveria falar com o senhor.

— Ótimo, Kruger. Eu mesmo passo a informação. O que você soube?

— Eu soube *dele*, senhor. Acabou de embarcar no trem de nove e quarenta para Genebra. Segunda classe, sem lugar reservado.

— Genebra? Por que ele está indo para o sul? Deveria ter ido para o oeste.

— Talvez esteja fugindo. Quer dizer, talvez tenha desistido.

— Talvez. Talvez não. Está fora do caminho, mas tem associados lá.

— Posso ter uma equipe de vigilância em Genebra pronta para interceptar nosso homem na estação.

— Não. Vamos arranjar uma festa de recepção diferente, se essa for mesmo sua verdadeira destinação. Pode ser um despiste. Ele pode descer no caminho, tomar outro trem para a França. Você precisa cobrir todas as estações em que o trem para entre Zurique e Genebra. Certifique-se também de que ele não desça antes do trem partir.

— Eu estou no mesmo trem neste momento. Vou dar uma de babá durante o trajeto e mando uma atualização quando chegarmos mais perto.

— *Alles klar.* Bom trabalho.

Riegel ligou para Tec, no castelo da Normandia.

— Manda os venezuelanos para o sul a tempo de alcançar o trem de nove e quarenta de Zurique a Genebra. O Agente Oculto está a bordo, mas pode tentar descer no meio do trajeto. Os venezuelanos têm de estar prontos para abatê-lo assim que forem informados.

— Entendido.

Riegel consultou um grande mapa da Suíça sobre sua mesa.

— Desloca os sul-africanos de Basileia para Genebra. Se o Gentry chegar vivo à estação, eles vão precisar sair com ele e fazer o trabalho na rua. A estação está cheia de câmeras e policiais.

* * *

Court não resistiu nem quinze minutos. Sentou-se em um banco na janela no fundo do último vagão da segunda classe. Tirou o casaco e se cobriu com ele. Tirou a pistola e a deixou no colo com a mão na coronha.

E pegou no sono.

— ... *weis*.

Acordou aos poucos, a cabeça apoiada na janela. Apesar da visão embaçada pelos olhos congestionados, viu flocos de neve batendo no vidro. Sentiu vontade de pôr a língua para fora e lamber os flocos grandes atrás do vidro. A paisagem estava coberta de branco, só alguns trechos das montanhas rochosas mostravam um brilho cinzento e castanho em locais muito íngremes para a neve se acumular. O céu era baixo e cinzento, e ele viu um vilarejo diante dele. Era uma linda manhã de inverno.

— *Ausweis!* — dizia a voz, próxima e à sua direita. Court virou-se rapidamente; reconheceu a autoridade do comando.

Viu quatro policiais suíços uniformizados a seu lado no corredor. Com calças cinza e paletós em duas tonalidades de cinza. Eram *Municipaux*, da guarda municipal. Não federais altamente treinados. Com grandes Glock 17 nos quadris. O guarda mais velho com o braço estendido e a mão espalmada.

— *Ausweis, bitte.*

Court já tinha viajado pela Alemanha. O guarda de cabelos brancos queria ver algum documento de identidade. Não uma passagem de trem.

Nada bom.

Enquanto se aprumava, Gentry escondeu a arma que guardava embaixo do casaco entre o assento de plástico e a lateral do trem.

Court não tinha nenhum documento de identidade, só a passagem. Já com a arma escondida, revirou o bolso do casaco, tirou a passagem e apresentou ao guarda.

O guarda nem olhou. Mudou para o inglês:

— Documento, por favor.

— Eu perdi meu passaporte. Estou indo para a embaixada em Genebra para tirar outro.

Claramente os quatro guardas entendiam inglês, pois todos olharam para Gentry como se ele fosse um enganador.

— O senhor é americano? — perguntou o guarda mais velho.

— Canadense. — Court sabia que estava encrencado. Poderia ter dispensado a pistola, mas estava com um coldre de couro afixado com velcro no tornozelo. Aqueles caras pareciam experientes; com certeza, ele seria revistado. Quando apalpassem o coldre vazio na perna, os policiais revistariam o banco e encontrariam a arma.

— Onde está sua bagagem?

— Foi roubada, como já disse. — Não fazia sentido tentar ser amistoso. Court sabia que, provavelmente, teria de cobrir aqueles guardas de porrada antes de o assunto ser resolvido. Não se sentia bem em nocautear um grupo de policiais inocentes, mas não via outra saída. Apesar de ser uma luta de um contra quatro, o operativo americano sabia que com o fator-surpresa, velocidade e violência na ação, poderia vencer em um espaço apertado como o corredor do trem.

Já tinha feito isso antes.

Nesse momento, a porta do vagão se abriu e entraram mais três guardas. Ficaram perto da porta, longe da confusão.

Merda! Sete contra um. Eles não queriam se arriscar. Gentry não tinha ilusões de conseguir neutralizar quatro homens, depois avançar mais sete metros e enfrentar outros três antes de ser abatido a tiros.

— Levante-se, por favor — disse o guarda de cabelos prateados a seu lado.

— Por quê? O que foi que eu fiz?

— Por favor, levante-se. Depois eu explico.

— Eu só estou indo para...

— Não vou pedir mais uma vez.

Court deixou os ombros caírem, levantou-se e pôs um pé no corredor. Um guarda mais jovem aproximou-se, virou-o e algemou suas mãos nas costas. Os outros passageiros do vagão observavam a cena, fascinados. Celulares com câmeras apareceram, e Gentry fez o possível para esconder o rosto.

Foi revistado pelo guarda mais novo, que quase de imediato encontrou o canivete em seu bolso e o coldre no tornozelo. O banco foi revistado e a pistola erguida no alto como um troféu, para todos verem no vagão.

— Eu sou um agente federal dos Estados Unidos.

Court disse isso porque realmente não tinha nada melhor a alegar. Não esperava que eles devolvessem a arma com um tapinha na bunda, mas acreditava que poderiam relaxar um pouco e proporcionar alguma oportunidade de fuga.

— Sem identificação? — perguntou o policial no comando.

— Perdida.

— É o que o senhor diz. O senhor esteve em Guarda hoje de manhã? — perguntou um dos guardas.

Cercado por câmeras de celulares e olhos arregalados, Court não soube o que responder. Um dos guardas recém-chegados ao fundo do vagão falou pelo walkie-talkie. Pouco depois, o trem começou a desacelerar.

20

Riegel atendeu à ligação às onze e trinta e oito da manhã.

— Senhor, é Kruger de novo. Gentry foi retirado do trem em uma aldeiazinha chamada Marnand. Não é uma parada normal.

— Retirado por quem?

— Pela Guarda Municipal. Está algemado na plataforma, cercado pela polícia. Ouvi um dos guardas pedindo que um vagão de transporte fosse enviado de Lausanne. Não deve demorar mais de trinta minutos.

— Você também desceu do trem?

— Nenhum passageiro pôde desembarcar. Vou descer em Lausanne, seguir diretamente para a delegacia e esperar que ele chegue.

Riegel examinava um mapa em seu computador quando desligou e ligou para Lloyd.

— Diga aos venezuelanos que Gentry está em Marnand, mais ou menos trinta quilômetros ao norte de Lausanne. Preso pela polícia.

O americano respondeu de imediato:

— Ele não pode ser preso! Nós precisamos dele!

Riegel olhou por cima da mesa. Cabeças de uma dúzia de lindos animais, troféus de suas caçadas, olhavam para ele.

— É o que estou dizendo — falou. — Diga aos venezuelanos que eles têm carta branca. Podem destruir tudo o que estiver no caminho.

— É assim que se faz! Eles são bons?

— São do Gabinete de Inteligência Geral. A polícia secreta de Hugo Chávez. São o melhor que Caracas tem para oferecer.

— Certo. Mas eles são bons?

— É o que vamos descobrir logo, não é?

Gentry tremia de frio, sentado em um banco de madeira de uma das plataformas da pequena estação ferroviária. Com a mão esquerda algemada ao apoio de ferro do banco. Cinco guardas municipais posicionavam-se a seu redor sob a neve que caía. Os outros tinham permanecido no trem.

Imaginou que sua descrição tinha sido divulgada depois da confusão em Guarda. Deduziu que o surgimento da bicicleta roubada na estação de Ardez levou a bilheteira a ser interrogada pela polícia. Ela teria se lembrado de um estrangeiro no primeiro trem da manhã para Zurique. Como Zurique era o principal centro de transportes do pequeno país, era uma simples questão de alertar a polícia para revistar todos os trens, ônibus e aeronaves partindo de Zurique, em busca de um homem de cabelos castanhos, na casa dos trinta anos, viajando sozinho.

A placa na plataforma dizia Marnand. Não fazia ideia de onde esse burgo ficava no mapa, mas seu corpo parecia ter tido umas duas horas de sono, por isso imaginou que não fosse muito longe de Genebra. Precisava dar um jeito de se livrar desses sujeitos e pegar a estrada de novo. Um relógio tiquetaqueava em sua cabeça.

O policial chefe estava no banco a seu lado. Seus cabelos eram brancos, como o pico de uma montanha nevada, e ele cheirava a loção pós-barba fresca.

— Vamos esperar um vagão de Lausanne. O senhor vai para a delegacia. Detetives vão falar com o senhor sobre o conflito em Guarda e a arma que portava no trem.

— Sim, senhor. — Gentry tentava agora uma abordagem amigável, sua estratégia soprando ao léu como um vento de verão, pois não sabia mais o que fazer. Não seria libertado por isso, mas poderia conseguir alguma vantagem com a polícia, fazê-los baixar a guarda até surgir uma janela de oportunidade a ser explorada. Mesmo assim, portar uma arma na Suíça era uma ofensa quase tão grave quanto um assassinato em massa nos EUA.

— Posso ir ao banheiro?

— Não. Segure seu mijo.

Os guardas mais jovens ao redor deram risada.

Court soltou um suspiro. Valeu pela tentativa.

Viu uma sinuosa estrada de duas pistas à sua direita, perto da plataforma. Uma estrada limpa e deserta, preta como alcaçuz, destacada na encosta nevada. Court notou um furgão verde-escuro parado no alto da encosta, a uns cinquenta metros da única plataforma da estação e a uns cem metros de onde Court e os guardas se encontravam. Com o cano de escapamento soltando vapor atrás do veículo.

Court olhou para sua direita, ainda tentando encontrar uma forma de ganhar alguma vantagem antes que mais guardas chegassem. À direita, ficava o começo da aldeia. Casas mais antigas se espalhavam entre construções mais modernas. Nuvens de fumaça das lareiras flutuavam acima das casas e se dissipavam no céu cinzento.

Outro furgão verde, idêntico ao da direita, saiu devagar da aldeia e entrou em um posto de gasolina a trinta metros de onde Court estava. Parou no estacionamento, longe das bombas de combustível.

Em segundos, o Agente Oculto percebeu que estava cercado.

— Sargento! — chamou rapidamente o guarda no comando.

O guarda mais velho conversava com seus subordinados, mas veio falar com Court no banco.

— Por favor, escuta com atenção. Estamos com um problema. Tem dois furgões verdes, um de cada lado da estação. Dentro ou perto desses veículos, há homens enviados para me matar. Eles não vão hesitar em matar o senhor e seus homens para chegar até mim.

O guarda olhou para a esquerda e a direita, avistou os dois veículos e virou-se para Gentry.

— Que merda é essa que está falando?

— São assassinos, bem treinados. Todos nós precisamos ir para dentro da estação. Depressa!

Lentamente, o guarda pegou o walkie-talkie no cinto e o levou à boca, sem tirar os olhos de Gentry. Em alemão, mandou os homens atrás dele se aproximarem.

Mudou para inglês.

— Dois veículos verdes. Um ao norte, outro ao sul. Esse homem está dizendo que vieram resgatá-lo.

— Resgatar não! Matar!

Os cinco guardas olharam para os veículos nos dois lados da plataforma. Não havia movimentação em nenhum deles.

— É um truque — disse um guarda jovem e louro, abrindo a aba de couro do coldre.

— Quem é você? — perguntou outro guarda.

Court não respondeu.

— Nós precisamos entrar — falou. — Depressa.

O guarda no comando disse a seus homens:

— Fiquem de olho nele. Vou avaliar a situação. — Virou-se e começou a andar pela plataforma em direção ao furgão perto do posto de gasolina.

— Sargento! O senhor realmente não deve fazer isso — falou Court, mas o guarda de cabelos prateados e casaco grosso o ignorou.

O guarda desceu os degraus da plataforma e entrou no terreno do posto de gasolina. O furgão verde tinha vidros fumê. Parado, soltando fumaça pelo cano de escapamento.

Enquanto o guarda municipal se aproximava do furgão, Gentry falou com os outros quatro guardas.

— Ele vai morrer. Não entrem em pânico. Nós vamos precisar trabalhar juntos. Se tentarem fugir, eles vão matar todos a tiros. Se quiserem viver, façam o que eu disser.

— Cala a boca — retrucou um deles, e os quatro ficaram observando o sargento aproximando-se da janela do motorista do veículo. Bateu com o walkie-talkie no vidro fumê.

— Não se esqueçam do outro furgão! — disse Court, em tom urgente, aos outros homens uniformizados.

— Cala a boca — repetiu o guarda. Gentry percebeu a preocupação cada vez maior de todos, enquanto viravam suas cabeças de um lado para o outro.

O sargento bateu mais forte no vidro. Sob os olhos de Gentry e dos outros guardas, o homem de cabelos prateados aproximou o rosto para tentar enxergar através do vidro fumê. Deve ter visto alguma coisa, alguma movimentação ou outro sinal de perigo, pois se afastou rapidamente e pôs a mão na pistola em seu quadril.

A janela do motorista se estilhaçou com os tiros. O guarda saiu correndo e a porta se abriu. Um homem de macacão preto e máscara de esqui saiu de trás do volante, uma submetralhadora de cano curto na mão. Disparou outra rajada de três tiros no cambaleante sargento, e o guarda suíço caiu morto de costas.

Os quatro guardas ao redor de Court sacaram as pistolas com uma técnica prejudicada pelo pânico. A trinta metros, era difícil atirar com precisão, mas os jovens dispararam assim mesmo, aos gritos com o choque e procurando cobertura.

— O outro furgão! O outro furgão! — gritou Court enquanto ele próprio se estirava no cimento. Ficou deitado no chão frio ao lado do banco, o braço esquerdo preso no assento, algemado ao apoio de ferro.

Os guardas olharam para trás e viram quatro homens mascarados vindo da estrada em direção a eles. Todos portavam armas iguais à do homem no posto de gasolina, que agora tinha mais três companheiros a seu lado. Os oito se aproximaram confiantes, como se tivessem todo o tempo do mundo.

— Me soltem! Nós precisamos entrar! — gritou Court, mas os guardas só se abaixaram ainda mais na plataforma cimentada, escondendo-se atrás de um carrinho de bagagem ou deitados em campo aberto, atirando sem precisão nos homens de preto, que se aproximavam ameaçadoramente pelos dois lados, em meio aos flocos de neve rodopiando.

Um guarda jovem e calvo gritou no rádio afixado nas dragonas de sua jaqueta, agachado a cinco metros de Gentry, atrás de um carrinho de bagagem que fornecia pouca proteção contra os homens na estrada e proteção nenhuma contra os que se abriam em leque vindos do posto de gasolina.

Court viu lascas de concreto sendo arrancadas da plataforma perto do jovem guarda, que olhou para o outro lado e continuou gritando no microfone, sem perceber. As irrupções de cimento e poeira chegavam cada vez mais perto, até finalmente rajadas supersônicas das submetralhadoras perfurarem suas pernas e as costas. Caiu de lado e ficou contorcendo-se no piso de concreto. Os estertores da morte cessaram tão rapidamente quanto começaram.

— Alguém me dá uma arma! — gritou Gentry. Os três guardas restantes o ignoraram. Continuaram atirando a esmo, recarregando as armas com mãos trêmulas.

Court girou o corpo no concreto gelado. Apoiou as botas nos pés de ferro do banco e empurrou o mais forte que pôde. Tentava desesperadamente arrancar o pedaço de ferro do banco de madeira de mais de três metros a que estava algemado. O metal das algemas cortava seu punho esquerdo com a força dos chutes e dos puxões. Logo desenvolveu um ritmo para seu esforço. Um pontapé, rachaduras na madeira velha, uma dor lancinante no pulso e na mão.

Uma salva de fogo de armas automáticas acertou a janela acima dele, espalhando cacos de vidro no banco e no chão. Sem parar de chutar, olhou para a direita. Um segundo guarda tinha sido atingido no ombro e no quadril. Largou a arma e começou a se contorcer no chão em agonia.

Foram necessários mais de trinta trancos simultâneos com os dois pés para arrancar a barra de ferro do banco, com um último chute com o salto da bota. A dor no pulso esquerdo era excruciante, mas o banco quebrou. Gentry ficou de joelhos e ergueu o pesado pedaço de ferro ornamental. Devia pesar uns quinze quilos, no mínimo, e continuava preso a seu pulso arranhado, que começava a inchar. Enlaçou o braço algemado na barra de ferro e correu na direção do guarda ferido que se contorcia de dor no meio da plataforma, na linha de fogo vinda de duas direções. Ainda a uns três metros de distância, arremessou o pedaço de ferro na frente dele, perto do guarda, e saiu deslizando. O ferro bateu no cimento quase com o mesmo barulho dos tiros vindos de todos os lados. Court sentiu a algema de metal apertando seu pulso inchado.

Ajoelhou-se ao lado do guarda suíço e apalpou o tronco do homem.

O guarda gritou para seu salvador.

— Meu quadril! Acertou em cheio no...

— Sinto muito — disse Court, tirando a chave da algema de uma corrente no cinto do guarda. Manchada com o sangue do homem. Abaixando-se mais em reação ao zumbido supersônico passando a poucos centímetros da orelha, o operativo americano empurrou o pedaço de ferro ornamental na direção da beira da plataforma. Continuou empurrando e arrastando-se atrás dele.

O policial ferido agarrou a perna de Court, em uma tentativa patética de conseguir ajuda e recuperar o controle do prisioneiro, como se isso ainda estivesse em questão. Gentry chutou a mão do homem moribundo, pegou a Beretta do guarda no chão e continuou arrastando-se. Uma rajada de tiros de submetralhadora seguiu Court por todo o percurso até a beira da plataforma, errando por pouco quando ele e o pedaço de ferro caíram do beiral a um metro abaixo do nível do chão, onde havia alguma proteção. Seu cérebro carregado de adrenalina quase entrou em pânico quando perdeu a chave na neve por um momento, mas logo a recuperou. De joelhos, manteve os dedos vermelhos enregelados firmes enquanto soltava seu pulso esquerdo da algema.

Dos cinco guardas que o tiraram do trem, só dois ainda estavam na luta, encolhidos atrás de frágeis proteções na plataforma. Para não pôr a cabeça na mira de alguém que o tivesse visto caindo da plataforma, Court avançou alguns metros antes de olhar por cima do beiral. Gritou para os guardas, mandando saírem de onde estavam e virem até ele. Um deles gritou que não tinha mais munição. Outro estava com a mão direita ferida e atirava por cima de um vaso de pedra com a esquerda. Ao observar sua técnica, Gentry percebeu que o homem era destro.

Uma movimentação na estação ferroviária chamou a atenção de Gentry. Alguns poucos civis tinham havia muito pegado a estrada ou saído da plataforma. Então, quando viu dois homens correndo para dentro da plataforma, Court deduziu que algum agressor conseguira flanquear sua posição.

A porta da plataforma se abriu e dois homens com máscaras pretas apareceram sobre o policial com a mão ferida.

Court apontou a Beretta com a mão direita, pois a esquerda estava inutilizada pelo ferimento recente. A uma distância de cerca de dez metros, Gentry acertou os dois mascarados no rosto. O embalo do movimento para frente combinado com o impacto das balas fez com que se trombassem e caíssem juntos no chão frio da plataforma perto da porta.

A Beretta 92 travou no segundo tiro. Descarregada.

— Ei! Me joga aquela arma!

Era a terceira vez que Court pedia uma arma. Só que, dessa vez, havia uma diferença. As duas primeiras vezes foram antes de os dois guardas sobreviventes o virem em ação. O jovem policial com a mão sangrando logo deslizou uma das pequenas submetralhadoras pretas de um dos homens pela plataforma até Gentry, que pegou a arma e voltou a se abaixar.

Era uma HK MP5, uma das submetralhadoras mais usadas do mundo. Gentry se sentiu confortável com ela nas mãos. Tirou o carregador e viu que estava cheio, com trinta balas de nove milímetros. Gritou para o guarda para jogar a outra arma para o que não estava ferido. Quando a transferência foi feita, Court falou:

— Põe no semiautomático! Dispara uma bala de cada vez nas duas direções! Faz isso até estar descarregada! Entendeu?

— *Oui* — respondeu o guarda.

— *Vai!*

Ainda agachado, Court disparou pela beira da plataforma em direção ao norte, encurtando a distância entre ele e os quatro que saíram do furgão na encosta.

Um trem aproximava-se ao longe, vindo do norte. Court ouviu o som de sirenes vindo da aldeia. Tentou esvaziar a cabeça enquanto avançava pela neve, agachado ao lado dos trilhos. Por tudo o que sabia, os homens estariam agora se aproximando da plataforma, pouco depois da curva do beiral à frente. Seu pulso latejava e os joelhos doíam dos cortes dos cacos de vidro da janela na fuga de Laszlo Szabo em Budapeste na tarde anterior. A dor constante na coxa do tiro de quinta-feira era o menor dos seus problemas no momento.

A três metros da curva da plataforma de concreto, Gentry os ouviu: homens falando em espanhol. *Espanhol?* Porra, será que o planeta inteiro estava tentando matá-lo? Abaixados perto dos degraus que subiam para a plataforma. Apesar do zumbido nos ouvidos, Gentry conseguiu distinguir os cliques e rangidos de molas de carregadores sendo substituídos em uma MP5.

Quando se levantou, viu dois homens mascarados, também de pé. Court disparou a HK com uma só mão, no modo automático, a uma distância de menos de três metros. Os dois agressores tombaram, e Court disparou mais uma curta rajada nos dois corpos em convulsão. Largou a submetralhadora que tinha na mão, pegou outra de um dos assassinos mortos, deu meia-volta e correu para a plataforma.

Nem passou pela cabeça dele fugir, apesar de ter uma oportunidade perfeita de escapar, tanto do esquadrão de extermínio que falava espanhol quanto da polícia suíça. Havia uma luta em curso. Court já estava envolvido, e não parecia certo se desengajar a essa altura dos acontecimentos. Dois guardas inocentes continuavam vivos e não durariam muito sozinhos. As sirenes se aproximavam, o piscar das luzes refletindo nos poucos vidros restantes da estação. Court Gentry voltou para ajudar os dois guardas e, com o seu braço bom, segurou a HK diante de si, à procura de novos alvos.

21

SENTADA NA CAMA, CLAIRE FITZROY olhava pela janela para o gramado e para a densa floresta fora de alcance. O céu andava pardo e cinza desde que haviam chegado ao castelo, na tarde anterior, mas pela manhã a baixa cobertura das nuvens tinha se dissipado, e agora ela conseguia ver ao longe.

Seu almoço deixado de lado, quase intocado. A irmã estava na cozinha no andar térreo, com a mãe, o pai e os homens de casaco de couro que os seguiam aonde fossem, mas Claire não quis se sentar com eles à mesa. Disse aos pais que estava com dor de barriga e pediu para voltar para seu quarto.

A dor de barriga era de verdade. Resultado da apreensão que vinha sentindo por dentro havia mais de um dia. A retirada súbita da escola, as expressões de preocupação da mãe e do pai, a discussão entre o pai e o avô pelo telefone, a chegada dos homens armados e a viagem nos carros grandes e pretos até o castelo no campo eram o motivo de sua inquietação.

Alguma coisa lá fora chamou sua atenção. Chegou mais perto da janela e olhou ao longe. De repente, ficou animada. Podia ver as torres. Ela conhecia aquelas torres! Eram as torres da grande catedral de Notre-Dame de Bayeux, e sabia que Bayeux tinha uma delegacia de polícia. Ficava perto do grande moinho de água que o pai tinha levado as filhas para conhecer. Lembrava-se dos policiais com uniformes elegantes, sorrindo para ela no verão do ano anterior.

Se conseguisse sair da casa, talvez pudesse correr pelo grande gramado dos fundos, passar pelo pomar de macieiras, seguir pelo bosque e chegar a

Bayeux, lá longe. Uma vez lá, podia localizar a delegacia e dizer o que estava acontecendo. Eles poderiam conseguir reforços, fazer com que os homens de casaco de couro que falavam aquela língua feia e estranha soltassem sua família.

A mãe e o pai ficariam muito felizes.

Era um longo caminho, mas ela sabia que conseguiria chegar lá. Era a lateral mais veloz de seu time de futebol. Podia descer até o porão e sair pela janelinha por onde ela e a irmã viram o gato passar na tarde anterior.

Resoluta, Claire Fitzroy, de oito anos de idade, abotoou o casaco, vestiu as luvas e abriu a porta do quarto. Assim que saiu pelo corredor comprido e mal iluminado, ouviu vozes na escada, mas que vinham de cima. Disparou pelo corredor e chegou à escada. Desceu os degraus devagar, pisando de leve para não fazer barulho.

De repente, ouviu um grito vindo de cima. Estancou e olhou para cima. Ouviu outro grito. Vindo do terceiro andar. Continuou descendo, mas olhou para trás na direção da fonte do barulho e ouviu um som baixo e gutural.

Era o vovô Donald. Parecia estar chorando.

Desceu até o andar térreo, agora mais rápida, passando pela cozinha e pela sala de jantar com todo cuidado, pois os pais e a irmã estavam almoçando nesse momento. Se fosse avistada, o pai ia ficar bravo e dizer para ela voltar para o quarto.

O corredor à frente e à direita levava aos degraus de pedra que desciam para a adega. Claire andava depressa, mas cuidadosamente, pois qualquer ruído poderia denunciá-la.

Virou em uma curva no corredor e quase deu de cara nas costas de um guarda grandão.

Claire ficou imóvel. O homem usava uma gola rulê marrom, e por trás ela podia ver a alça preta que segurava o fuzil que pendia na frente dele, em seu peito. Tinha uma pistola e um rádio no cinto. Patrulhando o corredor, longe dela, totalmente em silêncio em seus movimentos. A pequena Claire não se atrevia a recuar nem a se virar e fugir. Ficou ali parada, em silêncio, atrás do homem no meio do corredor. Ele andava devagar. Primeiro a um metro e meio de distância. Depois três. Depois seis.

O segurança abriu uma porta à esquerda. Por conta de suas explorações com a irmã na tarde anterior, ela sabia que era um banheirinho.

O homem entrou e fechou a porta.

Ouviu mais homens conversando atrás dela. Passou depressa pela porta do banheiro e desceu os degraus de pedra da adega.

Um minuto depois, subiu por uma estante, passou o corpinho pela janela e viu o gramado sombreado. Agachou-se, olhou para a esquerda e para a direita e viu um homem andando com um cachorrão na coleira ao longe. Assim como o homem no corredor, estava indo na direção oposta. Claire olhou além da fonte de pedra branca, além das macieiras até a linha do horizonte.

Lá estavam elas: as torres da catedral de Bayeux.

Deu mais uma olhada ao redor e sentiu-se satisfeita. Levantou e saiu correndo o mais rapidamente que suas perninhas permitiam. Fazia frio, sua respiração exalava vapor quando passou pela fonte, chegou ao outro lado e disparou, correndo como jamais tinha corrido na vida.

Poucas semanas atrás, ela fizera um gol contra o time da Escola Primária Walnut Tree Walk. Corria como ponta-esquerda quando a bola sobrou de uma disputa. Conduziu a pelota até a boca do gol em uma arrancada, girou o corpo e chutou à meia-altura, fazendo seu primeiro gol na temporada.

O pai ficou tão contente que levou as irmãs para comer uma pizza no caminho de volta para casa. A partir daí, ele falava disso todo dia.

Claire corria pelo gramado verde e bem cuidado como se estivesse na direção da bola na frente do gol. Só precisava ignorar o ar gelado queimando seu peito e as pequenas pontadas de dor nas pernas. Estava quase chegando ao pomar, onde os homens malvados não poderiam mais alcançá-la. *Precisava* chegar às torres e ir à delegacia. *Precisava* contar para alguém o que estava acontecendo no castelo. *Precisava* salvar sua família.

A poucos passos do começo do pomar, já sentindo o aroma adocicado das maçãs, ouviu o estampido ensurdecedor de um fuzil no grande gramado atrás dela, que ecoou nas árvores à frente. Claire tropeçou e caiu na vegetação rasteira, quase chegando ao pomar.

— Que porra foi essa? — gritou Lloyd, surpreso, mas sabendo reconhecer um tiro de fuzil. Pôs a cabeça para fora do centro de comando. O guarda no fim do corredor do terceiro andar também não fazia ideia do que acontecia.

Lloyd passou correndo por ele e desceu a escada. O jovem advogado americano estava sem paletó, com a gravata afrouxada no pescoço e o colarinho aberto. De mangas arregaçadas, e com as axilas, o rosto e o cabelo cobertos de suor. Uma mistura de sangue e suor transparecia na camisa, cobrindo um ferimento recente.

No patamar do segundo andar, quase trombou com um bielorrusso subindo para falar com ele.

— O que aconteceu? — perguntou. — Quem está atirando?

— Vem logo, por favor!

Lloyd seguiu o homem até o primeiro andar. Ouviu gritos. Era a voz de Elise Fitzroy, vindo da cozinha. Homens de Minsk gritavam com ela. O sr. Felix apareceu, perguntou a Lloyd o que tinha acontecido, e foi secamente ordenado a voltar para a biblioteca e fechar a porta. Lloyd começou a entrar na cozinha, mas o guarda à sua frente se virou e o pegou pelo braço. Falou alguma coisa, mas com um inglês muito ruim. Lloyd soltou seu braço da mão do homem, mas saiu com ele pela porta de trás.

De início, o advogado americano não viu nada além da fonte de pedra branca, o gramado verde, o pomar de maçãs ao longe e o céu claro e azul. Foi atrás do guarda, contornou a fonte e viu três bielorrussos ao redor de uma silhueta na grama.

— Gentry? — Lloyd não conseguia acreditar. Como ele tinha chegado tão depressa...

O homem com o cachorro deu um passo ao lado, permitindo uma visão clara do corpo de bruços na grama.

A mandíbula de Lloyd enrijeceu.

— Merda! Merda! Era a última coisa que eu precisava hoje!

Naquele momento, outro segurança apareceu no pomar, e outro a uns cem passos de distância. Trazendo um grande cão de caça pela coleira na mão direita, uma espingarda cruzada no peito e segurando firme o punho de uma garotinha de cabelos castanhos com a mão esquerda.

Uma das gêmeas. Lloyd não teve tempo de saber o nome delas, muito menos distinguir uma da outra.

Lloyd arrancou o rádio do cinto do bielorrusso que o levou para fora. Apertou o botão de transmissão.

— Você! Leva a menina pela porta da frente. Não precisamos de uma pirralha histérica em nossas mãos.

— Sim, senhor — disse o homem ao longe pelo walkie-talkie. Puxou a garota com força, arrastando-a até a beira do pomar, para bem longe do corpo do pai caído de bruços na grama, com um furo na nuca e o rosto estourado.

Gentry pegou a estrada no sentido sul, para Lausanne, contornando o lago Genebra em direção ao oeste. O painel esverdeado do furgão tinha alguns furos de nove milímetros, mas a pressão do óleo e o ponteiro da gasolina continuavam firmes no centro dos mostradores. Atrás dele, na estação ferroviária, pelo menos quatro sul-americanos jaziam mortos na neve. Os demais foram rendidos pelos oito homens nas quatro viaturas que acabavam de chegar à cena. Court aproveitou a passagem de um grande trem intermunicipal para atravessar os trilhos. Subiu a encosta e entrou no furgão verde, com as chaves no contato e o motor ainda ligado.

E agora corria para salvar sua pele. Quinze minutos antes, ele era o homem mais procurado da Suíça. Apesar de o bastão ter sido passado para os pistoleiros latinos atirando na estação que ficara para trás, Court sabia que continuava em segundo lugar, que as autoridades locais logo anunciariam que um homem altamente procurado estava dirigindo um furgão verde todo perfurado de balas.

22

Ninguém tinha falado nada sobre o helicóptero aos bielorrussos no Château Laurent. Por isso, irrompeu um pandemônio quando um Sikorsky S76 apareceu ao sul do bosque, desceu rapidamente e pousou no heliponto perto da entrada de cascalho.

Somente Lloyd fora informado sobre a iminente chegada do helicóptero vindo de Paris. Do centro de comando, ouviu o motor estremecer o vidro chumbado da janela a seu lado. Tec tinha descido para almoçar, e Lloyd empurrou a poltrona em que sir Donald estava acorrentado para o banheiro anexo.

Lloyd ficou sozinho, olhando para a parede de pedra à sua frente.

Três minutos depois, a porta atrás dele se abriu. Lloyd não se virou de imediato.

— Lloyd? Lloyd?

Lentamente, o advogado americano girou a cadeira para encarar o recém-chegado ao castelo. Riegel era um homem grande, com no mínimo um metro e noventa de altura. Usava o cabelo louro penteado para trás, com salpicos grisalhos e sobrancelhas com tufos espessos. Usava uma calça cáqui grossa e um casaco esportivo casual, com a camisa com o colarinho aberto. Era uns vinte anos mais velho que Lloyd, mas não tinha deixado o corpo esmorecer, e sua voz tonitruante e sua postura agressiva transmitiram a Lloyd que a tarde seria difícil e exaustiva.

Lloyd não se levantou.

— Sr. Riegel... Bem-vindo ao Château Laurent.

Riegel parecia irritado.

— Não lhe ocorreu mencionar aos seguranças que eu iria chegar? Fiquei sabendo que três bielorrussos quase abriram fogo contra meu transporte.

— Isso teria sido um acaso infeliz.

Riegel fez menção de continuar a discussão, mas preferiu não insistir.

— Onde está o representante de Abubaker?

— O sr. Felix está lá embaixo. Está ficando em um quarto adjacente à biblioteca. Eu disse que o informaria se tivesse notícias.

— Já soube que Gentry escapou por pouco mais uma vez?

— Soube.

— Mas Genebra está coberta. Se ele aparecer lá, nós o pegamos.

— É o que você continua dizendo.

— Ele pode não ter sido baleado e morto na rua, mas está se desgastando com todos esses ataques. Logo vai ficar sem armas, sem munição, sem rotas de fuga e sem sangue.

— Espero que tenha razão. Pois eu já estou ficando sem *reféns*.

Riegel sentou-se na cadeira de Tec.

— Como expliquei pelo telefone, Marc Laurent me mandou aqui para prestar uma assistência *in loco*. Não me olhe desse jeito. Sei que não me quer aqui, e eu tampouco queria vir. Essa puta confusão que você criou e exacerbou não vai ajudar na minha carreira, seja qual for o resultado. Eu sou apenas o faxineiro, o homem que deve evitar que uma péssima situação fique ainda pior. Quando Laurent soube do refém morto por um segurança... Bem, ele simplesmente disse: "Kurt, vá até lá. Faça o que tiver de fazer".

A resposta de Lloyd saiu tisnada por um sarcasmo cansado.

— Monsieur Laurent não precisa se preocupar. Duvido que isso aconteça de novo. Não há mais papais para morrer aqui.

— Onde está a família Fitzroy?

— Trancada em um quarto no segundo andar.

— Elas sabem o que aconteceu?

— As crianças, não. A mãe sabe.

— E como está reagindo?

— Um de meus guarda-costas injetou nela sedativo suficiente para se manter dócil por algum tempo.

Riegel aquiesceu.

— E onde está sir Donald?

Lloyd apontou para uma porta do outro lado da sala.

—Ali.

— Como tudo isso aconteceu?

Lloyd deu de ombros. Pareceu momentaneamente desinteressado por toda a operação.

— Uma das merdinhas tentou fugir. O franco-atirador no telhado viu e comunicou pelo rádio. Eu estava ocupado, com o rádio desligado. Quando os seguranças saíram atrás, Phil ficou possesso, achou que iam fazer alguma coisa com ela, imagino. Passou por dois guardas de Minsk armados no corredor e saiu pela porta dos fundos atrás da filha.

— E...?

— E o franco-atirador o abateu.

Riegel olhou pela janela para o gramado dos fundos.

— O pobre homem estava tentando proteger a família. Nós teríamos recapturado a menina, e ele não tentaria fugir sem as outras. Nenhum pai deixa sua família para trás.

— Acho que nosso franco-atirador não é um homem de família.

— Sir Donald já sabe?

— Sabe. Eu contei.

— Como ele reagiu?

— Sem nenhuma emoção. Só ficou parado.

— Certo. Vou falar com ele, tentar explicar que foi um acidente.

— Boa sorte.

— Por que não descansa um pouco, Lloyd? Você está um bagaço.

Lloyd se levantou. Riegel viu a mancha de sangue na camisa, mas não disse nada.

— Eu ainda estou no comando — respondeu Lloyd.

Kurt Riegel abanou a cabeça, incrédulo.

— Por mim, tudo bem. Não quero ser responsável por qualquer outro desastre com que tiver de lidar. Só estou aqui como consultor. Talvez ajudar com algumas sugestões. Como não perder meninas de oito anos de vista, não matar reféns que não estão tentando fugir, não se esquecer de comunicar a seus seguranças que um helicóptero amigo vai pousar no local... Sugestões desse tipo.

Lloyd se levantou e desceu para a cozinha sem dizer uma palavra.

Riegel atravessou a sala e abriu a porta para a qual Lloyd apontou ao responder onde estava sir Donald. O alemão ficou surpreso com o tamanho do banheiro com piso de lajotas. Fitzroy estava sentado em uma cadeira no recinto mal iluminado. Olhou para Riegel com olhos vermelhos. A cabeça, as mãos e os tornozelos amarrados com uma grossa corrente de ferro, sua camisa rasgada no chão ao lado dele, sentado em uma camiseta manchada de suor e sangue. Com o rosto espancado e grandes manchas de sangue na calça de *tweed* rasgada. Kurt Riegel deduziu que fossem marcas de perfuração.

— *Scheisse!* — exclamou. Saiu do banheiro, pôs a cabeça no corredor e chamou os dois seguranças escoceses perto da escada. — Tirem as correntes do prisioneiro, para ele poder se lavar. Alguém faça curativos nas pernas. E tragam algumas roupas limpas! Vamos, homem, mexa-se!

Quinze minutos depois, Riegel estava em um banquinho ao lado de uma cama dossel na suíte master do segundo andar. Deitado na cama, sir Donald olhava para ele. O inglês estava desacorrentado, limpo e devidamente vestido. Com um curativo na têmpora esquerda, onde um golpe ineficaz tinha cortado a pele. Os hematomas no queixo e nos olhos receberam pouca atenção.

De início, nenhum dos dois falou nada. Fitzroy recusara um café com um gesto de cabeça, os olhos malevolentes fitando o chão.

Por fim, Riegel encontrou um ponto de partida.

— Sir Donald. Eu sou *herr* Riegel. Em primeiro lugar, aceite meu sincero pedido de desculpas pela forma como foi tratado. Eu não sabia que Lloyd iria... Bem, não há justificativa. Eu assumo a responsabilidade. Vou corrigir o erro.

Fitzroy não disse nada, e seu olhar não mostrava o menor sinal de que iria expressar alguma gratidão.

— Mandei trazer água e comida para o senhor. Alguma coisa mais forte, talvez? Pode ser um conhaque? Os ingleses gostam de um trago durante a tarde. Estou certo?

Nenhuma resposta do prisioneiro mais velho.

— Ademais, meus sinceros pêsames por seu filho. Nada que eu possa dizer ou fazer...

— Então não diga nada. — A voz de Don saiu áspera, granulosa.

— Entendo. Só queria que soubesse... ninguém queria que isso acontecesse. Mais uma vez, não há justificativa. Eu deveria ter estado aqui o tempo todo. Assim que soube do acidente, eu me pus a caminho. Seu filho só fez o que qualquer pai faria. Não deveria ter sido morto. — Depois repetiu: — Ele só fez o que qualquer pai faria nessas circunstâncias.

Fitzroy pareceu estar pensando sobre aquilo, mas não respondeu.

— A partir de agora, vou supervisionar seus cuidados e os de sua família. O sr. Lloyd vai apenas coordenar a iniciativa de encontrar e neutralizar o Agente Oculto. Também vou ficar encarregado das defesas desse lugar, preparar as coisas para a improvável possibilidade de o sr. Gentry conseguir escapar dos assassinos que temos em campo procurando por ele.

— Court não vai demorar a chegar, Fritz.

Riegel abriu um pequeno sorriso e se levantou.

— Ele conseguiu neutralizar ou rechaçar os ataques dos albaneses, dos indonésios e dos venezuelanos, e os líbios sofreram uma baixa e o deixaram fugir. O que significa que causou a destruição total de três esquadrões de extermínio e reduziu o poder ofensivo de outro. Mas ainda temos nove esquadrões entre ele e nós. Uns quarenta homens, mais ou menos. Mais cem rastreadores na busca por ele. Mais um corpo de segurança de quatorze homens ao redor do castelo. Mais um técnico aqui monitorando os telefones e computadores de todos os associados conhecidos de Gentry ao longo de seu provável trajeto. E dizem que está ferido. Certamente cansado. Com seus recursos se esgotando.

— Ele vai conseguir. — O tom de voz de Fitzroy foi casual.

O alemão sorriu educadamente.

— Veremos. — Seu olhar ficou mais sombrio. — Sir Donald, o senhor é um profissional. Com certeza, entende sua situação. Estaria ofendendo sua inteligência se dissesse que vamos soltá-lo quando essa questão com o Agente Oculto estiver resolvida. O senhor sabe tão bem quanto eu que não podemos simplesmente abrir os portões e deixar o senhor sair. Não quero parecer dramático, mas... Como eles dizem nos filmes, o senhor sabe demais. Não. Independentemente do resultado com Gentry e do contrato com Lagos, o senhor não vai sair vivo do Château Laurent. Ah, o senhor já sabia. Fico contente em ver isso em seus olhos.

"Mas vou fazer a seguinte promessa, de um profissional para outro. As gêmeas e sua nora não serão prejudicadas. Já passaram por muita coisa. Só preciso mantê-las aqui até a chegada do sr. Gentry. Depois, serão libertadas. Se o Agente Oculto não entrar em contato com outros e não trazer a polícia ou o Exército para nosso pequeno castelo, a mulher e as filhas não estarão em perigo, não importa se o presidente Abubaker assinar ou não o contrato. Também prometo que o senhor não sofrerá mais indignidades nas mãos do sr. Lloyd."

Fitzroy assentiu e levantou o queixo.

— Quero que o corpo do meu filho seja respeitado.

— O senhor nem precisava dizer. Vou encomendar um caixão apropriado. Vamos mandar Phillip de volta à Inglaterra via helicóptero. Será entregue no local de preferência da esposa assim que ela voltar para casa.

Fitzroy aquiesceu devagar.

— O senhor faça isso e descubra um jeito de deixar as meninas fora da linha de fogo quando o Agente Oculto chegar hoje à noite. Ficarei muito grato e prometo não ser um problema para sua missão.

Quando o Agente Oculto chegar hoje à noite. Riegel lutou contra um sorrisinho e venceu.

— O senhor tem minha palavra de cavalheiro. Algo mais que possa fazer para tornar sua estada mais confortável até a batalha pelo castelo? — Não conseguiu esconder um pequeno sarcasmo.

— Gostaria muito de falar com Claire, se possível. Ela é uma garota meio aflita. Detesto pensar no que se passa pela cabeça dela neste momento. Só uma conversinha entre um avô e a neta em particular.

— Claire é uma das gêmeas? Não tenho dúvida de que posso fazer isso.

— Seria muito bom. Obrigado.

Dez minutos depois, Riegel estava em frente a Lloyd na cozinha. Os dois tomavam café, ignorando os sanduíches em uma bandeja na grande mesa de mármore.

— Por que você torturou Fitzroy?

— Ele não estava levando a situação a sério.

— Você é insano, Lloyd. Suponho que essa insanidade tenha sido formalmente diagnosticada, talvez já em sua infância, e deve ter conseguido esconder esse detalhe da sua psique da CIA e de Marc Laurent.

— Eu tenho minhas manhas, Riegel.

— Deixe Fitzroy em paz.

— Você tem um problema maior do que eu, Kurt. Precisamos de ativos na Suíça pra limpar a sujeira criada por Gentry.

— Ou seja...

— Tec acabou de ser informado pelo vigia de Lausanne. Disse que dois operativos venezuelanos foram capturados vivos pelos suíços. Precisamos estar seguros de que não vão falar nada.

— Então você quer os dois mortos?

— De que outra forma podemos garantir que não falem?

Riegel deu de ombros.

— Sem o LaurentGroup, o petróleo da Venezuela deixa de fluir. Sem o LaurentGroup, o petróleo que eles têm para exportação não pode ser transportado pelo mar até as refinarias. Chávez precisa de nós tanto quanto precisamos dele. Dois operativos que não conseguiram se sair bem na missão nem morrer tentando não vão prejudicar as boas relações que temos com aquele lunático. Vou ligar para o diretor do Escritório Geral de Inteligência em Caracas, informar que, apesar de eles terem falhado na missão, vou mandar um prêmio de consolação se eles cuidarem para que seus agentes mantenham a boca fechada. Quando os suíços deixarem os funcionários da embaixada da Venezuela falar com os dois operativos sobreviventes na prisão, não tenho dúvida de que os dois desgraçados vão saber muito bem o que pode acontecer com suas famílias se não ficarem de boca fechada. Qualquer menção que fizerem à polícia sobre uma corporação multinacional recrutando esquadrões de extermínio de agências de inteligência do terceiro mundo para matar um homem na Europa... Bem, as mulheres, os filhos, os pais e os vizinhos desses homens serão mandados para a versão venezuelana dos gulags.

Lloyd se admirou.

— Essa foi uma das razões de você não ter usado mercenários, não foi?

— Mercenários não têm responsabilidades com ninguém além deles mesmos. Prefiro usar homens sujeitos a outras formas de influência, que eu possa manipular.

Lloyd concordou.

— Então agora só precisamos localizar Gentry.

— Estamos com operativos do LaurentGroup em todos os pontos essenciais de Genebra, todas as localizações de associados conhecidos, todos os hospitais. Estamos com telefones e rádios da polícia sendo monitorados pelo Tec aqui. Estamos com os sul-africanos no centro da cidade, prontos para entrar em ação. Se algum vigia avistar o Agente Oculto, um esquadrão de extermínio pode chegar até ele em quinze minutos.

Fitzroy não comeu nada, mas tomou dois conhaques e algumas garrafinhas de água mineral. O tratamento proporcionado por Lloyd o deixara ferido, mas não alquebrado. Facadas na coxa, socos na cabeça. Atitudes de um homem desesperado, nada mais.

Quando era um jovem agente de segurança trabalhando em Ulster nos anos 1970, Don foi sequestrado de um ponto de táxi por um automóvel cheio de membros do IRA encapuzados. Levado a um depósito, foi espancado por noventa minutos com canos de ferro. Uma equipe do SAS desembarcou, descendo por cordas de um helicóptero, matou três homens do IRA no tiroteio que se seguiu e executou os outros dois na parede do galpão. O jovem agente, então com vinte e seis anos, teve seis ossos fraturados e uma deficiência visual permanente no olho esquerdo.

O tratamento que recebeu de Lloyd não chegava nem perto disso. O americano tinha o fanatismo, mas não o talento para provocar dor. Além de não defender nenhuma grande causa ou convicção. Apenas uma parte de demência pessoal e duas partes de angústia, causadas pelo desespero em relação à sua situação. Em todo aquele empreendimento, pensou Fitzroy, talvez somente Gentry estivesse mais em perigo que o jovem Lloyd. Fitzroy imaginava que Laurent, provavelmente, iria mandar esse tal Riegel matar o advogado americano, caso o contrato não fosse assinado por Julius Abubaker às oito horas da manhã seguinte.

Sir Donald, por sua vez, fora espancado, mas não estava abatido. Fitzroy tinha um plano. Pretendia usar sua argúcia e sua experiência de toda uma vida para manipular quem estivesse ao redor para conseguir o que não conseguiria sozinho. Apesar de confinado a uma cama, sir Donald Fitzroy planejava uma vingança cruel aos que se atreveram a ameaçá-lo, ameaçar sua família e seu melhor assassino.

A porta da suíte se abriu devagar. Fitzroy tomou o último gole de conhaque e rapidamente pôs o cálice na mesa de cabeceira.

Claire entrou hesitante, insegura. Viu o avô e correu até ele. Deu um abraço apertado em seu pescoço grosso.

— Oi, querida. Como você está?

— Tudo bem, vovô Donald. Você tá machucado!

— Uma pequena queda na escada, minha linda. Não se preocupe. Como está sua irmã?

— Kate está bem. Ela gosta daqui.

— Você não gosta daqui?

— Não. Eu tenho medo.

— Medo de quê?

— De todos esses homens. Eles são ruins com a gente. Ruins com a mamãe e o papai.

— Você está se comportando?

— Estou, vovô Donald.

— Essa é minha menina. — Fitzroy olhou para a janela por um momento. Depois falou: — Claire querida, eu gostaria de jogar um joguinho. Você topa?

— Um jogo?

— É. Um dos homens aqui… vigiando a gente. Ele chegou comigo de helicóptero hoje de manhã. Ouvi os companheiros dele o chamarem de Leary. Um irlandês. Você sabe de quem estou falando?

— Um ruivo?

— Esse mesmo.

— Sei quem é, vovô. Ele fica em uma cadeira perto da escada.

— Ah, é? Bom, Claire, eu notei que esse Leary tem um telefone no bolso do casacão azul. Acho que ele não usa esse casaco dentro de casa. Deve estar em um armário, jogado no chão, talvez em cima de um sofá lá embaixo. Andei pensando se você talvez não pudesse se divertir um pouco com o sr. Ruivo, se esgueirar como uma gatinha e pegar o telefone do casaco. Você acha que consegue fazer isso?

— Eu vi o casaco dele no cabideiro. Vi o telefone. Talvez consiga pegar quando ele for tomar chá na cozinha.

— Essa é minha menina. Por favor, tente fazer isso para o vovô Donald. Quando pegar o telefone, esconda no bolso ou no suéter e diga aos seguranças que quer me visitar.

— E se eles não me deixarem?

— Você pode dizer que é a Kate. Você consegue fingir que é a Kate? Diga a eles que sua irmã me visitou, então você também pode.

— Eu não sou parecida com a Kate, vovô.

— Confia em mim, querida. Para esses homens, vocês são exatamente iguais. Basta trocar de roupa, dizer que é a Kate e que gostaria de falar com seu bom e velho vovô.

— Tudo bem. Vou tentar roubar o telefone e voltar aqui.

— Não é roubar. É só um joguinho, querida.

— Não, não é. Não é um joguinho. Eu não sou mais criança. Sei o que está acontecendo.

— Sim, claro que sabe. Achei mesmo que soubesse. Por favor, não se preocupa. Vai dar tudo certo.

— Onde está o papai?

Fitzroy fez uma breve pausa, sem transparecer nada. Sir Donald vinha mentindo a seus agentes havia quase meio século. Não era grande coisa mentir para a família.

— Ele está em Londres, querida. E você vai voltar logo para casa também. Agora pode ir, e tenha cuidado.

23

COURT DEIXOU O FURGÃO na principal estação ferroviária de Genebra, a gare de Cornavin, na decadente zona norte da cidade. Deixar veículos em estações ferroviárias fazia parte do ofício. Quando o veículo fosse encontrado, o que não demoraria quase nada, seus perseguidores teriam que considerar a possibilidade de ele ter simplesmente tomado algum trem passando por lá, exigindo recursos e pessoal para investigar para onde poderia ter ido.

Não era grande coisa, mas deixar o carro na estação de trem pelo menos evitava o óbvio, que seria parar o veículo roubado em frente à porta de seu verdadeiro objetivo.

Fazia frio, mas o dia estava claro, e as últimas folhas do outono caíam pelas avenidas largas da cidade. Saiu da estação e andou para o sul, passando pelas prostitutas da tarde nas ruas e pelas sex shops do bairro da luz vermelha. Atravessou a ponte por cima do canal que desaguava no grande lago Genebra, vendo banqueiros de meia-idade e diplomatas seguindo na direção das prostitutas e das sex shops que tinha deixado para trás. Cinco minutos depois da ponte, as avenidas amplas e modernas davam lugar a tortuosas ruelas de paralelepípedos, e as lojas de luxo ladeando as avenidas se transmutavam subitamente em paredes de pedra medievais, trocando a modernidade por construções antigas e pitorescas da Cidade Velha.

Gentry consultou um mapa turístico afixado na parede do saguão de um hotel, escondendo o pulso esquerdo inchado e arranhado de um casal de japoneses ao lado, e voltou ao clima frio da rua. Mais um ou dois minutos subindo uma ruela, levando-o à praça em frente à catedral de São Pedro de Genebra. Os turistas de sábado estavam lá, com os olhos e câmeras apontados para a impressionante fachada da catedral de mil anos. Court passou por umas duas dúzias de turistas e se esgueirou por uma rua lateral na ala sul da igreja. Seguiu ao longo de um muro branco de uns dois metros de altura com um grande portão de ferro no meio. Ao passar pelo portão, deu uma espiada lá dentro. Era uma casa branca com um jardinzinho na frente, grandes nogueiras dos dois lados de um caminho estreito até a porta. As árvores disputavam a luz à sombra da imponente catedral de São Pedro de Genebra. Court entrou em uma passagem de paralelepípedos que saía da ruazinha de mão única e seguiu o caminho sinuoso até um túnel estreito que o levou até os fundos da casa branca.

Ali o muro chegava a uma altura de dois andares, próximo a algumas construções modernas: um prédio de apartamentos, um salão de manicure de um lado e uma escola maternal do outro. Uns poucos turistas vagavam por uma rua comercial estreita em uma ladeira mais abaixo.

Gentry imediatamente viu a tocaia. Uma mulher atraente, de cabelos louros trançados, sentada a uma mesa de piquenique em um parquinho na rua comercial. Court estava a vinte metros de distância, mas os olhos dela fixavam-se na casa branca à sua direita.

Gentry voltou pelo túnel estreito, passando pelo muro da casa branca. O muro tinha um corrimão de ferro para ajudar os pedestres na ladeira íngreme. Apoiou o pé no corrimão e, com o braço direito, subiu em cima do muro. Passou as duas pernas e pulou para o outro lado, fazendo a perna esquerda absorver a maior parte do impacto no chão.

Mesmo assim, a escalada com uma só mão e a descida foram bem dolorosas.

No jardinzinho, Gentry viu o sistema de segurança pelo vidro. Sabia como contornar quaisquer tipos de contramedidas, mas essa parecia sofisticada demais para ele. Precisava de um esquema, de ferramentas e de tempo.

Court abaixou-se para passar por uma janela e aprumou-se frente a uma porta lateral. Sacou a pistola Beretta que tinha pegado na plataforma pouco antes de fugir da cena, deixada por um guarda municipal suíço morto. Segurou-a ao lado do corpo enquanto tentava abrir a porta.

Estava destrancada.

Passou por um corredor e chegou a uma cozinha bem equipada. As luzes estavam apagadas, e Court pôde ouvir facilmente o som de uma televisão na sala ao lado. O brilho da tela refletia em um espelho no corredor do outro lado da cozinha, e ele usou a luz bruxuleante para se orientar.

Viu uma pistola em cima da bancada da cozinha: uma Colt 1911 calibre .45 completa.

Uma arma americana.

Atravessou a cozinha com muito cuidado. Pegou a arma e guardou no bolso de trás da calça. Seu pulso esquerdo acusou o movimento com um choque elétrico que chegou até o cotovelo. Passou pelo corredor, agora mais confiante, e entrou na sala de estar.

Uma tela de plasma afixada acima de uma lareira, que crepitava com troncos de pinheiro.

Um homem sozinho sentava-se em um sofá de couro, de costas para Court, os olhos fixos na televisão. O idioma vindo da TV era o francês, mas as imagens eram muito claras para Court. Menos de duas horas atrás, ele estava naquela mesma estação ferroviária. Conversando com aquele jovem policial agora morto e estirado de bruços no cimento nevado, as imagens de vídeo captando o momento em que o oleado amarelo cobria seu corpo rígido.

Court guardou a arma. Não havia mais ninguém ali.

— Olá, Maurice.

O homem levantou e virou-se. Era pálido e enrugado, bem passado dos setenta e com uma aparência pouco saudável. Se o surgimento de Gentry em seu apartamento o tivesse surpreendido, o velho não deu nem sinal disso. Continuou de pé nas pernas finas.

— Olá, Court.

Sotaque americano.

— Não perca tempo olhando ao redor — disse Gentry. — Eu peguei sua arma.

Maurice sorriu.

— Não. Você pegou *uma* das minhas armas. — O velho tirou um pequeno revólver de baixo da camisa e apontou para o peito de Gentry. — Essa aqui você não pegou.

— Nunca vi você como um tipo paranoico. Não era tão cauteloso nos velhos tempos.

— Mesmo assim, você deveria ter continuado apontando a arma para mim até saber se eu estava desarmado.

—Acho que sim.

O velho hesitou alguns segundos. Sem baixar o revólver.

— Que vergonha, garoto... Achei que tivesse te ensinado melhor.

— Ensinou mesmo. Desculpa, senhor — disse Gentry, timidamente.

— Você está um bagaço.

— Eu passei por alguns dias difíceis.

— Já vi você depois de dias difíceis. Mas nunca nesse bagaço.

Court deu de ombros.

— Já não sou mais tão jovem.

O velho ficou olhando para Gentry por um bom tempo.

— Você nunca foi jovem.

Maurice girou o revólver na mão e o jogou para o americano mais jovem. Court o pegou, examinando-o:

— Um trinta e oito cano curto da polícia. A outra é uma 1911. Maurice, você *sabe* que não há nenhuma lei obrigando pessoas mais *velhas* a usar armas mais velhas também.

— Vai à merda. Quer uma cerveja?

Gentry jogou o revólver no sofá.

— Mais do que qualquer coisa no mundo.

Dois minutos depois, Court estava sentado à bancada da cozinha. Com um saco de amoras congeladas em cima do pulso esquerdo. O frio queimava sua pele, mas melhorava o inchaço. Ainda conseguia mexer os dedos, então a mão continuava funcional, mais ou menos.

Seu anfitrião era Maurice, só Maurice. Court não sabia seu verdadeiro nome, só tinha certeza de que *não* era Maurice. Um antigo homem da agência, o principal instrutor de Gentry no centro de treinamento do Programa de Desenvolvimento de Ativos Autônomos da Divisão de Atividades Especiais em Harvey Point, na Carolina do Norte. Court só conhecia fragmentos sobre o homem e sua história. Sabia que tinha lutado no Vietnã, realizado missões designadas pelo Programa Phoenix e passado os vinte anos seguintes da Guerra Fria como espião em Moscou e em Berlim.

Depois ficou desmobilizado durante anos, trabalhando como instrutor da CIA, quando um assassino de vinte anos condenado pela justiça foi trazido à sua sala de aula de alumínio pré-fabricada com vista para o oceano Atlântico. Gentry era ao mesmo tempo pretensioso e calado, totalmente cru, mas inteligente, disciplinado e comprometido. Maurice o transformou em menos de dois anos e disse à chefia de Operações que aquele garoto era o melhor ativo que já havia formado.

Isso tudo aconteceu quatorze anos atrás, e a partir daí seus caminhos pouco se cruzaram. Maurice foi convocado à ativa depois do Onze de Setembro, assim como a maioria dos quadros aposentados de alto nível ainda em forma. Devido à idade e à saúde abalada, foi mandado para Genebra para cuidar do setor financeiro do Diretório de Serviços Clandestinos da CIA. Seus conhecimentos sobre banqueiros e o sistema bancário da Suíça, adquiridos em quarenta anos utilizando contas de empresas de fachada da CIA em suas operações, o tornaram um tesoureiro eficaz para operativos e operações em todo o planeta.

Era um trabalho fácil — limpo, comparado a alguns dos que fizera quando jovem —, mas não livre de perigos e controvérsias. Pouco depois de Court ter sido expulso da agência, Maurice foi demitido pelo alto oficialato. Algo a ver com desvio de fundos, mas Court não acreditou na história oficial nem por um minuto.

O que se dizia em Langley era que Maurice estava agora totalmente aposentado da CIA. Court não sabia ao certo, não cem por cento, se Maurice não o denunciaria, o que explicava a suspeita inicial do pupilo em relação ao professor.

Maurice deu uma garrafa de cerveja francesa a Gentry, que pôs o saco de amoras congeladas no colo e apoiou o punho nele. Aos poucos, a mordedura do frio ia aliviando a dor. O velho perguntou:

— Você está muito ferido?

— Não muito.

— Você sempre foi um filho da puta durão.

— Aprendi a não choramingar com o melhor professor. Nunca vi você fazer isso.

— Não nos vemos há seis anos. Chipre, não foi?

— Sim, senhor.

— Viu a vigilância lá fora?

— Vi. A garota de tranças.

— Essa mesma. Ela é bem boa, vestida de turista. Tem um bocado de turistas aqui na Cidade Velha. Odeio turistas.

— São rostos passageiros.

— Exatamente. Faça um favor a si mesmo, Court. Se chegar a se aposentar, vá morar em um lugar onde nenhum maldito turista ponha os pés.

— Vou fazer isso.

Maurice tossiu. Pigarreou.

— Tem algumas notícias pairando no ar. Ainda não relacionadas, só vagando no éter, esperando que alguém ligue os pontos. Praga, Budapeste e, hoje de manhã, perto da fronteira com a Áustria. Sabia que alguma coisa grande estava acontecendo, achei que não conhecia nenhum dos participantes até a vigia aparecer em minha casa por volta das onze e meia. Mais ou menos uma hora depois de a garota aparecer, todas as emissoras locais começaram a dar a notícia do tiroteio perto de Lausanne. A essa altura, eu já sabia que você estaria a caminho daqui.

— Como soube que era eu?

— Liguei os pontos. Um homem perseguido sobrevivendo por pouco. Deixando um rastro de morte e destruição. Quando os cadáveres chegaram mais perto, eu disse a mim mesmo: "Lá vem o Court".

— E aqui estou eu — confirmou Gentry distraidamente, olhando para a garrafa na mão.

— Diga que você não matou aqueles pobres guardas.

— Você me conhece. Eu jamais mataria um policial.

— Eu *conhecia* você. As pessoas mudam.

— *Eu* não mudei. Eu estava preso quando um esquadrão de extermínio apareceu. Tentei convencer os guardas de que eu não era mais o maior problema deles. Ninguém acreditou.

— Tem muita gente querendo te matar, Court.

— Você não é bem um grande exemplo. Também está queimado na CIA.

— Não há nenhuma diretiva de atirar à primeira vista contra mim. Mas eles realmente foderam com sua vida.

— Mas o jeito como armaram pra você foi sacanagem, Maurice. Você era um dos honestos. Eles deviam ter deixado sua reputação intacta.

Maurice não disse nada.

— O que você anda fazendo atualmente? — perguntou Court.

— Finanças. Coisas do setor privado. Chega de trabalho de espião.

Court passou os olhos pelo sofisticado apartamento.

— E parece estar se dando bem.

— Dinheiro dá dinheiro, nunca ouviu falar?

Court detectou uma atitude meio defensiva. Deu um gole na cerveja e virou o punho de lado para espalhar o gelo no inchaço.

— Você se lembra de algum cara de Langley chamado Lloyd?

— Claro. Um veadinho todo empetecado, formado em direito em Londres. King's College, acho. Entrou no meio de uma operação financeira em que trabalhei nas ilhas Cayman pouco antes de me ferrarem. Garoto esperto, mas um sacana.

— É ele que está no centro de tudo isso com que estou lidando.

— Tá brincando? Ele tinha uns vinte e oito anos na época. Deve estar com uns trinta e dois. Ouvi dizer que saiu de Langley mais ou menos há um ano.

— O que aconteceu com todos os mocinhos? — perguntou Court, retoricamente.

— Antes do Onze de Setembro, éramos uma cesta com poucas maçãs podres. Depois do Onze de Setembro, viramos um pomar. Agora as maçãs podres podem encher muitos cestos. A mesma merda, em escala diferente. Não surpreende.

Os dois bebericaram a cerveja em silêncio por um minuto, relaxados na companhia um do outro, como se passassem todas as tardes de sábado juntos. Maurice começou a tossir, o que logo se tornou um violento acesso de tosse.

Quando acabou, Gentry perguntou:

— Qual é o problema?

Maurice olhou para o outro lado por um momento e respondeu sem emoção:

— Pulmões e fígado, pode escolher.

AGENTE OCULTO 205

— Grave?

—A boa notícia é que posso não morrer do câncer no pulmão, desde que a doença do fígado me pegue primeiro. Por outro lado, posso ser enterrado com o fígado funcional se morrer do câncer do pulmão. Cinquenta e tantos anos bebendo e fumando...

— Sinto muito.

— Não sinta. Se tivesse que fazer tudo de novo, não mudaria nada. — Deu risada, o que também virou um acesso de tosse.

— Quanto tempo mais você tem?

— Existe uma piada a respeito. O médico me diz que só tenho seis meses de vida. Eu respondo: "Eu não posso pagar sua conta". Aí ele me diz que eu tenho seis meses a mais. — A risada de Maurice se transformou em um chiado e depois em uma tosse violenta.

— Seis meses, então?

— Foi o que eles disseram. Sete meses atrás.

— Então não pague ninguém — ironizou Court. Humor ácido, mas não se sentia bem brincando com a morte iminente de seu mentor.

— Vamos voltar a seu caso. No que você se meteu?

— Tem relação com um trabalho que fiz na semana passada. Acho que pisei no calo de alguém.

— O cara de cor que se ferrou na Síria. Ali Babá, seja qual for o nome. Foi você, não foi?

— Abubaker — corrigiu Court, mas não confirmou nem negou seu envolvimento.

Maurice deu de ombros.

— Ele merecia morrer. Tenho acompanhado sua carreira no setor privado. Suas operações são sempre transparentes. Não só bem-feitas, mas também éticas.

— Diz isso ao Lloyd.

— Muita gente diz que aquilo em Kiev foi coisa sua.

— E...?

O telefone de Maurice tocou. O velho estendeu uma mão flácida até o aparelho na parede e atendeu. Seus olhos cinzentos se abriram um pouco quando se virou para seu jovem visitante.

— É pra você.

24

— MERDA. — Gentry atendeu. — Sim?

— Court? É Don.

— O que você quer?

— Eles não sabem que estou ligando. Fiz Claire pegar o telefone de um dos seguranças do castelo. A garota é fora de série, não é mesmo?

Gentry cerrou os dentes. Maurice passou outra garrafa de cerveja.

— Porra, Don, você ficou louco? Claire não é um de seus espiões em Belfast! Você não pode agir como se ela fosse um de seus agentes! É uma garotinha! De sua família!

— Momentos desesperadores exigem medidas desesperadas, amigo. Ela foi ótima.

— Não gostei.

— Você quer as informações que eu tenho ou não?

— Como vou poder usar o que você tem? Como posso saber se ainda...

— Eles mataram Phillip, Court. Claire tentou fugir. Os canalhas mataram meu filho quando ele estava indo atrás dela.

— Meu Deus!

— Foi o que aconteceu.

— Meus pêsames. — Court fez uma pausa. — Como sabia que eu estava aqui?

— Lloyd sabe que está em Genebra.

— Imaginei que o tiroteio a caminho de Zurique daria essa pista.

— Exato. Pensei muito sobre o que você poderia estar fazendo aí. Sabia que era esperto demais para procurar alguém da minha Network. Aí me lembrei de um velho banqueiro da agência em Genebra, que fez parte da DAE, trabalhou com treinamento de ativos. Liguei para alguns contatos e consegui o número.

— Como está conseguindo fazer ligações sem eles saberem?

— Eles acham que eu desisti. Estou de cama com ferimentos de faca e com uns dentes quebrados pelo merdinha do Lloyd. Ele tentou me intimidar, se exibir. Não sabe nem torturar um homem com respeito. Estão me vendo como um vegetal, um velho acabado e submisso jogado em uma cama. Mas eu não desisti, Court. Quando pensei que a única esperança para minha família era fazer você morrer, essa foi minha intenção. Devo admitir. Agora sei muito bem que a única esperança para minha família é ajudar você a chegar aqui. Ajudar o máximo possível a atacar esse local com tudo o que tiver.

— Por enquanto, mantenha as meninas longe de tudo isso. Pode ser? Elas são crianças.

— Você tem minha palavra.

— Lloyd tem mesmo os documentos que diz ter?

— Ele tem seu arquivo pessoal da CIA, e mais alguns outros. No papel e em disquetes. Ele nos trouxe de Londres para acrescentar mais um chamariz, para ter certeza de que você vem.

— Por que ele está fazendo isso?

Fitzroy contou a Court sobre o LaurentGroup. Sobre as exigências de Abubaker. Sobre Riegel e os homens de Minsk e os vigias. Sobre a força de uma dúzia de esquadrões de extermínio de diversas agências de inteligência de vários países do terceiro mundo, todos atrás dele por uma recompensa de vinte milhões de dólares.

Enquanto sir Donald transmitia todas as informações que tinha sobre a operação contra Gentry, Maurice tirou uma caixa azul de um armário e levou até a mesa da cozinha onde Gentry estava. O financista e ex-operativo de Serviços Clandestinos limpou os cortes do pulso de seu protegido com antisséptico, aplicou bolsas de gel congelado para forçar uma reação química, deixando as compressas brancas como geada em segundos. Em seguida, enfaixou o pulso esquerdo inchado de Gentry, apertou bem para evitar que inchasse ainda mais. Foi um trabalho rápido e eficaz, executado por alguém que obviamente foi treinado para cuidar de feridos.

Quando Fitzroy terminou seu relato, Court falou:

— Não consigo acreditar que eles estão fazendo tudo isso só pelo contrato. Entendo que dez bilhões de dólares é muita grana, mas a confiança de Abubaker pra fazer uma exigência como essa me faz pensar se não existe algum outro motivo em jogo.

— Concordo. A troca de tiros com os policiais suíços... é um risco inacreditável para uma empresa como o LaurentGroup, mesmo levado a cabo por procuração por pistoleiros venezuelanos.

— Tem mais que apenas um contrato em jogo — disse Gentry. — Verifica isso pra mim, tá, Don?

— Vou falar com Riegel. Ele é um pouco mais lúcido que Lloyd.

— Ótimo. Fica com o telefone. Modo silencioso.

— Alguma forma de entrar em contato quando você estiver em movimento?

Gentry olhou para Maurice.

— Por acaso você tem algum telefone via satélite extra por aí pra me vender? — O homem mais velho deu risada, desapareceu por um longo corredor, quase dobrado em dois por um novo acesso de tosse. Momentos depois, voltou com um telefone via satélite: um Motorola Iridium de última geração, modelo que Gentry conhecia bem. Usado por espiões, soldados e aventureiros de alto risco, não muito maior que um celular normal, protegido por um estojo de plástico transparente à prova de choque, de água e praticamente à prova de bombas. Gentry fez um gesto de aprovação ao pegar o aparelho. O número estava escrito em uma fita atrás, e Court o passou para Donald antes de guardar o aparelho no bolso da frente.

Depois de repetir o número, Fitzroy fez uma pequena pausa, antes de dizer:

— Court, meu garoto, outra coisa. Quando tudo isso acabar, quando tiver matado a última coisa viva que o estiver ameaçando, vou entrar em contato com você e dar um endereço. É um lugarzinho discreto onde poderá entrar e sair sem se preocupar. Você vai chegar a um chalé de um cômodo, e eu vou estar nesse chalé, sentado em uma poltrona, só de camiseta e as mãos espalmadas na mesa, esperando. Com o pescoço exposto. Vou dar minha vida como recompensa pelo que fiz você passar, pelo que fez por mim. Não vai ser um grande consolo, mas talvez ajude. Desculpe por tudo o que fiz nas últimas quarenta e oito horas. Eu estava desesperado. Não fiz isso por mim, fiz pela minha família. Para salvar minha família. E estou disposto a morrer para dar alguma compensação.

Silêncio.

— Court? Você ainda está aí?

— Mantenha as meninas a salvo, Don. Faça isso por mim. Vamos acertar as contas quando tudo isso acabar. — Gentry desligou.

Court devolveu o telefone a Maurice e terminou a segunda cerveja. Limpou as impressões digitais da garrafa com um pano de prato, foi até os fundos da casa e olhou através das cortinas que chegavam ao chão.

— Você pode cuidar da vigia quando eu sair?

— Ela só está ali parada. Acho que posso cuidar disso. Ainda não estou morto.

— Você vai viver mais que nós todos.

— Vindo de você, não é exatamente um grande consolo, filho. — Mudou o tom de voz. Agora mais paternal, e perguntou: — Posso ajudar em alguma coisa?

— Eu preciso… fazer uma "coisa" no norte da França. Tenho que fazer um ataque logo de manhã.

— Você não está em condições de…

— Não tem outro jeito.

— Precisa de dinheiro?

— Um pouco, se puder emprestar.

— É claro que posso arranjar algum dinheiro. Do que mais precisa?

— Eu fico com a .45, se você tiver mais carregadores.

Maurice deu risada, tossiu. A doença em seus pulmões parecia piorar com a conversa.

— Provavelmente você só iria se machucar com uma arma desse tamanho. Já não se fazem mais pistolas como antigamente. É uma arma de estimação. Vou arranjar algo mais contemporâneo.

— Eu tinha esperança de que tivesse algo maior para casos de emergência. Estou sem nada, então fico grato com qualquer coisa que puder me arranjar.

— Tenho um esconderijo a alguns quarteirões daqui. Para casos de merda no ventilador. Pelo que está me dizendo, é o seu caso.

— Muito obrigado.

— Tudo para meu melhor aluno. — Maurice desapareceu por um corredor. Voltou um minuto depois com um maço de euros em um envelope e um chaveiro. Escreveu um endereço no envelope e entregou a seu protegido. — Acho que você vai gostar do equipamento.

Court guardou os itens no bolso.

— Mais uma cerveja?

— Adoraria, mas preciso ir andando.

— Entendo. — Maurice tirou um frasco do armário e despejou várias pílulas anti-inflamatórias na mão de Gentry, que as engoliu com um último gole de cerveja. Os dois andaram juntos até a porta dos fundos.

— Gostaria de dizer que nos veremos em breve — disse Court. — Se conseguir sobreviver amanhã, vou precisar sumir da face da Terra por um tempo. Se você não pagar a conta do seu médico, talvez a gente tome outra cerveja um dia desses.

Maurice sorriu, mas dessa vez sem dar risada.

— Eu estou morrendo, Court. Não adianta dourar a pílula. Não vou ficar melhor do que estou.

— Alguma coisa que eu possa fazer por você? Alguém com quem deva falar? Tomar conta quando não estiver mais aqui?

— Eu não tenho ninguém. Nem família nem amigos. Era só a agência.

— Eu sei como é — disse Court. Passar uns momentos com seu mentor foi bom, pois Gentry tinha poucas oportunidades de conversar com alguém que tivesse passado pelas mesmas coisas que ele na vida. Mas também foi ruim. Deprimente, pois Court viu uma projeção de si mesmo nos olhos cínicos e cansados do homem à sua frente na sala. E sabia que, apesar de ninguém gostar de envelhecer, na profissão de Gentry, a mera sobrevivência era o melhor que se poderia esperar.

Será que isso bastava?

— Você pode fazer uma coisa por mim — disse Maurice com um sorriso. — Quando for extraído dessa confusão em que está envolvido, vai para alguma ilha tropical longe daqui. Quando ler no jornal sobre a morte de um velho banqueiro americano na Suíça caído em desgraça, vai até sua cantina favorita, encontra uma garota bonita e passa a noite bebendo com ela. Estou falando sério. Encerra essa missão e sai dessa vida. Ainda existem lugares no mundo onde ninguém tá nem aí para o que você já fez. Vai pra um desses lugares. Encontra alguém. Vive como um ser humano. Faz isso por mim, garoto.

— Vou tentar.

— Um dia você vai aprender. Todas as coisas que fez, todas coisas do passado que achou que estavam mortas e enterradas... e acha que deixou tudo para trás. Não é verdade, você só guardou em algum lugar. Para o tempo em que só restar uma sala silenciosa, suas lembranças e os malditos fantasmas daqueles que matou.

— Eu preciso ir, Maurice.

— Sei que não posso impedir que faça o que tem de fazer. Mas pense sobre o que estou dizendo. Toda aquela merda que eu te ensinei em Harvey Point. Quanto antes esquecer o que eu ensinei, mais vai entender o que estou dizendo, e mais depressa vai acabar com as mortes e as matanças. Fim do sermão, garoto.

Trocaram um aperto de mãos.

A cara de jogador de pôquer de Gentry ressurgiu em um instante. Guardou o maço de dinheiro no bolso da calça, o telefone via satélite no casaco e dirigiu-se à porta. Espiou pelas persianas da janela, viu as passagens medievais.

Subitamente, sentiu que havia algo de errado.

— O que foi? — perguntou Maurice, percebendo a inquietação de seu protegido.

— Dá uma olhada lá atrás. Veja se a garota ainda está lá.

Maurice foi até a sala de estar e disse a Court.

— Não está mais.

— Foi tirada de lá.

— Por quem?

— Assassinos.

— Para sair da linha de fogo quando a situação detonar?

— Exatamente.

— Eles estão aqui? — perguntou Maurice quando voltou para perto de Court.

— Não aqui, mas perto — confirmou o Agente Oculto. — Posso sentir o cheiro deles. — Semicerrou os olhos. — Diz que você não armou pra mim, Maurice.

— De jeito nenhum, Court.

Pequena pausa.

— Eu acredito. Desculpa.

— Quem está lá fora? Alguma ideia?

Court e Maurice barricaram a porta com um armário e uma estante de livros.

— Só Deus sabe. Nos últimos três dias, eu só não tive assassinos marcianos em minha cola.

— Então devem ser os marcianos. Ouvi dizer que são uns sacanas. Você pode sair pelo teto. Pelo basculante de ventilação, é só abrir e passar. Vai dar no sótão da pré-escola atrás da minha casa. Eles fecham aos sábados. Tem um subsolo que dá para a manicure ao lado. Bem que você tá precisando dar um trato nas unhas, mas é melhor fugir logo. Sai pela porta da frente, na rue du Purgatoire, e entra na viela, a rue d'Enfer. Lá você vai estar livre.

— E quanto à polícia?

— A delegacia mais próxima é no Palais de Justice, mas não são tropas de choque. Melhor não acionar, se não quisermos que aconteça um banho de sangue.

Gentry ficou imóvel, olhando para Maurice.

O homem mais velho deu risada, lutando para não tossir.

— Estabeleci essa rota de fuga muito tempo atrás. Para mim, quando ainda podia usar. Um garoto meu vizinho testou essa passagem estreita poucos meses atrás. Sem problema. Vai logo.

— Vem comigo.

— Não vou me atrever a passar por aquele espaço apertado. Não estou fugindo de ninguém. Vai logo.

— Maurice, em poucos segundos um esquadrão alfa vai entrar por essas portas. Eles vão saber que você me ajudou. Vão fazer o que for preciso pra obter informações.

Maurice sorriu, deu de ombros.

— Eu nunca tive medo de morrer, Court. Mas o pensamento de morrer por nada realmente me incomoda. Se tivesse levado um tiro no Vietnã, como todos os amigos que tive lá, teria valido a pena. Se tivesse morrido a serviço da agência, teria sido honroso. Quer dizer, depende do que a gente estiver fazendo no momento, se é que me entende. Mas ficar aqui nessa casa mudando de canal na TV e esperando o momento de os meus pulmões ou fígado pifarem... não há nenhuma nobreza nisso.

— O que você tá dizendo?

— Estou dizendo que vou morrer por você, garoto. Você matou mais pessoas que mereciam morrer do que toda a maldita agência nos últimos quatro anos. Merece a ajuda de alguém quando estiver em uma situação difícil.

Gentry não sabia o que dizer, por isso não disse nada.

— Não piora ainda mais a situação, garoto. Vai embora daqui. Eu vou retardar o ataque, talvez acabe com um ou dois deles no processo. Não prometo nada, mas vou tentar diminuir um pouco o número dos assassinos.

— Eu nunca vou te esquecer.

Maurice sorriu e apontou para cima.

— Se eu passar pela segurança e chegar lá no céu, prometo falar bem de você para o Homem. Ver se consigo salvar sua pele no pós-vida também.

Um abraço desajeitado entre dois homens cujos pensamentos concentravam-se na ação iminente.

— Mais uma coisa — disse Maurice. —Espero que se lembre de mim sob uma luz positiva. Não pense mal de mim se... ficar sabendo que cometi um ou dois erros no caminho.

— Você é meu herói. Isso nunca vai mudar.

— Obrigado, garoto.

Ouviram o som de um furgão freando lá fora.

— Vai!

Gentry aquiesceu. Abraçou o homem magro pelos ombros, saltou e agarrou a viga acima sem dizer mais nada. Logo já estava no sótão, com a costela fraturada e o pulso inchado, latejando de dor. Assim que repôs a telha no lugar, um estrondo na porta da frente empurrou um pouco o armário para dentro da sala.

Maurice se virou e correu para a cozinha o mais rápido que suas velhas pernas e pulmões doentes podiam. Ouviu outro impacto na porta atrás dele. Arrastou o grande fogão industrial alguns centímetros com um puxão. Enfiou o braço atrás do fogão, estirando o velho corpo ao limite, mas não conseguiu realizar seu objetivo. Olhou ao redor em busca de algo para ampliar seu alcance.

Os sul-africanos eram comandos da Agência Nacional de Inteligência do governo. O líder do esquadrão de seis homens ficou no quintal na frente da casa branca, com uma espingarda Benelli apoiada no ombro, enquanto o resto da equipe abria caminho pela porta barricada. Entraram no prédio de dois andares como uma equipe tática bem treinada. Dividiram-se em duas unidades no meio do primeiro cômodo. Uma delas entrou na cozinha e encontrou um velho sentado à mesa, mãos entrelaçadas na nuca, olhando para a parede, a imagem da submissão. O primeiro a entrar o jogou no chão, de forma brutal, e o revistou no pequeno recinto. Encontrou uma pistola no cinto do velho e a jogou na pia.

— Essa arma é uma antiguidade, seu idiota! — disse o homem mais velho quando os sul-africanos o empurraram de volta à cadeira. Arrastaram a cadeira com ele até a sala principal e esperaram os outros quatro membros da unidade anunciarem que o resto da casa estava liberado.

Quando o esquadrão se reuniu ao redor do prisioneiro, o velho americano examinou todos os rostos.

— Sul-africanos — falou, claramente os reconhecendo pelo sotaque.

O líder perguntou:

— Onde está o Agente Oculto?

Maurice ignorou a pergunta.

— Olha só pra vocês. Três negros, três brancos. Ébano e marfim. Nos velhos tempos, vocês, branquelos, estariam surrando os escurinhos, não é?

Não houve resposta.

— Vocês, branquelos, devem sentir saudade dos tempos do apartheid, não?

O líder repetiu:

— Onde está o Agente Oculto?

— Ah, mas o chefe da operação é branco. Vocês continuam funcionando desse jeito? Os donos das plantações puseram os escravos na casa-grande, mas continuam dando as ordens. Estou certo?

Um dos operativos negros tirou sua Uzi da correia no peito e a ergueu para golpear o queixo de Maurice.

Agente Oculto 215

— Não! — gritou o líder. — Ele só está tentando nos retardar para o namoradinho dele escapar. Não vai funcionar, meu velho. Agora… onde está o Agente Oculto?

Maurice sorriu.

— Essa é a parte em que eu pergunto: "Quem é esse cara?"

O líder franziu a testa. Falou com um forte sotaque africâner.

— E essa é a parte em que meu homem bate em sua cara por ser arrogante e não responder. — Fez um sinal para o operativo negro ainda em cena, que golpeou o queixo do velho americano, que virou a cabeça para trás.

— Agora, seu puto, vamos tentar outra vez. Pra onde ele foi?

Maurice cuspiu sangue e um pedaço do lábio inferior no chão.

— Não me lembro. Já cheguei naquela idade avançada em que a memória começa a falhar. Ando muito esquecido, entende. Envelhecer é uma merda.

Depois de esperar alguns segundos, o líder gritou na cara de Maurice:

— Eu não vou perguntar de novo. O Agente Oculto esteve aqui. Onde ele está agora?

— Desculpa, meu jovem. Não estou me sentindo bem. Será que posso usar o banheiro?

O líder da equipe olhou para seus comandados.

— Bata nesse puto de novo.

— Ele foi embora — disse Maurice imediatamente. — E você não vai encontrá-lo.

O sul-africano abriu um sorrisinho.

— Eu vou encontrar seu amigo. Vou encontrar e matar. A reputação desse Agente Oculto é só falatório.

Maurice riu e tossiu.

— Você faz ideia de quantos homens disseram a mesma coisa e que agora estão apodrecendo pela eternidade em um caixão de pinho?

— Não vai ser o meu caso, amigo.

Maurice aquiesceu, concordando.

— Nesse ponto, vou admitir que tem razão. Não vai sobrar muito para um caixão de pinho. Mas não se preocupe: ouvi dizer que os serviços mortuários aqui em Genebra são muito cuidadosos. Com um pouco de sorte, talvez eles salvem um pedaço de bom tamanho pra encher meia urna na cornija da lareira de sua mãe.

O sul-africano inclinou a cabeça.

— De que diabos você tá falando, seu maluco?

— Só estou dizendo que seu futuro parece sombrio, parceiro, mas eu tenho uma boa notícia.

O sul-africano olhou para seus homens. Claramente o velho era maluco.

— Vou fazer seu jogo, chefe. Qual é a boa notícia?

— Seu futuro sombrio vai ser curto. — Maurice sorriu e começou a rezar em voz baixa, pedindo perdão por seus pecados.

Naquele momento, a voz de Tec soou no rádio. Os seis homens levaram a mão aos fones de ouvido para ouvir melhor.

— Vigia Quarenta e Três acabou de informar que o sujeito saiu de um salão de manicure um quarteirão atrás da casa. A pé, indo na direção oeste.

O líder dos sul-africanos assentiu, voltou a atenção para Maurice.

— Essa foi uma boa notícia, vovô. Não precisamos mais te torturar pra saber aonde ele está indo.

Maurice não interrompeu sua oração. O líder da equipe sul-africana deu de ombros, apontou a espingarda para o peito do homem sentado e atirou com uma só mão.

Quando o projétil saiu do cano em uma chuva de fogo, o sul-africano foi jogado para cima e arremessado para a cozinha. O pescoço estalou, e a pele do rosto e das mãos foi arrancada. Os outros cinco sofreram o mesmo destino, embora no confinamento da sala de estar houvesse menos espaço para serem arremessados.

Maurice morreu instantaneamente com o tiro de calibre .12 à queima--roupa no peito.

Minutos depois, os bombeiros que chegaram ao local reconheceram a devastação provocada por um grande vazamento de gás, provavelmente de uma junta entre a parede e o grande fogão industrial. Um acidente infeliz, mas muito comum em velhas casas como aquela, não chegava a ser uma sur-presa. Somente horas depois, quando o fogo foi debelado e os níveis de água e espuma baixaram e os corpos puderam ser examinados, os investigadores coçaram a cabeça. Os sete corpos molhados e queimados, irreconhecíveis, não revelaram muita coisa. Mas o grande número de armas de fogo ao redor das vítimas, menos de uma, era algo muito incomum na pacífica Genebra, para dizer o mínimo.

25

Cinco minutos depois de sair do salão de manicure, o Agente Oculto andou rumo a oeste pela rue du Marché, procurando o endereço anotado no envelope. Começou a chover fraco, embaçando a visão dos números das casas. Assim que virou para o norte na rue du Commerce, ouviu uma explosão.

Parou de repente, fazendo os outros pedestres se desviarem na calçada. No entanto, ao contrário do que todos fizeram, Gentry não olhou para trás. Depois de alguns segundos imóvel sob a chuva, retomou o embalo e seguiu em frente, com a cabeça e os ombros um pouco mais caídos.

Vislumbrou um vigia e se esquivou na rue du Rhône, uma pequena passagem coberta, onde despistou seu seguidor entre os transeuntes, perto de um McDonald's.

Minutos depois, localizou a garagem para um só carro nos fundos de um estacionamento subterrâneo, em um subsolo da rue de la Confédération. Sábado à tarde, ninguém por perto, Court destrancou a porta de correr com a chave dada por Maurice.

A porta se abriu com um rangido; a poeira do recinto se misturou ao cheiro de óleo de motor em suas narinas. Tateou as paredes em busca de um comutador por meio minuto, antes de trombar com um objeto grande. Logo acima, havia um cordão preso a uma lâmpada pendurada no meio do recinto.

Seus olhos foram ofuscados pela luz da lâmpada descoberta. Fechou depressa a porta da garagem para se proteger e viu que o objeto no meio da garagem era um automóvel coberto por um grande encerado.

Maurice não tinha dito nada sobre um carro. Por um segundo, ponderou se não teria de alguma forma entrado na garagem errada.

Puxou o encerado e o jogou no chão.

Embaixo havia um sedã grande e preto, uma Mercedes classe S de quatro portas com o interior forrado de couro.

Imaginou que o carro deveria ter custado mais de cem mil dólares.

— Obrigado, Maurice… — murmurou.

Ao abrir a porta do passageiro, viu as chaves na ignição. Pelo hodômetro, notou que o carro tinha rodado menos de seis mil quilômetros. Era uma beleza, e com certeza tornaria sua viagem de oito horas até a Normandia mais rápida e confortável, mas a viagem poderia ser feita de outras maneiras. O que ele realmente precisava era de armas, muito mais difíceis de se obter na Europa do que meios de transporte eficientes.

Já prelibando, abriu o porta-malas da Mercedes e foi até a parte de trás.

Quatro grandes caixas de alumínio alinhavam-se lado a lado. Court pôs a primeira delas em cima das outras e abriu.

Não conseguiu evitar um pequeno sorriso.

Metal pesado.

— Maurice, meu herói — falou.

Uma HK MP5, bem lubrificada, em um estojo de espuma; quatro carregadores com trinta balas de nove milímetros pré-inseridas lado a lado no estojo; e duas granadas de fragmentação, uma de cada lado da MP5.

Carregou a submetralhadora, pôs uma bala na câmara e jogou-a no banco da frente da Mercedes com todos os outros carregadores.

A segunda caixa continha duas granadas de fragmentação e duas granadas ofuscadoras, dois petardos para arrombar portas e um bloco de explosivo plástico Semtex com um dispositivo de detonação remoto. Por ora, Court deixou o equipamento no porta-malas.

A caixa de alumínio escovado número três abrigava uma unidade manual de GPS, dois walkie-talkies e um laptop. Colocou tudo no banco traseiro do automóvel.

Na última caixa, encontrou duas pistolas Glock 19 nove milímetros e quatro carregadores cheios.

Nesse contêiner, Court também achou um cinto utilitário e duas cintas elásticas. Uma para levar a Glock no quadril direito; o outro, para os carregadores da submetralhadora e da pistola.

Teve um palpite e levantou o carpete do porta-malas da Mercedes. Lá descobriu mais uma arma, uma carabina AR-15. Junto do estepe, encontrou um estojo de plástico com três carregadores cheios de munição .223, noventa balas em cada.

Court passou alguns momentos carregando o telefone via satélite e familiarizando-se com o GPS. Enquanto isso, as sirenes da polícia, dos bombeiros e das ambulâncias continuavam uivando a quatrocentos metros de distância, na casa de Maurice.

Aquele depósito de armas pesadas disse a Gentry duas coisas sobre seu ex-mentor. Um: apesar de estar fora da CIA e vivendo normalmente, Maurice ainda tinha alguma razão para acreditar que poderia ser necessário abrir caminho à bala para se livrar de uma situação pegajosa.

E dois: pelo jeito do automóvel classe A e pela quantidade e pela qualidade dos armamentos, ficou claro que os boatos sobre seu mentor eram verdadeiros.

Era bem *provável* que tivesse fraudado algumas contas que mantinha para a CIA.

Maurice devia saber que Gentry chegaria a essa conclusão, mas ainda assim ofereceu o esconderijo ao jovem protegido. Foi o último desejo de um moribundo: que Court usasse seu tesouro acumulado para cumprir sua missão, sem julgá-lo muito severamente por isso.

Ao sair da garagem, vendo pelos vidros fumê as várias equipes de emergência a caminho da cena do crime na rue de l'Évêché, os sentimentos de Gentry eram contraditórios. Ele nunca tinha expropriado um centavo na vida. Sequer cobrou diárias extras em trabalhos sujos contra mafiosos e "malas pretas". Não, Court era um assassino, não ladrão. O fato de Maurice ter roubado da agência era uma decepção, mas Gentry pretendia dar alguma utilidade a um pouco desses fundos roubados. Court era ao mesmo tempo idealista e pragmático. Os desvios de dinheiro de Maurice foram uma desonestidade, mas disse a si mesmo que não iria julgar seu antigo instrutor muito severamente. Preferia redimir a honra do homem usando seu equipamento até a última bala para salvar três inocentes na Normandia e recuperar os arquivos pessoais de todos os operativos da Divisão de Atividades Especiais.

Riegel sentava-se atrás de Tec. Com Lloyd à sua esquerda. O jovem de rabo de cavalo ocupava sua mesa em frente aos monitores, com seus fones de ouvido.

Pela expressão do jovem britânico, os dois homens encarregados da operação podiam ver que as notícias não eram boas.

— Temos confirmação de nossas fontes locais de que todos os sul-africanos morreram — disse Tec. — Houve uma grande explosão no local. Parece que pode ter sido um vazamento de gás. Sem dúvida provocado por algum tiro ou qualquer outro equipamento. Os bombeiros ainda estão trabalhando no incêndio e ainda não sabem o número de mortos, só confirmam que não houve sobreviventes. Múltiplas baixas.

— Gentry? — perguntou Lloyd.

Tec abanou a cabeça.

— Foi visto saindo do prédio minutos antes da explosão.

— Visto por quem?

— Uma tocaia que o perdeu na multidão.

— Mas que coisa! — gritou Lloyd. — Será que eu mesmo vou ter de matar esse sujeito?

Riegel tirou o celular do bolso e fez uma ligação. Esperou um pouco.

— Sim, sou eu. Preciso de um helicóptero. Reúne os seguintes itens e chega aqui antes do anoitecer. Anota tudo. Unidades de imagem térmica, detectores de movimento, sensores remotos, monitores e cabeamento. Anotou tudo?

Em seguida continuou:

— Localiza Serge e Alain e embarca os dois no helicóptero também. Diz para trazerem qualquer coisa que precisarem além disso para montar uma muralha eletrônica de trezentos e sessenta graus em torno do Château Laurent. — Desligou.

Lloyd olhou para ele.

— O que foi tudo isso?

— Equipamento de vigilância eletrônica. Homens para instalar e monitorar.

— Para quê?

— Para o Gentry. Para esta noite.

— Ainda há quatrocentos e cinquenta quilômetros e trinta e cinco assassinos entre ele e nós. Você não acha que ele vai chegar ao castelo, acha?

— Minha responsabilidade é garantir que ele morra. Seja em Genebra, em uma estrada nos Alpes franceses ou aqui no gramado, meu trabalho é salvar nossa operação. Vou usar todas as ferramentas, toda a vantagem tecnológica, todos os homens e todas as armas que conseguir alocar entre sua atual localização e sua destinação.

Tec olhou para os dois homens atrás dele. Pela primeira vez, o jovem inglês demonstrou alguma emoção: medo.

— Ninguém me disse nada sobre ele chegar aqui. Eu não sou um agente de campo, pelo amor de Deus.

Riegel deu uma olhada severa.

— Considere-se promovido.

Tec voltou a seu terminal.

Em seguida, Riegel ligou para a torre e mandou o franco-atirador bielorrusso se encontrar com ele e Lloyd no jardim dos fundos. O franco-atirador se encontrou com os dois perto da fonte, o grande fuzil Dragunov atravessado no peito. Andaram juntos, devagar, passaram pela grama manchada de sangue e chegaram ao pomar, que começava no limite do gramado e continuava por mais centenas de metros até o muro alto de pedra que cercava todo o castelo. Riegel e o franco-atirador farejaram o ar, ajoelharam-se e apalparam a grama. Examinaram com atenção todo o ambiente. Lloyd só ficou olhando, entediado e irritado.

Riegel falou com o franco-atirador em russo, enquanto Lloyd olhava na direção do pomar.

— Você conhece os protocolos de engajamento?

— Atirar se ele se aproximar do castelo.

— Exatamente.

— Muito simples.

As botas de caminhada de Riegel afundaram no gramado bem cuidado. Cheirou o ar mais uma vez.

— A manhã aqui foi nublada?

— Sim. Visibilidade de não mais de cento e oitenta metros. Só consegui ver as macieiras às dez da manhã.

— Não deve ser um problema. Se ele chegar aqui, vai ser antes do alvorecer. — O bielorrusso assentiu, escaneando o pomar pela mira telescópica. Riegel falou: — Você não devia ter atirado no pai.

O franco-atirador simplesmente deu de ombros, sem parar de escanear a distância.

— Se o senhor estivesse em cena, eu não teria atirado. Foi o jeito como aconteceu, eu não tinha uma liderança e tomei a decisão de atirar. É o que faço se não houver ordens em contrário.

Riegel assentiu. Considerou o franco-atirador por um momento.

— Eu vi o corpo. O ferimento de entrada. Decisão certa ou não... o tiro foi magnífico.

O bielorrusso tirou o olho da mira telescópica do Dragunov, mas continuou vigiando o pomar. Não demonstrou nenhuma emoção.

— *Da*. Foi mesmo.

Lloyd cansou de ser ignorado.

— Escuta, Riegel. Você está perdendo tempo. Mesmo se Gentry vier aqui, o que não vai acontecer, você acha mesmo que ele vai chegar correndo pelo meio do gramado?

— É uma possibilidade. Ele vai fazer o que considerar ser sua melhor opção.

— Isso é loucura. Ele não vai atacar o castelo sozinho.

— Eu preciso estar preparado para isso. As opções dele estão limitadas.

— Certo, então por que você não espalha minas terrestres nessa porra de jardim? — O sarcasmo de Lloyd era ostensivo.

Riegel olhou para ele por um bom tempo.

— Você saberia onde conseguir minas terrestres?

Nesse momento, o telefone de Lloyd tocou em seu bolso.

— Sim?

— Aqui é o Tec. Gentry está ligando para o telefone de sir Donald. Posso passar a ligação para o senhor.

Lloyd ligou o viva-voz do celular.

— Pode passar.

— Alô, Lloyd. — A voz de Gentry parecia cansada.

— Então você escapou por pouco de novo. Imaginei que esta noite estaria pisando em seus restos mortais carbonizados.

— Não. Mas seus capangas de aluguel mataram um herói americano de setenta e cinco anos.

— Certo. Um espião em estado terminal e já no gelo há algum tempo. Com licença, vou enxugar minhas lágrimas.

— Vá se foder, Lloyd.

— Você está em Genebra?

— Você sabe que sim.

— Quer que eu mande um mapa por fax? O norte da França fica no *norte da França, porra*, não no sul da Suíça. Não sei por que você foi visitar Maurice. Dinheiro, documentação, armas, um aliado, sei lá. Nada dessa merda vai fazer qualquer diferença a longo prazo. A única coisa com que deveria estar preocupado agora é com o tempo, porque amanhã de manhã, quando o ponteiro menor chegar no oito e o maior chegar no doze, será o início da temporada de caça a garotinhas inglesas aqui!

— Não se preocupe, Lloyd. Eu vou chegar logo.

— Por que está ligando?

— Estava meio preocupado de você começar a relaxar, talvez achando que eu morri na explosão. A possibilidade de você estar tendo uma tarde agradável começou a me irritar, então resolvi dar uma ligada, pedir pra deixar uma luz acesa pra mim hoje à noite.

Lloyd fungou ao telefone.

— Você só queria garantir que eu não desse a missão como perdida. Que não matasse as Fitzroy por não precisar mais delas.

— Isso também. Não sei quantos esquadrões mais estão entre mim e você, mas todos os assassinos do mundo não vão me impedir de pôr minhas mãos em sua garganta daqui algumas horas.

Tec chegou correndo até os três homens no jardim. Sem fôlego, mostrou um pedaço de papel onde tinha rabiscado as palavras: "Fone via satélite — não localizável".

Lloyd franziu a testa e falou:

— Court, sua morte é uma inevitabilidade. Por que não poupa nosso tempo, torna as coisas mais fáceis para todos e se mata, põe a cabeça em uma caixa térmica e manda pra mim?

— Vamos fazer um trato. Eu forneço a cabeça. Você deixa a caixa de isopor preparada. Daqui a pouco, vou dar a oportunidade de você juntar as duas coisas.

— Parece um bom plano, amigão.

— Amanhã de manhã, Julius Abubaker vai ter de arranjar outra putinha pra negociar, pois quando você se ferrar, e você *vai* se ferrar, eu vou te matar, ou alguém mais vai te matar.

O rosto de Lloyd se contorceu de raiva.

— Eu não sou putinha de ninguém, seu filho da puta. Já vi um monte de caçadores de cabeça chegar e tombar no meu tempo. Você não é diferente. Seria bom lembrar que, apesar da sua reputação e do seu apelido fantasmagórico, não passa de um arrombador de porta supervalorizado. Daqui a algumas horas vai estar morto, e eu já terei te esquecido antes dos vermes acabarem com seu cadáver.

Houve uma breve pausa.

— Deixa eu adivinhar, Lloyd. Seu pai era alguém importante.

— Na verdade, meu pai *é* alguém importante.

— Faz sentido. A gente se vê logo mais. — Gentry cortou a ligação.

Riegel escondeu um sorriso de Lloyd. Tec ficou de braços caídos, sem fôlego por conta da corrida.

— Ele fala como quem realmente acha que vai chegar aqui — falou. Havia um terror palpável em sua voz e na respiração ofegante.

Lloyd disparou:

— Volte a seu trabalho. Eu quero helicópteros no ar, quero homens nos trens e quero Gentry morto antes de chegar a Paris!

Uma hora mais tarde, Riegel estava em uma passarela no teto do castelo, observando a tarde fria e ensolarada através das ameias decorativas. Três equipes de bielorrussos, cada uma com dois homens com rádios e fuzis de assalto, se entrecruzavam no local. O franco-atirador e seu observador à esquerda de Riegel, no alto da torre, com uma visão quase perfeita, de trezentos e sessenta graus, dos fundos e do gramado na frente. O helicóptero com os equipamentos de imagem térmica já havia comunicado estar vindo de Paris com todos os dispositivos e os dois engenheiros, que poderiam instalar tudo em menos de uma hora.

Tec tinha mobilizado uma equipe no TGV em Genebra, o trem de alta velocidade que fazia o percurso entre a cidade e Paris. Nenhum sinal de Gentry foi reportado. Três outras equipes e a maioria dos vigias disponíveis se posicionavam nas rodovias dos Alpes franceses, por onde o Agente Oculto teria de passar se viesse de carro ou motocicleta. Três esquadrões de extermínio estavam em Paris. Era um estágio natural, uma cidade cheia de associados conhecidos, que poderia servir de uma parada em busca de apoio ou suprimentos.

Não havia muito mais para Kurt Riegel fazer no momento a não ser esperar.

Mas alguma coisa continuava o incomodando.

Começou com uma persistente comichão na boca do estômago, que aumentava a cada minuto à medida que se convencia de ter amarrado todas as pontas da operação que podia no momento. Mas, por alguma razão, a sensação continuou, mesmo depois de não haver mais nenhum preparativo a fazer.

Por fim, identificou a origem de sua inquietação: algo que o Agente Oculto dissera a Lloyd. Claro, a essa altura Gentry já teria deduzido que essa operação contra ele tinha a ver com o assassinato de Isaac Abubaker. Mas o que ele quis dizer com Lloyd ser a putinha de Abubaker? Como poderia saber que Lloyd não era apenas um empregado de Abubaker, ou da CIA, fazendo um trabalho? Que estava nessa missão por algum outro motivo. Uma espécie de acordo. Riegel havia lido a transcrição escrita à mão pelo Tec da conversa telefônica entre Gentry e Lloyd no início do dia, antes de ter chegado ao castelo. Não havia menção de Lloyd ou Fitzroy a respeito do LaurentGroup ou das verdadeiras razões por trás daquele empreendimento. Por que diabos o Agente Oculto deduziria que tal operação envolvia algum tipo de acordo entre as partes, claramente implicado pelo termo *negociar*? Como poderia ter deduzido que a vida de Lloyd dependia do sucesso da operação?

Depois de mais um minuto de especulação, Riegel descobriu a resposta, identificando o sinal como se estivesse em uma caçada em um safári. Quando persegue um animal, um caçador habilidoso consegue ver indicações nos rastros do animal, indicações de que sabe que está sendo perseguido. Por ter sentido um cheiro. Ter visto movimentos. O passo muda quando a presa sente a ameaça, e só caçadores muito experientes conseguem perceber essa sutil alteração nos rastros da presa.

Kurt Riegel era um caçador dessa estirpe.

Gentry sentiu mais do que um cheiro da verdade da operação contra ele. Sabia de detalhes específicos, que só poderia ter obtido de uma forma.

Kurt Riegel deu meia-volta na passarela e entrou no castelo. Passou por Lloyd, que saía do banheiro, e seguiu pelo corredor com a postura de um soldado de tropa de choque.

Lloyd notou a determinação do caçador.

— O que foi? Qual é o problema?

Riegel não respondeu. Continuou andando pelo corredor e desceu a escadaria larga e acarpetada até o segundo andar. Entrou em outro corredor, passando por candelabros e quadros, pela porta do quarto de Elise Fitzroy, pelo quarto onde as meninas ficavam trancadas. Com Lloyd em seus calcanhares, Riegel passou por Leary, um dos capangas da Irlanda do Norte trazidos por Lloyd da sede do LaurentGroup em Londres. O alemão de cinquenta e dois anos arremeteu de ombro na pesada porta vigiada por Leary, que se escancarou. Dentro do quarto amplo, deitado na cama, coberto por um lençol de linho de frente para a porta, sir Donald Fitzroy viu a procissão de homens entrando.

Riegel foi até a cama de sir Donald com um andar decidido. Não mostrou nada da cortesia do encontro anterior. Sua expressão era de um homem que fora feito de bobo, em busca de uma vingança sangrenta.

Com uma voz abafada, incongruente com suas maneiras, Riegel fez uma pergunta de uma só palavra:

— Onde?

Lloyd e Leary ficaram parados no meio do quarto. Entreolharam-se, tentando entender o que acontecia.

— Do que o senhor está falando? — perguntou Donald.

Riegel sacou sua pistola Steyr, encostou firme o cano na testa calva de sir Donald.

— É a sua *última* chance. — Sua voz era quase um sussurro. — Onde está?

Após uma breve pausa, sir Donald enfiou o braço devagar embaixo das cobertas. Tirou um celular. Entregou o aparelho ao alemão.

Riegel guardou o telefone no bolso sem sequer olhar para o aparelho.

— Quem? — perguntou, ainda com uma raiva calada na voz.

Sir Donald não respondeu.

— Eu vou determinar a quem pertence este telefone em segundos. O senhor pode se poupar de certos incômodos se responder por si mesmo.

Sir Donald afastou o olhar de Riegel e passou os olhos por Lloyd e pelo segurança irlandês.

— Patrick Leary trabalhou comigo em Belfast nos velhos tempos. Você foi um dos meus melhores agentes, Paddy. — Voltou a olhar para Kurt Riegel. — Mesmo assim, o safado me cobrou uma fortuna para fazer umas duas ligações.

Enquanto a fúria de Riegel mudava do inglês para o irlandês, Fitzroy disse para o estupefato segurança:

— Desculpe, meu velho. Acho que afinal não vou poder pagar aquelas dez mil libras. Você pode se consolar por ter se mantido um fiel servidor de um nobre da Coroa.

Leary olhou para Riegel.

— Isso é uma puta mentira! Coisa desses malditos ingleses! Ele tá mentindo! Eu nunca tinha visto esse velho safado até dois dias atrás!

— Esse telefone é seu? — perguntou Riegel, tirando o aparelho do bolso.

Leary olhou por alguns segundos, depois começou a andar na direção de Fitzroy na cama.

— Como você conseguiu o meu…

Ouviu-se o estampido de um tiro no quarto. A cabeça de Leary pendeu para frente, e ele caiu de cara aos pés de Riegel. O alemão abaixou-se sobre um joelho a uma velocidade estonteante, erguendo a arma durante o movimento.

Lloyd continuou no meio do quarto, o braço estendido com uma pequena automática niquelada na mão. Ainda apontada para onde estava a nuca do irlandês antes de ter sido abatido pela bala .380 de ponta oca.

— *Nein!* — gritou Riegel em alemão.

Lloyd começou a falar, gesticulando com a arma na mão, agitado.

— Já temos problemas que chegue aqui sem ter de nos preocupar com inimigos internos. — Depois se dirigiu a Riegel, ainda agachado, os olhos fixos na arma dançando na mão de Lloyd. — Você quis tratar o Don aí como um cavalheiro, e é assim que ele retribui. Foi mole demais, e ele usou isso contra você. Fitzroy já manipulava pessoas antes de eu nascer. É o que ele faz! Descobre pra quem ele ligou e o que disse. Faz isso já, antes que eu ligue para Marc Laurent e diga que você está atrapalhando minha missão.

Lloyd abaixou a arma e se virou. Saiu do quarto. Depois de mais alguns segundos de joelhos com a arma na mão, ainda preparado para alguma ameaça, Riegel guardou a pistola, virou-se para Fitzroy e falou:

— O senhor me decepcionou.

A voz de Fitzroy soou surpreendentemente forte.

— Eu estou vendo o desespero, Riegel. Nos seus olhos e também nos de Lloyd. Isso não é somente por um contrato para extrair e transportar gás natural. Abubaker tem algo mais contra o LaurentGroup. Alguma sujeira em práticas do passado. Alguma coisa que detonaria sua corporação em pedaços se fosse exposta à luz do dia.

Riegel olhou para um espelho acima de um grande armário. Ajeitou o cabelo louro com a ponta dos dedos.

— Sim, sir Donald. Nós nos deixamos apanhar em uma situação nada invejável. Meu pai costumava dizer: "Se você dormir com cães, vai acordar cheio de pulgas". Bem, nós dormimos com muitos e muitos cães, por muitos e muitos anos. Abubaker é um dos piores, e sabe muito sobre o que Marc Laurent é capaz de fazer por dinheiro e poder. Desde a descolonização da África, os recursos do continente ficaram à disposição para serem explorados por qualquer um disposto a dançar com um déspota. Tivemos Abubaker no bolso durante anos… e agora somos nós que estamos no dele. Abubaker está ameaçando falar sobre até que ponto Marc Laurent chegou para explorar recursos da África. Não é uma história bonita. Preferimos que o presidente de saída mantenha a boca fechada.

Dito isso, Riegel tomou a direção da porta. Sem olhar para trás, disse ao prisioneiro:

— Vou mandar alguém para retirar o cadáver.

— Não precisa se incomodar. Quando Court chegar, haverá cadáveres espalhados pela casa toda.

26

Cinco soldados da Al Mukhabarat Al A'amah da Arábia Saudita, ou Diretório Geral de Inteligência, voavam sobre os Alpes em um Eurocopter EC145 roubado. O aparelho era de propriedade de um empreendedor local que ganhava um bom dinheiro transportando praticantes de snowboard e esquiadores radicais a locais de difícil acesso no Mont Blanc e em outras montanhas da região.

Agora, o proprietário do elegante Eurocopter preto, um ex-major do Exército francês, jazia morto no hangar, baleado no coração por uma pistola com silenciador, e os sauditas pilotavam sua aeronave rumo ao norte, por cima da rodovia. A estrada abaixo subia e descia, serpeando e desaparecendo nos túneis alpinos, passando por florestas verdejantes e lagos tão azuis que o céu parecia opaco em comparação.

Só o piloto saudita falava inglês. Fazia contatos esporádicos com Tec, em uma instável comunicação de duas vias entre seus fones e o centro de comando, às vezes interrompida pelos picos escarpados dos dois lados da aeronave. Ao mesmo tempo, Tec coordenava esquadrões de extermínio na área e transmitia relatórios aos vigias em estações rodoviárias e pontos de táxi. Nenhum sinal fora reportado desde que o Agente Oculto escapou da vigilância, depois de ter fugido da casa do financista em Genebra.

A A40 era a rodovia mais óbvia para um viajante indo de Genebra, na Suíça, para o sudoeste da França. Chegando à cidade de Viriat, era possível continuar pela A40 até a A6 ou seguir para o nordeste pela A39 até Dijon. De um jeito ou de outro, era uma viagem de cerca de cinco horas até Paris, se comparada às seis ou mais horas evitando-se essas rotas.

Os sauditas no helicóptero sabiam onde procurar seu alvo. Se viesse pelas estradas, sabiam que passaria por baixo deles na A40.

Simplesmente não sabiam que tipo de veículo estavam procurando.

Trinta vigias se posicionavam em viadutos e em paradas para descanso ao longo da estrada, com os capôs de seus veículos abertos. Outros seguiam com o fluxo do trânsito. Todos de olho na estrada, examinando os ocupantes do maior número de carros possível em busca de um perfil básico. Era uma operação muito grande para a polícia não notar, e por essas e outras razões, Riegel era totalmente contra o procedimento. Quando ficou claro que Gentry não tinha tomado um trem ou um ônibus, Riegel mandou todos os espias, todos os esquadrões de extermínio e todos os recursos se deslocarem para Paris. Tinha certeza de que o Agente Oculto passaria por Paris. Riegel presumiu, e Lloyd não discordou, que o financista da CIA que Court visitara em Genebra provavelmente havia fornecido algum equipamento, armamentos, um veículo, cuidados médicos e dinheiro. Riegel também supunha que, se o Agente Oculto teve tempo para receber uma ligação de sir Donald, também teria tempo para estabelecer outros contatos fornecidos pelo bem relacionado ex-banqueiro da CIA. Se tivesse combinado de reunir homens ou material, Court não teria tempo para se dirigir a quaisquer outros lugares além das localidades ao longo do caminho.

Paris era a maior cidade em sua rota, repleta de mercenários, falsificadores de documentos, traficantes de armas no mercado clandestino, ex-pilotos da CIA e outras categorias de marginais que o Agente Oculto poderia empregar para ajudar no resgate dos Fitzroy e recuperar os arquivos pessoais roubados da inteligência americana.

Riegel queria todos os recursos da operação concentrados em Paris, mas Lloyd exigiu uma emboscada em um gargalo final na rodovia em direção ao norte, para deter Gentry antes de ele chegar mais perto do castelo.

* * *

Mas Gentry não pegou a A40 para a A6 nem a A40 para a A39. Eram, de longe, as rotas mais eficientes, raciocinou, mas só para viajantes não marcados para morrer por dezenas de assassinos de aluguel ao longo dessas rodovias.

Não. Court decidiu que a operação contra ele exigia o acréscimo de umas duas horas a mais de seu corpo dolorido e cansado ao volante. Dureza, sete horas completas dirigindo só para chegar a Paris, mas não via outra alternativa. Ônibus e trens estavam fora de cogitação, com todo o equipamento que transportava no porta-malas. Era preciso ir de automóvel.

Pelo menos estava dirigindo em grande estilo. A Mercedes s550 era ágil e elegante, seu interior quase novo, com cheiro luxuoso de couro fino. O motor de 382 cavalos ronronava a cento e quarenta quilômetros por hora, e o sistema de som via satélite lhe fazia companhia. De vez em quando sintonizava a rádio local, lutando para entender fragmentos de informação em francês sobre tiroteios em Budapeste, Guarda e Lausanne, além de alguma coisa sobre a explosão de um prédio na Cidade Velha de Genebra.

Por volta das cinco da tarde, o cansaço ameaçava tirar Gentry da estrada. Encostou em uma parada de descanso próxima à cidade de Saint-Dizier. Encheu o tanque e comeu o onipresente sanduíche francês de presunto e queijo em uma grande baguete. Tomou dois refrigerantes e comprou uma garrafa grande de água depois de ir ao banheiro. Em quinze minutos estava de volta à estrada. O GPS no painel dizia que só chegaria a Paris às nove da noite. Ao calcular tudo o que precisava fazer antes de seguir para a Normandia, Gentry estimou que chegaria ao castelo por volta das duas e trinta da madrugada.

Isso, admitiu a si mesmo, se não tivesse qualquer problema em Paris.

Chegou a hora de todos retornarem à capital — disse Riegel, entre Lloyd e Tec, tendo acabado de voltar ao centro de comando depois de duas horas de trabalho com os dois engenheiros de segurança franceses no perímetro eletrônico ao redor do castelo.

Lloyd aquiesceu, repetindo as palavras do alemão para Tec a seu lado. Em seguida, virou-se para o VP de Operações de Gerenciamento de Riscos de Segurança.

— Onde será que ele pode estar?

— Nós sabíamos da possibilidade de ele pegar outra rota. Pode ter pegado centenas de outros caminhos. Atravessar o interior atrasaria sua chegada a Paris, mas ainda assim chegaria lá.

— *Se* ele for a Paris.

— Estamos supondo que Gentry não vai atacar sozinho uma fortaleza cheia de homens armados e com reféns. Terá de arranjar alguma ajuda antes de vir, e Paris é o lugar onde tem mais associados. Se fizer uma parada, será em Paris. Todos os seus associados estão sob vigilância. Ademais, como ele está ferido, temos homens vigiando todos os hospitais de Paris.

— Ele não vai procurar um hospital.

— Concordo. Provavelmente não. Não vai se expor desse jeito.

— Um médico da Network de Fitzroy, talvez?

— É possível. Mas nossos vigias estão por toda parte, de tocaia em todos os contatos conhecidos.

— Eu não quero que ele saia vivo de Paris.

— Isso eu já percebi, Lloyd.

27

GENTRY CHEGOU À ZONA LESTE DE PARIS pouco depois das nove horas da noite de sábado. As dores que sentia nos pés, nos joelhos, na coxa e nas costelas só não excediam seu tremendo cansaço, mas ele chegou à cidade e localizou um estacionamento de luxo em uma garagem subterrânea perto da estação ferroviária da gare Saint-Lazare. Acomodou todas as armas no banco traseiro, trancou o veículo e subiu para o nível da rua.

Tivera muito tempo para elaborar seu plano de ação em Paris durante a viagem e para usar o GPS para localizar algumas lojas na área. Depois de alguns minutos andando a pé na noite fria e nublada, entrou em um McDonald's, abriu caminho pela multidão de jovens de todas as nacionalidades e foi ao banheiro. Passou um minuto e meio lavando o rosto cansado, dando um jeito no cabelo desgrenhado, usando a privada e limpando sua roupa com um pouco de gel desodorizador de ambiente.

Era uma débil tentativa de melhorar sua aparência, mas era melhor do que nada.

Cinco minutos depois, entrou em uma loja de artigos masculinos na rue de Rome quando o vendedor afixava a placa na porta indicando *"Fermé"*. Court escolheu um caro terno risca de giz preto, uma camisa branca, uma gravata de um azul opaco, um cinto e um par de sapatos. Pagou no balcão, saiu e atravessou a rua até uma loja de artigos esportivos com a sacola de roupas no ombro. Lá, comprou todo um guarda-roupa de trajes esportivos em tons de marrom-claro.

Saiu para a rua no instante em que as últimas lojas de roupas estavam fechando as portas, foi a uma farmácia em frente à estação e comprou um barbeador elétrico e uma navalha, uma tesoura, creme de barbear e algumas barras de chocolate. Pegou um par de óculos de aro preto de uma vitrine, experimentou e achou que atenderia às suas necessidades. Quase chegando ao balcão para pagar, avistou um grande e elegante guarda-chuva, pendurado em uma prateleira pelo cabo encurvado. O acessório bem-acabado atraiu seu olhar. Equilibrando suas novas compras e as outras sacolas, pegou o guarda--chuva e pagou ao entediado asiático no caixa.

Pouco depois das dez, Gentry levou toda a sua tralha para a estação ferroviária, mantendo-se rente às paredes e de cabeça baixa, longe das câmeras de segurança espalhadas no grande saguão. Ignorou meia dúzia de mulheres bósnias pedindo trocados e entrou em um banheiro vazio no corredor de uma plataforma onde o último trem da noite havia chegado. Entrou com toda a tralha em um compartimento e começou o trabalho.

Rapidamente, ficou só de cueca e cortou o cabelo. Tentou tirar o máximo de fios de cabelo da pia, mas também forrou o chão com as sacolas de plástico para recolher as aparas.

Em seguida, raspou rente a cabeça com o barbeador elétrico. A navalha e o creme de barbear finalizaram o trabalho. Saiu do compartimento duas vezes para se olhar no espelho, voltando logo à privacidade para não levantar suspeitas, caso alguém entrasse.

Quando terminou, jogou as aparas de cabelo na privada, puxou a descarga e descartou as sacolas de plástico na lata de lixo. Com a cabeça raspada, lavou-se mais uma vez e vestiu a camisa, a gravata, o terno e os sapatos. Colocou os óculos, pendurou o guarda-chuva elegante no braço e recolheu as outras sacolas.

Dezoito minutos depois de ter entrado, o Gentry que saiu do banheiro era outro homem.

O cabelo e as roupas tinham mudado, claro, mas seus passos também ficaram mais longos, a postura mais ereta. Teve de lutar para não mancar com a perna direita. O homem bem-vestido desceu as escadas do estacionamento, guardou suas bolsas, pegou uma das pistolas Glock e voltou para a rua como um parisiense aprumado, voltando para casa depois de ter jantado em um bom restaurante, o guarda-chuva balançando ao lado, acompanhando os pedestres na neblina de novembro. Tomou um táxi na rue Saint-Lazare às onze e meia e pediu ao motorista em um francês hesitante para levá-lo às proximidades de Saint-Germain-des-Prés, na Rive Gauche.

Song Park Kim avistou os cazaques perto da catedral de Notre-Dame. Não teve dúvidas de que estavam atrás do mesmo homem que ele. Não conseguiram enganar seu olhar afiado, e o coreano não tinha dúvida de que o Agente Oculto os identificaria com a mesma facilidade. Também passou por três ou quatro operativos de vigilância estáticos; a presença deles se destacava na multidão de sábado à noite, e Kim percebeu que não eram nada de excepcional.

Kim conhecia seu alvo. Se o Agente Oculto fosse fazer uma parada em Paris em algum momento, a essa altura já deveria ter chegado. Seus sentidos já superaguçados ficavam um pouco mais atentos quando ouvia os relatórios inconclusivos de Tec pelo fone de ouvido. O coreano continuou andando de boulevard em boulevard, parecendo relaxado, mas sempre cautelosamente equidistante da localização dos associados conhecidos.

O coreano andava em total silêncio por uma rua deserta. Um pub irlandês iluminava os paralelepípedos à sua frente; fora isso, estava escura, e Kim usava a noite como cúmplice, movimentando-se rapidamente e à vontade, como um caçador noturno. Na esquina do boulevard Saint-Michel com a rue du Sommerard, entrou em uma ruela, viu uma escada de incêndio que já tinha localizado mais cedo nas andanças do dia e saltou até o último degrau. A mochila nas costas balançou; a submetralhadora HK e os carregadores extras forçaram o tecido esverdeado quando o coreano subiu os degraus da escada de ferro até o sexto andar sem fazer nenhum som. Mais um impulso com os braços fortes levou-o ao telhado. De lá podia ver a Torre Eiffel a quase dois quilômetros de distância à frente, o Sena à direita e o Quartier Latin ao redor, estendendo-se à sua esquerda. O telhado continuava pelo boulevard Saint-Michel, emendando com outros telhados e formando um caminho acima das ruas.

Este seria o ponto de partida de Kim para a noite. Se Gentry se aventurasse em qualquer lugar da Rive Gauche, Kim se movimentaria rápida e silenciosamente pela série de edifícios ou outros semelhantes. Se surgisse na Rive Droite, Kim poderia chegar lá em minutos correndo para uma das pontes a poucos quarteirões ao norte sobre o rio gelado e tranquilo, a superfície cintilando em sua passagem pela Cidade Luz.

Court Gentry desceu do táxi em frente a um cibercafé no boulevard Saint-Germain. Pagou por uma hora de internet e pediu um expresso duplo no bar, antes de abrir caminho educadamente pelos estudantes até um computador livre no fundo. Com os óculos na ponta do nariz, a xícara e o pires nas mãos, o elegante guarda-chuva pendurado no braço.

Entrou on-line, abriu um mecanismo de busca e digitou "propriedades do LaurentGroup na França". Clicou em um site que mostrava toda a dimensão da grande empresa: portos, escritórios, fábricas de tratores e uma página com resorts corporativos. Lá, encontrou o Château Laurent, uma propriedade da família usada pela corporação a noroeste da pequena aldeia de Maisons, na baixa Normandia. Quando conseguiu o nome, pesquisou mais sobre a propriedade, achou um site de castelos particulares na Europa e observou o glamour das fotografias da robusta mansão do século XVII. Memorizou uma série de fatos, ignorou outros que não pareciam ser importantes, como o que Mitterrand tinha caçado coelhos nas dependências ou que alguns oficiais de alta patente de Rommel hospedaram suas mulheres lá enquanto eles cuidavam dos últimos preparativos da Muralha do Atlântico na capital.

Anotou o endereço com uma caneta emprestada do garoto moreno sentado a seu lado, para depois navegar pelo site corporativo do LaurentGroup. Levou alguns minutos para encontrar o endereço das sedes da corporação — o castelo estava relacionado como um escritório-satélite, não como um resort da empresa —, mas Gentry conseguiu descobrir o número do telefone do lugar. Anotou o número no antebraço, e o garoto que havia emprestado a caneta riu e ofereceu um pedaço de papel, que Gentry declinou.

Em seguida, o americano estudou por alguns minutos um mapa de satélite da área ao redor do castelo. O layout do bosque, riachos correndo por perto, o pomar atrás da construção de pedra de trezentos anos de idade e as estradas de cascalho fora das muralhas.

Deu mais uma olhada nas fotos da construção. O ponto mais alto do castelo era uma grande torre. Court sabia que lá haveria um franco-atirador. Também sabia haver duzentos metros de campo aberto entre o Château Laurent e o pomar de macieiras no fundo. A distância pela frente do prédio era mais curta, mas o muro era mais alto e a área, mais bem iluminada. Imaginou que haveria homens patrulhando com cães, vigias na aldeia e talvez até um helicóptero no ar.

Ficou claro que Lloyd tinha à sua disposição recursos para proteger uma mansão de um atacante manco e solitário.

A fortificação não era impenetrável; poucos lugares eram impenetráveis para Gentry. Mas, se ele saísse de Paris naquele exato minuto, não chegaria a Bayeux antes das duas da madrugada. Tinha até as oito da manhã para resgatar as Fitzroy antes do prazo fatal de Lloyd, mas era um triste consolo. Sabia que, para ter alguma chance de sucesso, precisaria agir na calada da noite, quando os seguranças estivessem sonolentos, o que prejudicaria seu tempo de reação.

Assim, embora houvesse maneiras de penetrar as defesas do Château Laurent, Court sabia que seria difícil entrar sem uma tocaia de várias horas para avaliar as medidas de segurança.

Mas ele não tinha várias horas. No máximo, duas horas antes do amanhecer.

Ademais, isso só se partisse imediatamente de Paris, e este não era o seu plano.

Era uma hora da madrugada quando Gentry sentou a uma mesa do Café Le Luxembourg e tomou um segundo expresso duplo da noite entre a juventude dourada na rue Soufflot. O pequeno sanduíche de presunto ficou intocado no prato à sua frente. O café estava amargo, mas ele sabia que a cafeína o ajudaria pelas próximas horas. Isso e uma boa hidratação, por isso tomou uma segunda garrafa de água mineral de cinco euros enquanto fingia ler um exemplar do *Le Monde* do dia anterior. Seus olhos dardejavam pelas imediações, mas sempre voltavam ao prédio de número 23, do outro lado da rua.

Na verdade, Court só queria levantar e partir, sair da cidade sem realizar seu objetivo em Paris. Sabia estar correndo um tremendo risco ao fazer uma visita ao homem no prédio de apartamentos do outro lado da rua, mas precisava de ajuda, não só para si mesmo como também como um meio de libertar os Fitzroy. O nome do homem do outro lado da rua era Van Zan, um holandês que já prestara serviços como freelancer para a CIA e exímio piloto de pequenos aviões. Court tinha planejado fazer uma visita de surpresa, acenar com algum dinheiro, subestimar de forma grosseira o perigo de chegar a Bayeux às cinco da manhã para pegar uma família de quatro pessoas e atravessar o canal até o Reino Unido, com o próprio Court. Van Zan era um associado conhecido, por isso Lloyd já teria grampeado seu telefone e plantado vigias em sua porta logo no início da operação. Court sabia que não podia ligar para Van Zan, mas acreditava poder passar por um ou dois vigias e fazer uma visita em pessoa.

Sim, era um bom plano, disse a si mesmo enquanto tomava o expresso e olhava sem prestar atenção para o jornal frente ao rosto.

No entanto, aos poucos, percebeu que não iria acontecer.

Claro que Court poderia passar despercebido por uns dois vigias e falar com Van Zan.

Uns dois, sim.

Mas não meia dúzia.

Enquanto bebericava o café, identificou cinco vigias inconfundíveis, e havia mais alguém na multidão que não parecia estar no lugar certo.

Merda, pensou Court. Agora não só ele sabia que não havia como chegar ao apartamento de Van Zan para fazer sua oferta, como também começou a se sentir extremamente acuado e vulnerável, cercado por meia dúzia de olhos atentos.

Dois deles eram um casal na porta do Quality Burger do outro lado da rua. Observavam todos os homens brancos que passavam, logo virando a cabeça na direção da porta do prédio de Van Zan. Havia também um homem sozinho dentro de um carro estacionado. Um homem do Oriente Médio, tamborilando os dedos no painel como se estivesse ouvindo música, observando os transeuntes. O número quatro estava em pé no ponto de ônibus em frente ao Jardim de Luxemburgo, como se esperasse um ônibus, mas sem nunca olhar para os veículos que chegavam para ver para onde iam.

O quinto vigia observava de uma sacada no segundo andar, com uma câmera fotográfica com uma lente do tamanho de uma baguete e fingindo tirar fotos do fervilhante cruzamento, mas Court não se deixou enganar nem por um segundo. Suas "fotos" eram da calçada abaixo e do outro lado da rua, da porta do prédio. Nenhuma do Panthéon bem iluminado à sua esquerda. Nenhum dos estandes com produtos tipicamente franceses e da linda cerca de ferro do Jardim de Luxemburgo.

E o número seis era uma mulher, sozinha, no café a algumas mesas à sua frente. Gentry fizera questão de sentar a uma mesa mais ao fundo, porém perto da vitrine da cafeteria. De lá podia ver todos no salão, com o rosto atrás do jornal, e também ter uma visão à direita do prédio de Van Zan e seu entorno. A mulher tinha feito a mesma coisa, bem à sua frente.

A número seis era esperta. Passava oitenta por cento do tempo com os olhos em seu café espumante, sem olhadelas pela vitrine. Mas errou no vestido e na atitude. Era francesa — percebia-se pelas roupas e a postura —, mas estava sozinha e parecia não conhecer ninguém no café. Uma francesa bonita, de vinte e poucos anos, sozinha em um sábado à noite, sem amigos e no meio de muita gente, em um café que não frequentava e em uma parte da cidade que não conhecia.

Não, determinou Court. Era uma agente secreta, uma vigia, uma espia, paga para sentar lá e ficar com os grandes olhos abertos.

Quando comeu o pequeno sanduíche e tomou o café, após ter desistido do grande plano de estabelecer uma rota de fuga segura depois de salvar os Fitzroy, Court decidiu que precisava sair dali, sair da cidade, chegar a Bayeux e pensar em alguma outra coisa. Seu moral caiu ao nível mais baixo desde a manhã anterior — sentia-se ainda mais abatido do que quando estava no poço mofado do laboratório de Laszlo —, mas sabia que a pior coisa que poderia fazer naquele momento era esmorecer. Jogou algumas notas de euros na mesa e esgueirou-se por um corredor do fundo até o banheiro. Depois de se aliviar, continuou pelo corredor, entrou na cozinha como se trabalhasse lá, andou direto até uma porta nos fundos e saiu pela rue Monsieur le Prince.

Ninguém na cozinha olhou para o homem de terno preto.

O Agente Oculto tinha esse dom.

***

Cinco minutos depois, na passarela do teto do castelo, Riegel observava os jardins à luz da lua através das ameias. O aroma das macieiras ao longe se misturava com a escuridão gelada. Riegel queria espairecer um pouco, afastar-se de Lloyd e de Tec, dos bielorrussos e dos incessantes relatórios dos vigias em Paris que ainda não tinham visto ninguém e dos esquadrões que ainda não haviam matado ninguém. O telefone tocou em seu bolso. Sua primeira reação foi ignorar o chamado. Provavelmente, era um dos "chefetes" de alguma agência de segurança estrangeira perguntando por que sua equipe não tinha voltado e como poderia ter sido eliminada em um serviço comercial. Riegel sabia que iria passar meses ou anos apaziguando os efeitos dessa catástrofe, isso se o contrato de Lagos *fosse* assinado às oito da manhã. Senão, e Riegel nem queria pensar nisso, poderia perder o emprego ou no mínimo seu cargo. Laurent tinha investido muito naquilo para não exercer toda a pressão possível.

Riegel se via com a cabeça no cepo de um carrasco, assim como Lloyd. Não tão literalmente quanto Lloyd. Tinha certeza de que Laurent acabaria dando ordens para ele matar Lloyd se a operação fracassasse. Riegel não iria morrer por esse fiasco, como o jovem americano, mas sua carreira estaria arruinada se seus excessos corporativos na África fossem expostos por Julius Abubaker, aquele filho da puta sem-vergonha.

O telefone tocou de novo. Soltou um suspiro, exalando vapor no ar noturno, e tirou o aparelho do bolso.

— Riegel.

— Senhor, é o Tec. Ligação para o senhor no telefone fixo. Posso transferir para o seu celular?

— Telefone fixo? Você quer dizer o telefone do castelo?

— Sim, senhor. Não disse quem é. Está falando em inglês.

— Obrigado. — Um clique. Riegel perguntou: — Quem está falando, por favor?

— Eu sou o cara que você não está conseguindo matar.

Um arrepio percorreu a espinha do alemão. Não sabia que Fitzroy tinha dado seu nome ao Agente Oculto.

Levou um momento para se recompor e falou:

— Sr. Gentry, é uma honra. Tenho acompanhado sua carreira, e o considero um adversário formidável.

— Lisonjas não vão adiantar nada.

— Eu estive lendo seu arquivo.

— Interessante?

— Muito.

— Bem, leia tudo, Kurt, pois eu pretendo arrancar meu arquivo de suas mãos mortas e frias.

Kurt Riegel riu em voz alta.

— Em que posso ajudar?

— Em nada, é apenas um telefonema social.

— Já fiz muitas caçadas em minha vida, de animais grandes e pequenos, inclusive um bom número de humanos. Mas é a primeira vez que tenho uma conversa social com minha presa pouco antes de sua morte.

— Posso dizer o mesmo.

Houve uma breve pausa, antes de Riegel dar risada. A gargalhada ecoou pela escuridão do jardim dos fundos do castelo.

— Ah, agora *eu* é que sou sua *caça*?

— Você sabe que estou chegando.

— Você não vai conseguir. E, se de alguma forma chegar à Normandia, não vai chegar até mim.

— Veremos.

— Sabemos que está em Paris.

— Paris? Do que está falando? Eu estou bem atrás de você.

— Você é um tipo engraçado. Isso me surpreende. — Riegel disse isso com uma risada, mas não conseguiu deixar de olhar por cima do ombro para a passarela vazia no teto do castelo. — Todos os seus associados conhecidos estão cobertos, literalmente, por dezenas de vigias.

— Mesmo? Não percebi.

— Sim. Você deve estar indo de um velho amigo a outro. Identificando minhas equipes de vigilância porque é bom, não tão bom a ponto de se tornar invisível. Por isso, é melhor se afastar de suas potenciais fontes de ajuda. Água, água por toda parte, mas nem uma gota para beber.

— Orgulhoso de si mesmo, não?

— Você será liquidado assim que for avistado. Tenho quase tantas armas quanto olhos em Paris.

— Sorte a minha de não estar em Paris.

Riegel fez uma pausa. Quando voltou a falar, seu tom tinha mudado:

— Gostaria de que soubesse que a morte de Phillip Fitzroy foi um lamentável acidente. Eu não estava aqui na ocasião. Não teria acontecido.

— Não adianta tentar me encantar com profissionalismos. Não vai adiantar nada quando eu chegar. Você e Lloyd são dois homens mortos.

— É o que você continua dizendo. Saiba que eu recuperei o telefone que sir Donald pegou com o segurança. Sua fonte de inteligência dentro do castelo foi eliminada.

Court não disse nada.

— A coisa está ficando preta para o seu lado, meu amigo.

— É. Talvez eu simplesmente desista.

Riegel considerou a hipótese.

— Acho que não. Quando você tomou a direção de Genebra, achei que talvez estivesse abandonando a caçada. Mas não. Você é um caçador, como eu. Está em seu sangue, não é? Não consegue desistir. Você tem uma presa, um objetivo, uma *raison d'être*. Sem homens como eu e Lloyd para perseguir, seu espírito definharia. Você não vai se afastar de seu objetivo. Virá até nós, para morrer no caminho. Já deve saber disso, mas prefere ser morto pela caça a desistir da caçada.

— Talvez a gente possa fazer um acordo alternativo.

Riegel sorriu.

— Ah... Agora vamos à razão da sua ligação. Então não era apenas social. Estou ouvindo com interesse, sr. Gentry.

— Vocês vão perder o contrato. Quando eu ainda estiver vivo, daqui a sete horas, Abubaker vai entregar o gás natural a seu concorrente e usar tudo o que tiver contra o LaurentGroup. Seria possível evitar isso. Vocês libertam as meninas e a mãe e levam as duas para um lugar seguro. Quando chegar amanhã, depois do prazo fatal, eu poupo seu trabalho, mato Lloyd e deixo você vivo.

— Me deixa vivo?

— Dou a minha palavra.

— Em meus pensamentos eu sempre o vi como um predador raso. Um mercenário, nada mais. Mas, na verdade, você é um sujeito inteligente, não é? Fossem outras as circunstâncias, nós poderíamos ser amigos.

— Está me paquerando?

— Você me faz rir, Gentry. Mas vai me fazer rir ainda mais quando eu estiver vendo seu cadáver, mais um troféu em minha estante.

— Acho que você deveria considerar minha proposta.

— Você está superestimando sua força de negociação. Vai estar morto na próxima hora.

Uma pausa.

— É melhor manter essa esperança. Durma bem, sr. Riegel.

— Prefiro ficar acordado por enquanto. Estou esperando boas notícias dos meus associados em Paris. *Bonsoir*, Court.

— *À bientôt*, Kurt. Até logo mais.

— Só mais uma coisa, sr. Gentry. Digamos que seja uma curiosidade profissional da minha parte. Kiev… Não foi você, foi?

A ligação foi interrompida, e Riegel estremeceu no vento frio que pareceu ter soprado da costa, quatro quilômetros ao norte.

28

O vigia sentia-se entediado, mas estava acostumado com isso. Já se encontrava havia doze horas na mesma esquina. Havia tomado três expressos em três diferentes cafeterias, os dois primeiros em mesas na calçada, sob o sol da manhã e no frio do entardecer cinzento, e o último em uma mesa perto da vitrine, quando o ar se encheu de vapor e o que restava do calor do dia se ausentou da rua e da calçada.

Às nove horas ele foi para o carro, um pequeno Citroën estacionado em frente a um parquímetro, que ele alimentou o dia todo como se fosse um animal faminto.

Mas o vigia era bom, e o tédio não afetava seu ofício. Deixou o motor ligado para se aquecer, mas não o rádio; sabia que seus ouvidos poderiam captar um sinal de sua presa, tanto quanto os olhos. O rádio privaria seus sentidos da acurácia necessária para identificar um homem que nunca vira entre milhares de transeuntes.

Não conhecia o quadro geral de sua missão, só seu papel. Era um vigia estático. Ao contrário dos outros espiões, ele não foi designado para uma localização de associado já conhecida. Seu trabalho era vigiar um gargalo genérico. Tinha a foto de um homem, e iria passar o dia tentando identificar a imagem bidimensional cinco por sete, de anos atrás, com um alvo vivo e respirando em movimento, provavelmente treinado em contramedidas de vigilância e que, sem dúvida, se esconderia dos olhos do vigia na multidão.

Mas o vigia se mantinha otimista; não havia outra forma de trabalhar. Sabia que, se começasse a achar que não veria o homem, isso prejudicaria a acurácia necessária para cumprir sua parte na operação.

O vigia não era um assassino, apenas um par de olhos bem treinados. Muito tempo atrás, fora um policial em Nice. Trabalhou por um tempo na contrainteligência francesa como vigia, seguindo russos ou quem mais estivesse sob vigilância, no degrau mais baixo da carreira em espionagem. Mais recentemente, tinha atuado como investigador particular em Léon, mas agora era basicamente um prestador de serviços avulso para Riegel em Paris. Sempre havia alguém a ser vigiado no continente, e em geral aquele vigia fazia parte da equipe. Apesar de ser mais velho que a maioria dos demais, não era um dos líderes. Era melhor do que os outros quando sóbrio, mas gostava de beber, o que o tornava não confiável a longo prazo. Mas naquela noite não tocou no vinho e se concentrava na missão.

O vigia examinou de novo, pela milésima vez, a foto que tinha na mão. Não era da conta dele o que aquele rosto tinha feito e o que o esperava quando fosse localizado.

O rosto não era um homem. Era um alvo.

O rosto não estava vivo, não respirava nem pensava, não sentia, não amava nem sentia dor.

O rosto era apenas um alvo, não um homem.

Identificar um alvo em campo significava um bônus de Riegel. Não causava o *mínimo* de remorso, arrependimento ou culpa ao vigia.

Pouco depois das oito e meia, o vigia mijou em uma garrafa de plástico sem errar uma gota, e também sem piscar um olho à ignomínia de sua atitude entre as pessoas bonitas que passavam distraídas a menos de um metro no boulevard Saint-Germain. Atarraxou bem a tampa, jogou a garrafa morna no piso do carro. Assim que ergueu os olhos, viu um homem surgir sob a luz mortiça de um poste de iluminação. Andava no meio de um grupo de pedestres, mas de alguma forma se destacava. Era mais novo que os outros, não estava acompanhado como os demais e seu terno era ligeiramente incompatível com os trajes mais casuais dos transeuntes. O homem encontrava-se a vinte e cinco metros de distância quando o vigia do Citroën o notou. Enquanto se aproximava, os óculos, a cabeça raspada e os traços faciais ficaram mais nítidos.

O vigia não moveu um músculo. Apenas olhou para a foto úmida e amassada na mão e logo voltou para a figura tridimensional chegando mais perto na noite nublada.

Talvez. A quinze metros, o vigia focou os olhos, pensou ter detectado que uma das pernas mancava ligeiramente. Sim, aquele homem privilegiava a perna direita. O inglês que vinha enviando notificações em francês o dia inteiro dissera que o alvo poderia estar com uma das pernas feridas.

Sim. Quando o alvo chegou ao ponto mais próximo do Citroën, a não mais que cinco metros de distância, o vigia percebeu duas coisas no rosto do homem que o deixou certo de que sua escolha do local e as doze horas de vigília compensaram. O rosto do homem se contorcia a cada passo, só um pouco, quando o pé direito tocava no chão.

E também havia os olhos. O vigia era bom, bem treinado, viu os movimentos dardejantes dos olhos. Enquanto sua linguagem corporal retratava um homem passeando pela Rive Gauche sem nada com que se preocupar no mundo, os olhos adejavam em um movimento constante. Aquele homem estava observando os vigias, e assim que percebeu isso o homem no Citroën saiu do modo de vigilância e ficou olhando para a própria mão até o alvo passar. Com o coração subitamente acelerado, esperou alguns segundos para observar pelo retrovisor, sem virar a cabeça nem levantar os ombros, sem flexionar o pescoço no processo. Só os olhos se ergueram e captaram o homem de terno seguindo em frente, no sentido oeste, pelo boulevard Saint-Germain.

O vigia engatou a marcha do carro e apertou um botão no fone de ouvido.

Assim que um bipe confirmou a chegada do sinal a seu destino, ele ouviu: "Tec, pode falar."

O vigia era treinado, era bom, mas não conseguiu esconder a excitação na voz. Era a sua razão de viver, mais do que o dinheiro resultante do trabalho.

— Tec, aqui é o Sessenta e Três. — Uma breve pausa. — Estou com ele. A pé indo no sentido oeste. — Não precisava dizer mais nada. Tec saberia sua localização pelo GPS.

Momentos como aquele faziam o vigia se sentir realizado, sem pensar em vinho até concluir a missão. Sabia que tinha trabalhado bem, e agora poderia voltar para casa e comemorar com um bom vinho. Comemorar da mesma forma como trabalhava.

Sozinho.

O chamado foi transmitido por uma rede que difundia simultaneamente a informação para os cinco esquadrões de extermínio em Paris. Foi um erro da parte de Tec: não só poderia provocar discórdia entre os concorrentes, como também não alocava equipes para cobrir as rotas de fuga. Mas o jovem britânico não conseguiu se conter; já se passara meio dia sem um avistamento positivo, e só havia um palpite de que o alvo iria a Paris. Por isso, quando a identificação foi comunicada, Tec simplesmente mandou todos os homens que estivessem armados ao local.

Tec jamais admitiria isso a Lloyd ou a Riegel, mas desde o sumiço do alvo em Genebra ele vinha lutando contra uma crescente sensação de pânico. Já havia conduzido diversas operações, operações clandestinas, operações de extermínio, supervisionado a logística de ativos pesados, mas sem nunca se arriscar pessoalmente. Era a primeira vez que seus superiores estabeleciam propositalmente um cenário onde um homem caçado, um superassassino, sabia onde encontrar o centro de comando da operação e como chegar até lá. O assassino tinha recebido um convite filigranado a ouro para vir à localização física de Tec, e isso era uma puta burrice. Contudo, o homem de rabo de cavalo na grande mesa forrada de tecnologia tinha de reconhecer que a situação tinha o efeito de concentrar sua capacidade de forma precisa no problema em questão.

Tec tinha um incentivo pessoal para pegar aquele filho da puta antes de ele chegar ao castelo, e foi por essa razão que transmitiu as coordenadas do alvo assim que recebeu a confirmação.

Lloyd surgiu atrás dele subitamente, bem quando admitia a si mesmo ter tomado uma atitude equivocada. A proximidade de seu superior o deixava nervoso. A operação como um todo o deixava nervoso.

— Riegel ouviu pelo rádio! É ele?

— Foi visto em um dos gargalos pelo vigia no boulevard Saint-Germain, veterano de alto nível. Um local de baixa probabilidade, para dizer a verdade. Pela lista de seus associados, não dá pra saber pra onde está indo.

— Mas nós não vamos mais perder o homem de vista, não é?

— Estou mandando mais alguns vigias para a área. Não muitos. Com certeza, o Agente Oculto identificaria qualquer um que não fosse de alto nível.

— Entendi. Qual esquadrão você mandou atrás dele?

Tec hesitou, se encolheu. Claro que Lloyd ficaria furioso ao saber que todos estavam a caminho. Mas, antes que pudesse responder, Lloyd falou:

— Foda-se. Vamos acabar logo com isso. Mande todas as armas que tivermos atrás desse puto. Quem vai ligar pra danos colaterais? A gente precisa acabar com ele ali mesmo.

O suspiro de alívio de Tec esvaziou seus pulmões.

— Sim, senhor.

Os botsuanos e os cazaques eram os mais próximos; partiram de extremidades opostas do Quartier Latin, casacos sobre os braços para não mostrarem as armas, olhos fixos em cada obstáculo à frente e ouvidos alertas nos fones de ouvido. Tec transmitiu a última localização conhecida do alvo. Já fora do campo de visão do vigia inicial, mas outros espias se aproximavam, e as informações seriam retransmitidas.

Os botsuanos, cinco homens, portavam armas de mão, calibre .32, um projétil relativamente fraco, mas o baixo poder de fogo era compensado por suas táticas. Eram homens treinados para executar uma salva de três tiros chamada Moçambique Drill: dois disparos rápidos no peito e um terceiro na testa, o *coup de grace*. O termo e a tática se originaram no conflito de Moçambique, quando soldados da Rodésia perceberam que essa arma de baixo calibre nem sempre abatia um africano só com tiros no peito, e por isso acrescentaram um tiro na cabeça para aumentar o efeito.

Os quatro cazaques usavam pequenas submetralhadoras Ingram de coronhas de ferro retráteis, embaixo dos casacos de inverno. A correria chamou a atenção de um policial, que os chamou quando atravessaram uma rua correndo. Achou que eram estrangeiros com más intenções e fez alguns gestos de mão pedindo para diminuírem a velocidade.

Um integrante de cada esquadrão também levava uma câmera de vídeo digital, ligada via Bluetooth aos celulares. Assim poderiam provar aos que estavam no centro de comando que foram a unidade responsável pela eliminação do alvo e garantir a recompensa da equipe.

Afinal de contas, aquilo ainda era um concurso.

As duas equipes souberam pelo rádio da aproximação uma da outra vindo em direção contrária, o que as apressava tanto quanto a necessidade de chegar antes de o alvo desaparecer. Era mais que uma caçada — era uma competição, e para aqueles esquadrões o orgulho profissional era tão importante quanto o dinheiro.

— Todos os elementos, aqui é o Tec. Temos dois vigias a três quarteirões do último avistamento. Nenhum deles reportou ter visto o alvo. Ele pode ter entrado em algum hotel ou café, virado para o sul no Quartier Latin ou para o norte em direção à Pont Neuf pra atravessar o rio.

Depois desta última informação de Tec, as duas equipes aproximando-se de direções opostas reduziram o ritmo e se comunicaram entre si. Mas logo seguiram em frente. Os botsuanos correndo pelo Saint-Germain em direção ao leste, os cazaques pelo Saint-Germain em direção ao oeste. Espalharam-se para cobrir os dois lados da rua em grupos de dois ou três, todos procurando nas portas, em ruelas, cafés e hotéis no caminho.

Song Park Kim corria pelos tetos dos prédios, seguindo o último avistamento do alvo. Seu fone de ouvido estalou. Pelos bipes diferenciados, o coreano percebeu que a transmissão não era aberta às outras equipes e aos vigias. Era o único que a ouvia.

— Tec para Banshee 1, copiando?

— Copiando.

— Desça para o nível da rua. Vou guiar você até ele. Gentry vai identificar as outras equipes e os vigias e tentar fugir. Vai ser obrigado a fugir e não estará esperando um assassino sozinho. Vou colocar você em posição para interceptá-lo.

— Certo.

Kim pendurou-se do telhado de um prédio de seis andares, firmou os pés no parapeito de uma janela, segurou na calha que descia e soltou as pernas.

A calha era mal presa à parede, e Kim só a usou para chegar a uma escada de incêndio, descendo seis andares até a rua em menos de um minuto.

— Banshee 1 na rua, Tec. Esperando instruções.

— Tem duas equipes mais perto que você, Banshee 1. Achamos que ele entrou na rue de Buci, misturando-se com a multidão. Se seguir dois quarteirões para o norte, vai estar em posição de interceptá-lo, se as outras equipes não o virem.

— Certo — respondeu Kim, mas não tinha intenção de seguir naquela direção. O coreano sentiu que podia ler os pensamentos do Agente Oculto. Já tinha sido caçado muitas vezes, e a partir da própria experiência se considerava capaz de antecipar os movimentos do homem que perseguia. Se estivesse sendo perseguido por agentes estrangeiros no centro de Paris em um sábado à noite, Kim perceberia, assim como o Agente Oculto. Se houvesse dezenas de vigias postados em seu caminho, Kim perceberia imediatamente, assim como o Agente Oculto. Talvez não conseguisse identificar seus adversários individualmente, mas Tec tinha alocado tantos homens na operação que seria evidente para um operativo habilidoso como o Agente Oculto o fato de estar enfrentando uma operação de extermínio em grande escala. Àquela altura, todas as armas estariam destravadas, e todos os protocolos normais de engajamento já teriam sido jogados pela janela. Não haveria segurança na multidão. Os assassinos identificados até agora pelo Agente Oculto iriam aproveitar a primeira oportunidade para destruir seu alvo, que as luzes e os transeuntes seriam só um pequeno estorvo, não uma manta de proteção.

Sim, Kim podia sentir o que o Agente Oculto sentia naquele momento, e se deixou guiar pela simbiose, não pelas diretivas de Tec. Esse amálgama mental de Kim, o caçador com o Agente Oculto, o caçado, levou o assassino coreano pela noite nublada por três quarteirões rumo ao leste, até uma ruela escura a meio quarteirão do barulho e das luzes, dos alegres frequentadores de restaurantes. Sabia que o rio Sena ficava a apenas cem metros ao norte, significando que, se detectasse a forte vigilância, o Agente Oculto precisaria seguir para o sul e desaparecer na noite; ao norte, só haveria uma ou duas pontes, gargalos naturais que ele evitaria a qualquer custo.

Song Park Kim posicionou-se no ponto mais escuro da pequena ruela, vinte metros ao norte do boulevard Saint-Germain e vinte metros ao sul da rue de Buci. Poderia tomar uma dessas direções em segundos se os vigias avistassem o alvo por perto. Mas Kim tinha um pressentimento de que aquela ruela seria o palco do confronto final com seu adversário. Restaurantes e boates transbordavam clientes a poucos metros de seu ponto escuro. E ainda havia esquadrões competindo por perto. Kim não queria chamar a atenção usando uma arma de fogo, por isso deixou a MP7 na mochila e tirou o canivete do bolso da frente, abriu a lâmina preto-fosca e se mimetizou nas sombras à espera de sua presa.

Court Gentry sentia o suor escorrer pelas costas do terno preto ao andar para o leste pela rue de Buci. O guarda-chuva balançando ao lado a cada passo; lutava contra a vontade usá-lo como uma bengala, por conta dos pés doloridos pelas lacerações sofridas em Budapeste no dia anterior.

No entanto, o suor não era causado pela caminhada, mas pelos olhos atentos na rua. Viu um casal abraçado em um banco a uns trinta metros de distância, conversando, mas observando ativamente todos os homens que passavam. Court avistou um homem calvo mais ou menos de sua idade e começou a andar atrás dele, olhos fixos para ver se ele atraía alguma atenção anormal. Isso indicaria que tinha sido localizado e identificado, com outros vigias na área notificados via rádio.

O jovem casal atentou o olhar no homem calvo por alguns segundos, um falou alguma coisa com o outro, mas logo afastaram o olhar, convencidos de que não era quem estavam procurando. Court soube de imediato que estava comprometido. Já tinha visto pelo menos dez vigias até agora e achava que havia passado por todos, mas talvez não tivesse notado algum ativo estático em alguma janela escura, em um automóvel na rua ou em qualquer outro lugar, e esse ativo transmitiu sua aparência e sua localização a todos os vigias e caçadores da cidade.

Court arriscou uma rápida olhada por cima do ombro. Três homens de pele morena andando depressa, passando os olhos pelas vitrines não mais de vinte metros atrás. Mais dois do outro lado da rua. Faziam parte do mesmo esquadrão, varrendo o lado norte da rua, vistoriando as mesas cheias de clientes de uma cafeteria.

Merda. Entrou em uma pequena passagem que saía à esquerda da rue de l'Ancienne Comédie e seguiu pela viela escura. No fim, viu a luz mortiça de uma ruazinha tranquila, uns vinte metros à frente. Os vigias seriam poucos na Rive Gauche, desde que não soubessem que ele já havia detectado a vigilância.

Court continuou andando pela viela escura, olhando para a luz à frente, arrastando a ponta do guarda-chuva nos paralelepípedos molhados. O ruído ecoava pelas ruas desertas.

Precisava tomar um táxi, voltar à gare Saint-Lazare, pegar a Mercedes e partir para Bayeux. Seu intervalo em Paris, bem como a pausa em Budapeste na tarde passada e em Guarda na noite anterior, fora totalmente inútil. Pelo menos dessa vez tinha escapado sem ser ferido, o que já era alguma coisa, apesar de estar precisando de mais ajuda do que antes...

Vislumbrou um movimento rápido nas sombras, seguido pela figura de um homem à esquerda. Antes de seus reflexos relâmpagos conseguirem reagir, sentiu um movimento mais baixo, um braço vindo em sua direção. Tentou aparar o golpe com o braço direito, mas foi lento demais.

Ele nunca era lento demais.

Court Gentry sentiu a facada penetrar seu ventre pouco acima do osso ilíaco esquerdo.

29

Às duas da madrugada, uma réstia de luz se esgueirou no quarto escuro no segundo andar. Sir Donald acordou. Os outros membros da família tinham sido transferidos para seu quarto, de modo que todos pudessem ser vigiados apenas por um segurança. Claire dormia profundamente à esquerda do avô; Kate ressonava à direita. Elise estava tão sedada que era difícil dizer se dormia ou não, estirada entre uma poltrona e um sofá do outro lado do quarto.

Donald viu a silhueta do segurança escocês, o que se chamava McSpadden. Imaginou que estivesse chegando para mais um espancamento encoberto e ponderou se poderia aguentar muito mais.

McSpadden andou até a cama, ignorando as meninas, e sussurrou para Fitzroy:

— Vou fazer uma coisa, meu velho. Pega esse telefone. Esconda em uma das sacolas do Ivan. Todos estão em seus postos de batalha; eu sou o único nesse andar.

— Não encha o meu saco — respondeu Fitzroy. Estou tentando dormir.

— Vai ter muito tempo pra dormir se morrer.

— Você acha que não sei perceber uma cilada? Por que um pulha como você me daria um telefone?

— Porque… porque eu quero alguma… alguma consideração, quando isso acabar.

Fitzroy inclinou a cabeça grande e se apoiou mais no travesseiro para focar o homem de pé.

— Que espécie de consideração?

— O Agente Oculto... Ouvi dizer que foi ele quem fez aquele trabalho em Kiev. Se fez aquilo em Kiev e metade das outras operações que dizem ter feito, incluindo o que fez com as equipes em Praga, em Budapeste e na Suíça... Diabos, talvez ele chegue aqui. Se chegar, jogo minha arma no chão e fujo. Não vou enfrentar esse maldito assassino. Tenho algumas razões pra viver, sim. Está me entendendo? É, ele aparece e eu fujo, e não quero Donald Fitzroy e seus cachorros loucos de ataque atrás de mim, percebe?

O escocês estendeu o telefone para Fitzroy, que o pegou.

— Você está falando a verdade? — perguntou Fitzroy.

— Sir Donald, o mais provável é que esteja morto amanhã de manhã. Não apostaria muito no caso contrário. Mas, se sobreviver, lembre-se de que Ewan McSpadden o ajudou.

— Vou me lembrar, McSpadden.

— Ligue para o seu homem, diga que se ele conseguir chegar... eu sou o cara de camisa verde e calça preta. Minha arma vai estar no chão, ele não precisa se preocupar comigo.

— Tudo bem, McSpadden.

O escocês se afastou na escuridão; a réstia de luz reapareceu, para logo depois desaparecer.

A faca penetrou fundo no estômago de Gentry. A dor foi horrível. O joelho bambeou. Vísceras afrouxaram. Estava acontecendo alguma coisa que Gentry não entendia. Olhou para baixo e viu que de alguma forma tinha prendido o punho do atacante com o cabo do guarda-chuva. Puxou o guarda-chuva para baixo e para o lado, sem forças para tirar a faca do corpo, mas ao menos evitando que a lâmina mergulhasse mais que uns cinco centímetros. Doía, uma dor excruciante, mas muito melhor que a faca cravada até o cabo ou, pior, ser eviscerado como um peixe.

Com toda a sua força, Court puxou o guarda-chuva para baixo com a mão direita e atacou o agressor com a esquerda. Aplicou um golpe fraco em seu peito, pois restavam poucas reservas depois do esforço com o braço direito e a dor profunda no abdômen. O assassino reagiu e tentou uma cabeçada, mas Court se esquivou a tempo.

Levou a mão esquerda à cintura, tentou sacar a pistola Glock, mas assim que a tirou do cinto o assassino jogou a arma longe.

A pistola de aço e polímero rolou pelos paralelepípedos, sumindo na escuridão.

Os dois lutaram com as mãos livres, o agressor evitando um arranca-olho e Gentry se esquivando de um golpe no pomo de adão que certamente o teria matado antes da lâmina de aço temperado cravada no estômago.

O atacante desistiu de tentar cortar o esterno de Court ou empurrar a faca mais fundo; o guarda-chuva prendendo seu braço impediu os dois movimentos. A lâmina continuou cravada no ilíaco.

Gentry abafou um grito. A dor quase o enlouquecia, mas sabia que havia outros assassinos a alguns passos de distância. A mínima chance que tinha de sobreviver à facada no corpo e ao homem que enfrentava esvaneceria se outros empenhados em sua morte ouvissem os gritos.

Decidiu mudar de tática. Tomou impulso com as pernas e peitou o homem mais baixo, um asiático que agora conseguia ver claramente. Jogou o homem contra a parede, o que só serviu para cravar a faca mais uma fração de centímetro.

Court deu uma cabeçada que acertou a testa do homem com um barulho mais alto que qualquer outro som na ruela desde o começo da luta. O guarda-chuva continuava detendo a mão direita do asiático. Court usou o corpo para dar mais um empurrão, fazendo o oponente atravessar a ruela e se se chocar contra a parede oposta. Como continuava ligado pela faca no corpo, Court acompanhou o agressor. Ali a luz era mais clara e, apesar da agonia que ameaçava entorpecer sua mente, viu as alças da mochila e percebeu que o homem tentava pegar alguma coisa atrás com a mão livre.

Court agarrou o pulso do coreano e o bateu com força na parede de tijolos.

— O que você tem aí? — perguntou, com a voz trêmula pela dor e pelo esforço. — O que tem nessa mochila? — A luz era suficiente para os dois se olharem olho no olho naquela parte da ruela deserta, e nenhum deles hesitava, apesar das pálpebras contraídas com o esforço. Um empurrava para frente, o outro empurrava para trás. — O que tem nessa mochila?

Gentry deu um puxão no guarda-chuva para o lado, desequilibrando o oponente, e usou o momento para alcançar a mochila pressionada contra a parede. Ele teve de usar o abdômen para fazer pressão, o que o fez soltar um gemido de dor.

O asiático torceu a faca; um corte de cinco centímetros de profundidade se abriu e Gentry sentiu o sangue escorrendo pela virilha entre as pernas.

— Ahhh. — Foi mais silencioso que um grito, mas ainda assim ecoou pela ruela. Court alcançou a mochila e conseguiu pegar o zíper. Kim afastou a mão dele com o lado da cabeça. Mais uma cabeçada de Gentry estonteou o assassino, e Gentry abriu rapidamente o zíper e enfiou a mão esquerda na mochila.

— O que é isso? O que é isso? — perguntou com lágrimas escorrendo pelo rosto. As lágrimas se misturaram à saliva escorrendo da boca quando falava, cuspindo no rosto do agressor. — É isso que você quer? O que está tentando pegar? É? — Puxou a pequena submetralhadora preta da mochila, agora percebendo o medo nos olhos do adversário. Kim conseguiu agarrar a arma pelo silenciador e empurrou a faca mais fundo. Court tentava se afastar da lâmina, mas não conseguia, e a faca penetrou mais um milímetro em suas vísceras.

Court enfiou o dedo na guarda do gatilho e disparou a MP7. Kim deixara o seletor de tiro em semiautomático, como Gentry faria. O cano apontava para a parede de tijolos atrás de Kim, e as balas arrancaram o estuque e espalharam fragmentos ao redor. Court puxava o gatilho o mais rápido que podia. Cada cartucho detonado na câmera escoiceava, o que fazia seu corpo contrair e a faca no estômago cortar mais um pedaço de tecido e osso. Três rajadas, cinco rajadas, dez rajadas, vinte rajadas. Kim deu um grito lancinante e largou o silenciador da arma, agora quase em brasa com os disparos. Juntou a mão queimada com a mão que segurava a faca e usou toda sua força na tentativa de uma última estocada, para atingir a medula do inimigo.

O sangue do americano jorrou nos dedos arranhados do asiático.

Gentry abaixou a HK descarregada em um movimento rápido e bateu com o silenciador quente no rosto de Kim, quebrando seu nariz.

Os dois caíram nos paralelepípedos, a ligação pela faca afinal rompida. Kim se encostou na parede crivada de balas, sangue jorrando pelo nariz, a mão queimada no colo. O peito arfava do esforço. Gentry caiu a seu lado no meio da ruela, também arfando, o cabo preto da faca projetando-se de forma obscena do abdômen.

Tentou arrancar a faca, gritando ao fazer isso. Exausto e estonteado pela concussão, o asiático se pôs de joelhos e engatinhou freneticamente pelas pedras frias para encurtar a distância entre os dois. A pouco mais de um metro, mergulhou em uma tentativa desesperada de pegar a faca antes de o Agente Oculto tirá-la do ventre.

Uma fração de segundo antes de atingir seu objetivo, a lâmina preta apareceu na luz mortiça, lisa, molhada de sangue. Court contra-atacou com um golpe com a faca virada na mão na garganta do asiático, que arregalou os olhos e caiu, jorrando sangue arterial.

Song Park Kim tombou na ruela e morreu em segundos, com o torso atravessado no corpo de Court.

Largou a faca no chão e empurrou as pernas ainda em espasmo do homem. O corpo virou de bruços, sem mais nenhum movimento. Court tirou a gravata com uma das mãos e fez uma bola de pano. Respirou fundo algumas vezes para se recobrar e pressionou a gravata embolada no abdômen. O sangue escorria pela camisa branca e a calçada.

— Deus! — gritou, com lágrimas, saliva e muco cobrindo o rosto contorcido de dor. Sentiu a náusea provocada pela agonia abjeta, mas se conteve para se concentrar no trabalho.

Normalmente era cauteloso com seu DNA, mas agora não se importou. Seriam necessários uma banheira cheia de alvejante, uma equipe de limpeza de cinco homens e um dia inteiro para desinfetar aquela cena, e Court não dispunha de nada disso.

A pressão da gravata embolada diminuía um pouco a dor quando flexionava o abdômen; sem isso, ele não teria conseguido se levantar. Mas afinal conseguiu, cambaleante, apoiando-se na parede. Ouviu vozes atrás. Transeuntes alertados pelos sons da luta. A polícia e os assassinos chegariam em segundos. Virou a esquina, trôpego, e entrou na ruazinha comercial. As lojas estavam fechadas à noite, sem ninguém olhando as vitrines. Com o corpo dobrado, o rosto pálido, saiu tropeçando, deixando a orgia de sangue para trás.

Andou para o norte na noite fria, seu sangue vital escorrendo pela perna e pingando na calçada de pedra.

Trinta segundos depois, um dos botsuanos abriu caminho pela multidão em pânico e encontrou o corpo do coreano, a ruela escura transformada em um show de horrores de sangue à luz da lanterna tática do assassino. Ligou para Tec.

— Encontrei um homem morto. Um asiático. Quase decapitado.

Lloyd e Riegel ficaram atrás de Tec ouvindo o inglês com sotaque botsuano pelos alto-falantes.

O sr. Felix entrou na sala, mantendo-se na penumbra e prestando atenção.

Tec ligou um comutador na bancada de eletrônicos.

— Banshee 1. Copiando? Banshee 1, está me ouvindo?

O alto-falante emitiu um som farfalhado. Lloyd e Riegel pareceram esperançosos.

— Ele não pode atender ao telefone agora, também não se preocupe em deixar recado — disse uma voz africana zombeteira. Claramente o botsuano falava pelo aparelho encontrado no corpo do coreano.

— O coreano era provavelmente o melhor homem que tínhamos em campo — disse Riegel. — A agência dele vai ficar furiosa por ter morrido nessa operação.

— Eles que se fodam — disparou Lloyd. — Deveriam ter mandado alguém capaz de cumprir a tarefa. Quando só nos deram um homem, percebi que não estavam de coração nesse jogo.

— Você é um idiota, Lloyd. Tem alguma ideia do que esse assassino já fez na carreira?

— Claro que tenho. Deixou uma mancha pastosa em uma viela de Paris. Quanto ao mais, eu estou cagando e andando.

Nesse momento, a voz do botsuano voltou a soar nos alto-falantes.

— Tem uma trilha de sangue indo para o norte. Vamos seguir atrás dele.

— Está vendo? — disse Riegel. — Banshee 1 fez sua parte.

Três minutos depois, um vigia entrou na rede.

— Cinquenta e Quatro para Tec.

— Pode falar, Cinquenta e Quatro.

— Estou em uma janela no quarto andar perto da place Saint-Michel. Acho que seguindo o sujeito com minha câmera. Posso enviar as imagens para verificação.

Demorou dez segundos para estabelecer a conexão. Quando o monitor de plasma na sala de controle bruxuleou, as luzes de Paris brilharam, mostrando a silhueta da catedral de Notre-Dame. O Sena era uma faixa cintilante cortando a cidade. A câmera não parecia focada em nada específico.

— Onde ele está? — berrou o caçador Riegel, empolgado com a perseguição, em uma busca frenética por sua presa. — Cinquenta e Quatro, enfoca o alvo!

— *Oui, monsieur.* — A imagem fechou na Pont Neuf, que atravessava o rio na direção da catedral. Uma figura solitária de terno escuro capengava, trôpega, e parou no meio da ponte. Claramente o homem estava ferido, fugindo, tentando chegar à Rive Gauche e a Île de Cité, a ilhota no meio do Sena onde fica a catedral de Notre-Dame.

— Olhem só. Ele está ferrado! — gritou Lloyd, animado. — Quem nós temos lá perto?

Tec respondeu antes de Lloyd fazer a pergunta.

— Os cazaques estão a trinta segundos. Vão aparecer vindo do sul pela ponte. Os botsuanos vêm vindo logo atrás, e os bolivianos estão no norte do Sena. Os cingaleses ainda a dez minutos a oeste.

A imagem do vídeo abriu o campo e mostrou os prédios da Quai des Grands Augustins, a avenida que ladeia o Sena na Rive Gauche. Vários homens chegaram correndo e viraram à direita na ponte. Um deles escorregou no pavimento molhado e caiu, mas os outros continuaram subindo a ladeira da Pont Neuf.

— Acabou! — proclamou Riegel, vitorioso. — Diga pra acabar com ele, pôr o corpo em um carro e seguir para o heliponto. Vamos trazer aqui para o sr. Felix ver de perto.

— Isso seria satisfatório, sr. Riegel, obrigado — comentou Felix, parado como uma estátua atrás dos homens animados diante da bancada de computadores.

A câmera do vigia fechou em Gentry, agora virado de frente para os cazaques, a não mais que quarenta metros de distância. O americano ferido ficou ereto, apesar da dor que sentia ao fazer isso. Olhou por cima dos ombros para o outro lado da ponte.

— Você não vai conseguir, Court — disse Lloyd. — Não pode mais fugir. Está fodido. — O tom de voz era de júbilo.

Mas Riegel falou em voz baixa:

— Merda…

— Qual é o problema? — perguntou Lloyd.

— *Scheisse* — repetiu Riegel para si mesmo em alemão.

O Agente Oculto subiu na grade de cimento da ponte. Olhou para os homens aproximando-se, a pouco mais de vinte metros.

— Não! — gritou Lloyd, entendendo a preocupação de Riegel. — Não, não, não, não…

Kurt Riegel pegou o microfone da mesa de Tec, apertou o botão e gritou:

— *Schiest ihn sofort!* — de repente falando alemão em meio àquele momento aflitivo. — Abram fogo… já!

Mas era tarde demais. Court Gentry pulou do gradil e caiu nove metros até as águas cintilantes, agitando a superfície cristalina com o baque do corpo, para logo desaparecer quando a correnteza se reconfigurou como um espelho fluido.

Lloyd se afastou do monitor. Pôs as mãos na cabeça, chocado. Virou-se para Felix, que continuava em silêncio atrás deles.

— Você viu isso!? Você viu!? Ele morreu!

— Cair na água não mata um homem, meu amigo. Sinto muito, mas preciso de uma confirmação para o meu presidente.

Lloyd virou-se para Tec e gritou tão alto que o castelo todo poderia ouvir.

— Caralho! Fala pra eles entrarem na água! Nós precisamos do corpo!

A imagem na tela de plasma mostrou os cazaques convergindo para o local da Pont Neuf onde o alvo se encontrava cinco segundos atrás. Todos olharam ao redor, os cinco homens na ponte. Dois pularam na água fria e escura, enquanto outros três voltavam correndo para a Rive Gauche.

Riegel disparava instruções para Tec.

— Ele está gravemente ferido. Essa queda só piorou as coisas. Mande os botsuanos pra lá, os bolivianos e os cingaleses também. Manda alguém ir de barco, caso o corpo não chegue logo à margem. Manda todos procurarem nas duas margens. Manda todos os vigias seguirem rio abaixo para localizar por onde ele vai sair. Precisamos do corpo dele!

30

ÀS DUAS E MEIA, COMEÇOU a cair uma chuva leve. A quase quinhentos metros a sudoeste da catedral de Notre-Dame, na Rive Gauche do Sena, o Jardim Tino-Rossi estava escuro e deserto. A quinze metros do cais, um barranco gramado corria ao longo da mureta de pedra. Lá, entre uma árvore e a mureta, jazia uma figura deitada de costas, os joelhos ligeiramente erguidos e os braços distorcidos. Qualquer um que passasse pelo corpo molhado perceberia que havia saído do rio. Talvez um último resquício de força tenha feito seus braços subirem pela margem do rio e chegarem à grama molhada; talvez até ficar em pé por um instante, mas logo os braços e pernas devem ter cedido, e o corpo caiu no chão frio.

O corpo não se mexia, nem emitia qualquer som, até um ruído eletrônico começar a bipar, abafado pelas roupas encharcadas.

O corpo não se mexeu de imediato. Após uma contração nos ombros e um pequeno movimento de cabeça, tentou reconhecer as imediações. Mais um toque do telefone o fez pôr a mão em um dos bolsos do paletó, tirar um estojo de plástico e o abrir com uma só mão. O telefone via satélite caiu na grama. Os olhos do corpo continuaram olhando para o céu.

Gentry sofreu um baque forte na água depois de ter pulado da ponte. O impacto e o frio o fizeram perder o que restava de ar nos pulmões. Seu corpo afundou. Quando voltou à superfície, já tinha sido levado pela correnteza e passado por baixo da Pont Neuf na direção oeste. Respirou e engoliu água enquanto boiava por cerca de um minuto, antes de ver uma casa flutuante vindo em sua direção. Apesar de fraco, quase perdendo a consciência, Court enganchou um braço no último degrau da escada no casco da embarcação que passava devagar a seu lado. Segurou-se com uma só mão, mantendo a cabeça baixa na esteira de espuma enquanto o barco preto atravessou a Pont Neuf no sentido contrário. Ouviu homens gritando e pulando na água ao redor, procurando um corpo, apontando lanternas para as estruturas da ponte.

Dez minutos depois, Court estava fora de alcance de detecção imediata. Usando suas últimas forças, tentou subir a bordo, mas caiu. As pernas fracas, a dor nas vísceras, o torpor do frio, tudo ia contra ele, e Court caiu de novo na correnteza frígida. Tentou se agarrar ao barco, não encontrou nada a não ser a água do rio e ficou vendo o barco escuro afastando-se rio acima.

Felizmente, ele não estava muito longe da margem do rio. Conseguiu chegar à Rive Gauche e subir na passarela, mas as pernas fraquejaram e Court caiu na relva molhada ao lado de uma árvore no Jardim Tino-Rossi.

E lá ficou por vinte minutos, olhos abertos, porém sem foco, as suaves gotas de chuva caindo nas pupilas.

O telefone tocou outra vez; e Court o pegou na grama, os olhos ainda fixos nas nuvens incrivelmente baixas iluminadas pela cidade.

Sua voz soou fraca e distante.

— Sim?

— Boa noite. Aqui quem fala é Claire Fitzroy. Posso falar com o sr. Jim, por favor?

Gentry piscou os olhos na chuva, que se encheram de lágrimas. Controlou a voz o melhor possível, fez o que podia para disfarçar a dor e a exaustão, o desespero e a sensação de fracasso.

— Já passou da hora de você dormir.

— Sim, senhor. Mas o vovô Donald disse que eu podia ligar.

— Você se lembra de mim?

— Sim, senhor, claro. Lembro que o senhor levava a gente pra escola. Dormia em uma caminha no corredor, mas minha mãe disse que, na verdade, não dormia. Ficava de guarda a noite toda. O senhor tomava café e gostava dos ovos que minha mãe fazia.

— Isso mesmo. Com bastante queijo. — O osso pélvico de Court estava lacerado, a parede abdominal perfurada. Achava que a faca não tinha chegado a seus intestinos, mas a dor que queimava o centro de seu ser era indescritível. Imaginou que continuava sangrando. Não fizera nada para estancar o sangramento desde que se jogara no rio, quase uma hora atrás.

Sirenes de veículos de emergência passavam à direita. Não podia ser avistado atrás da mureta de pedra e por causa da escuridão.

— Sr. Jim, o vovô Donald disse que o senhor está vindo nos salvar.

Lágrimas escorreram pelo rosto do americano. Ainda não estava morto, mas era quase como se estivesse. Sabia que não conseguiria chegar a Bayeux e, mesmo se conseguisse de alguma forma, o que poderia fazer além de morrer de hemorragia na porta do castelo?

— Onde está seu avô?

— No quarto. Não está conseguindo andar. Disse que caiu da escada, mas não é verdade. Foram esses homens aqui. Ele me deu o telefone e pediu pra ligar pro senhor do closet do banheiro. — Fez uma pausa. — É por isso que estou cochichando. O senhor está vindo, certo? Por favor, diga que está. Se não vier… O senhor é nossa única chance, depois que meu pai foi pra Londres. Sr. Jim… está me ouvindo?

Típico de Fitzroy. Se ele mesmo tivesse feito essa ligação, Court teria dito que estava tudo perdido. Mas o safado ardiloso sabia que ele estaria em péssimas condições, então quem melhor que uma das gêmeas para estimulá-lo a continuar firme?

— Vou fazer o possível.

— Promete?

Estirado na escuridão, enregelando, o terno encharcado colado no corpo, a nuca raspada e o pescoço na lama gelada, Court respondeu devagar, com a voz fraca:

— Vou chegar aí logo mais.

— O senhor promete?

Examinou o ferimento no ventre e o apertou com força.

— Prometo — falou, parecendo reunir alguma força na voz. — E quero que você prometa fazer uma coisa pra mim quando eu chegar.

— Sim, senhor?

— Quando ouvir um barulhão, vá para o seu quarto, entre embaixo da cama e não saia de lá. Você pode fazer isso por mim?

— Barulhão?

— Estou falando de *tiros*.

— Tudo bem.

— Fique lá até eu te pegar. E leva sua irmã junto, tá?

— Obrigada, sr. Jim. Eu sabia que o senhor viria.

— Claire? — O tom de voz demonstrava sinais de uma nova força. — Você vai precisar passar o telefone para seu avô. Preciso fazer uma pergunta importante a ele.

— Tudo bem, Jim.

— Claire? Obrigado por ter ligado. Foi bom falar com você.

Dezesseis minutos depois, Gentry cambaleava pela rue du Cardinal Lemoine. A chuva tinha aumentado, e não havia ninguém por perto, o que era uma sorte, pois andava com as duas mãos segurando o lado esquerdo do abdômen, a perna esquerda rígida. A cada vinte passos ou pouco mais ele parava, encostava em uma parede ou em um carro ou em um poste de luz, recuperava-se por alguns segundos e dava mais alguns passos, antes de parar de novo para se recobrar da exaustão pela perda de sangue.

Chegou ao endereço que Fitzroy havia passado. A porta estava trancada, como ele já sabia, por isso localizou uma reentrância a algumas portas de distância e se acomodou, sentado em um pedaço de papelão, como um pedinte. Recostou a cabeça em um degrau para descansar. Sirenes da polícia uivavam ao longe, talvez a uns dois quilômetros dali. Certamente a polícia, os esquadrões e os vigias estavam todos procurando por ele nas margens do Sena. Torcia para que estivessem concentrados na busca rio abaixo, não rio acima, e com todo mundo se atrapalhando mutuamente.

Estava quase cochilando, a mão pressionando o ventre ensanguentado, quando ouviu um ruído vindo do endereço dado por Fitzroy. Espiou para fora da reentrância e viu a porta trancada se abrir devagar. Esperava alguém chegando de carro, mas aparentemente quem trabalhava no local morava em um apartamento no mesmo prédio.

Uma mulher apareceu na calçada, pouco visível sob as luzes de um poste vinte metros além. Court se levantou e saiu cambaleando.

— *Allez!* — falou ela, em voz baixa. — Depressa...

Passou por ela, ainda cambaleante, e entrou por um corredor comprido. Apoiando o corpo fraco e oscilante na parede, viu que estava com as mãos manchadas com o próprio sangue. A mulher logo enfiou a cabeça embaixo de um de seus braços e o arrastou. Era alta e magra, mas forte. A cada passo, sentia-se apoiando mais nela.

Entraram por uma porta e chegaram a uma sala escura. Antes de ela acender a luz, sobrecarregada pelo homem de oitenta e cinco quilos, Court se assustou com um cão latindo por perto. Depois outro, em seguida dez ou mais cães latindo ao mesmo tempo, todos ao redor dele.

Quando a luz do teto acendeu, logo percebeu que a clínica de emergência indicada por Donald era, na verdade, uma clínica veterinária. Seus joelhos cederam, e o peso do corpo caiu sobre a garota a seu lado. Com um gemido de garoto, ela o empurrou para frente até uma cadeira.

— *Parlez vous français?* — perguntou. Court olhou para ela e notou, a propósito de nada, que era bem bonita.

— *Parlez vous anglais?* — perguntou Court.

— Sim, um pouco. Você é inglês?

— Sou — mentiu, mas sem nenhuma intenção de fingir um sotaque.

— Monsieur... Eu tentei dizer ao monsieur Fitzroy. O médico está viajando, mas eu liguei e ele já está a caminho. Deve chegar em algumas horas. Sinto muito, não sabia da gravidade do seu ferimento. Não posso fazer nada. Vou chamar uma ambulância. O senhor precisa ir a um hospital.

— Não. Você é da Network, do Fitzroy. Pelo menos tem remédios, sangue e ataduras.

— Não aqui, sinto muito. Dr. LePen tem acesso a uma clínica aqui perto, mas eu não. Só trabalho aqui com os animais. O senhor precisa de um hospital. Precisa de atendimento de emergência. *Mon Dieu*, o senhor está gelado! Vou buscar um cobertor. Virou-se e saiu da sala, voltando com um grosso cobertor de lã que cheirava a mijo de gato. Jogou o cobertor nos ombros dele.

— Qual é seu nome? — perguntou Court, com a voz cada vez mais fraca.

— Justine.

— Escuta, Justine. Você é veterinária. Isso já basta. Só preciso de um pouco de sangue e…

— Eu sou assistente de veterinário.

— Bem, isso já *quase* basta. Podemos dar um jeito. Por favor, me ajuda.

— Eu dou banhos nos animais! Seguro os cachorros para o médico! Não posso ajudar. O médico está a caminho, mas o senhor não pode esperar. Está muito pálido. Precisa de sangue. Soro.

— Eu não tenho tempo para esperar. Olha, eu conheço os procedimentos médicos de batalha. Posso ir dizendo do que preciso. Precisamos arranjar algum sangue, umas duas unidades de O positivo, de antibiótico e de suas mãos. Quando a fraqueza e a dor aumentarem demais, não vou mais conseguir fazer o que precisa ser feito.

— Procedimentos de batalha? Não estamos em um campo de batalha. Estamos em Paris!

Court grunhiu.

— Diz essa frase ao cara que fez isso. — Abriu o cobertor e tirou a mão do ferimento da faca. Sua pressão agora estava tão baixa que o sangue não jorrava mais da cintura, só escorria, cintilando sob a luz forte do consultório.

Justine arquejou.

— Parece grave.

— Poderia ser pior. Cortou músculos, sangrou, mas vai ficar bem se conseguir um pouco de O positivo. Se puder me ajudar, eu saio logo daqui. Fitzroy vai pagar você e o médico pelo incômodo.

— Monsieur? Não está me escutando? Eu trabalho com cachorros!

Court fechou os olhos, tonteou por um instante, mas falou:

— Imagine que eu tenho pelos.

— Como o senhor consegue brincar? Vai morrer desse sangramento.

— Só porque você está discutindo. Onde é essa clínica? Podemos ir até lá, pegar o que eu preciso. Não posso ir a um hospital. Tenho que resolver desse jeito.

A garota suspirou fundo, assentiu e prendeu o cabelo na nuca.

— Vou fazer um curativo para estancar um pouco o sangue.

Os latidos dos cães começaram a amainar.

* * *

O pequeno centro cirúrgico veterinário estava imundo, não tinha sido limpo depois do fechamento na sexta-feira.

— Desculpe, monsieur. Se eu soubesse que estava vindo...

— Tudo bem. — Court tentou subir na mesa de metal no meio da sala, mas Justine o deteve, pegou um frasco de spray desinfetante e limpou o alumínio escovado enquanto o paciente se apoiava em uma prateleira de ataduras. Disparou pela porta e voltou com a almofada de um sofá da sala de espera.

— O senhor precisa deixar as pernas de lado. Isso não foi feito para humanos.

— Certo.

Usou as últimas forças para rasgar a camisa. Botões voaram e bateram no teto. Justine tirou seus sapatos ensopados e usou uma tesoura para cortar e tirar a calça, deixando-o de cueca.

— Eu... não tenho muita experiência com humanos — falou.

— Você está indo muito bem.

Lutou contra sua timidez e examinou Gentry dos pés à cabeça.

— O que aconteceu com o senhor?

— Tomei um tiro na perna. Uns dois dias atrás.

— Um tiro? — Examinou o ferimento aberto de três dias atrás na coxa dele, mas logo voltou ao ventre ensanguentado. Vestiu rapidamente um par de luvas de borracha. — *Mon Dieu...*

— Depois cortei as pernas e os pés em uns cacos de vidro.

— Estou vendo.

— Depois fraturei uma costela rolando de uma montanha na Suíça.

— De uma montanha?

— Foi. Depois machuquei o pulso me livrando de umas algemas.

Justine ficou em silêncio, meio boquiaberta.

— E o estômago?

— Ferimento de faca.

— Onde?

— Aqui em Paris. Mais ou menos uma hora atrás, acho. E depois caí no Sena.

Justine abanou a cabeça.

— Monsieur, não sei em que o senhor trabalha e prefiro não saber. Mas, seja o que for, acho que deveria mudar de emprego.

Court deu uma risadinha, um lança-chamas no ferimento no ventre.

— Minhas aptidões não se aplicam a trabalhos honestos.

— Desculpa. Não entendi essas palavras.

— Deixa pra lá. Justine, nós podemos estancar o corte da faca com essas ataduras, mais ou menos, mas sem uma transfusão de sangue eu vou desmaiar.

— A clínica é aqui perto, mas está fechada.

— Nós vamos ter de abrir — replicou Court. — Vamos lá. Eu preciso começar a me mexer em menos de uma hora.

Justine estava amarrando uma bandagem de compressão na cintura de Court para segurar o espesso quadrado de gaze aplicado no ferimento.

— Mexer? O senhor não pode se mexer de jeito nenhum! Por vários dias. Não entende o quanto seu ferimento é grave?

— É *você* que não entende. Eu preciso ir até um lugar! Só preciso ser remendado pra poder partir!

Court pensou um pouco. Consultou o relógio de pulso e viu que eram três da madrugada.

— Eu... preciso ir a Bayeux, na Normandia.

— Hoje? Está louco?

— É uma questão de vida ou morte, Justine.

— Sim, da *sua* morte, monsieur.

Court tirou o envelope de dinheiro de Maurice do bolso. Ensopado, mas foi um milagre não ter se perdido no rio, assim com as chaves do carro. Entregou o envelope molhado a Justine.

— Quanto tem aí? — perguntou, enquanto ela o examinava.

Justine ergueu os olhos.

— É muito.

— É todo seu. Só me ajuda a chegar a Bayeux antes das oito da manhã.

— O senhor não consegue nem dirigir um automóvel. O que pretende fazer quando chegar lá?

— Eu consigo dirigir. Só preciso que você me costure e faça um curativo enquanto eu dirijo. Podemos fazer a transfusão no caminho.

Justine levantou-se devagar. Disse cada palavra em separado.

— Suturar? No... carro?

Court aquiesceu.

— Enquanto o senhor dirige?

— Isso.

Murmurou alguma coisa em francês que Court não compreendeu. Entendeu a palavra *cachorros* e deduziu que estava dizendo que, em momentos como esse, ela preferia ter pacientes quadrúpedes.

Amarrou uma gaze no pulso dele e o ajudou a pôr a camisa molhada nos ombros. Não tirou os olhos do que estava fazendo quando falou:

— O que vai acontecer em Bayeux em uma manhã de domingo que o senhor não pode perder de jeito nenhum?

— Você acreditaria se eu dissesse que vou cantar no coral da igreja?

Justine abanou a cabeça, sem sorrir.

— Não.

— Certo. Então eu vou explicar. — E explicou. Contou a história com furos por onde um jato jumbo poderia passar sobre o que tinha acontecido e o que precisava fazer às oito horas. Falou sobre as meninas sequestradas e o pai morto ao tentar protegê-las. Falou sobre as equipes de operativos estrangeiros atrás dele e, como o cansaço estava afetando seu cérebro, contou de novo sobre o telefonema de Claire e as garotinhas que precisava defender.

Justine ficou horrorizada quando ele falou sobre os assassinos e as mortes, o perigo mortal que corriam duas garotinhas por causa da reputação de uma corporação truculenta. Sim, trabalhava para um veterinário que, às vezes, passava algumas horas lidando com alguns pacientes altamente suspeitos, que contou alguma coisa sobre Fitzroy e a Network e ela não quis fazer mais perguntas, mas nunca imaginou que envolvesse homens tão brutais e cruéis quanto os da história do estrangeiro.

— Então... o que você me diz? — perguntou Court.

— Por que o senhor está confiando em mim?

— Desespero. Quarenta e cinco minutos atrás eu estava morto no rio. Desde aquele momento, você se tornou minha única esperança. Se me trair, não vou ficar pior do que estava no rio.

— E quanto à polícia?

— Lloyd diz que vai matar os reféns se alguém além de mim aparecer na casa. Eu conheço os homens com ele. Vão fazer exatamente o que ameaçaram fazer. Eu preciso ir sozinho, mas com sua ajuda. Você fica em Bayeux. Meu destino fica a uns poucos quilômetros ao norte da cidade. Você pode voltar a Paris no primeiro trem da manhã. Vai estar a quilômetros de qualquer perigo. Garanto.

— Por que nome devo chamar o senhor? — perguntou.

— Jim.

— Certo, Jim. Nós vamos, mas com uma condição.

— Que condição?

—Antes você vai tomar um pouco de analgésico, só para o procedimento. Vamos pegar algumas coisas na clínica que eu possa ministrar quando a transfusão normalizar sua pressão sanguínea. Vamos até a gare Saint-Lazare com meu carro. Você pega o seu. Depois partimos. Não vai ter trânsito na estrada até chegarmos à cidade. Eu cuido do seu ferimento enquanto dirige.

Court pensou a respeito. Todas as fibras do seu ser eram contra tomar qualquer medicação que pudesse nublar seus pensamentos e embotar seus sentidos, prejudicar a concentração total na tarefa à frente. Achou que poderia aguentar a dor.

Não, não gostava do plano de Justine, mas por alguma razão *confiava* nela. Ao olhar para a garota alta e graciosa de pé à sua frente, ainda bonita apesar do cabelo preso e desgrenhado como saiu da cama, sem maquiagem e com gotas de suor acima do lábio superior pelo esforço sendo feito por um estranho assustador, Court admitiu que não estava em posição de argumentar.

Justine ajudou-o a ficar de pé, e os dois saíram devagar, cambaleando, da sala de cirurgia pelo corredor que levava aos fundos da clínica. Gentry estremecia a cada passo. A certa altura, sua cabeça pendeu para trás, como se fosse desmaiar.

Justine o encostou na parede do quintal enquanto remexia em um molho de chaves.

— O que é essa coisa?

— É o meu carro.

— Isso é um carro?

— Qual é o problema?

— É pequeno.

— Não imaginei que iria transportar pacientes no banco do passageiro quando comprei.

— Faz sentido. Tudo bem. Pelo menos não vai chamar atenção.

Os dois abriram um pequeno sorriso, que logo esmaeceu quando ela o acomodou no banco. Court gritou de dor, um grito que culminou com uma respiração ofegante.

Demorou quase um minuto para o motorzinho pegar. A essa altura, Court estava dormindo. Justine desceu o encosto do banco, quase na posição horizontal. Com algum esforço, conseguiu pôr as pernas dele no painel para ajudar a evitar um choque. Quando virou para o norte na rue Monge, viu helicópteros sobrevoando o rio ao longe.

Justine estacionou a algumas casas da clínica perto da rue des Écoles. Às três e meia, não havia ninguém na rua. Court se agitou, olhou ao redor por um momento e pediu a Justine uma caneta e um pedaço de papel. Ela revirou a bolsa e passou a ele um envelope e um lápis.

— Tem um outro remédio que você precisa pegar. Deve estar entre os medicamentos pediátricos.

— Alguma das gêmeas precisa de remédio?

— Não, é para mim. — Anotou um nome e devolveu o envelope. Justine leu.

— DextroStat? Pra que serve?

— Vai me ajudar. É muito importante. Tente encontrar.

Justine deu de ombros, prometeu que iria procurar. Sem mais palavras, saiu do minúsculo Uno e foi até o porta-malas. Gentry não conseguia olhar para trás para ver o que estava fazendo. Alguns segundos depois, ela se dirigiu à porta de vidro do prédio e olhou rapidamente para um lado e o outro. Quebrou o vidro com a alavanca do macaco do carro e enfiou a mão entre os cacos para abrir a porta por dentro. Enquanto Court observava, totalmente impotente, entrou na clínica escura enquanto um alarme agudo ecoava na rua.

Mesmo diante do perigo iminente, Court voltou a adormecer no carro. Acordou com o tranco do pequeno cupê arrancando. Na luz mortiça dos bruxuleantes postes de iluminação, deu uma olhada para o rosto da jovem: intensidade e determinação.

— O que você conseguiu? — perguntou.

— Três unidades de O positivo, duas bolsas de glicose, morfina, Vicodin, equipamento de transfusão, antissépticos e um kit de sutura.

— E...?

— E o remédio que você pediu.

— Bom trabalho.

— É — respondeu com um sorriso. — E foi divertido.

No estacionamento no subsolo da gare Saint-Lazare, Justine e Court entraram na grande Mercedes. Gentry sentou-se ao volante, zonzo e gemendo de dor. Justine começou a transfusão de sangue e de nutrientes na garagem deserta e escura. Prendeu as bolsas na luz do teto para manter as gotas caindo e ajoelhou-se no couro macio. Despejou o antisséptico à vontade na cintura de Court, para ser absorvido pelas ataduras e pelo ferimento.

Justine disse para Court ficar sentado e relaxar e desceu do carro. Saiu do seu campo de visão, enquanto ele tentava pensar sobre a tarefa ainda à frente. Sabia que aqueles atrasos significavam que não chegaria ao castelo antes das seis da manhã. Quase não teria tempo para avaliar as características do território. Não. Do jeito que estava, só teria tempo para dirigir até a porta da frente e começar seu ataque, se ainda quisesse contar com a cobertura da escuridão. Merda. Sabia que suas chances de sucesso nunca foram boas, mas depois do esfaqueamento em Paris tinham se tornado incalculavelmente menores.

Nesse momento Justine voltou com um saco de croissants e dois grandes copos de café. Court pegou um dos copos de isopor da mão dela e engoliu até queimar a boca.

— *Arrêt! Para!* — disse Justine. — Toma devagar.

Court pegou um croissant e mordeu com vontade. Justine tentou passar manteiga enquanto ele comia, mas Court simplesmente engoliu a manteiga.

— Sua mãe ficaria orgulhosa — brincou Justine. — Agora relaxa. Está recebendo o soro e os nutrientes de que precisa na veia. Com a morfina, se comer demais você vai vomitar. Toma o café devagar. Você consegue dirigir?

— É o que vamos saber daqui a pouco — respondeu Court com uma expressão determinada. Engatou uma ré, afastou-se da vaga e saiu da garagem devagar pela noite.

Pegaram a AI5 no norte da cidade e, como Justine prometera, quase não havia trânsito às quatro da manhã de domingo. A francesa praguejou em voz alta quando viu uma das unidades de sangue vazia assim que saíram da cidade; trocou a bolsa por outra de um litro e também a de glicose para manter o fluido gotejando no ritmo mais rápido possível.

A AI3 era a rota mais direta para Bayeux, mas Gentry a evitou. Sabia que poderia haver vigilância na principal rota para o castelo, por isso preferiu pegar uma série de estradinhas laterais, que aumentaria em meia hora ou algo assim a viagem.

Conseguiram evitar o inevitável por uma hora. Justine falou sobre a família e os amigos e seus seis gatos. A conversa a esmo demonstrava seu nervosismo evidente. A menos de uma hora de viagem do castelo, ela ficou em silêncio e injetou uma minúscula dose de morfina na cânula na veia de Court. Se a pressão sanguínea estivesse muito baixa, como na clínica veterinária, a morfina poderia parar seu coração. Mas, depois de duas unidades e meia de sangue, Justine achou que uma pequena dose de um potente analgésico valeria o risco, considerando o que estava prestes a encarar.

Enquanto seguiam viagem pela noite escura, Court começou a se sentir melhor, com o analgésico, o sangue e a água açucarada do soro aumentando sua força e o moral. Os dois discutiram o procedimento, e Justine demorou algum tempo para organizar o equipamento de sutura e as ataduras no painel do carro. Encolheu-se ao mergulhar a agulha pontuda em forma de anzol em um frasco de antisséptico e protegê-la com uma gaze esterilizada. Abriu a camisa de Court, cortou as ataduras e despejou quase metade do conteúdo do frasco em sua barriga, fazendo-o se contrair com o ardor.

Os dois soltaram os cintos de segurança, e ela ficou de joelhos no banco. Gentry segurou na parte mais alta do volante para dar acesso a seu ventre. Tomou os últimos goles do café frio e jogou o copo no banco traseiro. Justine usou fita adesiva para prender a pequena lanterna de Court ao volante, iluminando bem sua área de trabalho, desde que não deixasse as mãos fazerem sombra no corte.

— Eu nunca fiz isso em um humano, nem nas condições certas, mas já dei pontos em gatos.

— Você vai conseguir — disse Court, percebendo que um estava tentando acalmar o outro.

Mas a firmeza de Justine foi a primeira a ratear. Olhou para o americano e perguntou:

— Tem certeza? Vou ter de ir fundo no músculo para fechar o ferimento. Se suturar só a pele, vai abrir assim que se mexer.

Court concordou com a cabeça, os olhos já aguando com a expectativa da dor.

— Justine... — falou em voz baixa. — Não importa o que eu diga ou faça... *Não para*.

Ela aquiesceu, se aprumou.

— Está pronto?

Court assentiu brevemente, pegou o cinto de segurança, levou-o à boca e mordeu forte.

A estrada era reta e plana, os faróis mostravam o caminho.

Justine perfurou a pele do paciente a um centímetro do sangrento corte da faca. A agulha curva penetrou fundo no músculo abdominal. Quando saiu do outro lado, o sangue borbulhou sob a luz da lanterna. A ponta afiada da agulha curva emergiu a um centímetro de onde havia entrado.

Court deu um grito, abafado pelo cinto de segurança na boca.

Justine puxou o fio com a mão enluvada e voltou a enfiar a agulha. Mesmo com um quarto de dose de morfina, sentiu as lágrimas do paciente caindo em seus braços quando fez o segundo ponto, ao lado do primeiro.

Continuou o processo por dez quilômetros. Não tirava os olhos da sutura que fazia, mas falou o tempo todo em francês para acalmá-lo, como faria com um cachorro ferido. O paciente gemia e fazia caretas. Milagrosamente, de seu ponto de vista, ele continuava dirigindo, fazendo curvas suaves quando necessário, a certa altura até dando uma suave freada. Justine deduziu que a estrada à frente e sua necessidade de se concentrar eram as únicas coisas que o mantinham coerente.

Usava gaze para enxugar o sangue enquanto operava, aplicando o antisséptico para enxergar melhor o ferimento latejante.

Finalmente falou:

— Quase pronto. Só preciso fechar o corte. Mais alguns segundos.
— Ouviu Court gemer e arquejar. O ritmo daqueles sons a deixaram aflita; sabia que ele poderia entrar em choque a qualquer momento. — Vamos lá… vou fazer com a maior delicadeza possível. Puxou o fio, o ferimento se fechou bem e o sangramento parou de imediato. — Pronto, perfeito. Agora só falta amarrar e…

O carro passou por uma série de saliências. A suspensão da Mercedes era incrível; Justine mal sentia as irregularidades da pista. Mas, quando os solavancos continuaram por alguns segundos, ela olhou para seu paciente.

Ficou horrorizada ao ver a cabeça dele caída para frente, os olhos fechados. Jim tinha desmaiado.

A Mercedes preta saiu da estrada às cinco e meia da manhã.

31

Todos os dez seguranças bielorrussos estavam em seus postos ao redor do castelo; seis do lado de fora, dois nas janelas do andar térreo e dois na torre. Serge e Alain, os dois engenheiros de segurança eletrônica, se instalaram na biblioteca do andar térreo, os olhos injetados de sangue examinando atentamente os monitores, observando as imagens em infravermelho no perímetro ao redor da construção. A cada cinco minutos, usavam walkie-talkies para se comunicar com as patrulhas.

Os líbios eram o único esquadrão de extermínio ainda na área, todos exaustos por suas patrulhas em Bayeux. Já sabiam que não iriam ganhar o grande prêmio em dinheiro. As outras equipes da área foram mandadas a Paris em busca do alvo, bem como todos os vigias em um círculo de quatrocentos e cinquenta quilômetros. Os líbios tiveram uma boa chance de cumprir a missão na montanha na Suíça e fracassaram, por isso receberam ordens de ficar à espera, com uma possibilidade em cem, na melhor das hipóteses, de terem outra chance para matar o Agente Oculto.

Agora ninguém esperava que Gentry chegasse a Bayeux.

Riegel, Lloyd, Tec e Felix aguardavam na sala de controle obscurecida, bebericando café e observando os monitores mostrando as imagens tremidas transmitidas pelas câmeras de vídeo digitais dos vigias e dos esquadrões de extermínio em Paris. Tec continuava coordenando a busca nas imediações do Sena. A essa altura, Riegel e Lloyd já admitiam que Gentry deveria ter saído do rio corrente abaixo e deixado a área, por isso a rede se estendia cada vez mais pelas duas margens do rio.

Por volta das cinco da manhã, novas informações de Paris geraram um frenesi de atividade no castelo. Um dos vigias ouviu um rádio da polícia notificando um arrombamento em uma pequena clínica de atendimento de emergência no Quarto Arrondissement. Ficava rio acima do local onde o alvo caiu no rio, mas Tec mandou um vigia para apurar o que pudesse. Os donos da clínica informaram que o sangue e os equipamentos roubados eram artigos necessários para cuidar de ferimentos.

Riegel chegou por trás de Tec.

— Nós vamos ter de dividir as equipes. Mantenha os bolivianos e os cingaleses em Paris. Manda os botsuanos virem para cá pela rodovia, ver se o avistam no caminho. Envia um helicóptero pegar os cazaques, que são os mais habilidosos. Quero todos aqui. Eles podem patrulhar as estradas secundárias ao redor do terreno, procurar qualquer coisa que se mova. E alerta os líbios em Bayeux! Eles precisam ficar lá vigiando a estação ferroviária e as ruas da cidade. Se o Agente Oculto ainda estiver na luta, vai chegar aqui ao raiar do dia.

Tec murmurou consigo mesmo.

— Nós vimos o desgraçado. Percebemos que estava ferido. Vimos quando caiu na água.

Lloyd deu um tapinha na nuca do inglês e saiu depressa da sala, descendo para informar aos homens que monitoravam as câmeras de infravermelho que o alvo poderia estar a caminho.

— Por favor, Jim! Você precisa acordar!

Gentry abriu os olhos. Viu uma silhueta acima dele no escuro. Instintivamente, agarrou-a pela garganta, jogou-a no chão e a virou de lado.

Caiu sobre o corpo de Justine na relva alta e molhada.

— Desculpa — foi só o que conseguiu dizer ao sair de cima da garota francesa. Os movimentos foram desajeitados, claramente prejudicados pelos remédios.

Ela também demorou para se levantar. Estava escuro, e o que mais Court conseguia ver eram seus olhos arregalados. Quando conseguiu se sentar, ele olhou para o outro lado, envergonhado. Avaliou o entorno.

Os dois estavam sentados na relva molhada, encostados na Mercedes. Gentry deduziu que a estrada ficava do outro lado. O brilho da lua era difuso por causa da neblina, mas conseguiu ver a movimentação de algumas vacas no pasto enlameado atrás do automóvel.

O ar estava gelado.

— O que... o que... Onde nós estamos?

— Eu não conseguia te acordar. Estamos a oeste de Caen, ainda a trinta minutos de Bayeux.

— Merda. Que horas são? — Aos poucos, o americano começou a se lembrar da missão, como se surgisse da névoa do seu cérebro dopado.

— Quase sete. O sol vai aparecer em menos de uma hora.

— Nós batemos o carro, não foi?

— *Nós*, não, monsieur. Foi *você* que bateu.

Court começou a lembrar, mas lentamente. Pôs a mão na barriga ferida, percebeu que agora quase não doía. Usava uma camisa marrom limpa e sentia as ataduras firmes na pele.

Olhou para a calça que usava.

— Foi você que me vestiu?

Justine virou o rosto e olhou para uma encosta escura.

— Achei essas roupas em uma sacola no carro. Depois do acidente.

— Você se machucou?

— Nada grave. Só alguns hematomas. Nós tivemos sorte. Você saiu da estrada por uma trilha de vacas. Atravessamos a cerca e passamos por aquelas árvores. O carro não funciona. Depois do acidente, eu te dei um pouco de remédio, fiz o curativo e vesti essas roupas. Desde esse momento, estamos aqui. Agora há pouco passou um helicóptero. Fiquei com medo. Achei que podia estar nos procurando.

A cabeça de Court clareava a cada segundo, já no controle.

— Você disse oito horas — lembrou Justine. — Ainda dá pra chegar antes disso.

— Eu precisava ter me posicionado antes do nascer do sol — respondeu Gentry com um suspiro. Levantou-se devagar, com menos dificuldade do que esperava. — Que remédio você me deu?

—Alguns analgésicos, e amarrei bem o curativo na cintura pra diminuir a dor.

Enquanto ela falava, Gentry verificava o curativo embaixo da camisa.

— Ótimo. Não estou me sentindo tão mal.

— Não vai durar muito. A dor vai voltar logo. Eu não dei o outro remédio. O DextroStat. Mas li o rótulo. É uma anfetamina muito forte. Se tomar uma dessas pílulas, sua pressão vai aumentar. Se meus pontos não estiverem perfeitos, vão começar a sangrar, o que pode causar uma hemorragia interna. Seria loucura tomar essa cápsula.

— Eu não vou tomar uma cápsula. Vou abrir três cápsulas e misturar o conteúdo em uma xícara de café quente. Isso vai eliminar o tempo de liberação do revestimento e surtir todo o efeito instantaneamente.

— É suicídio! — exclamou Justine. — Eu não sou médica, mas sei o que isso vai fazer com o seu corpo.

— Vai me deixar mais alerta por uma meia hora. Se eu sangrar depois disso, tudo bem. Só preciso fazer meu trabalho antes.

Justine começou a protestar, mas Court a interrompeu.

— Nós precisamos de outro transporte. Alguma coisa local, que não chame a atenção.

Justine abanou a cabeça, frustrada.

—Tem uma fazenda logo ali. Talvez possa pegar um veículo emprestado.

Court viu a casa de fazenda do outro lado da cerca, a setenta metros de distância. As janelas já iluminadas. Avistou um velho sedã branco iluminado pela janela, sujo de lama e esterco até a altura da cintura.

— É, eu vou pegar o veículo deles *emprestado*. — Andou devagar até o porta-malas da Mercedes e pegou a outra pistola Glock. A primeira fora perdida nas ruelas de Paris. Sem olhar, puxou o carregador dois centímetros e usou a ponta do dedo para verificar se estava carregada. — Eu já volto.

* * *

Uma hora antes do amanhecer, Riegel pôs todas as forças do castelo de prontidão para esperar a chegada do Agente Oculto, se ele realmente viesse. Os dez homens de Minsk foram divididos em três grupos de dois, patrulhando o jardim e a entrada do portão principal, fuzis de assalto Kalashnikov na mão. Outros dois empunhavam suas AK-47 no primeiro andar do castelo, um vigiando a janela da frente e outro a janela do jardim dos fundos.

Os últimos dois bielorrussos se posicionaram na torre do castelo: um franco-atirador com o Dragunov com mira telescópica, o mesmo homem e a mesma arma usada para tirar a vida de Phillip Fitzroy, e um observador com um AR-15 nas costas, pelo binóculo olhando para todas as direções.

Além dos dez bielorrussos havia os três homens de Lloyd de Londres, os irlandeses e os dois escoceses. O outro irlandês jazia no porão ao lado do cadáver de Phillip. Dois na cozinha, rádios nos ouvidos e submetralhadoras no colo, esperando ordens de Riegel para agir quando o Agente Oculto aparecesse. O terceiro, McSpadden, ficou no corredor perto do banheiro do segundo andar, vigiando a família Fitzroy.

Os dois engenheiros franceses continuavam na biblioteca do primeiro andar, de olho nos monitores das câmeras infravermelho posicionadas no perímetro. Os dois eram ex-soldados de infantaria na casa dos quarenta, com pistolas na cintura, e sabiam como usá-las.

Finalmente Tec, Lloyd, Felix e Riegel na sala de comando. Dos quatro, só Riegel poderia ser considerado um bom combatente. Usava a pistola em um coldre axilar embaixo do paletó de veludo. Perigoso ou não, Lloyd estava armado com sua pequena pistola automática, e ao lado de Tec uma Uzi repousava na bancada do computador, apesar de o jovem inglês de rabo de cavalo nunca ter chegado perto de uma arma carregada.

Tudo isso representava dezenove defensores *versus* um atacante, mas era apenas a defesa interna do castelo. A dez quilômetros de distância, em Bayeux os quatro operativos líbios da Organização de Segurança Jamahiriya mantinham constante contato pelo rádio com Tec, vigiando a estrada que ligava a cidade ao castelo e a estação ferroviária prestes a iniciar suas atividades, a única rota razoável desde Paris. O Eurocopter preto e esguio sobrevoava à alta altitude, com os cinco sauditas a bordo, vigiando as estradas de Caen no sentido leste e até mesmo a costa ao norte para o caso de o Agente Oculto aparecer na praia da Normandia como em um passe de mágica, reproduzindo a invasão do Dia D com um só homem.

E os quatro cazaques, recém-chegados de Paris, patrulhavam em um pequeno Citroën azul, os Kalashnikov no colo com as coronhas dobradas. Dirigiam pela zona rural, em busca de motoristas matutinos e verificando as placas dos veículos, iluminando os carros com suas lanternas e examinando os ocupantes.

Os cazaques não usavam seus rádios. Sim, eles ouviam as comunicações de Tec com as outras equipes, mas não respondiam aos chamados. Estavam lá para matar o Agente Oculto, pegar o dinheiro e voltar para casa. Só se comunicariam com os homens no castelo quando jogassem o cadáver de Gentry no portão e exigissem seu dinheiro.

Riegel supervisionava toda a operação na sala de controle no terceiro andar. Seria o primeiro a reconhecer que não era uma luta justa, mais de trinta homens armados contra um adversário gravemente ferido operando com recursos limitados e quase sem dormir.

Mas Riegel era um caçador, e luta justa não fazia parte das regras de seu jogo.

32

O brilho do sol matinal iluminou o canal da Mancha, e laivos das primeiras tonalidades da manhã roçaram os ombros de Justine, que dirigia o sedã branco e sujo pela estrada costeira do oeste. Mantinha a velocidade permitida e lia as indicações com cuidado.

O banco de passageiros e o traseiro estavam vazios, exceto por várias caixas de alumínio.

Dirigia sozinha e entrou à esquerda para o vilarejo litorâneo de Longues-sur-Mer, sem acelerar nem reduzir a velocidade quando um helicóptero preto voou rasante trinta metros acima. Passou uma segunda vez e depois uma terceira, antes de sair do campo de visão rumo ao sudoeste.

A estrada foi toda dela por algum tempo, mas pouco depois do helicóptero um Citroën azul surgiu atrás, saindo da passagem de cascalho à esquerda, levantando poeira. Arriscou um olhar pelo retrovisor e não viu nada além dos faróis acesos. O carro se manteve à curta distância por algumas centenas de metros antes de emparelhar com ela. Justine agarrou a fina barra do volante com tanta força que achou que sairia em suas mãos quando o faixo de luz de uma lanterna a iluminou e passou para o banco traseiro. A lanterna apagou, e o Citroën seguiu em frente. Achou que logo veria as luzes de freio se acendendo, obrigando-a a parar. Mas o carro aumentou a velocidade e as luzes desapareceram na névoa da estrada um minuto depois.

Seguiu para o sul mais alguns quilômetros. Consultou as anotações a lápis feitas por Jim no mapa em seu colo. Logo à frente havia uma saída à esquerda, por onde entrou fazendo sinal de luz. A estrada de terra era estreita, com cercas altas e densas dos dois lados. Dez minutos adiante, a estrada virou para o sul, mas Justine reduziu a velocidade, saiu da estrada e acelerou até chegar a um matagal denso.

Um grande muro de pedra, de três metros de altura, erguia-se do outro lado do matagal. Do seu ponto de vista, ocupava todo o para-brisa e parecia chegar ao céu infinito. Encostou o para-choque do sedã no muro e desligou o motor.

A escuridão era quase total sob as árvores altas dos dois lados da estrada. Saiu rapidamente do carro, tomando o cuidado de não bater a porta. Deu quatro batidas bem espaçadas no porta-malas do Fiat, um sinal pré-combinado de que estava tudo bem.

Logo depois, o porta-malas se abriu. Jim estava apertado lá dentro, um copo de café vazio ao lado e um fuzil preto nos braços.

— Sem problemas? — perguntou enquanto saía devagar. Justine podia ver a dor no rosto dele a cada movimento, por conta dos ferimentos. Deixou o fuzil no porta-malas, contornou o veículo, alongando-se para amenizar o confinamento do porta-malas.

— Tem homens patrulhando. Em um carro e em um helicóptero. Deve ter mais lá dentro — disse Justine, atrás do carro. — Eles devem considerar você um homem muito perigoso, para ter tanta gente esperando.

O americano passou pelo matagal ao lado do banco do carona e abriu a porta de trás.

— Minha reputação é exagerada.

— Como?

— Deixa pra lá. Gostaria de agradecer por tudo o que fez. Você mereceu cada centavo desse dinheiro. Eu não teria conseguido sem sua ajuda.

Justine sorriu na luz difusa.

— Na verdade, você ainda não fez nada, Jim.

— Tem razão.

— Como está se sentindo?

— Como se tivesse acabado de tomar uma dose tripla de anfetamina com um café expresso duplo. Seus pontos vão muito bem.

Sem aviso, os faróis de um automóvel iluminaram o corpo de Justine. Olhou na direção da luz, e logo se virou para Jim em busca de orientação, mas ele já não estava mais lá.

Segundos depois, o Citroën azul parou atrás dela e quatro homens desceram rapidamente.

Justine ergueu uma das mãos para proteger os olhos da luz, sentindo-se nua sob os faróis. Viu as silhuetas dos quatro homens se formarem no facho de luz. Viu o perfil das armas compridas nos braços deles. Alguém gritou alguma coisa, mas ela não entendeu e não conseguia falar nada. Ficou olhando para a esquerda e a direita, na luz mortiça de antes do amanhecer.

Sabia que Jim estava seguro longe do facho dos faróis, que tinha escapado dos homens à sua frente. Achou que já deveria ter pulado o muro de pedra, deixando-a ali para explicar as caixas de equipamentos no carro e arranjar alguma desculpa plausível por estar ali naquele momento.

O pavor que sentia ameaçava explodir seu coração dentro do peito.

— *Bonjour* — falou para as quatro silhuetas, a voz fraca, pouco mais que um murmúrio.

As figuras se aproximaram em uníssono, com as armas apontadas.

Quinze metros, dez metros, as sombras convergiam enquanto chegavam mais perto.

A aproximação determinada das silhuetas mudou de repente, uma sombra veloz surgiu à esquerda, uma das silhuetas percebeu o movimento e começou a erguer a arma, e os espectros gritaram surpresos ao ver uma figura alta encolhida como uma bola.

Justine recuou depressa, bateu no porta-malas do carro, viu a dança dos movimentos de claro e escuro à sua frente. Na confusão na beira da estrada, distinguiu contornos de braços e pernas e a série de golpes e chutes, armas girando pelos ares e caindo no cascalho poeirento entre gritos e impactos de punhos na carne e de ossos com ossos.

Uma segunda figura caiu imóvel, estirada sob a luz dos faróis. Percebeu que não era Jim. Outras sombras convergiram para a nuvem de pó, o contorno de um homem agarrou a cabeça e o pescoço de outra silhueta e torceu, levantando-a do chão. Justine ouviu o estalo do pescoço e da vértebra cervical destroçados pela torção.

Já tinha visto lutas corpo a corpo em filmes de ação na televisão, mas aquilo era bem diferente. Os movimentos eram mais rápidos, mais brutais, mais cruéis. Não havia balé nem poesia na relação entre os adversários, nenhuma coreografia. Não, eram choques implacáveis entre superfícies, reações convulsas, grunhidos e gritos de feras selvagens em meio a arquejos de pânico e exaustão. Pelos sons dos impactos e pelo frenesi de um combate tão implacável, tinha certeza de que todos os homens naquela estrada se despedaçariam diante dela.

Três já tinham tombado, e agora um quarto corria pelo facho de luz em direção a um fuzil caído fora da zona iluminada. Justine viu Jim perseguir e derrubar o homem na estrada de terra. Os dois trocaram golpes, Jim foi jogado de costas no solo gelado. Rapidamente, a francesa virou-se para o porta-malas para pegar o fuzil deixado ali pelo americano, apesar de não ter ideia de como usar aquela arma. Quando tirou os olhos da luta, ouviu um lancinante grito de dor. Pegou a arma e voltou-se para ver Jim de joelhos e um quarto homem rolando no chão, com as mãos nos olhos. Jim se levantou com uma grande arma na mão. Justine viu Jim bater com a coronha no homem se contorcendo. Uma coronhada atrás da outra, como um machado cortando lenha, abateu-se sobre o homem se contorcendo, que levantou as mãos para se defender, mas tomou uma coronhada nos olhos horrorizados. O sangue jorrou dos olhos, e a mandíbula fraturada caiu em uma posição bizarra. Deve ter sido necessário dar uma dúzia de golpes impiedosos para esmagar a cabeça do homem e deixá-lo estirado de costas na estrada gelada, mas Justine não conseguiu desviar o olhar.

Lentamente, quando estava tudo acabado, a francesa escorregou pelo porta-malas do carro e sentou-se no chão. Deixou o fuzil no chão, cobriu o rosto com as mãos trêmulas e começou a chorar.

Court esforçou-se para respirar enquanto arrastava os quatro corpos da estrada. Ouviu um helicóptero sobrevoando nas primeiras luzes da manhã. Com cercas dos dois lados e o muro alto que rodeava o Château Laurent, a aeronave teria de passar diretamente acima para localizar sua posição, mas Gentry sabia que cada segundo exposto na estrada de terra seria uma cartada arriscada.

Examinou rapidamente o porta-malas do carro em busca de qualquer equipamento que pudesse usar. Logo encontrou quatro jogos de coletes balísticos nível 3A. Inúteis contra uma bala de fuzil, mas muito eficazes contra disparos de pistola. Vestiu o colete e prendeu as fitas de velcro na cintura. Achou também joelheiras e cotoveleiras táticas à prova de balas. Vestiu-as também, mesmo considerando que um cotovelo esfolado seria a menor de suas preocupações nos próximos minutos, mas não fazia sentido deixar lá nenhum equipamento que pudesse protegê-lo.

Sentou ao volante do pequeno Citroën, engatou a marcha e entrou com o veículo no meio da cerca, em uma tentativa de escondê-lo de uma observação aérea. Olhou para baixo e percebeu que tinha arrebentado alguns pontos, senão todos, da sutura feita por Justine em sua barriga. O ferimento da faca sangrava, molhando as ataduras e a camisa sob o colete balístico. O sangue escorria pela barriga, pela calça e até pelo banco do carro.

— Merda! — falou em voz alta. Mais uma vez, estava operando com o prazo vencido.

Depois de esconder os corpos e o carro e jogar os fuzis AK no mato, foi até Justine, ainda ajoelhada perto do veículo. A jovem francesa enxugou as lágrimas e tirou as mechas de cabelo dos olhos. Levantou-se devagar.

Olhou para os corpos mal escondidos no matagal. Descartados. Braços e pernas em posições esdrúxulas.

— Eles eram homens ruins, certo?

— Muito ruins. Eu precisei fazer isso. E agora vou pular o muro e fazer um pouco mais.

Justine não disse nada.

Court começou a abrir as caixas de alumínio. Afivelou um cinto utilitário na cintura, prendeu o coldre de perna na coxa direita e o porta-carregadores na esquerda.

— Já estou atrasado. Preciso ir logo. — Enlaçou o fuzil de assalto M4 no pescoço e no braço esquerdo e prendeu a pequena submetralhadora HK MP5, com o cano voltado para baixo, no colete que pegara do Citroën azul. Guardou a pistola Glock 19 no coldre da coxa e prendeu duas granadas de fragmentação no colete com uma fita de velcro. Pegou o telefone via satélite do banco do carro e o guardou no bolso.

Em pouco menos de três minutos, estava pronto. Virou para Justine, de pé em silêncio atrás dele, ainda olhando para as pernas expostas dos quatro cadáveres destroçados.

— Vou precisar subir no capô do carro pra pular o muro. Assim que eu passar, você dá uma ré, faz a volta e dirige na direção da costa. Siga para o oeste, não para o leste. Estaciona esse carro na primeira estação ferroviária que encontrar, toma o primeiro trem da manhã a Paris e volta pra casa. Mais uma vez, obrigado por tudo o que fez por mim.

Justine tinha o olhar distante. Gentry sabia que ter matado os quatro homens em uma luta corpo a corpo na frente dela a deixara muito chocada. Qualquer um ficaria, pensou, pelo menos qualquer pessoa normal, que não vivesse como ele.

— Vai ficar tudo bem? — perguntou com delicadeza.

— Você é um homem ruim, Jim? — perguntou Justine, as pupilas ainda dilatadas por causa da luta.

Court pôs a mão no braço dela e segurou delicadamente, ainda que constrangido.

—Acho que não. Fui treinado pra fazer algumas coisas ruins. E eu faço… algumas coisas ruins. Mas só com gente ruim.

— Sim… — comentou a jovem francesa, parecendo um pouco mais aliviada, olhando para ele. — Sim. Desejo boa sorte a você.

— Quem sabe, quando tudo isso acabar, a gente possa conversar…

— Não — interrompeu Justine, virando o rosto para outro lado. — Não. É melhor eu tentar esquecer.

— Entendo.

Abraçou-o brevemente, mas Gentry a sentiu absorta, como se o visse como um animal depois da demonstração da violência brutal. Claramente, só queria se afastar dele e de toda aquela loucura. Sem mais uma palavra, entrou no carro. Court subiu no capô. Os analgésicos que ela aplicara enquanto dormia proporcionavam certo alívio. Mesmo assim, transpor o muro foi pura agonia para um homem com um ferimento tão grave no abdômen, sem falar do pulso, da perna e das costelas.

Passou as pernas pelo muro de pedra, pousou no gramado macio e ouviu o pequeno sedã recuar em direção à estrada. Olhou para o relógio. Sete e quarenta da manhã.

A névoa pesada ocultava totalmente o castelo. Court só conseguia ver o começo de um pomar de macieiras à frente. Frutas vermelhas no solo sob as muitas fileiras de arvorezinhas de tronco fino.

Verificou seu equipamento pela última vez, respirou fundo para controlar as dores e começou a correr pelo pomar em meio à neblina acinzentada.

33

— Podem desligar isso — disse Riegel.

Os dois franceses que observavam a bancada de monitores na biblioteca havia doze horas seguidas fizeram o que foi mandado. Começaram a desligar comutadores à esquerda e à direita, apagando as imagens das câmeras de infravermelho instaladas ao redor do terreno.

Lloyd apareceu na porta da biblioteca e perguntou:

— O que está fazendo?

— Câmeras de infravermelho são para a noite, Lloyd — respondeu Riegel. — Já não está mais escuro.

— Você disse que ele viria à noite.

— Sim, disse.

— Mas ele vai vir, certo?

— Parece que não — respondeu o caçador Riegel, a voz demonstrando ao mesmo tempo perplexidade e desânimo.

— Nós temos quinze minutos para apresentar um cadáver a Felix. O que mais podemos fazer?

Riegel virou-se para o jovem americano.

— Nós temos um helicóptero sobrevoando e mais de cem homens e mulheres procurando por ele. Temos trinta homens armados aqui no castelo à espera. Ele foi baleado. Foi esfaqueado. Rolou de um penhasco. Já matamos os amigos dele, esgotamos os recursos dele. O que mais podemos fazer?

Nesse momento, a voz de Tec soou no walkie-talkie dos dois.

— Estamos com alguns problemas.

— O que aconteceu? — perguntou Riegel.

— Os bolivianos desistiram do concurso. Acabaram de ligar de Paris dizendo que estão fora.

— Boa viagem — replicou Lloyd.

— E os cazaques não estão reportando.

Riegel tirou o aparelho do cinto.

— Eles nunca reportam.

— Os sauditas do helicóptero não conseguem localizá-los na estrada.

Foi a vez de Lloyd falar:

— Se eles tivessem enfrentado o Agente Oculto, teríamos ouvido tiros. Não se preocupe com isso. Provavelmente os safados desistiram, como os bolivianos.

Lloyd e Riegel subiram os dois lances de escada até o terceiro andar. Os dois se sentiam tremendamente cansados, mas não queriam demonstrar qualquer sinal de fadiga. Só argumentavam sobre o que poderiam ter feito diferente e quais as ações de última hora que ainda poderiam ser tomadas.

Chegaram à sala de controle e logo viram Felix em pé em frente à janela, o celular na orelha. Dez segundos depois, o homem magro de terno desligou e virou-se para a sala. Não dizia uma palavra havia horas.

— Senhores, sinto muito dizer que o tempo acabou.

Lloyd andou até ele, furioso.

— Não! Nós ainda temos dez minutos. Precisamos de um pouco mais de tempo. Você viu quando ele caiu no rio. Gentry morreu, porra. Só precisamos de tempo pra encontrar a valeta onde caiu morto. Diga a Abubaker que você viu quando ele caiu.

— As instruções eram de mostrar um cadáver. Vocês não conseguiram fazer isso. Já expliquei ao meu presidente. Sinto muito. É o meu dever. Vocês entendem.

Riegel deixou cair os ombros largos e olhou ao longe. Não conseguia acreditar que o Agente Oculto, se ainda vivo, não tivesse vindo resgatar as crianças.

— Ele vai aparecer a qualquer momento — disse Lloyd. — Abubaker não precisa assinar o contrato antes de sair da presidência, daqui a uma hora.

— Agora, isso é irrelevante. Notifiquei o presidente sobre seu progresso... Ou, melhor dizendo, sobre a falta de progresso. Ele assinou o contrato com seu concorrente enquanto falávamos ao telefone. Minhas ordens são de voltar a Paris e aguardar novas instruções.

Riegel assentiu devagar, compreensivo.

— Você pode voltar com os engenheiros franceses — falou. — Eles vão partir para Paris em uma hora.

Felix aquiesceu, agradecido.

— Sinto muito por esse empreendimento não ter dado certo. Reconheço seu profissionalismo e espero que nossos interesses voltem a coincidir algum dia. — O alemão e o nigeriano fizeram uma reverência um para o outro. Felix ignorou o americano e saiu da sala para se preparar para a viagem.

Riegel olhou para Tec.

— Pode notificar às equipes. Acabou. Eles fracassaram. Diga que vou entrar em contato com seus chefes hoje à tarde para discutir algum tipo de... prêmio de consolação.

Tec fez o que foi mandado e desligou os monitores da bancada. Tirou os fones de ouvido e os deixou na mesa. Passou as mãos pelo cabelo comprido.

Os três continuaram na sala de controle em silêncio por alguns minutos, cada um imerso nos próprios pensamentos. A luz da manhã entrou pela janela, parecendo se arrastar no piso na direção deles, ironizando o fracasso. Precisariam ter pegado o homem antes do amanhecer, e agora a luz do sol zombava de todos.

Lloyd consultou o relógio.

— Cinco para as oito. Não faz sentido continuar adiando.

Kurt Riegel olhava para sua xícara de café. Sentia-se exausto. Perguntou, distraidamente:

— Adiar o quê?

— As obrigações no segundo andar.

— Está falando do sir Donald? — Riegel se aprumou. — Eu cuido disso. Você levaria o dia todo.

Lloyd abanou a cabeça.

— Não só Don. Todos. Os quatro.

Riegel olhou para ele.

— Do que está falando? Você quer matar a mulher? As crianças?

— Eu disse a Gentry que elas morreriam também se ele não viesse. Ele não veio. Não fique tão surpreso.

— Ele não veio. Significa que está morto. Por que castigar um homem morto, seu idiota?

— Devia ter se esforçado mais. — Lloyd tirou a automática niquelada do cinto e apontou para baixo. — Não me atrapalha, Riegel. Essa operação ainda é minha.

— Não por muito mais tempo — replicou o alemão, com um tom de ameaça na voz.

— Seja como for — continuou Lloyd. — Eu ainda tenho um trabalho a fazer, e você não vai me impedir. Não adianta dar uma de santarrão com essa família. Você sabe que elas podem nos identificar. Identificar esse lugar. Elas têm que morrer.

Passou por Riegel e saiu para o corredor.

Na bancada do Tec. Lloyd, o telefone de sir Donald Fitzroy tocou. Lloyd reapareceu na porta instantaneamente. O jovem técnico sentou e colocou o fone de ouvido. Felix também voltou à sala, curioso, a maleta na mão e um casaco castanho pendurado no braço.

Tec pôs a ligação no viva-voz. Lloyd atendeu:

— Sim?

— Bom dia, Lloyd. Como vão as coisas?

—Agora é tarde demais, Court. Nós perdemos o contrato, o que significa que você não conseguiu. Não preciso mais do trunfo dos Fitzroy. Estava subindo pra meter uma bala em cada um. Você quer ouvir?

— Agora você precisa deles vivos mais do que nunca.

Lloyd sorriu.

— É mesmo, e por que motivo?

— Seguro de vida.

— Ah, é, Court? Eu vi você cair da ponte ontem à noite. Não sei onde está, mas não está em posição de...

— Esquece o contrato com Abubaker. Não se preocupa em ser demitido pelo seu patrão. Pensa nos capangas de Riegel aparecendo em sua porta em uma noite fria. Ignora seus problemas futuros. Neste momento, o único perigo em seu mundo sou eu.

— Como você pode ser um perigo se...

— Porque tenho armas pesadas, estou puto da vida e bem aqui fora.

Houve um leve farfalhar de atividades na sala de controle. Tec correu até o rádio na bancada e começou a comunicar a informação freneticamente para os seguranças no castelo. Felix tirou o celular do bolso e saiu para o corredor, digitando um número.

Só Lloyd não refugou. Continuou imóvel, como se seus pés estivessem pregados no chão.

— Você está blefando. Acha que vou soltar os Fitzroy só por dizer que está aí fora? Acha que sou idiota?

— Um idiota com prazo de validade. E imagino que o carrasco do LaurentGroup está ouvindo. Riegel, o mesmo vale para você. Se tocar em um fio de cabelo dessas meninas ou na mãe delas, vai morrer nessa casa.

Riegel se manifestou:

— Bom dia, sr. Gentry. Já que está aí fora, por que não entra pela porta da frente? O contrato com Lagos já foi perdido. Não temos mais o incentivo para matá-lo. Já dispensamos os esquadrões. O jogo acabou. Se estiver mesmo aqui, por que não vem tomar um café?

— Se está duvidando de que estou nas proximidades, por que não pergunta aos quatro tipos malcheirosos do Citroën azul?

Fez-se uma pausa para absorver a informação. Riegel não sabia qual carro os cazaques dirigiam, mas Tec ficou aflito e começou a tentar entrar em contato. Não recebeu nenhuma resposta. Olhou para seus superiores com uma expressão de terror.

Por fim, Riegel falou:

— Muito impressionante. Um homem em suas condições ainda capaz de eliminar quatro operativos de nível 1 sem um tiro. Como já disse, não tenho mais nada contra você. Por favor, entra e nós...

— Se vocês não soltarem os Fitzroy e entregarem os arquivos da DAE, juro por Deus que vou matar qualquer coisa viva que estiver nessa casa!

Até então Lloyd estava em silêncio, as mãos na cintura e as mangas da camisa suada arregaçadas até o cotovelo. Mas por fim se mexeu. Foi até a bancada de Tec e se debruçou sobre o celular.

— Pode vir, seu merdinha patético! Nesse ínterim, vou passar uma navalha no pescoço daquelas duas putinhas idiotas lá embaixo...

Riegel afastou o americano do telefone. Empurrou-o com força contra a parede de pedra. Pigarreou.

—Alô, Court? Pode nos dar alguns instantes para discutir sua proposta? Você sabe como são as corporações. Qualquer coisa é motivo para convocar uma reunião.

— Claro, Riegel. Eu posso esperar um pouco. Fica à vontade. Não tenha pressa. — A ligação foi cortada.

Lloyd gritou para Tec:

— Chama todas as equipes aqui. Já!

Riegel levantou a mão para deter Tec. Quando falou, sua voz parecia mais razoável.

— Com que propósito, Lloyd? O contrato não está mais valendo. O jogo acabou.

— Mas o Agente Oculto ainda está lá fora!

— Isso é problema nosso, não do LaurentGroup. Marc Laurent não vai pagar mais um tostão para os esquadrões de extermínio nos protegerem. Não existe mais a recompensa de vinte milhões de dólares a ser paga.

Nitidamente, Lloyd não tinha pensado nisso. Deu de ombros.

— Nós não precisamos contar isso a eles.

Riegel abanou a cabeça.

— Então, em vez de lutar contra um homem ferido, agora você quer se indispor com Marc Laurent e com os serviços de segurança de meia dúzia de países para depois ter de lutar contra nossa corporação e mais seis países? Sei que você é insano, Lloyd, isso já estava estabelecido. Mas é suicida também?

Tec olhava para os dois chefes, aguardando instruções. De repente, inclinou a cabeça e pôs a mão no fone de ouvido.

— Esperem! Todas as equipes estão vindo pra cá!

— Ótimo! — disse Lloyd, satisfeito com a maneira como a questão fora solucionada.

— Por quê? — perguntou Riegel.

— Foi Felix. Ofereceu vinte milhões de dólares do dinheiro de Abubaker para o esquadrão que matar o Agente Oculto.

— Perfeito! — bradou Lloyd. — Daqui a quanto tempo eles...

— Não tão perfeito! — replicou Tec. — As ordens são de matar qualquer um que estiver no caminho. Inclusive as outras equipes! Inclusive nós! Todos vão lutar uns contra os outros pela cabeça de Gentry aqui no castelo!

Kurt Riegel não hesitou.

— Manda os homens de Minsk entrarem do prédio! Avisa Serge e Alain e os três seguranças do Reino Unido. Precisamos nos defender dessa ameaça! Do Agente Oculto e dos esquadrões de extermínio.

Tec olhou para Riegel.

— Os líbios vão chegar logo. Os sauditas estão nos sobrevoando!

Riegel olhou pela janela mais uma vez.

— Liga para o LaurentGroup em Paris. Pede um helicóptero de evacuação pra nos tirar daqui! Depois fala com os esquadrões, diz que ainda podemos trabalhar juntos. Diz que Court está lá fora. Que não vamos deixar ninguém entrar no castelo. Que ele precisa ser morto antes de entrar.

Tec girou a cadeira e fez a ligação para o escritório de Paris.

Gentry não tinha a intenção de ligar de novo para Riegel. Cada segundo de atraso no ataque ao castelo era um segundo a mais para eles prepararem uma defesa, procurar por ele nas imediações, pedir reforços. E mais tempo que poderiam usar para matar as meninas.

Não, era preciso agir naquele momento. A luz do sol da manhã já banhava o terreno enquanto ele observava do pomar. A neblina só permitia ver o vago contorno da construção grande e imponente erguendo-se a distância. Já havia percorrido quatrocentos metros desde que pulara o muro e ainda se encontrava, no mínimo, a uns duzentos metros do Château Laurent.

O campo aberto à frente era sua maior preocupação. Ficaria totalmente exposto quando saísse da cobertura das árvores e da névoa espessa que pairava no ar. E ainda havia um helicóptero voando em círculos. Não conseguia vê-lo, mas o ruído dos rotores anunciava sua presença sobre o castelo.

Mesmo sem seus inúmeros ferimentos já seria muito difícil. Mas, apesar de suas más condições, Court sabia não haver mais tempo a perder. Agachou-se e ficou em posição. Sentiu o sangue na perna esquerda e sabia que voltara a sangrar do ferimento de faca. A dose maciça de anfetamina que injetou na corrente sanguínea aumentava sua pressão.

— Foda-se — falou.

Tirou o M4 do ombro.

Levantou-se.

E saiu correndo com todas as forças de que ainda dispunha.

Assim que Tec alertou o cordão de segurança ao redor do castelo que o Agente Oculto se encontrava nas premissas, Serge saiu correndo da cozinha, voltou à biblioteca e ligou os monitores. Sabia que as câmeras de infravermelho captariam qualquer um escondido na neblina. Ficou passando os olhos de um monitor para outro. Observando com atenção. Logo visualizou uma imagem. Pegou o rádio em cima da mesa. Transmitiu a todos no castelo.

— Movimento nos fundos! Movimento nos fundos! Um homem vindo depressa!

Lloyd perguntou pelo rádio:

— Onde? Onde ele tá, porra?

— Vindo do pomar. *Mon Dieu*, ele consegue correr!

— Onde no pomar? — gritou Lloyd pelo rádio.

— Bem pelo meio!

O observador na torre entrou no mesmo canal. A voz com o forte sotaque bielorrusso era calma, a antítese dos berros de Lloyd.

—Alvo não à vista. Não vemos qualquer… Esperem. Sim. Um homem chegando depressa! Vamos atirar!

* * *

Maurice tinha dado a Gentry uma coleção de equipamentos impressionante, mas Maurice era da velha guarda, e as armas que Court teria de usar não eram o ideal para suas necessidades. O fuzil Colt M4 tinha alça de mira de ferro, não telescópica ou holográfica como os armamentos de ponta preferidos por Gentry. Quando saiu em campo aberto, com o castelo ficando cada vez mais nítido a cada passo de sua custosa corrida, avistou a torre no alto. Sabia que seria o local para um franco-atirador. E sabia que o homem seria um perito, com o melhor fuzil, a melhor mira e com grande chance de deter seu ridículo ataque solitário.

Court apoiou o fuzil no ombro, ainda correndo loucamente. Era impossível acertar um tiro com uma alça de mira de metal em plena corrida. Seu objetivo era apenas despejar o máximo de chumbo possível na torre para manter os inimigos de cabeça baixa até ele chegar ao prédio. Court sabia que ninguém na casa seria tão bem treinado ou experiente em combate à curta distância quanto ele. Para ter alguma chance de sucesso, só precisava sobreviver até chegar mais perto.

O franco-atirador viu seu alvo atirando da neblina à frente, espiralando vapor enquanto corria. O bielorrusso de trinta anos ajustou a arma e focou a mira no peito do homem na corrida. Levou o dedo ao gatilho para um disparo certeiro no corpo. Mas notou o colete tático balístico e ergueu a mira do grande Dragunov alguns milímetros, para a testa do homem. Quando começou a apertar o gatilho, viu a arma primitiva apontada para ele. Lampejos do cano da arma e estampidos de um fuzil. O franco-atirador ouviu ricochetes e baques na pedra e na madeira da torre, sentiu os estilhaços arrancados pelas rajadas das balas revestidas de metal de alta velocidade atingindo o estuque da construção de cem anos. O observador deu um grito à sua direita, mas o franco-atirador era disciplinado. Não desencostou o rosto do fuzil nem tirou o olho da mira telescópica.

Confiante, puxou o gatilho para acertar o homem que corria em sua direção.

34

GENTRY QUASE ESVAZIOU O CARREGADOR de trinta e duas balas na torre enquanto se aproximava o mais rapidamente possível. Queria disparar as últimas balas com um pouco mais de precisão, por isso subiu o fuzil à altura do olho para formar uma imagem melhor na alça de mira. Assim que conseguiu, o fuzil bateu em seu rosto, foi arrancado de sua mão e saiu girando no ar.

Court continuou correndo, de mãos vazias.

Menos de quatro ou cinco passos no gramado molhado, o rosto ardendo do baque da coronha embaixo do olho, percebeu que o M4 devia ter sido atingido pelo projétil de um fuzil de alto poder. Apesar de ter perdido sua principal arma, entendeu que o fuzil tinha salvado sua vida, desviando a bala de um franco-atirador que o atingiria na cabeça. Sem diminuir o ritmo, pegou a submetralhadora MP5 da alça no peito. Voltou a atirar na torre, agora a não mais de cem metros de distância. A MP5 era quase tão eficiente quanto um mata-moscas nas mãos de um homem correndo em campo aberto atirando em uma janelinha ao longe, mas torcia para que ao menos mantivesse algumas cabeças abaixadas.

O franco-atirador viu o homem acusar o impacto do tiro e desviou o olho da mira para cuidar de seu parceiro. O observador tinha sido atingido por um pedaço de estuque no rosto. Os óculos quebraram e a testa sangrava, mas ele continuava lúcido e não estava gravemente ferido. Nesse momento, mais tiros irromperam do jardim dos fundos. Surpreso, o franco-atirador olhou para baixo e viu o homem que sabia ter acertado continuar sua carga. Pelo jeito da arma que empunhava, o bielorrusso na torre soube que o Agente Oculto tinha substituído o fuzil perdido por uma submetralhadora de nove milímetros. Rapidamente, voltou a se posicionar atrás do Dragunov e, em menos de dois segundos, estava com o olho na mira telescópica. De repente, ouviu outros disparos de fuzil, dessa vez atrás dele, vindos do outro lado do castelo. Por um instante, não entendeu o que estava acontecendo, até a voz de um de seus conterrâneos soar pelo rádio em cima da mesa.

— São os líbios! Estão no portão da frente! Torre, fogo neles!

Relutante, o franco-atirador tirou o grande Dragunov da mesa e o levou para o portal da torre. Agora o Agente Oculto era problema de alguém mais; ele precisava lidar com os alvos mais distantes, os líbios.

O Agente Oculto já não estava distante. Estava perto.

O Eurocopter pairou sobre a passarela da torre. Quatro sauditas fortemente armados e de uniformes táticos desceram os dois metros por cordas e pousaram no lado leste do telhado. Ignoraram os tiros vindos da frente do prédio e se posicionaram atrás das ameias decorativas com vista para o jardim dos fundos, para o homem correndo na direção deles em campo aberto.

Ao chegar mais perto de seu objetivo, Gentry redirecionou o fogo da torre para a janela no primeiro andar do castelo, onde viu a luz refletida de alguns canos brilhantes. Esvaziou o primeiro carregador na janela. A parede ao redor do caixilho pipocou, expelindo pedaços de granito e pó. Alguns tiros de sorte da submetralhadora estilhaçaram a vidraça e rasgaram as cortinas. Era difícil atirar em plena corrida, impossível ter uma pontaria precisa. Court não viu mais o brilho de canos na janela, mas avistou o Eurocopter preto acima e à frente dele e os homens desembarcando.

— Merda! —Ainda estava a uns setenta metros de uma cobertura. Forçou ainda mais as pernas para chegar o mais perto possível do castelo, antes que os homens do helicóptero tomassem posição para abrir fogo. Naquele gramado plano, ele seria um alvo fácil.

Tirou uma granada de fragmentação do colete em plena corrida, arrancou o pino com os dentes e soltou a alça. Uma figura corpulenta, de cabelos louros, apareceu em uma janela no terceiro andar, bem à frente de Gentry, apontou uma arma curta e disparou pelo vidro. Court mergulhou na grama verde para evitar os disparos, caiu sobre o ombro direito e rolou. Levantou-se assim que completou o giro. A corrida e o giro conferiram a seu corpo um impulso incrível, impulso que usou para lançar a granada o mais alto e o mais longe possível. A bomba do tamanho de uma batata fez um arco no ar, subiu à altura dos parapeitos e explodiu, quase acertando o Eurocopter, que subiu para escapar, afastando-se da luta o mais depressa possível. A explosão acima dos sauditas matou um homem instantaneamente e feriu outro no pescoço e nas costas. Os outros dois se protegeram a tempo, mas perderam a oportunidade de abrir fogo contra o homem no gramado.

Dois bielorrussos e dois líbios jaziam mortos em frente à residência. Os homens de Minsk foram mortos não muito longe do portão. Corriam em busca da segurança do castelo quando a van dos operativos de Trípoli atravessou o gradil de ferro, com os homens do Oriente Médio disparando suas submetralhadoras Skorpion do veículo em movimento. Os dois líbios tombaram quando a van freou na entrada de cascalho. O franco-atirador na torre acertou o rosto do operativo do banco de passageiros, e o primeiro homem a sair pela porta de trás tomou três tiros de AK dos dois únicos bielorrussos ainda fora do castelo.

Os dois líbios sobreviventes mataram os homens na entrada de cascalho e se aproximaram da porta do castelo. Abriram fogo com suas submetralhadoras Skorpion nas janelas dos dois lados, mantendo-se disciplinadamente distantes um do outro, pedindo cobertura quando recarregavam e se reposicionavam.

O Número Dois disparou meio carregador em cada uma das duas dobradiças da pesada porta de carvalho e derrubou-a a pontapés. Entrou no castelo recarregando a arma, tomou dois tiros de um dos seguranças irlandeses no vestíbulo e caiu morto. O último líbio vivo respondeu ao homem de Ulster com sua Skorpion, abatendo-o e espalhando sangue e carne na parede branca do vestíbulo.

Riegel nunca tinha visto nada igual. O Agente Oculto estava em sua mira. Com uma camisa marrom-escura manchada de sangue na cintura, um coldre na coxa direita e um porta-carregadores na esquerda. Um colete preto e uma submetralhadora adornavam o peito. Com a cabeça raspada, e mesmo a cinquenta metros, Kurt pensou ter distinguido a ferocidade de seus olhos.

Quando sacou a arma e apontou para o homem correndo, Riegel sabia que era um tiro de longa distância para uma pistola, mas um atirador perito como o alemão não deveria ter errado. Mas o homem correndo se desviou dos tiros no momento exato, rolou, levantou e lançou a granada. Instintivamente, Riegel jogou-se no chão ao lado da bancada de Tec, achando que a bomba era para ele. O explosivo detonou logo acima, no teto. Ouviu o som de homens gritando pela janela e logo se reposicionou para fazer mais uns disparos contra Gentry se aproximando.

Mas, quando voltou a olhar pela janela, o Agente Oculto tinha desaparecido, e agora não havia como impedir que entrasse no prédio.

Inacreditável.

Exatamente como Gentry havia prometido pelo telefone na noite anterior, o caçador se transformava em caça.

Gentry encostou-se na parede do castelo e recarregou a arma. O louro com a pistola estava dois andares diretamente acima. Mais no alto, haveria os atiradores do helicóptero. Sabia que conseguira diminuir o número dos agressores, mas não alimentava ilusões de ter eliminado o perigo no teto.

À sua esquerda e à sua direita, havia duas janelas à altura da cintura. Os vidros estilhaçados pela HK de Gentry as tornavam perigosas para passar por elas sem algumas medidas preparativas. À esquerda, ficava a escada da porta dos fundos; mais uns passos contornando a parede, encontrava-se a entrada de cascalho, onde acontecia uma espécie de escaramuça; e à sua direita era a parede preta e comprida com janelas alinhadas e depois uma série de portas. Correu agachado rente à parede, o ombro raspando a pedra para se manter fora do campo de visão dos atiradores acima.

Quando estava chegando, a porta se abriu para fora. Levantou a arma para disparar uma rajada através da madeira, mas hesitou no último segundo. E se fosse alguém da família de Fitzroy? Court admitia não ser o melhor homem para executar uma operação de resgate. Em uma situação de combate, sua tendência era atirar em qualquer coisa que se movesse; naquele momento, precisava esperar um instante extra para identificar seu alvo.

Viu uma cabeça aparecer de trás da porta. Uma cabeça grande e eslava. E, quando viu o cano de um fuzil sair pela porta, Gentry se satisfez com a validade do alvo. Disparou oito tiros na porta e correu naquela direção. A fechadura trancava quando a porta batia, mas o segurança morto caído na soleira a manteve aberta. Gentry entrou em um corredor escuro.

Aos primeiros sons de disparos no jardim dos fundos, Claire e Kate Fitzroy correram até onde a mãe dormia e gritaram e a sacudiram até ela acordar. Elise se levantou cambaleante, mas as meninas a apoiaram para levá-la ao outro lado do quarto, onde vovô Donald sentava-se ereto na cama de dossel. Claire contou que Jim queria todos embaixo da cama, e vovô Donald concordou. A mãe voltou a dormir de bruços no assoalho. Claire e Kate se abraçaram, encolhidas de medo, espiando a porta do quarto embaixo da cama, enquanto vovô Donald continuava no colchão.

Quando ouviram uma grande explosão no teto, dois andares acima, vovô Donald chamou o segurança:

— McSpadden! McSpadden!

Claire viu as botas do segurança escocês entrarem no quarto. Ouviu a conversa entre os dois, apesar de não entender todas as palavras.

— Rapaz, é melhor você fugir agora, mas seja um bom amigo e nos deixe uma arma.

— Vá se foder, Fitzroy. É tarde demais pra fugir. Vou precisar das minhas armas pra me defender do seu cão de briga. Disseram pelo rádio que ele já tá dentro da casa.

— McSpadden, se você chegar a ver meu cão de briga, a última coisa que pode salvá-lo é uma arma na mão. É melhor tirar sua cueca branca e se render se ele já não tiver tombado. Vamos lá, rapaz. Você sabe quem está enfrentando. Só vai conseguir se salvar se nos ajudar.

Claire viu o homem mexer as botas como se fosse sair correndo, mas ele se aproximou do avô. Viu a mão dele levantar uma perna da calça e tirar uma pequena arma niquelada.

Claire pôs a mão na boca de Kate para abafar um grito.

— Vou deixar minha arma de reserva. Só tem seis balas.

— Está ótimo, rapaz. Agora vá embora, volte para a porta, no caso de Riegel ou do psicopata do Lloyd virem dar uma olhada. Se vir o Agente Oculto, diga que está do meu lado.

— Certo, isso vai funcionar muito bem se ele se dispuser a falar comigo antes. Eu estou fodido, Fitzroy.

Os pés do segurança deram meia-volta e saíram do quarto. Segundos depois, vovô Donald desceu da cama e veio ficar com elas, com a arma niquelada na mão rechonchuda.

— Tudo bem, mocinhas. Agora não vai demorar muito. Nosso Jimmy está a caminho.

Riegel, Lloyd e Tec continuavam na sala de controle do terceiro andar. Lloyd, perto da porta aberta, a pistola na mão direita, a camisa azul com o colarinho aberto e o nó da gravata solto.

Kurt e Tec estavam nos computadores, perto da janela quebrada e a meio caminho entre as duas saídas da sala. Usavam rádios para se comunicar com os bielorrussos que ainda restavam no prédio e os dois engenheiros franceses no primeiro andar. Um dos escoceses estava desaparecido, e um dos irlandeses continuava em seu posto.

De repente, começou um tiroteio no teto. O alemão imaginou que fossem os sauditas do Eurocopter enfrentando a equipe do franco-atirador pelas janelas da torre. Chamou o segurança escocês e o mandou vigiar a porta dos reféns no terceiro andar.

Nesse momento, um dos bielorrussos anunciou que os cingaleses tinham entrado pelo portão da frente. Tentaram um contato com a equipe do franco-atirador no teto, mas não tiveram resposta.

E ninguém sabia para onde o Agente Oculto tinha ido.

Riegel sabia que sua única missão agora era sobreviver. Não precisava que o Agente Oculto morresse; essa missão tinha expirado. Dito isso, se Gentry tentasse entrar pela porta à sua direita, ou pela porta que dava na escada em espiral à esquerda, se alguém entrasse por qualquer lugar, ele daria três tiros com sua grande Steyr bem na cara do sujeito antes mesmo de saber quem era.

Só precisava resistir até a chegada da equipe de resgate vinda do escritório central.

Court queria correr agachado dentro da casa, mas a dor no abdômen não permitia. Em caso de emergência, que certamente surgiria, ele poderia deitar, rolar, fazer o que precisasse. Mas temia que, se tivesse de se agachar muito ou se jogar no chão, talvez não conseguisse se levantar. Por isso, andava ereto, arrastando a perna esquerda entorpecida.

Ao chegar à espaçosa cozinha, ouviu tiros acima, talvez no terceiro andar do prédio. Do térreo, aos ouvidos experientes de Gentry soava como se um confronto entre um homem *versus* muitos tivesse acabado e sido substituído por outro, talvez quatro contra quatro. Reconheceu os disparos de fuzis AK-47 e espingardas calibre .12 e o que pareciam gritos em russo em um dos lados da luta.

Atravessou a cozinha. Estava quase chegando à porta que levava à parte de trás do castelo, longe do tiroteio, quando um negro com um terno marrom surgiu na porta à sua frente.

Court apontou a MP5 ao homem de olhos arregalados.

— Quem é você?

— Sou só o mordomo, senhor. Não faço parte de nada disso.

Gentry o agarrou pela garganta e o jogou contra a parede. Com o cano ainda quente da arma encostado no pescoço magro do homem, o americano revistou o prisioneiro e não encontrou nenhuma arma. Jogou o celular do homem em um jarro de água em cima do fogão a seu lado. Não encontrou nenhum documento de identidade.

— Qual é o seu nome?

— Felix.

— Deixa eu adivinhar. Felix, o mordomo nigeriano?

— Não, senhor. Eu sou de Camarões.

— Claro que é, amigo.

Puxou o homem em direção à porta da cozinha. O negro andou com as mãos ao alto, com Gentry alguns metros atrás. Passaram por uma sala de jantar bem decorada, com uma lareira e uma enorme mesa redonda de carvalho com filigranas douradas. Tapeçarias e retratos forravam as paredes. Ao chegarem em um pequeno corredor com uma portinha logo à esquerda, Gentry perguntou ao homem em voz baixa:

— O que tem aí dentro?

Houve hesitação.

— É… um quarto.

— Não tem certeza. Um mordomo que não conhece os cômodos da casa?

— Eu disse… É um quarto. Sou novo aqui, senhor. E estou com medo.

— Abre a porta. Vamos ver se você está certo. — Court sacou a Glock e a empunhou atrás das costas com a mão esquerda, mantendo a MP5 na cabeça de Felix com a direita.

O homem de terno abriu a porta e virou-se para o Agente Oculto. Court espiou por cima dos ombros dele. Lençóis e cobertores em prateleiras do teto ao chão. Não era um quarto. Era um grande armário com roupas de cama.

— Você é um *péssimo* mordomo.

Felix não disse nada. O tiroteio na frente da casa continuava sem fazer pausa.

Court guardou a Glock no coldre e tirou a última granada de fragmentação do colete. Tirou o pino, manteve a alça fechada e a pôs na mão suada de Felix. Quando se certificou de que o prisioneiro segurou firme, falou:

— Não solta isso. E nem pense em usar contra mim. O detonador é de seis segundos. Tempo de sobra pra matar você e me proteger da explosão.

A voz de Felix soou trêmula.

— E o que eu faço com…

— Continua andando na minha frente. Eu pego de volta assim que chegarmos ao meu objetivo. Não se preocupe: você vai voltar logo para Camarões.

O corredor virou à esquerda e terminou em uma série de portas duplas. Court empurrou o homem aturdido para frente. Felix tentou falar duas vezes, mas Gentry calou seu forte sotaque africano.

— Abre essas portas — exigiu, ainda protegido pela curva do corredor.

— Mas eu...

Gentry apontou a submetralhadora para a cabeça do prisioneiro.

Lentamente, Felix virou-se e abriu a porta da direita; a granada escondida na mão esquerda.

Quase de imediato, tiros de armas de fogo ecoaram do recinto, arrancando lascas de madeira da porta. O corpo de Felix girou e caiu de cara na soleira.

Court se esquivou da linha de fogo, caiu de joelhos com um gemido e contou até seis.

Serge e Alain estavam na porta da biblioteca em posição de combate, Beretta nas mãos.

Alain identificou o homem que tinham acabado de matar.

— É o nigeriano.

— *Merde!* — disse Serge, apertando o botão de seu walkie-talkie no momento em que a granada caída da mão do morto no chão explodiu.

Lloyd e Tec deram um pulo com a explosão da granada dois andares abaixo. O barulho não viera do tiroteio no vestíbulo, mas dos fundos do prédio, e também tinha chegado pelos alto-falantes do rádio. Viu o Eurocopter preto flanar na névoa matinal e partir para o sul. Embaixo, perto da fonte de mármore do jardim, dois homens aproximavam-se agachados. Eram negros, pequenos, com submetralhadoras e usavam casacos pretos de esqui.

— O esquadrão de Botsuana chegou, ou talvez sejam os liberianos — disse Riegel, sem emoção na voz.

— Estamos praticamente com uma ONU de imbecis aqui — comentou Lloyd atrás.

O alemão ficou observando os dois africanos percorrerem o gramado em direção à porta dos fundos. Não atirou neles. Com o Agente Oculto na casa, Kurt achou que aqueles botsuanos poderiam mais ajudar que prejudicar.

— Vamos barricar essa sala — disse Riegel. — Nós três vamos ter de nos defender até o helicóptero chegar de Paris.

— Mesmo se eu sobreviver, você vai me matar, não vai? — perguntou Lloyd.

Riegel respondeu enquanto guardava a pistola no coldre axilar dentro do paletó.

— Gentry tinha razão. Você tem mais com que se preocupar no momento. Venha me ajudar. — Levantou uma cadeira para bloquear a porta da escada em espiral.

— Que seja — disse Lloyd. — Prefiro aproveitar o máximo de vantagens para enfrentar qualquer ameaça.

Riegel estava de costas para Lloyd. Parou, pôs a cadeira no chão, aprumou os ombros e virou-se devagar. Viu a automática niquelada do advogado americano apontada para seu peito. Os dois estavam a seis metros de distância.

— Abaixa essa arma. Vamos, homem! Não temos tempo pra isso. Haverá tempo de sobra depois da operação, quando sairmos daqui.

Sentado na bancada, Tec observava os dois homens com atenção, sem dizer uma palavra.

— Eu poderia ter matado o homem — disse Lloyd. — Poderia ter salvado a corporação. Foi a *sua* operação que fracassou, não a minha.

— Se é o que você diz, Lloyd.

— Não... Eu quero que *você* diga. Pegue seu telefone devagar. Ligue para o sr. Laurent e diga que *seu* plano fodeu tudo. Assuma a responsabilidade por isso.

— E daí você me mata? Pensa, Lloyd! Ele vai saber que eu estou falando sob ameaça. — Pela primeira vez, eles ouviram tiros no terceiro andar, no corredor onde se encontravam. — Precisamos barricar essa sala já! Depois conversamos.

— Pega seu telefone. Faz a ligação. Sem truques.

Kurt deu um suspiro e pôs devagar a mão direita dentro do paletó. Fixou os olhos em Lloyd. Em vez de pegar o telefone, Riegel segurou a coronha da Steyr. Quando começou a tirar a arma do coldre, preparado para se jogar de lado para se esquivar do inevitável ataque do advogado, percebeu que Lloyd desviou o olhar e focou em alguma coisa atrás. Kurt aproveitou a oportunidade para sacar a Steyr e apontar para o peito do americano. Estava prestes a atirar no americano distraído quando ouviu uma voz vindo de trás.

— Será que cheguei em um mau momento?

35

— Você está sangrando muito, Court — disse Lloyd, a pistola ainda apontada para Riegel, de costas para a porta aberta que dava para o corredor, mas os olhos no homem ensanguentado com um traje tático. O Agente Oculto tinha surgido em silêncio pela porta da escada em espiral, enquanto Lloyd se concentrava na mão de Kurt dentro do paletó. Empunhava uma ameaçadora submetralhadora no nível dos olhos, o cano mirando o meio do peito de Lloyd.

— Larga a arma — disse Gentry.

— Com quem você está falando? — perguntou Kurt, de costas para o Agente Oculto. Para olhar para Gentry, teria de tirar os olhos de Lloyd. E não pretendia fazer isso.

Court replicou:

— Se estiver com uma arma na mão, é com você que estou falando, seu babaca.

— Você não vai durar muito mais tempo, Court, meu velho — disse Lloyd. — Está pálido, fraco, sujando o chão de sangue.

— Vou viver o bastante pra te cobrir de porrada. Larga a arma. Você aí na bancada. Levanta bem devagar.

Tec foi o primeiro a obedecer. Ficou em pé com as mãos na cabeça, tremendo de medo.

Lloyd começou a abaixar a pistola. Kurt fez o mesmo. O alemão tirou os olhos de Lloyd para olhar na direção de Tec por um instante.

E, nesse momento, Lloyd meteu uma bala no peito de Kurt Riegel.

O alemão corpulento agarrou o ferimento e caiu de lado. A Steyr deslizou no piso de madeira.

Tec gritou de medo.

O Agente Oculto disparou uma rajada em Lloyd quando ele fugia pela porta do corredor.

Court lutou contra um acesso de tontura, consequência inevitável de uma queda na pressão sanguínea. Os joelhos bambearam, e os olhos perderam o foco. Seu cérebro pareceu reinicializar, e, quando a cabeça clareou, percebeu que tinha baixado a MP5 ao lado do corpo. Olhou depressa para o homem de rabo de cavalo com fones de ouvido perto da bancada de computadores. O homem não tinha movido um músculo além dos que faziam suas mãos tremerem atrás da cabeça. Gentry percebeu que poderia ter sido derrubado por uma pena naqueles poucos segundos. Ainda bem que o homem do rabo de cavalo estava aterrorizado demais para tentar.

— Quem é você? — perguntou.

— Só... um técnico, senhor. Cuido das comunicações, essas coisas. Não tenho nada contra o senhor.

— Pelo menos não disse que é o mordomo.

— Como, senhor?

Court andou na direção de Tec. No caminho, manteve a arma apontada para a porta aberta que dava no corredor e chutou a pistola Steyr para mais longe do corpo de Riegel. Encontrou a pasta com os arquivos sigilosos da DAE.

— Isso é tudo?

— Até onde sei, senhor.

— Nenhum backup? Nenhuma cópia?

— Acredito que não.

Court folheou as páginas e jogou a pasta na lareira. Mandou Tec atear fogo.

Assim que os papéis começaram a queimar, fez Tec se virar e o empurrou à cadeira onde estava sentado, em frente aos equipamentos.

— Era você que se comunicava com os homens me perseguindo?

— Não, senhor! Não era eu! Eu só mantinha os apare...

— Então imagino que não preciso de você, certo?

Tec começou a assentir depressa. Mudou o tom na mesma hora.

— Sim, senhor! Estou encarregado de todas as comunicações e coordenação entre os vigias e os operativos governamentais.

— Ótimo. Liga pra eles. Diz que acabei de pular do telhado, que estou fugindo pelo pomar dos fundos.

— Sim, senhor. Imediatamente. — As mãos de Tec tremiam ao lidar com os comutadores do console do rádio para abrir todos os canais ao mesmo tempo. — Todos os elementos, aqui é Tec. Alvo se exfiltrou do castelo. Está seguindo para o norte pelo pomar, a pé.

— Muito bem. Agora tira seu cinto.

Tec cumpriu rapidamente a ordem e entregou o cinto a Gentry.

— Morde com força.

— Como, senhor?

— Vai logo!

De olhos arregalados, Tec pôs o cinto na boca.

— Está mordendo forte? — perguntou Court.

Tec aquiesceu.

— Ótimo. — Court bateu com a coronha na têmpora do homem. Ele começou a cair da cadeira, mas Gentry o segurou pela cabeça e a apoiou na bancada. Em seguida, disparou um carregador inteiro nos computadores e rádios da bancada.

Sentiu outra onda de tontura, mas se recuperou e recarregou a arma. Verificou os documentos queimando na lareira. Satisfeito por ter concluído essa parte da operação, saiu pelo corredor do terceiro andar empunhando a submetralhadora.

Claire Fitzroy foi a primeira a ouvir passos fora do quarto. Alguns minutos antes, tinha ouvido tiros próximos lá fora, mas depois tudo ficou em silêncio. Mas naquele momento alguém mais se aproximava. Com medo, apertou o ombro do vovô Donald. Os olhos piscavam com o estresse, mas se mantinham focados na soleira da porta do quarto.

Ouviu o ruído de metal na madeira, um farfalhar e em seguida o giro da fechadura. A porta se abriu devagar, e Claire sentiu o braço grosso do avô segurar mais firme a arma na mão, agora apontada a dois pares de pés entrando no quarto.

A bota esquerda do homem de preto estava molhada de sangue.

— É o Ewan, sir Donald. Não atira.

Claire começou a sair, mas o avô a empurrou para trás. Assim que o avô saiu, ouviu os dois conversando.

— Que bom ver você, meu rapaz! — disse sir Donald.

— Onde estão as meninas?

Claire reconheceu a voz de Jim, e agora nada poderia impedi-la de sair de baixo da cama. Correu para ele assim que se pôs em pé, trombou com sua perna e a cintura e deu o abraço mais apertado que já dera na vida. Levou alguns segundos para recuar e olhar para cima. Jim estava com um colete preto, armas e estojos no cinto e presos às pernas. Uma arma na mão, o rosto e a cabeça raspada brancos como papel, a calça marrom coberta de sangue.

Olhos vermelhos e lacrimejantes.

Suor escorrendo de seu rosto como água de chuva.

Vovô Donald também percebeu as manchas na roupa de Jim.

— Esse sangue é seu, rapaz?

— Não, não é. É sangue da transfusão.

— Que inferno, homem! Você precisa de um médico.

— Eu estou bem. — Gentry fez um sinal em direção ao segurança escocês de pé ali perto. — Esse sujeito disse que está do seu lado.

— Ewan nos ajudou muito.

— Sua confiança chega ao ponto de eu dar uma arma pra ele?

Houve uma breve pausa.

— Sim. — Em seguida, disse: — Não faça nenhuma bobagem, McSpadden.

— Sim, senhor.

Court tirou a MP5 do pescoço e a entregou a McSpadden. Pegou a Glock do coldre.

— Onde está o Lloyd? Acho que acertei nele, mas conseguiu fugir. Imaginei que tivesse vindo aqui pegar os reféns.

— Eu não vi aquele puto — disse Donald. Gentry olhou para Claire e Kate.

— Don… Modere a linguagem.

— Desculpa.

Court olhou ao redor. E a Elise?

McSpadden e sir Donald puxaram Elise Fitzroy de baixo da cama pelos braços. McSpadden apoiou-a no ombro e começou a andar, a submetralhadora Heckler & Koch em riste. Seguiu na frente, com sir Donald manquitolando atrás com o revólver de aço inoxidável. As duas meninas seguiram nos calcanhares do avô, com Gentry na retaguarda, agora quase se arrastando, apoiando-se na parede do corredor e no corrimão da escada. Claire tentou segurá-lo, mas ele sorriu e disse que estava bem e que ela devia ficar perto do avô.

A caravana avançava devagar, pois se constituía basicamente de crianças e feridos e uma mulher totalmente inconsciente. Algum tempo depois, eles chegaram ao vestíbulo do térreo. Gentry falou lá de trás:

— Meninas! Não tirem os olhos do avô de vocês. Sigam em frente, entenderam? Não olhem para os lados. — Ao redor deles, na entrada de pedra e madeira, a carnificina era total. Quatro cadáveres nas portas arrombadas, dois outros corpos ensanguentados no meio da sala e outros dois estirados na escada que desciam. As duas meninas começaram a chorar. Kate tossiu com o cheiro forte de pólvora e pó de pedra arrancado e madeira queimada. No pé da escada, um homem prostrado se contorcia. Era um árabe barbado, ainda vivo, deitado de lado. McSpadden passou por ele, assim como os outros. Court foi o último a passar pelo homem ferido. Seus olhos se encontraram por um segundo, mas ele não parou para ajudar.

O Agente Oculto não tinha nenhuma clemência com seus inimigos.

Saíram do vestíbulo e entraram em uma grande sala de estar, intocada pela batalha. As paredes eram forradas de retratos de família. McSpadden parou por uns instantes para examinar Elise Fitzroy, e Gentry se encostou na parede para descansar. Nesse momento, um homem sem camisa entrou pela porta mais distante. Era um dos seguranças bielorrussos. Com um ferimento no pescoço coberto por uma toalha, mas ainda com o Kalashnikov na mão direita. Surpreso pelo cortejo à sua frente, levantou a arma rapidamente. Sir Donald abriu fogo com o revólver, arremessando o homem de costas pela porta.

As meninas taparam os olhos e gritaram.

Court levantou a cabeça devagar, mas tudo já estava acabado. Nem chegou a perceber a ameaça. Girou a cabeça para olhar ao redor, certo de que Lloyd estaria atrás dele, mas não viu ninguém.

Seus joelhos falsearam, e ele caiu para trás, esbarrando em uma mesinha e tombando no chão. Fitzroy e as duas meninas correram e o puseram de pé. Ficaram segurando até ele recuperar o equilíbrio.

— Está tudo bem. Vamos continuar.

Os seis saíram por uma porta lateral que dava para o estacionamento de cascalho circular no fundo. O escocês continuou na frente, segurando a mulher inconsciente no ombro. Ouviram sons de tiros ao longe, vindos do pomar enevoado. Ao que parecia, os esquadrões de extermínio estavam se enfrentando na neblina. Sir Donald encontrou um sedã BMW grande e preto, viu as chaves na ignição e mandou todos entrarem o mais depressa possível. Court tinha ficado para trás. Claire voltou correndo e o segurou, e dessa vez ele não protestou. Olhou duas vezes por cima do ombro em busca de algum sinal de Lloyd. Nas duas vezes, sentiu-se tonto com o movimento. Com um passo de lesma, continuou cambaleando, algo agora só possível com a ajuda de uma garota de oito anos de idade.

Claire se esforçava para apoiar Jim, que parecia pesar mais em seus ombros a cada passo. Gemia e contraía o rosto enquanto andava pelo cascalho em direção ao grande automóvel preto. O segurança escocês passou a arma ao vovô Donald e acomodou Elise no banco traseiro, com Kate entrando logo depois. O segurança sentou-se ao volante; e Donald, no banco do passageiro. O motor começou a funcionar e Jim mandou Claire ir na frente, instando-a a correr para o carro. Ela fez o que ele disse, entrou no banco traseiro e se virou para ajudar seu salvador vindo logo atrás. Jim estava a alguns passos de distância, cada vez mais perto. Abriu um leve sorriso quando seus olhares se encontraram.

Um tiro foi disparado do castelo. Claire viu quando os olhos de Jim arregalaram, e seu corpo tombou para a frente, quase chegando ao automóvel. O americano caiu de joelhos no cascalho, olhou para o escocês ao volante e gritou:

— Vai!

O automóvel arrancou. A porta de Claire se fechou. Ela gritou ao se virar para a janela traseira. Esmurrou o vidro com suas mãozinhas.

No solo de cascalho, Jim oscilou sobre os joelhos e caiu de cara no chão.

A nuvem de pó levantada pelos pneus turvou a visão de Claire do homem deixado para trás.

36

Court usou os braços para se arrastar pateticamente pelo cascalho. As pernas mal se mexiam, e os pedregulhos grudavam no sangue, nos braços, no rosto e no suor do escalpo. Seriam seis passos até a grama ainda molhada. De lá, seriam mais duzentos metros até o começo do pomar de macieiras. Na velocidade em que se movia, a noite cairia antes de ele cobrir a distância.

Não havia esperança, mas ele continuou sem pensar, por puro instinto. *Sair da zona de perigo.* Destinação não importante.

— E aí, duro de matar!? Aonde você pensa que vai? — O grito de Lloyd vinha de trás, seguido pelo barulho de passos no cascalho, aproximando-se rapidamente. — Devo reconhecer... que você viveu para corresponder à sua reputação. Queimou os arquivos da DAE e libertou os Fitzroy. Parece que conseguiu salvar a pele de todos, menos a sua.

Court continuou arrastando-se, braços ensanguentados, na direção do gramado. Por fim, Lloyd pisou em suas costas e o deteve. O Agente Oculto olhou para ele com uma careta de dor. O americano apontava uma pequena pistola Beretta para ele. O braço e o ombro esquerdos estavam sangrando e imobilizados. Lloyd parecia imperturbado pelos ferimentos.

— Atirei em você pelas costas. Não muito nobre, suponho. Não sabia que estava de colete. Mas aposto que assim mesmo doeu, hein?

Court se virou lentamente e ficou de costas. O céu da manhã parecia bem mais azul do que quando tinha chegado ao castelo, talvez uns quinze minutos antes. De pé, à sua frente, Lloyd o olhava fixamente. Court sabia que sua Glock tinha caído em algum lugar quando ele tombou. Não restavam mais forças para levantar a cabeça e procurar por ela.

— Eu continuo não me lembrando de você, Lloyd — disse em meio a uma tossida áspera.

— Bom, mas vai se lembrar de mim no inferno, não vai? Minha cara é a última coisa que você vai ver.

Ele apontou a pistola para o rosto de Gentry. Ouviu-se um tiro.

Lloyd inclinou a cabeça, com uma expressão perplexa. O jovem advogado cambaleou meio passo à frente. Começou a sangrar pelos lábios e pelas narinas. Os olhos continuaram fixos em Court, mas as pálpebras começaram a fechar. Recuperou o equilíbrio e voltou a apontar a arma para o peito de Gentry.

Ouviu-se outro tiro vindo de trás, depois mais um. Lloyd se contorceu com os dois impactos. Sua Beretta disparou, mas agora mais baixa. A bala levantou uma nuvem de pó branco do cascalho entre as pernas de Gentry.

Lloyd largou a pistola e desmoronou no cascalho, morto.

Por alguns segundos, Court continuou olhando para o céu. Afinal, forçou-se a levantar a cabeça na direção do castelo. Riegel olhava para ele de uma janela no terceiro andar, atrás da vidraça quebrada, a pistola agora apontada para ele.

Lentamente, o alemão abaixou a arma.

Os dois continuaram se olhando por alguns segundos. Ambos fracos demais para dizer qualquer coisa, muito distantes para se olharem nos olhos. Mas naquele momento houve uma relação de respeito de ambas as partes: dois guerreiros, cada um reconhecendo o valor do outro.

Kurt Riegel tombou para trás e desapareceu da janela.

Court deixou a cabeça cair na grama. Em meio ao zumbido nos ouvidos, distinguiu o som característico de um helicóptero. Não era o Eurocopter preto; um aparelho maior, aproximando-se rapidamente a leste.

Não levantou a cabeça da grama orvalhada, rolou para a direita a tempo de ver o grande Sikorsky branco pousar a setenta e cinco metros de distância, com o nome LaurentGroup escrito em azul na fuselagem. Homens armados desembarcaram do helicóptero, meia dúzia ou algo assim. Começaram a avançar para o castelo, cautelosamente. Pouco depois, a aeronave despejou um trio de homens com mochilas nas costas e jaquetas cor de laranja: médicos ou paramédicos de algum serviço personalizado. Por último, três homens de terno saíram meio agachados protegendo-se do vento do rotor. Um com uma pasta, outro com duas maletas e um terceiro, bem mais velho, com o paletó do terno preto nos ombros, como uma capa.

Feito um francês.

Court perdeu o interesse nas atividades e voltou a curtir o lindo céu. Um minuto depois, ou talvez tenham sido dez, um homem armado com um fuzil postou-se a seu lado, mas parecia mais interessado no corpo estendido de Lloyd. O francês falou pelo rádio.

Algum tempo depois, os três homens de terno chegaram. Court apoiou-se nos cotovelos quando se aproximaram.

O mais velho, que usava o paletó como uma capa, era desconhecido para Gentry, mas deu para perceber que, pela postura e pelo domínio exercido sobre os outros dois, não poderia ser ninguém menos que Marc Laurent.

— *Monsieur* Gentry, presumo?

Court não disse nada. O homenzinho com o caderno de anotações à direita de Laurent deu um passo à frente e desferiu um pontapé com o que parecia ser um sapato caro. Court não sentiu o golpe; todo o seu corpo estava entorpecido.

— Quando *monsieur* Laurent faz uma pergunta, você responde!

— Tudo bem, Pierre. Ele não está bem. — Laurent olhou ao redor, examinando os corpos, os vidros quebrados e a nuvem de fumaça subindo do teto do castelo. — Pierre… Tome nota. Vamos ter de mudar a data do retiro da junta diretora no Natal deste ano. Acho que não vamos conseguir limpar o castelo a tempo.

— *Oui, Monsieur Laurent.*

— Sr. Gentry. Estou vendo aqui o jovem sr. Lloyd. Parece muito inútil como sempre. Por acaso saberia dizer onde posso encontrar *herr* Riegel?

Court falou baixo, com a voz arrastada.

— Lloyd o matou. E ele matou Lloyd. Havia certa rivalidade interdepartamental em sua corporação pouco antes de chegar.

— Entendo. — Laurent deu de ombros, como se seus funcionários morressem o tempo todo, o que não o deixava especialmente preocupado.

— Eu não sabia de nada do que estava acontecendo aqui — falou, e Gentry não respondeu. Foi uma declaração de um homem de poder dizendo uma clara inverdade. Não fazia diferença se o Agente Oculto acreditava ou não: era apenas uma manifestação a ser feita ali, como que para cumprir uma obrigação legal.

— Uma negação plausível.

As palavras seguintes de Laurent surpreenderam Court.

— Eu estou precisando de um homem. — Olhou em volta na luminosa manhã. — É um problema, entende. Um sujeito com quem tive uma longa e estável relação comercial perdeu a utilidade. E, se isso já não fosse bem ruim, está de posse de informações que poderiam se mostrar constrangedoras para mim e para meus objetivos. Permitir que ele continue em seu atual curso de ação não serviria aos interesses de ninguém.

Marc Laurent parecia quase entediado. Olhou para os dedos bem cuidados.

— E, a propósito, soube que é o homem certo para cuidar de problemas desse tipo. O senhor estaria disponível?

Apoiado nos cotovelos na relva molhada, Court virou a cabeça para a esquerda e a direita, tirando um momento para olhar para o corpo de Lloyd.

— Ainda estou no meio de um trabalho no momento — respondeu.

Laurent fez um gesto de mão, como se descartando a objeção.

— Ah, eu posso cuidar disso.

— Seria bom — disse Court, expressando um grande eufemismo.

— E, até onde sei, o senhor pode ter algum interesse pessoal no falecimento do ex-presidente Julius Abubaker, agora um cidadão comum. Correm rumores de que o senhor eliminou o irmão dele, e agora o ex-presidente está organizando atentados contra sua vida.

Court piscou duas vezes antes de responder.

— Também ouvi esses rumores, sr. Laurent.

O francês assentiu.

— Abubaker fez algumas declarações sobre mim. Tudo mentira, é claro. Meus negócios têm como base a integridade e os inabaláveis valores da honestidade.

A expressão de Gentry não se alterou.

— Não tenho dúvida.

— Mesmo assim, às vezes essas alegações sensacionalistas podem ganhar vida própria, causar preocupações desnecessárias, dar margem a investigações constrangedoras. Algo que gostaria de evitar, se possível.

— E o senhor quer que eu o mate.

Laurent concordou com a cabeça.

— E pagaria muito bem por seus serviços.

Court hesitou.

— Só vejo um pequeno problema em sua proposta.

O francês levantou as sobrancelhas.

— E qual seria esse problema?

— Eu estou morrendo de hemorragia.

Laurent deu risada e estalou os dedos. Os três homens de jaquetas cor de laranja apareceram com uma maca.

— Não há problema, meu jovem — disse Laurent quando Court soltou os cotovelos e desmaiou. Reviveu aquela conversa em um sonho e, mais tarde, achou que tinha sido um dos sonhos mais estranhos e fantasiosos que já tivera.

EPÍLOGO

FALTAVAM APENAS QUATRO DIAS para as férias do Natal, e a mãe disse que as filhas podiam esperar até o ano-novo para voltar à escola. Kate aceitou a proposta da mãe, mas Claire declinou. Rotina era uma coisa importante para uma criança, e ela queria voltar logo a ter uma vida normal.

Talvez a ajudasse a esquecer.

Adoraria esquecer o enterro do pai, o castelo na França, o barulho e o medo das armas e do sangue. Queria muito esquecer ter deixado o sr. Jim para trás. Vovô Donald garantiu que Jim tinha escapado, mas ela não acreditava mais em nada que o avô dizia.

Sabia que Jim tinha morrido, assim como seu pai.

Entrou no Hyde Park. Sempre cortava caminho para ir à escola, seguindo para o leste pela North Carriage Drive, pegando uma trilha que ia até a North Row para chegar à escola na North Audrey Street. A mãe quis levá-la, mas Claire disse que não. Queria que tudo continuasse como era quando o pai estava vivo. Quando ia sozinha para a escola e voltava sozinha para casa.

Viu um homem sentado em um banco na trilha. Só prestou atenção quando passou e ele a chamou pelo nome.

— Olá, Claire.

Parou de repente e viu que era Jim. Seus joelhos fraquejaram com o choque, e ela derrubou os livros de estudo no chão.

— Não queria assustar. Seu avô disse que você não acreditava que eu estivesse bem. Só queria mostrar que estou ótimo.

Claire o abraçou, ainda sem acreditar que estava ali.

— Você... estava muito ferido. Está se sentindo melhor? — perguntou, quase chorando de alegria.

— Muito melhor. — Levantou-se do banco, sorriu, andou alguns passos e voltou. — Olha só... Nem preciso mais de sua ajuda pra andar.

Claire deu risada e o abraçou de novo, com os olhos marejados de lágrimas.

— Você precisa aparecer lá em casa, hoje mesmo. Minha mãe adoraria te ver. Ela nem lembra que você estava lá na França.

Jim abanou a cabeça.

— Desculpa, mas não vai dar. Só tenho uns poucos minutos.

Claire franziu a testa.

— Você continua trabalhando com meu avô?

Jim olhou para o horizonte.

— No momento, estou trabalhando para outra pessoa. Talvez eu e Donald ainda consigamos consertar as coisas algum dia.

— Jim? — Claire sentou-se no banco, e ele também. — Os homens que mataram meu pai... Você matou aqueles homens, certo?

— Nunca mais eles vão ameaçar ninguém. Garanto.

— Não foi o que eu perguntei. Você matou aqueles homens?

— Muita gente morreu. Gente boa e gente ruim. Mas agora está tudo acabado. É só o que posso dizer. Não posso ajudar você a entender tudo o que aconteceu. Talvez alguém mais possa. Espero que sim. Mas não eu. Desculpa.

Claire passou os olhos pelo parque.

— Fico contente de o vovô não ter mentido sobre você.

— Eu também.

Houve um momento de silêncio. Jim começou a se agitar um pouco no banco.

— Agora você precisa ir, certo?

— Sinto muito. Preciso pegar um avião.

— Tudo bem. Eu preciso ir pra escola. Rotina é uma coisa importante.

— É mesmo. — Fez uma pausa. — Acho que é.

Os dois se levantaram, se abraçaram mais uma vez.

— Cuida da sua irmã e da sua mãe, Claire. Você é uma garota forte. Vai se dar muito bem.

— Eu sei, Jim. Feliz Natal! — finalizou Claire, e os dois se despediram.

Court saiu do parque, andando devagar, e chegou à Upper Grosvenor Square. A perna mancando que conseguiu esconder de Claire voltou a falsear, e cada passo provocava uma expressão de dor em seu rosto. Um sedã Peugeot preto o aguardava em frente ao portão. Entrou no banco traseiro sem dizer uma palavra aos ocupantes.

Dois franceses de terno nos bancos da frente se viraram para ele. Quando o carro entrou no trânsito, um deles entregou uma sacola. Sem dizer nada, Court abriu a sacola, examinou seu conteúdo e fechou o zíper.

O francês de meia-idade no banco de passageiros falou:

— Você deve chegar a Madri no começo da tarde.

Court não respondeu e continuou olhando pela janela.

— Abubaker vai chegar no hotel às seis. Tem certeza de que dá tempo para se preparar?

Nenhuma resposta do americano.

— Reservamos um quarto no mesmo andar, em frente à suíte dele.

Gentry continuou olhando para o parque. Crianças andando com os pais. Namorados de braços dados.

O francês no banco de passageiros estalou os dedos na frente do rosto de Gentry, como que repreendendo um empregado desatento.

— *Monsieur*, está ouvindo?

O Agente Oculto virou-se devagar para o homem. Agora com os olhos mais atentos.

— Entendido. Sem problema. Bastante tempo.

O francês mais velho disparou.

— Não quero que você foda com essa operação.

— E eu não preciso dos seus conselhos. É o meu show. Eu escolho o momento e o local.

— O senhor me pertence, *monsieur*. Nós gastamos um bocado de dinheiro em sua recuperação. Precisa fazer o que for mandado.

Court queria protestar, quebrar o pescoço do passageiro, mas se conteve. O sucessor de Kurt Riegel era muito mais truculento, mas era seu chefe.

Ainda que só dessa vez.

— Sim, senhor — respondeu, embora quisesse dizer mais. Voltou a observar pela janela, deu uma última olhada na extremidade sul do parque, nos namorados, nas crianças e nas famílias, na vida dos outros, tão diferente da dele.

O Peugeot virou à esquerda na Piccadilly, deixando o parque para trás e entrando no trânsito intenso da manhã de Londres.

AGRADECIMENTOS

GOSTARIA DE AGRADECER A JAMES YEAGER e seu brilhante quadro de treinadores da Tactical Response Inc. em Camden, Tennessee, por me ensinar sobre velocidade de fuzis, pistolas, cuidados médicos de emergência e táticas de equipe, e mais especificamente por ter a decência de me apagar depois de ter me incendiado. Deus os abençoe; os EUA são um lugar mais seguro por tudo o que você e seus alunos fazem. Podem continuar atirando.

Também agradeço muito a James Rollins, Devin Greaney, Karen Ott Mayer, John e Carrie Echols, Mike Cowan, Greg Jones, April Adams, Nichole Geer-Roberts, Stephanie e Abbie Stovall e Jenny Kraft. Escritores gostam de leitores, e eu gosto de todos vocês.

Minha profunda e eterna gratidão também a meu agente, Scott Miller, da Trident Media Group, e a meu editor, Tom Colgan, da Berkley. Foi muito divertido, pessoal. Que tal fazermos isso novamente daqui a algum tempo?

MarkGreaneyBooks.com

ESTE LIVRO, COMPOSTO NA FONTE FAIRFIELD,
FOI IMPRESSO EM PAPEL PÓLEN 70G/M² NA COAN.
TUBARÃO, JUNHO DE 2022.